U0093701

有華人的地方就有

龍人的作品

賊秦
1

滅秦內容簡介

大秦末年，神州大地群雄並起，在這烽火狼煙的亂世中。
隨著一個混混少年紀空手的崛起，他的風雲傳奇，拉開了秦末漢初恢宏壯闊的歷史長卷。
大秦帝國因他而滅，楚漢爭霸因他而起。
因爲他——霸王項羽死在小小的螞蟻面前。
因爲他——漢王劉邦用最心愛的女人來換取生命。
因爲他——才有了浪漫愛情紅顏知己的典故。
軍事史上的明修棧道，暗渡陳倉是他的謀略。
四面楚歌動搖軍心是他的籌畫。
十面埋伏這流傳千古的經典戰役是他最得意的傑作。
這一切一切的傳奇故事都來自他的智慧和武功……

滅秦五閥簡介

入世閣

閣主大秦權相趙高，身懷天下奇功「百無一忌」，又借助官府之力，使得入世閣漸漸強大至有力壓其他四閣的趨勢。而克制他的皇道武學「龍御斬」又消失江湖，故更令其橫行無忌。

流雲齋

西楚最強大的門派，在其齋主項梁的經營下，統一了西楚武林，將各門各派的人才盡歸入旗下，在萬里秦疆烽火四起之時，趁虛而入想一舉奪得大秦江山。鎮齋神功「流雲真氣」霸道無比，其侄項羽憑此功而搏得西楚霸王的英名。

知音亭

亭主五音先生是亂世武林中修爲最高的幾位強者之一，門下高手無數，紀空手就是得其之助，才能在亂世中立足，鎮門神功「無妄咒」可以控制天下任何絕學導氣時的經脈流向，使其敵不戰自敗，唯一弱點是不能駕馭中咒者的思想。

聽香榭

一個神秘而又古老的組織，當代閥主呂翥是一個不達目的勢不罷休又有著很強征服慾的女人，其門中的「附骨之蛆」、「生死劫」、「紅粉佳人」三大奇毒，控制著無數的武林高手。天下最可怕的殺手主使人。

問天樓

春秋戰國衛國亡國後的復國組織。當代閥主衛三公子，一個怪物中的怪物，雖身懷上古絕學「有容乃大」奇功，橫行天下稀有敵手，但其性格反覆無常讓人捉摸不定，他可以為達目的而不擇手段，又可為復國獻出自己唯一的生命。劉邦的親生父親，紀空手的強敵。

主要人物簡介

最聰明的女人——紅顏

知音亭的小公主，擁有著高貴典雅的氣質，空谷幽蘭般的容貌。音律與武學修爲都已達到很高的境界，性格平和堅強，其聰明之處便是在亂世眾雄中選擇了紀空手，而一代霸主項羽卻爲搏其一笑傭兵十萬，相迎十里。反而樹立了紀空手這位宿命中的強敵。

最可悲的女人——張盈

「入世閣」閣主趙高唯一的師妹，天生媚骨，媚術修爲之高已達到媚惑天下眾生之境。因趙高修練鎮閣神功「百無一忌」自閉精氣，冷落了她，使其成爲了秦末武林中最可怕的魔女。終死在了扶滄海的「意守滄海」的奇功之下。

最可愛的女人——鳳影

「問天樓」刑獄長老鳳五之女，是位惹人疼愛的小美人，溫婉嫻靜，清純可愛。在韓信危難中與其結緣，成爲韓信的至愛，江湖傳言韓信背叛兄弟助劉邦爭奪大秦疆土都是爲了此女。

最幸運的女人——呂雉

「聽香榭」真正的主人，是位有冒險精神，性格堅毅果斷的美女。因修練鎮榭神功「天外聽香」需保住處女元陰，而無法享受魚水之歡。後聽香榭發生內亂，她受其姐暗算，與紀空手有了合體之緣。得到了補天異氣之助，不但將神功修練到至高境界，還成爲了紀空手的妻子。

最善良的女人——虞姬

大秦美女，容貌清麗脫俗，是位惹人憐惜的嬌弱美人。性格外柔內剛，堅信緣由天定，對紀空手一見鍾情，爲救情郎情願被劉邦充當禮物送給項羽。劉邦也因此事而鑽進了紀空手布下的圈套，不但痛失至愛，還差點在鴻門宴中身陷萬劫不復之境。

最不幸的女人——卓小圓

「幻狐門」當代門主，性格如水般變化無常，媚功床技天下無敵，由於此門是問天樓中的一大分支，她自然而然成爲了劉邦的情婦，後被紀空手以偷天換日的手法易容後送給項羽，變成一個媚惑項羽的工具。

最成功的英雄——紀空手

一位混混與無賴眼中的神，一段段傳奇中的人物。他身具龍形虎相，偶得補天異寶，踏足江湖後在項羽的十萬大軍前，奪走他心中的美人——紅顏。又從劉邦的陷阱中將他送給項羽的禮物——「虞姬」據爲己有。江山美人讓他樹敵無數，戰爭與血腥使他明白世間的殘酷。仁義二字讓他變得強大無比，這只因他堅信——仁者無敵！

最無情的君主——劉邦

衛國的皇室後裔，身具蓋世奇功「有容乃大」。但名利使他仍容不下身旁具有高才智的兄弟，爲搏強敵的信任，他可以送上心愛的女人與父親的生命。「一將功成萬骨枯」，是他一生奉行的箴言。這只因——帝道無情！

最霸氣的男人——項羽

其天生神力，加之家族的至高武學「流雲道」，更使他身具蓋世霸氣，縱橫大秦疆域所向無敵。然而，爲搏紅顏一笑，樹下了紀空手這位宿世之敵。西楚的疆土毀在其一意孤行，四面楚歌、十面埋伏各種奇計使其在楚漢相爭中敗得無回天之力。烏江之畔，橫劍脖頸只表達心中的霸意——「霸者無懼」！

最危險的敵人——韓信

亂世中的將才，紀空手兒時的好友，因能忍別人不能忍之事，使他很快在亂世中崛起。卻因抵不住名利的誘惑，出賣兄弟。霸上一戰他爲保存實力，親手放走他今生「宿命之敵」。爲自身的利益，他可出賣一切可以利用的東西。可惜等其擁有爭霸天下的實力時，卻得不到任何的支持力，這是他一生中最殘酷的打擊。但他至死仍不明白這是否是——「宿命之意」！

最聰明的隱士——張良

知音亭五音先生放入江湖中的一枚隱子，此人精通兵法，又足智多謀，是亂世中不可多得的謀士，在劉邦身旁盡心盡力助其發展勢力，紀空手復出後因他之助不費一兵一卒得到大漢所有的軍隊。此人唯一弱點——不懂絲毫武學。

最倒楣的鑄師——軒轅子

天下三大鑄劍師之一，因愛人之撫隱於市集鑄練神刃，刀成之際，因定名「離別」實屬凶兆，身受數大高手圍攻而血戰至死。後此刀在紀空手之手力戰天下知名高手威揚天下。

最可怕的劍手——龍賡

天生爲劍而生的人，因身具劍心，故能將劍道練至無劍的至高境界——心劍。五音之死令其復出，紀空手得其之助，才棄刀進入至高武學的殿堂——無我武道。

最富有的棋手——陳平

夜郎國的世家子弟，在夜郎陳家置辦賭業已有百年，憑的就是「信譽」二字，創下了無數財富，是各大爭奪天下勢力眼中不可多得的財力支柱。

最失敗的盜神——丁衡

五音旗下的五大高手之一，偷盜之技天下無敵，雖盜得天下異寶「玄鐵龜」卻無緣目睹其寶，讓紀空手成爲一代霸者的機會。

目錄

楔子 013

「屬下已銘記於心，請閥主放心！」玄衣人恭聲答道。

老者滿意地點了點頭，道：「此事關係到天下蒼生的命運，不可有半點大意。在我門中，能擔此任者，唯你而已，希望你不要令老夫失望！」

第一章　死亡之旅 015

他一入水中，頓時感到河水的灼熱，同時似有無數股巨力將之撕扯，讓他的頭腦渾噩，猶如夢遊。他心中頓後悔不已，如不是自封了五成功力，否則像慕容仙這樣的角色怎能將他逼退得如此狼狽之境？

第二章　奇珍易主 041

紀空手莫名心驚間，便聽得門外傳來一聲冷哼道：「天下間能從我手中盜得玄鐵龜，也只有你盜神——丁衡！」一股殺氣，迅速地在廟殿之中彌漫開來。紀空手顯然禁受不住這種殺氣的侵襲，呼吸一窒間，直退到牆腳處。

第三章　鏽刀奇緣 067

「嗤……」血霧揚起，頓生腥氣，升入空中漸化無形，但在雪白鋥亮的刀面上，赫然多出了兩滴如淚珠般的血痕，抹之不去，讓人一見之下，頓生一種淒美悲涼的心境。

「英雄建偉業，寶刀當飲血，十步殺一人，輕生如離別。離別，離別，就叫離別刀吧！」老者深情地撫摸著刀身上的血痕，悠然而道。

第四章　入水化龍……097
紀空手心靜而不亂，靜靜地潛在深水中，一動不動。他相信在這完全暗黑的深水裡，敵人只能依憑水流的變化來判斷出自己的方位，而自己最大的優勢，就是能在深水中看到對方的一切動作。

第五章　暗夜龍騰……123
但就在他回頭的一剎那，劍氣、壓力、虛空中湧動的氣流……這一切足可毀滅生命的東西又一下子消失得無影無蹤，若不是紀空手看到那影子隱入夜色的最後一幕，他真的以爲自己是在夢遊。

第六章　慾海淫花……149
張盈赤體盤坐，調勻呼吸，將剛才吸納的男人精氣運入肌體，一切完畢之後，心中依然難忍如火焰騰升的慾火，不由幽然歎息一聲，望著自己這般撩人的胴體，只恨無人消受。

第七章　開闢帝道……181
「我不知道我是否就是你們所說的赤龍帝君，我也不知道我是否是真的具備常人不具備的能力，不過，這些都不重要，重要的是在今天，在這裡，我們七幫的數千子弟與我一起，要做一件可以驚天動地的大事，從而留名青史！」

第八章　問天武士……209
相峙間引發的殺機，擠進了他們相峙的每一寸空間。紀空手與韓信對望了一眼，心意相合之下，同時感到了在鳳五身上透發而出的勢如山嶽橫移般強大的殺氣。

第九章　鐵柵困虎 …… 239

韓信從昏迷中醒來，渾身猶如散架般毫無力道，當他緩緩睜開眼睛時，他這才發現自己正躺在一間潮濕而暗淡的地牢之中。地牢空曠，足可容下百人，如兒臂般粗的玄鋼鐵柵圍成一道密封的巨網，任是武功絕世之人，也難以破牢而出。

第十章　初悟天機 …… 267

鳳五的眼芒緩緩地在韓信的臉上劃過，只有在這一刻，他才真正相信玄鐵龜的確是不存在於天地間了，因爲他從韓信的眼中看到了真誠，看到了韓信對鳳影的那種無限愛意，他沒有理由不相信這個少年。

第十一章　冥雪劍宗 …… 297

「流星劍式的精髓，在於快中有靜，仿如寒夜蒼穹中的流星，在淒寒中給人以想像的空間，最終構成一種極致的美感。」鳳五微微一笑道：「你能在這麼短的時間內學到形似，已是難能可貴了。但是你要緊記，形似不是目的，只有做到神似，你才可能成爲冥雪宗的高手。」

第十二章　照月馬場 …… 323

沒有人可以形容韓信在這一瞬間的起動速度，絕對沒有！

韓信的這一動不僅爆發了他全部的玄陰之氣，更是達到了他體能的最高極限。此時的他，心中唯有一個念頭，就是無論如何都必須截住來敵，否則後果難以想像！

楔子

這晚是這位大秦始皇今世所見的最後一夜的月亮。

那浩瀚無邊的星空，一道最耀眼的流星劃過暗黑的天際，留下輝煌而燦爛的軌跡，殞落在天之盡頭，而在流星殞落的方向，正緩緩地升起了兩顆光芒四射的新星。

「雙星爭輝」！與此同時，在相距千里的巴蜀之地，一位老人同樣看到了這異常的天象，更讓他感到吃驚的是，隨著雙星的升起，滾滾烏雲平空而生，如一道黑幕突然橫亙於天地之間，使得皓月當空之夜變得漆黑一片。

「烏氣罩空，遮天蔽日，難道大秦……」老者目中的精芒一閃而逝，整個人變得異常亢奮起來。

「啪啪……」他沈吟半晌，這才抬起手來，在空中拍了兩下。

一個玄衣人從暗黑之中走出，屏氣凝神，恭手而立。

「老夫所說的話你都記在心上了嗎？」老者目光盯注著玄衣人，淡淡地問道。

「屬下已銘記於心，請閥主放心！」玄衣人恭聲答道。

老者滿意地點了點頭，道：「此事關係到天下蒼生的命運，不可有半點大意。在我門中，能擔此任者，唯你而已，希望你不要令老夫失望！」

玄衣人神色嚴峻，毫不猶豫地斷然答道：「屬下一定盡心盡力，誓死效命！」

老者微微一笑，踱步過來，輕輕地拍了拍玄衣人的肩，道：「如此最好，去吧！」
玄衣人躬身行禮之後，又消失在這暗黑無邊的夜色中。
風乍起，吹起老者的衣袂，宛如飛舞的蝴蝶，留在老者臉上的，是一種窺破天機的神秘。

第一章　死亡之旅

「得得……」

一陣健馬急馳的聲音轟然響起，迅如疾雷般由遠及近，直奔淮水下游重鎮淮陰而來，馬蹄揚起漫天的塵埃，若一陣狂飆穿過這茫茫原野，當先一人，正是泗水郡令慕容仙。

慕容仙一臉嚴肅，目光死死地盯住百丈之外快速移動的一個小黑點，絲毫不放，眼看著目標就要閃入一片密林中，他的心中好生焦躁，等到慕容仙趕至密林邊上，敵人早已竄入林中。

「蕭何、曹參、谷車，你們各領一路人馬，對這密林形成合圍之勢，本官就不信，這悍匪還能逃出我慕容仙的手掌心！」慕容仙毫不猶豫地發出命令，一揚手間，數百人紛紛下馬，兵分四路，將這片密林迅速圍了起來。

搜索開始，蕭何、曹參、谷車各領一彪人馬入林。

谷車邀功心切，當先闖入林中。

這片密林面積之大，大大超過了谷車的想像，這讓他心中多了一些陰影。這是因爲他知道對手並不是一個弱者，而使他把警覺提升到了一個極限。

谷車的每根神經繃直變緊，提刀的手情不自禁地顫動了一下。

便在這時，一道迅如閃電的寒芒掠入虛空，白光閃過，幾名軍卒的頭顱已經旋飛空中。

還沒等到谷車弄清到底發生了何事，那人已經起腳，將下墜的幾顆頭顱一點一踢，仿如暗器般射向谷車，隱帶風雷之聲，谷車以最快的速度橫移。就在他一動的時候，驀覺眼前一花，一條身影突然掠到了他的眼前。

「呼……」他心中大駭，出於本能，斜退了一步，然後劈出了竭盡全力的一刀，直到這時，他才看清眼前的敵人不過二十來歲，眉目有神，渾身上下散發出一股無比霸烈的殺氣，渾如一尊煞神。

此人根本就沒有理會谷車劈來的一刀，而是腳下錯步，身形一扭，避開凜凜的刀鋒，然後在虛空中劃出一道淒美而燦爛的劍弧……

劍未至，但它所飛瀉出來的殺氣已經滲入谷車的肌膚，冰寒刺骨。

谷車還從來沒有看到過如此霸烈的一劍，他到這時才明白慕容仙大張旗鼓地率領眾多高手前來追擊的真正原因。

谷車手中的長刀驀起一道暗雲，迎向了那弧跡的最前端。

「叮……」刀劍輕觸，發出一聲金鐵交鳴之響，谷車忽然感到對方劍上生出一股牽引力，將自己的刀鋒一帶，劈向了旁邊的大樹。

「噗……」刀入樹身，谷車一驚之下，正要拔刀，卻見對方的長劍順著自己的刀身滑下，向自己的手掌平削過來。

「呀……」谷車只覺手上一陣抽心般的痛感迅速蔓延至全身。

他「蹬蹬……」連退數步，撞上了一棵大樹。

看著對方劍上的寒芒毫無停頓地直逼而來，除了等死，他實在想不出自己還能做些什麼。

「嗖……嗖……」突然空中數支勁箭如疾雨驟至，奔向那位年輕人的背部。

年輕人不想與谷車同歸於盡，就唯有放棄擊殺谷車的機會，所以他毫不猶豫地斜躥，繞到谷車背靠的大樹之後。

「谷將軍，快閃！」一個聲音隨著箭聲而至，然後一位身穿綿甲的中年將領飛奔而至，正是蕭何。

蕭何是慕容仙最器重的一號人物，不僅劍術極佳，而且極有謀略，靈活機變，為人大方，廣交朋友，在泗水郡內無人不知其名。

年輕人聽得蕭何的聲音，怔了一怔，低呼一聲：「罷了。」縱身一躍，隱沒入這林間密生的野草之中。

蕭何耳目極度靈敏，年輕人發出的聲音並沒有逃過他的耳目，但等他趕至近前，年輕人已是蹤跡全無。

「奇怪，這聲音怎麼這般熟悉？」蕭何心裡咯噔了一下，腦海中浮現出一個人影！

「劉邦！難道是他？他身為大秦亭長何以會從陳地而返？」蕭何不由擔心起來。

他有心想幫劉邦，卻又苦於慕容仙親自督陣，但兄弟一場，他絕不會袖手旁觀。

「蕭將軍，多謝你出手相救。」谷車一臉慘白，忍著劇痛道。

蕭何笑了笑，沒有說話，忽然想到什麼，撮嘴打起了一聲響亮清脆的呼哨。

呼哨聲中隱帶內力，可以傳出很遠，正是慕容仙事先設定的聯絡暗號。

片刻功夫，慕容仙已經率領軍士圍了過來。

「人呢？」慕容仙看了一眼要死不活的谷車，瞪眼向蕭何問道。

「屬下趕來之時，敵人已經逃走了。」蕭何不慌不忙地答道。

慕容仙陰沈著臉，幾乎發作，怒道：「他往何處去了？」他一向器重蕭何，換作旁人，早已是一通斥責了。

「往哪個方向去了？」蕭何張望了一下，然後指了一個相反的方向。蕭何之所以敢這麼做，是他知道谷車為了躲避剛才那致命的一擊，由於視線受阻根本不知劉邦向何方向逃竄。

慕容仙再不遲疑，當下兵分兩路，由蕭何、曹參直追下去，而他自己另領一彪人馬，繞道前行。

◆

劉邦就快要走出這片密林時，突然感到自己的心跳動了一下。

林外一片靜謐，他卻從空氣中聞到了一絲危機。

他雖然拿定主意，卻不願意作無謂的犧牲，所以他以最快的速度檢查著自己內息運行的狀況，發現自己的情況並不像想像中的那麼壞，這給了他強大的自信。

便在此時他看到了一個人——慕容仙！慕容仙是趙高賞識之人，其武功智計皆非常人能及。

劉邦見到慕容仙，想也沒想身形暴退！慕容仙似早就料到了劉邦會退，暴喝一聲，整個身體如箭矢般標前，同時手臂一振，劍芒暴出，拖起一道玄奧無比的幻虹乍現空中。

一進一退，進者比退者要快，當劉邦剛好退到林邊的剎那，慕容仙的劍芒已直向他的面門襲至。

「叮……」劉邦唯有揮劍格擋，劍鋒相交，發出一聲脆響，同時身形向林木間跌飛而去。

慕容仙心中暗道：「不妙！」只覺自己的長劍似無著力之處，勁力向前一送，反而加速了劉邦跌飛的速度。

等到慕容仙後腳跟入林中時，劉邦的人影似乎突然消失在空氣中，竟然不見了。

近段時間以來，慕容仙一連接到幾個線報，說是在沛縣境內，有人在頻繁活動，上躥下跳，聯絡江淮七幫，似有謀反之心。慕容仙一向對江淮七幫有所顧忌，倘若事情屬實，定會令朝廷極為頭痛，以眼前年輕人的武功，不能不使他聯想到江淮七幫。

江淮七幫由來已久，立足江湖已有百年，據說這七幫子弟大多乃是戰國時候一些小國的貴族遺民，因為不為人道的一些歷史原因，流落江淮一帶，漸漸開宗立派，在沛縣一地漸成規模，這些子弟雖非江湖中人，但混跡於市井街巷三教九流各行各業之中，故又稱九流七幫。

當日趙高指定慕容仙接任泗水郡令一職時，曾經說道：「江淮七幫雖然都不是江湖上有名的幫會，幫中的弟子也沒有可以在江湖上叫得響的名流，但七幫所蘊含的人力財力，以及他們的影響力，歷來是朝廷心中的一大隱患。對於這一點，但凡有識之士，都有此共識，所以你上任之後，必須以安撫為主，盡心結納，歸我所用。如果是被其他四閥或是義軍利用，那麼無異是虎添雙翼，讓人追悔莫及了。」

慕容仙奇道：「既然它始終是個隱患，又只是幾個民間組織，朝廷安撫不成，何不派兵剿滅？這樣也可絕了一些有心人的念頭。」

趙高道：「若能剿滅，朝廷早就動手了，何必等到現在？只因這七幫大多歷史久遠，根深蒂固，幫眾遍佈民間三教九流，難以一次肅清，是以朝廷才沒有動手。何況此時正值戰亂，我入世閣正需要這些亡國之人的襄助，所以才會派你前往，你可千萬不要辦砸了這件差事。」

慕容仙唯唯喏喏，走馬上任後，牢記趙高的囑咐，倒也拉攏了七幫中的一兩個門派，盡心扶植，眼看有些起色，恰逢陳勝、吳廣起義，數月之內攻城掠縣，所向披靡，聲勢一時無兩，而且在陳地建國，一時間讓慕容仙緊張起來，因此他絕不會輕易放過眼前的敵人。

慕容仙觀察了一下周圍的地勢環境，提劍向密林一處逼去。

「嗤……」慕容仙前方的一片草叢突然拔地而起，齊向他射來，一股如狂飆迅猛的劍風夾在萬草間逼向慕容仙的各大死穴。

劉邦這不遺餘力的一劍，無論是出手的時機，還是選擇的角度，都已近趨完美。

慕容仙吃了一驚，身形暴退，他唯有退，才可以消緩對方的劍勢，為自己贏得時間。

「轟……」只見虛空中猶如鮮花綻放般平生萬千劍影，重重地點在了對方劍勢的最鋒端。火花綻放間，兩股強大的氣流碰撞一點，然後如一團火藥炸裂。

「呀……」劉邦狂吐一口鮮血，身子如斷線的風箏跌入草叢。

慕容仙卻只是微晃了一下身形，然後橫劍於胸，目光鎖定被氣勁揚起的塵土，不敢冒進。

他已經領教了對手的奸詐，他決定等待下去，等待煙塵的散滅。

煙塵散盡，慕容仙入目所見，並沒有想像中對手橫臥地上的場景，除了地上赫然開了一個大洞之外，對手竟然又不見了，慕容仙更有一種說不出的憤怒。

林外忽然傳出一陣吆喝聲，接著發出了弦動之音，慕容仙心中一驚，身形掠起，同時為了證實心中所想，大聲喝道：「給我留下活口！」

他留下活口的原因，一是因為此人的重要，雖然他還不知道對手真實的身分，卻相信對方的嘴裡一定有自己需要的東西；二是劉邦那一劍所挾的內力，讓他想起一個可怕的人物。如果真如他心中所想的話，那事情將更為棘手了！

劉邦此時已竄出了林外，向河灘飛速奔去。

本來他絕不可能像現在這般容易地奔過林地與河灘之間的這段平地，但是慕容仙的這一吼實在來得及時，使得林外上百名軍士拉起滿弦，箭在弦上，卻沒有人敢斗膽亂放。

等到慕容仙趕到林外時，劉邦的身形已在二十丈開外。

「攔截他，不要讓他跑了！」慕容仙一聲令下，軍卒們這才醒悟過來，策馬直追。

眼見劉邦相距河水不過數丈之遠，慕容仙再不猶豫，突然止步，伸手取出了自己心愛的「無羽弓」。慕容仙所用之物，乃是祖傳神兵！慕容仙深深地吸了一口氣，弓至滿弦，而三枚烈炎彈已緊緊扣在他的手上。

「轟轟……」兩聲巨響，同時響起，另一彈卻直追其後射入水中。

劉邦只感到背後有一股大力撞至，熱力驚人，他一個踉蹌，在烈炎彈在水中炸響的一刻間，他迎著炸裂開來的驚濤駭浪縱入水中。

他一入水中，頓時感到河水的灼熱，同時似有無數股巨力將之撕扯，讓他的頭腦渾噩，猶如夢遊。

隨著身體的下沈，劉邦心中後悔不已，爲了博取陳勝王的信任，使復國大業加速完成，他前往陳地之前將自身功力封了五成，否則像慕容仙這樣的角色怎能將他逼得如此狼狽？

意識的慢慢消失讓劉邦感到事情的嚴重性，忙將體內的內息遍佈全身，但水流的衝擊仍很快將他震昏過去……

當慕容仙趕到河岸時，驚濤已息，波浪漸止，大河彷佛又恢復了往日的平靜，只是劉邦的屍體始終不見浮起……

慕容仙又氣又急，回頭大喝道：「馬上派人在沿河上下五十里展開搜尋，本郡活要見人，死要見屍！」

◆

「我呸，呸，呸……」在下游三十里外的一個河灘上，走來兩個衣衫襤褸的少年，走在前面的那少年只有十七八歲，一臉頑皮，皺著眉頭，不住地吐著口水，而後面的那位大概有二十出頭的年紀，耷拉著頭，垂頭喪氣地跟在前面那位少年的身後。

走到河灘上，兩人急急地脫光衣服，縱身入水。這兩人的水性極好，一時嬉玩起來，猶如兩條白魚在水面上翻飛，好不容易游得累了，這才爬上岸來，躺在沙灘上曬太陽。

這兩人都是淮陰城中的無賴，那個年少點的少年，姓紀，大名空手，別看他年紀不大，卻人小鬼大，混跡市井鮮有吃虧的記錄，這在無賴這一行中也算得上是一大奇蹟。而那個年長些的少年，姓韓名信，一身蠻力，酷愛習武，曾經自創三招拳法，也算得上無賴中的一大豪傑。兩人自小混在一起，情同兄弟，騙吃騙喝，偶爾巧施妙手，總是搭檔在一起。

昨夜韓信跑來，說是見得東門鞠家的長子鞠弓進了杏春院，紀空手平日裡對鞠家欺行霸市的作風就反感，一聽鞠弓進了杏春院，就計上心來，準備幹他一票。

他們兩人素知鞠弓與杏春院的頭牌小桃紅交情不錯，是以到了杏春院，二話不說，先悄悄地藏到了小桃紅的大床底下，……直到天明，才取到了鞠弓掛在床邊的錢袋。

等到他們溜出城來，打開錢袋一看，才發現這袋中只有幾兩銀子，害得紀空手連叫「晦氣」，一夜的代價還不如自己在街上轉幾圈的多。便拖了韓信來這大河之中洗洗霉運。

「不過此次雖然沒有發財，卻讓我們長了不少的見識，想起小桃紅那貓叫的聲音，我至今心還癢癢的。」韓信臉上興奮起來，「咕嚕」一聲猛吞了一記口水。

「不會吧？韓爺，你長這麼大了，難道還是童身？」紀空手詫異地瞄他一眼，驚叫而起。

韓信急急掩住他的嘴道：「你叫這麼大聲幹嘛？生怕人聽不到嗎？我這童身是童叟無欺，難道你不是麼？」

紀空手沒有說話，只是神秘一笑，好像自己已是情場老手，色中干將。其實他的心裡嘀咕道：「你是童叟無欺，本少也是如假包換，咱哥倆半斤八兩，誰也不比誰好到哪裡去！」

他這一笑，倒讓韓信有些不好意思起來，只好顧左右而言他，沒話找話道：「今天的天氣還不錯噢，紀少！」

紀空手卻彷彿沒有聽到一般，兩隻眼睛突然直瞪瞪地望著大河上游的方向。

「你中邪了？」韓信伸手在他的眼前晃了一晃，卻被紀空手一掌拍開。

「快看，上游好像漂下來一件東西。」紀空手突然跳了起來。

韓信順著方向瞧去，果然看到大河上游正有一個小黑點漂流而來。

「莫非是財運到了？」韓信不由興奮起來。

紀空手看了半天，搖了搖頭道：「好像是一具屍體。」

兩人垂頭喪氣地坐下來，紀空手歎了一聲道：「我們倆昨晚沾了不少晦氣，發財是沒指望了，只盼這一洗，別讓霉運沾身才是。」

兩人又談了一些市井軼事，東家長、西家短地瞎扯一番，看看天色不早，便站了起來，想跑到河裡洗掉身上的泥沙。

「快看！」韓信突然指著前方的河灘叫了起來。

紀空手抬眼一看，叫聲「怪了」，原來那具屍體竟然被沖刷到了河灘上。

這兩人都是膽大包天之人，又是光天化日之下，心中倒也絲毫不懼，兩人相視一眼，同聲道：「過去看看。」

到了近前，才發覺這具屍體入水的時間不過幾個時辰，膚色還未完全漂白，身上衣衫碎成絲縷，渾身上下不下三四十處灼傷，看上去異常恐怖，簡直不成人形。

但奇怪的是，這屍體的肚腹平坦，並沒有嗆水過後的腫脹。紀空手沈吟片刻道：「這乃是殺人之後拋屍，唯有如此，才會不顯漲腹現象。」

韓信點了點頭，忽然看到這屍體的手上緊握著一柄長劍，雖然毫不起眼，但劍鋒處亮在陽光之下，泛出一縷青色的光芒。

「哈，這下好了，我一直愁著沒錢置辦上好名刃，這一下送到手上來了。紀少，你說我還能故作清高，義正言詞地說『不要』嗎？」他老大不客氣地掰開這屍體的大手，搶過劍來，捧在手上仔細端詳，口中不住地讚道：「好劍，好劍，只怕連淮陰城裡也找不出第二把了。」

紀空手搖了搖頭道：「這劍只怕你還真不能要。」

韓信一臉疑惑道：「紀少你別騙我了，這次就算你說到天上，我也不聽，總而言之，這劍我是要定了。」

紀空手飛起一腳踹在他的屁股上，道：「你可真是個豬腦，看清楚，這可是一件人命案，就算官府不查，他的家人親眷找來，你也怕難脫關係。」他「呸」了一聲，又道：「都是你害的，搞得現在霉運已經附身了，我呸！」

他一口濃痰吐到那屍體的身上，卻見那屍體突然抽搐了一下，嚇得他大叫一聲，轉身欲跑。

韓信捨不得丟下手中的劍，趕忙拉住他道：「紀少，你眼花了不是，這又不是詐屍！」他話還沒說完，卻見一隻大手從地上伸來，抓住了他的腳。

「呀……」這一下可把韓信嚇得三魂去了兩魂，「撲……」地一聲軟癱在地。

「這……位……小……哥……救……我。」那屍體突然睜開了眼睛，只是目無神光，滿臉疲累，近乎掙扎地從口中迸出話來。

他的聲音一出，頓時讓紀空手與韓信將離位的魂魄收歸回位，雖然臉上一片煞白，卻已沒有了先前的恐懼。

兩人眼珠一轉，對視一眼，這才由韓信俯過身去，對那人說道：「救你不難，只是酬勞多少，還請說明，否則我們又不傻，何必惹麻煩上身？」

那人神智一醒，頓時感到了渾身上下如針刺般劇痛，豆大的汗水滲了一臉，道：「只……要……肯……救，由……你……開……價。」

韓信狐疑地打量了他這一身行頭，神色不屑地罵道：「由我開價？你好大的口氣，憑什麼讓我相信你呀？」

那人痛得齜牙咧嘴，猶豫了一下，方道：「在……下……沛……縣……劉邦。」說著人又痛暈了過去。

劉邦此言一出，頓時把紀空手與韓信嚇了一跳，雖然劉邦只是沛縣境內一個小小的亭長，但在江湖上的名氣卻大。儘管紀空手與韓信並非真正的江湖中人，卻多少沾了點邊，倒是聽過他們的老大文虎提過這個名字，一直慕名已久，可惜未曾謀面，想不到卻在這種情況下見面。

「紀少，這人怕是吹牛吧?他莫非故意找了個人的名頭，來誆我們出手救他?」韓信將信將疑，抬頭望向紀空手。

紀空手沈吟半晌道：「只怕不像，你看，他雖然穿得破爛，但衣衫都是上好的料子，而且他的劍也絕非凡品，應該是大有來頭。」

韓信聽了，不由滿心歡喜道：「如果他真是劉邦，我們可時來運轉了，你沒聽文老大說嗎，此人家財萬貫，有的是錢，而且與江淮七幫中人都有來往，若是他肯把我們收入門下，我們又何必把無賴這個職業做到老死下場?」

「誰說不是呢?」紀空手有感而發道：「這無賴做到我們這份上的，也該知足了，可是我們就算風光過一回，倒有九回要看別人的臉色行事，真是沒勁!」

「那我們還猶豫什麼?趕快救呀，若是他老人家一命嗚呼，我們豈不是在這裡做了半天白日夢?」

韓信關切地看著那人，見他一動不動，渾似沒了氣一般，不由著起急來。

紀空手搖了搖頭道：「救當然要救，可是我們還要想一個萬全之策。你想想啊，這劉邦名頭這麼大，聽說身手也好生了得，連他都遭人擺佈成這個熊樣，可見他的仇家來頭不小，若是一著不慎，只怕不僅救不了他，還得再搭上你我這兩條小命替他風光陪葬!」

韓信嚇得哆嗦了一下，臉露怯色道：「這可不是鬧著玩的，我生下來長到這麼大，還沒有碰過女人呢，若是就這麼陪葬了，豈不冤枉？」他陪著笑臉道：「要不，我們就當什麼也沒有看見，溜回城去繼續幹我們那蠻有前途的職業。」

紀空手狠狠地在他頭上敲了一記栗暴，罵道：「虧你這般沒出息！放著大好的機會，此時不搏，更待何時？」他似乎拿定了主意，伸手摸那人的腕脈，感到脈息雖亂，畢竟存在，心頭頓時輕鬆了不少。

韓信聞言，只覺熱血沸騰，狠狠地道：「對呀！豁出去了，我就不信我們一定會輸掉這場生死局！」

兩人猛地伸手擊掌，以示決心，正想著要如何安置這人時，忽聽得沿大河兩岸同時響起了一陣馬蹄聲。

紀空手臉色一變，驚道：「只怕是麻煩來了。」當下環顧左右，只覺河灘上一片矮小茅草，根本就無法藏身，腳踩泥沙，忽然靈機一動道：「韓爺，看來我們只有把他藏到這泥沙裡面了。」

當下兩人手腳並用，忙碌一陣，剛剛將人掩藏好，一彪鐵騎已悍然而至。

當先一人，正是蕭何！

◆

蕭何策馬而來，卻看到了兩個少年赤條條地躺在沙地上，神態悠閒，似乎正在欣賞天邊的一抹紅霞，不由心中一動，拱手問道：「兩位小哥，借問一下，你們可看到這河中漂下來一具浮屍？」他有求於人，雖然是將軍身分，也顯得極盡禮數。

「見是見著了，只是時間過去了這麼久，此刻只怕已在十里之外了吧？」答話的人是紀空手，臉上鎮定自若，絲毫不露破綻，倒是韓信斜在紀空手的身後，身體情不自禁地哆嗦了一下。

蕭何一聽，心裡好生激動：「照這般說來，劉邦一定還活著，我得趕在慕容仙之前尋到他，再行設法營救。」

但是蕭何一向爲人謹慎，遇事不亂，尋思道：「此時正逢初夏時節，正是下水嬉戲的好季節，若是正巧這河中淹死了人，那浮屍不是劉邦，我豈不是誤了他的性命？」

他拍馬近前幾步，道：「兩位小哥，再問一下，你們可曾看清那浮屍的模樣？」

紀空手冷笑一聲：「這位軍爺卻也怪了，我們倆在這裡想曬乾剛才游水打濕的褲子，見到浮屍已覺晦氣十足，誰還有心思去看個仔細？」

蕭何並不著惱，叫聲：「得罪！」便要揚鞭前行。

但他轉頭之際，忽然見得後面那位少年輕吐了一口氣，臉上似乎多了一絲如釋重負的輕鬆，他的心中頓時起了疑心。

他勒馬緩行，繞著圈子，仔細打量起這兩位少年。他的目力端的驚人，只片刻功夫，已經看出了一絲破綻。

這破綻就在他們所站的沙地上，在韓信的腳邊，竟然露出了一小縷真絲織就的紅纓。

蕭何一眼就認出了這是劉邦所佩寶劍的劍纓，心中不免一陣狂喜：「這樣也好，若是劉邦能得他們相救，倒省了我不少麻煩。」

他一路走來，其實都在尋思著找到劉邦之後，怎樣才能不讓慕容仙起疑，又可放走劉邦的兩全之策，絞盡腦汁之後，終究無果，心裡委實苦惱得緊，這會兒見到此等情形，方知天大的難題就此迎刃而解，心中真有種說不出的高興。

他尋思道：「不過將劉邦的性命交到這兩個少年手中，終究難以放心，我得先裝模作樣追查下去，然後再找個機會一個人悄悄回來，方可保證他性命無虞。」

他拿定主意，望著紀、韓二人微微一笑，再不回頭，揚鞭而去。

就在蕭何勒馬而止時，紀空手心裡一驚，幾乎與蕭何同時看到了那一縷劍纓。

他的心陡然一沈，心道：「這一次可真是死定了，想不到我紀空手第一次拿命相搏，就輸了個乾乾淨淨，徹徹底底！」

◆

「紀少，我總覺得有些不太對勁。」韓信回過頭來，望望身後，並沒有發現有什麼異樣的動靜，可是不知為什麼，他的背上已有冷汗滲出。

「我也覺得奇怪，總感到有人在背後跟蹤我們一樣。」紀空手壓低聲音道。

兩人躲入林中，側耳傾聽，過了半晌功夫也沒有聽到除了風聲之外的任何聲音，兩人都鬆了一口大氣，相視而笑。

「這就叫做賊心虛。」紀空手自嘲地笑道。

「我們是賊嗎？我怎麼覺得我們就像是兩個救人於危難之際的大俠，難道不是嗎？」兩人哈哈大笑起來，一前一後向密林深處走去。

愈往裡走，光線愈暗，紀空手與韓信完全靠著記憶找到了一棵千年古樹。古樹樹圍兩人合抱猶難抱住，樹中有洞，劉邦正是被他們藏匿於此。

兩人小心翼翼地將劉邦從樹洞裡抬出，平放在厚草地上，摸了摸劉邦的鼻息，覺得漸趨平穩，不由放下心來。

「這劉邦若再敷上『回春堂』的靈丹妙藥，只怕要不了幾天，就可以痊癒了。」紀空手取出那一包藥膏，謹遵叮囑，內用的內用，外敷的外敷，忙了好一陣子，才算完事。

「那是。你也不想想，我只對劉夫子說了病人的特徵，他就這點藥要了我十兩銀子，而且還只管三天，奶奶的，比到杏花樓嫖妓還貴，害得我又幹了幾回偷雞摸狗之事。如果沒有奇效，看我不把他『回春堂』的招牌給砸了？」紀空手得意地一笑道。

韓信坐下來歇了一口氣，道：「別的都不是問題，而是這淮陰城只怕我們難回了！」

「這你就不用爲我操心了，我堂堂紀少自從一生下來，就從來不知道什麼叫麻煩。」紀空手聽出韓信話裡的擔心，拍拍他的肩膀，老氣橫秋地道。

「不過你很快就會知道了。」就在這時，韓信的臉色陡然一變，努了努嘴，眼睛望向了紀空手的身後。

紀空手根本不知道在他的身後發生了什麼事情，但是以他的敏感以及對韓信的了解，他知道韓信不是在開玩笑。

他的額頭上頓時滲出了絲絲冷汗，驀然回頭，只見在他身後的草地上，斑駁陸離的樹影顯得陰森慘然，枝椏橫斜間，有一個朦朧的人影站在那裡，猶如一個不散的陰魂。

空氣變得沈悶之極，無論是紀空手，還是韓信，都感到有一股莫大的恐懼漫捲全身。此時此刻，陰魂鬼怪已不是最可怕的東西，對他們來說，最不想遇見的是人。

「你是誰？」紀空手深深地吸了一口氣，將心中的恐懼壓制下去，然後問道。

一陣微風吹過，那條人影頓時在飄搖中不見。然後便聽到一陣風聲從林間疾竄而出，一個三十來歲的健漢站在了他們的面前。

「你們就是紀空手與韓信？」那人微微一笑，似乎並無惡意，但紀空手一看他的身形如此快速的移動，就算明知他是敵人，也只有任其宰割。

「沒錯！你能知道我們的名字，就說明你也是道上的朋友。人過留名，雁過留聲，還未請教閣下的大名？」紀空手雙手抱拳，裝成老江湖的模樣，顯得不倫不類。

其實他無心知道對方究竟是誰，他只想拖延時間，尋找對策。但是一時之間面對這樣的高手，無論是打還是逃都非良謀，倒讓紀空手頓有無計可施的窘迫。

那人笑了笑道：「我是誰並不重要，重要的是我是劉邦的朋友，而非敵人，這是不是已經足夠？」

韓信搖了搖頭道：「空口無憑，誰敢相信你說的就一定是真話？」

那人不動聲色，伸手在空中一抄，便見他的食指與拇指之間平空多出了一把七寸飛刀，在斑駁的光影之下，散發凜凜寒意。

刀現虛空，透發而出的殺氣使得林間的氣壓陡增，紀空手只感到來者就像是一堵臨淵傲立的孤崖，氣勢之強之烈，讓人有一種無法企及之感。

他還知道，只要來人出手，他和韓信就只有一條路可走，那便是死路！

「這刀也許可以證明。」那人冷冷笑道，笑聲中自有一股傲意。

「嗖……」刀已出手，宛如一道閃電破空而出。沒有人可以形容這一刀的霸烈，但每一個人都感到了這一刀飛瀉空中的殺氣。

紀空手與韓信同時感到呼吸不暢，彷彿有窒息之感，情不自禁地閉上了眼睛。

「噗……」飛刀射中了紀、韓二人身後的大樹，刀鋒沒入，刀柄震顫，發出嗡嗡之聲。

紀空手與韓信轉過頭來，頓時被眼前的情景震得目瞪口呆，似乎不敢相信這是人力所為，帶著疑惑的目光重新盯在了那人的臉上。

「你們既然是劉邦的朋友，就無須害怕，我使出這一刀來，只想證明我就是樊噲。因為樊噲的招牌絕技就是飛刀！」那人將紀、韓二人的訝異盡收眼底，笑了笑，然後非常真誠地道。

「樊噲？」紀空手與韓信同時驚叫了起來，簡直有些不敢相信這是真的。

在他們眼中，樊噲的聲名遠遠要大於劉邦，他們也是在了解樊噲之後才知道劉邦的。這並不表示樊噲的武功就一定比劉邦強，名氣就一定比劉邦大，而是紀、韓二人在淮陰城拜的老大文虎，恰恰是樊噲的烏雀門在淮陰設下的一個壇主而已。他們經常聽文老大吹噓，自然而然地便對樊噲之名早有仰慕。

「屬下叩見門主！」紀空手一拉韓信，兩人跪下，連連磕頭。

樊噲怔了一怔，豁然明白：「原來你們是跟著文虎的門人。」他伸手扶起紀、韓二人，然後走到劉邦身邊，俯身查看。

半晌過後，他站起身來道：「你們跟著文虎有幾年了？現在做的是什麼職事？」

紀空手道：「我們其實也不是文老大手下的人，只是借他這塊招牌，在淮陰城裡瞎混。」

「哦？」樊噲看了他一眼道：「那你們怎麼又救了劉邦呢？」

紀空手趕緊將事情的經過一五一十地說了出來，邊說邊注視著樊噲的臉色。樊噲卻喜怒不形於色，只是專心地聽著，聽完之後，方才重新打量起紀、韓二人。

「你們可知道，你們這一念之慈，不僅救了劉邦，也是我烏雀門上千子弟的大恩人呀！」樊噲突然跪下，在地上叩了一個響頭。

紀空手慌了手腳，便要來扶，誰知入手處仿如大山般沉重，樊噲的身體紋風不動。

「哎呀，這可使不得。」紀空手與韓信大驚之下，急得直跺腳，好不容易扶起樊噲來，紀空手心中奇道：「我不是救了劉邦麼？怎麼樊噲倒給我叩起頭來，難道說劉邦與烏雀門也有淵源？」

樊噲道：「其實你們說的那位軍爺，乃是郡令慕容仙手下的一名將軍，名叫蕭何。若不是他來通風報訊，我又怎會知曉你們救了劉邦呢？」

紀空手與韓信不由大喜，笑嘻嘻地道：「如果樊爺真是賞識我們，不如從今天起，我們就跟著你闖蕩江湖？」

樊噲微微一笑道：「你們為了劉邦，甘冒大險，我本應重謝！但是劉邦此刻昏迷不醒，傷勢還不穩定，我必須盡快將他送回沛縣，以確保他能完全康復。所以這一次我還不能帶你們走，只能暫時讓你們受些委屈，一月之內，我必定再來相迎二位。」

他此話一出，紀、韓二人相視一眼，臉上好生失望，樊噲看在眼裡，從樹上拔出飛刀，遞給紀空手道：「你們也用不著沮喪，雖然這一次不能與我同回沛縣，但我樊噲說話，從來就是一諾千金，你們只須憑著這把飛刀去見文虎，他見刀如見人，自然會好生款待你們，奉作上賓！」

紀空手接過飛刀，但見這刀雖只七寸，卻入手甚沈，絕非是普通鑄鐵打造。刀身薄如蟬翼，刀鋒犀利無比，做工精緻，線條流暢，一看便知是出自高人之手。心中頓時好生喜愛，拿在手上，久久不肯放下。

樊噲抬頭望天，知道時間不早了，叮囑幾句之後，將劉邦負在身上，一縱而起，消失在黑暗之中。

韓信望著樊噲消失的背影，心存疑惑道：「你真的相信樊噲還會再來嗎？」

紀空手道：「憑我的直覺，樊噲的確是一個值得我們信賴的人，我沒有理由不相信他。」

「那我們現在怎麼辦？」韓信不由得問。

紀空手微怔，想了一想道：「我得去見姓丁的那老妖怪，你先去文老大那裡等我吧！」

韓信不由得一臉同情地望了望紀空手，幸災樂禍地道：「看來老夫子還真是你的剋星！」

◆

而紀空手記掛著與丁老夫子的約定，爲了自己的屁股不遭罪，也不理韓信，一個人直奔財神廟。

財神廟裡空無一人，這顯然是在紀空手意料之中的事。他似乎一點都不著急，等到夜色漸深時，他才聽到了門外傳來「篤，篤，篤」的三記敲門聲。

這是他與丁老夫子約定的暗號，他的回應就是輕咳一聲，然後便見到丁老夫子慢悠悠地踱步進來。

「你好，老夫子，不知今天你又想出什麼花樣來折磨我呀？」紀空手見他一臉和善，帶著微笑而來，心中不由「咯噔」了一下。

「今天沒有花樣，就是想和你說話聊天。」丁老夫子挨著他坐下道。

紀空手吐吐舌頭道：「這可是太陽從西邊出來啦，不僅稀奇，而且奇怪。」

「迄今算來，你我認識也有三年了，一個悶著頭教，一個悶著頭學，時間過得還真快，眨眼之間你都快成大人了。」丁老夫子深有感觸地道。

紀空手一本正經地道：「我可是度日如年，自從認識你，我壓根就沒有睡過一夜好覺，還和你猜了整整三年啞謎！」

「你很想知道我爲什麼要這樣做的原因？」丁老夫子悠然笑道。

「當然。」紀空手笑了：「雖然你對我一向不錯，可是我還不想被別人當作白癡。」

丁老夫子透過窗櫺，放眼望向暗黑的夜空，心有所思，半晌才道：「我來淮陰乃受人之托，但三年間我踏遍淮陰的每寸土地，卻仍無所獲。」

紀空手不解地道：「你說你來此地是受人所托？」

「至少當初我來此地絕非我的本意。」丁老夫子淡淡地道：「你可聽說過『盜神』丁衡這個名字？」

紀空手搖頭道：「這個人未免也太狂了吧，賊就是賊，還要在後面加上一個神，是不是有神經病？」

「我呸！」丁老夫子斷然答道：「天下有像我這樣聰明的神經病嗎？」

紀空手「呀……」地一聲，吐吐舌頭道：「難道你就是盜神丁衡？」

丁衡悻悻地道：「你見識淺薄我並不怪你，可你不能信口開河，敢說我丁衡有病的人你是第一個，若不是看在你我三年的交情上，我一定要把你打得滿地找牙！」

紀空手微笑不語，心裡卻不以爲然地道：「你說的這麼漂亮，又是盜神盜帥的，其實也就是一個賊，就算你是個大賊，也沒有什麼了不起的。」

丁衡的眼縫裡逼出一道寒芒，彷彿看到了紀空手頭腦裡的思想，冷笑一聲道：「就算我是一個賊，也是普天之下無人能及的賊！天下各行各業之中敢稱第一的人，完全應該得到他所應得的那份頂禮膜拜式的崇拜，而不是像你這樣的熱嘲冷諷。」

紀空手道：「這也怪不得我，我跟你學了三年，除了這化裝易容之術還能派點用場之外，其他狗屁絕學一概毫無用處，這怎不讓我懷疑起你這個盜神的真實性呢？」

丁衡傲然道：「你不愧有無知小子的美譽，竟然敢說妙手三招、見空步這等神技一無用處，真是『無知者無畏』。你可知道，這三年來，你所學的每一門技藝都是天下無雙的絕技？無一不是江湖中人夢寐以求的東西！」

紀空手不由啞然失笑道：「佩服，佩服。」

「你現在總算明白了吧！」丁衡似乎沒料到紀空手的態度轉變得如此之快，頗有幾分詫異。

「是的，我的確佩服你吹起牛來倒是天下第一，你的妙手三招、見空步既然這麼神奇，我怎麼就一點感受不到呢？」紀空手一針見血地道出了問題的實質所在。

丁衡一怔之下，終於笑了：「這個問題問得好。我這三年裡，所授的技藝都是套路招式，卻從來沒有教過你任何內功真氣的運氣法門，這就好比我修建了一幢百丈的高樓，框架已經立起來了，卻沒有打下地基，是以根本經不得風吹雨打，一推就倒。而我現在要做的事情，就是準備給你打牢地基，讓你出道江湖之後，可以經得起狂風暴雨的沖洗。」

紀空手猛然間想到了一身是傷的劉邦，心中暗道：「也許老夫子沒有說錯，如果沒有內力，劉邦只怕早已一命嗚呼了。這樣看來，我至今一無所長，莫非真與自己毫無內力大有關係？」

他忽然又想起另一個問題，道：「人家都是先打地基，再修高樓，你為什麼偏偏要反其道而行之呢？」

「我早說過，我來此地是受人之托，但是三年間我日訪千家，夜過萬戶，卻仍無所獲，而唯一讓我看得上眼的也只有你這小子，直到今日，我才把醜事相告於你，只因我將離開淮陰。」

「我呸！不知我是否倒了八百輩子楣，才會讓你看上。」紀空手拍開他的手道：「既然你來淮陰找人，爲什麼到這時才告知於我？難道你不知在這淮陰的地頭上，我紀空手可以手遮半天嗎？」

丁衡哈哈一笑道：「手遮半天？是不是也要老夫學你，用手遮住一隻眼睛，每天半睜半閉的，最多也只能看見半邊天？老夫之所以能看得上你，並不是因爲你是帝王將相的棄兒，也不是達官貴人的遺嬰，而是因爲你自己。你雖然混跡市井之中，幹的又是無賴這個行當，但你貧而不貪，賤而不棄，頗有俠義心腸和小聰明，更難得相格清奇，正是我一心要找的最佳人選呀！」

紀空手的臉難看地紅了，不好意思地道：「我聽起來你好像是在罵我。」

丁衡肅然正色道：「有些事情不能只單看眼前，時間一長，你自然就會明白，但你一定要相信我，我丁衡曾盜遍天下，閱人無數，絕不會把人看錯，你的的確確不是池中之物，早晚有一天，會成爲人中龍鳳！」

紀空手的眼睛一亮，油然生出一股信心道：「對，這就是我的抱負與理想，別人能做到的事，我紀空手也一定能夠做到！」

「不！」丁衡搖了搖頭道：「不僅如此，就是別人不能做到的事，你也要想方設法做到，這才是英雄的本色。」

紀空手撓撓頭道：「可我還是不明白你要我去做一些什麼樣的事情，是否去偷天下間別人沒法偷到的東西？」

「呸！老夫如果想要的東西，天下間沒有人能夠阻止我拿到，老夫還用叫你去偷？我只是想讓你知道一個人生於人世，要活得『轟轟烈烈，無怨無悔』，如真能做到這八個字，那你將死而無憾！」丁衡心有所感地道。

「轟轟烈烈，無怨無悔？」紀空手一怔之下，若有所思地道：「這段時間我經常聽人說起陳勝王與吳廣大將軍的事情，他們只不過是普普通通的人，卻提出『王侯將相，寧有種乎』的口號，不僅立國張楚，陳勝還自立爲楚王，他們只怕活得也算轟轟烈烈了吧？」

丁衡道：「陳勝、吳廣能夠創下今天這樣的大局面，看似偶然，實則必然，所謂暴政之下民心思反，只要有人登高一呼，八方百姓必一齊響應，壯大聲威。但是以陳勝、吳廣的才智和能力，走到今天這一步已是勉爲其難了，隨著時間的推移，自然由盛而衰，最終導致滅亡，而真正能夠與暴秦一爭天下者，當是能避開鋒銳，最終後來者卻能居上的大智大勇者！」

「他會是誰？」紀空手好生仰慕地道。

「也許是你，也許是我，也許就是我來此地所找的那人，但只要你努力，自然就會擁有這種機會，所以你定要切記，成敗對你來說並不重要，重要的是你是否參予。」丁衡拍了拍紀空手的肩膀。

紀空手驟然聽到這些振人心弦的話語，整個人頓覺熱血上湧，好生激動。他忽然想到，丁衡對自己說這些話，是因爲他看好自己，以爲自己有這個能力去把握機會。可是憑自己現在的這點實力，連江湖都從未涉足，又何以妄言天下？

「路，是靠人一步一步走出來的，只要走好眼前的每一步路，未必就不能登上人生的頂峰。」紀空手暗暗地對自己道，這就好比一個登山者，他的人還在山下的時候，已經驚歎眼前的風光，沈醉其中，可是當他登上頂峰時，他才驀然發現，剛才所看到的一切也許很美，但真正極致的美，只有在你登上頂峰時才可以欣賞得到。

所以登過山頂的人都知道，無論道路如何艱險，無論環境多麼惡劣，既然自己欣賞過頂峰之上的美景，那麼絕對不會再對沿途的景色感興趣。

紀空手恰恰就是這一類人。

「從今天開始，你是不是就要替我打下基礎，傳授我內家真氣的修煉法門呢？」紀空手顯得有些迫不及待了。

丁衡微微一笑道：「你可知道，三年前我為何只教你妙手三招、見空步，而不傳你內力修煉之法嗎？」他頓了一頓，深深地看了紀空手一眼，接道：「一是你錯過了修煉內力的最佳年齡；二是我所學的內功心法不合適現在的你，因為我三歲習武，五歲練氣，二十六歲始有小成，直到今天，我的內力依然難以列入天下三十強之列。我都尚且如此，你此時修煉，又有何用？」

紀空手渾身一震，知道丁衡所言非虛，臉上情不自禁地露出好生失望的神情。

「這麼說來，我豈非毫無希望？」紀空手似有不甘地道。

「不，天下間武學心法千奇百怪，你應該還有機會。比如當年軒轅黃帝開創史前文明之初，也是在你現在這個年齡才偶得奇遇，然後九戰蚩尤而九敗，最終領悟到武道的至深極境，成為天下第一高手，這才一統洪荒，號稱我華夏始祖。他死之後，據說曾經將他的帝道武學悉數載入兩隻玄鐵龜中，留待後來有緣人。只要我們能夠找到這兩隻玄鐵龜，破解其中玄機，你躋身天下一流高手的夢想便指日可待！」丁衡一臉肅然道，絲毫不帶玩笑的成分。

紀空手搖了搖頭道：「天下如此之大，要找到它談何容易？」

丁衡道：「要得到它反而不難，難就難在根本無法破解其中的奧秘。這玄鐵龜現世以來，已經有數千年的歷史，在這麼漫長的歲月裡，不知流經過多少大智大勇人士之手，至今依然無法破解，可見其難度之大，非是人力可以為之，必須要具備一定的運氣，方能得償所願，最終成為這玄鐵龜上武功的第二代主人。」

關於玄鐵龜的故事，一直是江湖上最流行的三大懸案之一。有人說這只是軒轅黃帝故弄玄虛，引人上當的一個騙局；有人說這玄鐵龜上並沒有武功心法的記載，倒像是兩把開啓寶藏秘門的鑰匙；還有人說這玄鐵龜的龜身紋路蘊含著某種玄機……總之是議論紛紜，流言四起，但不可否認的是，天下武者無人不對它大感興趣，心存覬覦。只要它一現身，必將在江湖上掀起一場巧取豪奪的大風暴。

第二章　奇珍易主

紀空手默然無語，心中更生失落，只覺得自己的一腔豪情最終只能隨流水而去，始終只能混跡於市井，成天爲衣食奔波，庸庸碌碌地了卻一生。

丁衡看在眼裡，悠然道：「如果說玄鐵龜此刻就在我的手裡，你會不會相信？」

「當然不信！」紀空手脫口而出，因爲這太不可思議了。

「是麼？那麼你看，這是什麼？」丁衡的手微微在空中一晃，再攤開時，已經多了兩隻雞蛋大小的黑色鐵龜。

紀空手將信將疑，盯著丁衡的手看時，只見兩隻玄鐵龜通身玄黑，遠觀已是幾可亂真，近觀其紋理鱗甲，頭足嘴眼，無不是精雕細刻，活靈活現，讓人不禁讚歎造物者的鬼斧神工，絕妙技藝。

紀空手的眼中陡然放亮，眼芒透過虛空，似乎在刹那間與玄鐵龜發生了一絲似有若無的心靈感應。他這是第一次看到玄鐵龜，根本無法辨認其真僞，但不知爲何，他第一眼看去，就相信這一定是真的，似乎冥冥之中有一定的玄理。

財神廟原本暗淡的光線隨著玄鐵龜的出現，似乎亮了不少，紀空手與丁衡的眼眸中同時閃爍著一道亢奮的激情，投射在這兩隻流傳江湖已久的玄鐵龜上。

「這難道就是記載了帝道心法的玄鐵龜？」紀空手擦擦眼睛，有種置身夢境之感，根本不敢相信幸運來得如此突然。

「童叟無欺，如假包換。它的的確確就是玄鐵龜！」丁衡傲然道：「普天之下，除了你、我之外，從此再也沒有人知道它的下落了。」

紀空手緩緩地從丁衡的手中接過玄鐵龜，小心翼翼地端視良久，道：「它來自何處？你又是怎麼得到它們的？」

丁衡似乎猜到了他要問這個問題，淡淡一笑道：「它消失江湖已有些時日了，上次出現，它還在吳越劍宗的手裡，迄今算來，已有五十年的間隔，但吳越劍宗雖然強大，可惜它在其手裡的時間並不長，就被人以卑鄙的手段搶走，從此下落不明。不過搶奪玄鐵龜的那人沒有想到那一句古語，就是若要人不知，除非己莫為。他們的惡行還是落在了一個人的眼裡，而讓我來此地的人又正好知道這個秘密。」

紀空手再也忍不住心中的好奇，問道：「『他』到底是誰？難道讓你前來此地就是為了尋找玄鐵龜嗎？」

丁衡搖了搖頭道：「我只能告訴你，他是一位悲天憫人、心懷天下的好人，他之所以要我來此地，是希望能找到在這個亂世之中有所作為之人。」

紀空手聽到這裡，只覺得身在迷霧之中，糊裡糊塗的，他只是覺得這一切太過荒唐。

他只是一個小無賴，雖然沒有做過太多的壞事，卻也很少去積德行善，只是按著自己心中的善惡標準，來賺衣騙吃。他不笨，在一群無賴之中，他也許稱得上絕頂聰明，可是他怎麼也想不通，像他這種人，有時候連自己都瞧不起自己，丁衡怎麼會將三年的心血花在他的心上？

「你不能理解這很正常。」丁衡見他一臉迷茫，不由笑道：「其實就連我自己，也不能理解，我之所以能看得上你，也許就是世人口中所說的機緣吧。但我堅信，以我閱人無數的眼光，不會看錯你，所以這三年裡，我不僅傳授你一些技藝，而且經過周密的踩點，終於在半個月之前從漕幫的總堂盜來了這兩隻玄鐵龜。」

「漕幫總堂？」紀空手幾乎嚇了一跳，道：「你是說這玄鐵龜原來落在了漕幫的手裡，然後你花了三年的時間，才以其人之道還治其人之身，將它盜了出來？」

紀空手心裡驀生恐懼，因爲他深知，這漕幫與樊噲的烏雀門一樣，同屬七幫，勢力遍及江淮，是個頗有名氣的幫會。丁衡惹上他們，無異是在虎口中拔牙，兇險異常。

丁衡道：「漕幫在別人的眼中，也許可怕，但在我丁衡的眼中，它不過是只紙老虎而已，根本算不得什麼。我之所以花了三年時間才得到玄鐵龜，一來是江天此人老奸巨滑，將玄鐵龜藏在了一個讓人意想不到的地方；二來我必須在你藝成之後才能將它取來交到你的手裡，假如動手早了，會引起不必要的麻煩。」

「什麼？你是說這玄鐵龜是爲我而盜？」紀空手沒有想到這天下武人競相覬覦的東西如此輕易地就歸屬自己，想到玄鐵龜中暗含的絕世武功，他的心裡便有一股抑制不住的激動，可是他又想到此物幾經易手尚且無人能夠破解其中奧秘，自己想必也不會例外，不由又生出「身入寶山空手回」的失落與惆悵。

丁衡的眼中爆出一道寒芒，直射在紀空手的臉上，道：「是的，玄鐵龜到了你的手上，也就是我們分手的時候，如果你能從這玄鐵龜中得到你想要的東西，那你就可以踏足江湖，去闖出屬於你自己的一片天地。」

「我想你的心血多半是白費了。」紀空手轉動著手中的玄鐵龜，毫無把握地在心裡說道。一想到這三年來與丁衡相處的日子，又難免有些傷心地道：「你真的要走嗎？」

丁衡的臉上雖然不動聲色，但心裡卻戀戀不捨，畢竟他們相處了三年時間，雖然平日裡沒大沒小，又打又罵，其實他們的感情之深，如同父子，一時之間，也難以割捨。

「其實有了玄鐵龜，你更應該留下來幫我，憑我們兩人的頭腦，才有把握將玄鐵龜裡的秘密破解。」紀空手見丁衡不說話，趕緊找了個不能分手的理由出來，希望能把丁衡留住。

丁衡的眼中似有淚光閃動，深深地凝視著紀空手，淡淡一笑道：「事已至此，我已不能再對你有所幫助，從今往後，一切就只有靠你自己了。不過我必須告訴你，玄鐵龜能否成功破解，不在於你的智慧，而在於你的機緣，如果上天注定你不能過平凡的一生，那麼它就一定會對你有所眷顧，否則，你最好忘了這三年來發生的一切事情，安安穩穩地過完自己的一生。」

紀空手聽得他話裡透出的一股父愛般的感情，心中好生傷感，哽咽道：「我一定謹記你的教誨。」

丁衡憐愛地看著他將玄鐵龜揣入懷中，叮囑道：「這玄鐵龜事關重大，千萬不能讓第二個人知道。假如你實在無法破解，就將它藏到一個隱密的地方，留待後來人去發掘，切記切記。」

紀空手知道他去意已決，點點頭道：「你我雖無師徒之名，可在我的心中，一直把你當作父親與師父看待，能否在你臨走之際，讓我親口叫上一聲？」

「不，你錯了，其實我們是朋友，一對真正的朋友。如果我不是要事纏身，定會留下幫你破解玄鐵龜之謎。可我相信你的機緣，定能破解玄鐵龜之謎，臻入屬於你的武學天地。」丁衡微微一笑，希望自己的話能夠激起紀空手的信心。

「謝謝！」紀空手明白他的意思，真誠地道。

「你不要謝我，我只是做了自己應該做的事情。」丁衡拍了拍他的肩頭道：「雖然馬上就要分手了，但我還可以為你再做一件事。」

紀空手怔了一怔，剛要說話，卻見丁衡的臉一沈，衝著門外喝道：「江幫主既然到了，何不進來一敘？這般鬼鬼祟祟地站在門外偷聽別人說話，只怕不是一幫之主應該有的行徑吧？」

紀空手莫名心驚間，便聽得門外傳來一聲冷哼道：「天下間能從我手中盜得玄鐵龜，也只有你盜神──丁衡！」

聲落人現，便見廟門處閃入一個中年漢子，一身儒衫，身形如鬼魅飄忽，衣衫拂動之中，人已在丁衡面前兩丈處站定。

他的人一出現，渾身便透發出一股殺氣，迅速地在廟殿之中彌漫開來。紀空手顯然禁受不住這種殺氣的侵襲，呼吸一窒間，直退到牆腳處。

丁衡似乎並不因江天的突然出現而感到心驚，在他看來，該來的終究要來，與其遲來，倒不如早來，將這段恩怨了結，自己也可輕鬆回巴蜀交差。

「從你的手上盜走東西並不難，也用不著什麼高明的手段。江幫主這麼說，似乎有抬高自己的意思。」丁衡似是有意想激怒江天，是以出口便是損人之詞，詞鋒甚是犀利。

江天的眉間陡生一股怒意，冷笑道：「你不用把自己看得太高了，雖有盜神之名，但說到底也不過是一個賊，我江天單槍匹馬就可將你拿下！」

丁衡「哦」了一聲，臉上似有不屑道：「你想以多欺少也不成呀！因為你只能一個人來，畢竟玄鐵龜的秘密關係重大，少一個人知道就多一分安全，江幫主，我說的對嗎？」

丁衡有恃無恐的樣子的確讓江天有幾分顧忌，他雖然對自己的武功十分自信，但盜神之名久傳天下，看樣子也並非浪得虛名之徒，他不得不提醒自己，不可大意。

「玄鐵龜乃我漕幫不傳之秘，歷來只有本幫幫主可以知道，你又是從何得來的消息？」江天心裡一直在想著這個問題，百思不得其解，是以忍不住開口問道。

丁衡笑了笑，忽地揚起手來，五指張開，在眼前晃了一晃。

江天微一沈吟，臉色陡然一變，驚道：「你說的難道是五……」

就在這時，丁衡出手了，人如一道閃電撲向江天。

江天心中大駭，全身如箭矢標射般向後急退，迅如閃電間，他的脊背撞在了身後的一堵牆上。江天卻借著這一撞之力，身形彈起，如一隻大鳥般從丁衡的頭頂掠過。

「鏘……」人在空中之時，他終於贏得了拔劍的機會，劍鋒一振之下，猶如萬道寒芒撲天而下，罩向丁衡周身的每一道要穴上。

「轟……」在刻不容緩之際，丁衡的手徒然切入江天的劍芒之中，一拍之下，江天只覺手臂一沈，一股大力如電流般透劍而來，幾欲讓己劍脫手而去。

江天錯步一退，為之駭然，似乎沒有想到丁衡不僅招術精妙，而且內力也在自己之上。忽然他意識到自己犯下了一個錯誤，他不該孤身一人前來。

「轟……轟……」劍掌在瞬息之間交錯幾次，刮起一股莫名的氣流，橫掃虛空。丁衡的掌影翻飛間，一一化去了江天這一輪凌厲的攻勢。

他的每一掌發出，似乎都帶出一股強大的勁氣，如漩渦般具有內吸的功能。初次兩人以快打快，身影進退之間，足可讓觀者眼花繚亂，十招之後，江天只覺得劍上彷彿被一股綿力粘住，出手已不能快似先前。

他是身不由己，而丁衡似是有意爲之，彷彿是在刻意演練這「妙手三招」的妙處所在。紀空手人在牆角，雖然感到勁氣如利刃般割入肌膚，卻睜大眼睛，仔細地觀摩著丁衡的每一次出手，每一招應變，臉上不自禁地露出一絲喜色。

他驚奇地發現，丁衡與江天相搏以來，所用的招式始終是妙手三招。而且他每一次出手，根本不拘泥於固有的形式，信手拈來，皆成變化，在不知不覺中已經占盡上風。

直到這時，紀空手才明白，自己一直認爲毫無用處的妙手三招，一旦實戰，竟然有諸般奇效。

他頓有所悟。

突然間一聲暴喝，江天身形一扭，如一條毒蛇般脫開丁衡掌力的控制，向窗外飛撲而去。

「想走？沒那麼容易！」丁衡冷哼一聲，雙手一錯，猶如從高山疾撲而下的惡鷹，照準江天的後背抓去。

「叮……」江天的人快要接近窗口之時，突然手臂一振，劍尖點在了窗櫺上，迅即彎成弓弦一般，然後他借這一彈之力，倒翻半空，人已反在丁衡之後。

「呀……」紀空手顯然也看到了其中的兇險，情不自禁地驚叫起來。

但是丁衡處亂不驚，即使是劍鋒逼入他一尺範圍時，他的身體爆發出一股無匹的活力，硬生生地橫移了三尺。這一變化不僅讓紀空手看得目瞪口呆，就連江天也爲之震撼，他只感到自己的眼睛一花，丁衡的身體就從一個空間橫移到了另一個空間，致使自己這驚人的一劍刺入了虛空。

江天的心彷彿墜入了一個無底的深淵……

戰局已經十分明朗，完全被丁衡佔據了主動，但讓江天感到詫異的是，丁衡明明可以以空手奪白刃的功夫迫使自己棄劍，但他卻並沒有這樣做。

無意之中，江天看到了躲在牆角的紀空手，當他捕捉到紀空手眼中那絲驚喜的神情時，頓有所悟。

「嘿……」江天冷哼一聲，對著丁衡飄忽不定的身影連刺七劍，每一劍刺出，劍未至殺氣已破空而來，劍氣如潮水般彌漫了整個空間。

丁衡不敢大意，在劍氣迫來的同時，他的身形開始移動，踏著一種非常怪異的步法，瞻之在前，忽而在後，正好與江天的劍勢構成了一個相對的節奏。只是他的步法明顯要快上半拍，使得他總能在劍鋒掠至的剎那避過。

七劍一過，江天暴喝一聲，手中的長劍突然加速，以旋轉的形式在自己身前連劃數道圓圈，氣旋隨之而湧，同時他的身形以電芒之速向後滑退。

丁衡一時之間也莫名其妙，似乎沒有料到江天這一招的真正用意，可是當他看到江天滑退的方向時，不由大吃一驚。

「你……」丁衡怒意橫生，沒有想到堂堂漕幫之主竟然會對一個手無寸鐵的少年下手！江天也不想這麼做，但他已經沒有更好的辦法，他已看出丁衡很在意那少年，只有將那少年擒住，借機要挾，他才有希望帶著玄鐵龜離開此地。

所以他沒有猶豫，先以七劍引開丁衡的注意，然後再用劍氣阻緩丁衡的來勢，最後才倏然出手抓向紀空手！

「呼……」紀空手的人本來縮於牆角處，眼見江天的大手抓來之際，他的腳疾抬而出，身形竟然斜移了一尺左右。

他毫無內力，只是像常人一般踱步，但在有意無意之間，正好使上了見空步的步法，與江天的大手擦身而過。

這似乎是一種巧合，但對紀空手來說，這些步法不知習練了多少遍，純熟到了不用思考的地步。當江天抓來的時候，他完全是出於本能，自然而然地便踏出了見空步的步法。

「嗤……」江天一手抓空，心中的驚駭非同小可，身形一窒間，長劍順勢一旋，直追紀空手的後背而去。

可是這一切都已遲了，一瞬間的時間也許一閃即過，但在高手的眼中，已經足夠讓他做完該做的事情，而丁衡無疑就是這樣的高手。

「呼……」江天的劍鋒尚在虛空之中，便驟然感到了一股強大的勁氣封鎖住了利劍前進的角度，但是江天已經別無選擇，唯有提聚勁力，強行切入。

兩股氣流悍然相撞，平生一道狂飆，席捲著整個虛空，江天的人在向後跌飛中，倏覺嗓門一熱，噴灑出一口血箭，飄飛一地。

丁衡任勁風吹動衣袂，身形兀立不動，只是冷冷地看著癱倒在地的江天，道：「從前江淮七幫在江湖中的風頭之勁，除了五閥之外，少有人可以與之爭鋒，但是從你的身上，我似乎看到了一種逐步的沒落。」

江天的臉色已是一片煞白，眉頭緊皺，顯然在這最後一擊中遭到了重創，以至肺腑受損。不過在這種情況下，他不想失去作爲高手應有的風範，勉力強撐道：「你……無……須……冷……嘲……熱……諷，我……技……不……如……人，要……殺……要……剮，悉……聽……尊……便。」

「剮倒不必，殺則必然！」丁衡眉間緊鎖一股咄咄逼人的殺氣。

「噗……」江天似乎難以堅持，張口又噴出一道血霧，半晌才道：「那……就……讓……我……先……行……一……步，黃……泉……路……上，恭……候……大……駕。」

「不必了，我怕讓你久等。」丁衡微微一笑道：「你我陰陽相隔，走的是完全不同的道路。」

「我……技……不……如……人，自……然……該……死，你……若……技……不……如……人，只……怕……也……難……逃……一……死。」江天大口地喘著粗氣，眼眸中竟閃出一絲詭異的笑意。

「就憑你？」丁衡緩緩地踏前一步，已經來到了江天的身前。

江天搖了搖頭道：「我……雖……然……笨，中……了……你……的……奸……計，但我……來……此……之……前，曾……經……用……重……金……請……到……了……萬……無……一……失……鬼……影……兒，但……不……知……什……麼……原……因，他……竟……然……未……至，不……過……他……的……信……譽……一……向……很……好，當……不……誤……我……千……金……之……酬。」

丁衡陡然一驚道：「萬無一失鬼影兒？」

江天狂笑一聲，眼耳口鼻頓時滲出縷縷鮮血，掙扎地叫道：「不……錯。」

「砰……」地一聲，終於向後仰跌，氣絕而亡。

霜。

廟殿裡一片寂然，燭火時明時暗，映射在丁衡的臉上，只見他已是一臉凝重，彷彿罩上了一層嚴霜。

紀空手走到他的身邊，拍拍胸口道：「好險好險。」

丁衡這才從沈思中驚醒，轉頭望向紀空手，道：「是的，的確很險，要不是你逃過了江天的那一抓，我還真不知道自己面對江天的要挾時，應作出怎樣的決斷。」

紀空手笑道：「我也沒有想到自己能夠躲過江天的那一抓，只是情急之下，自然而然地便將平日裡練熟的東西搬了出來，誤打誤撞，竟然大功告成。」

丁衡也頗爲他感到高興，若有所思地道：「你體內不存一絲內力，僅憑步法的精妙，就能避過江天那凌厲的攻擊，這說明你的天分之高，悟性之強，的確是當世之中罕有的習武天才。雖然這有一定的偶然性，但世間的很多事情都是這樣的，只要你踏出了第一步，那就意味著一個嶄新的開始！」

紀空手沒有想到丁衡竟然如此誇讚自己，這是三年以來絕無僅有的事情，倒有些不好意思起來。低頭之時，忽然記起江天的一句話來，奇道：「那萬無一失是個什麼樣的人物？怎麼你一聽到這個名字，就好像真的見鬼了一般？」

丁衡的眼神裡透出一絲驚懼，望向窗外的茫茫夜色，良久方道：「在殺手這個行當中，萬無一失絕對不是一個有名的人物，他行事低調，行蹤隱秘，認得他真正面目的人不會超過三人。但正因爲如此，他才顯得非常可怕，因爲他始終躲在暗處，而你卻在明處，只要你一有破綻，他就會倏然發難，突施致命的一擊。江湖傳言，他入道殺手這個行當已有十年，至今未曾有失手一次的記錄，可見他這個人的確是殺手行當中的絕頂人物。江天既然以千金酬勞請他出山，只怕我的將來就難有安寧的日子可享了。」

紀空手霍然心驚，他剛才目睹了丁衡制敵殺敵的從容，已經認定以丁衡的實力足可位列天下高手的最前列。可是當丁衡提到鬼影兒時，言語中多少有幾分忌憚，可見鬼影兒的可怕絕對超過了自己的想像。

「聽江天的意思，鬼影兒已經就在附近。」紀空手不無擔憂地道。

丁衡的眉鋒一跳，寒芒閃出道：「就算他來了，我也不是毫無機會。」

「你的意思是……」紀空手靈光一現道：「引蛇出洞！」

丁衡終於笑了。

◆

鬼影兒手抱長矛，靜靜地蹲坐在屋簷下的一角，雙目微閉，狀若養神，其實方圓十丈內的動靜盡在他的耳目掌握之中。

「篤篤篤……」三更鼓響，夜色已濃，長街上已無人跡，清風吹過，更添寂寥。

他已在此等候多時。

因爲他認定丁衡必將從這裡逃出淮陰，如果他不想自己「千金殺一人，空手絕不回」的信譽就此作罷，這無疑是他的最後一次機會。

對於他來說，抓住機會永遠是成功的秘訣，而選擇時機則是成功的關鍵。當他每接一樁生意時，便已開始有所顧忌了，儘量不接那種頗有難度的生意，以免砸了自己歷經十年創下的金字招牌——萬無一失。

鬼影兒想到這裡，不由得有些暗自慶幸。因爲那一夜財神廟裡發生的事情，他躲在暗處，將一切都看在眼裡。

那一夜，他如約而至，甚至比丁衡到得都早，選擇了一個最利於遠眺的位置蹲伏。他始終認爲，殺手不僅要有好的身手，冷靜的思維，還要做到一個「勤」字。只有多一分努力，才會多一分成功的機會，成功的概率與你付出的汗水永遠都是成正比的。

然後他便看到了丁衡，在他的檔案裡，丁衡無疑是他設定的免殺人物之一。他曾經花費大量的心思來研究江湖上的每一個成名高手，爲了不使自己空手而回，他制定了一份名單，名單裡的人物都是他認爲沒有把握對付的，因此他不將這其中的任何一人作爲自己刺殺的目標。

這無疑是一個明智的決定，也是他能保證盛名不衰的妙方。只是這一次，他接到江天的雇請之後，沒有事先問清目標的情況，因爲他覺得，無論是個多麼高明的賊，都不可能在他的矛下逃生。

但丁衡絕對是一個例外，他不僅是賊，而且是個了不起的大賊。「盜神」之名得以傳揚天下，又豈是僥倖所致？所以鬼影兒決定靜觀其變，絕不貿然出手。

事實證明了他判斷的正確，丁衡的武功之高，甚至超出了他的想像。但是鬼影兒雖然眼睜睜地看著江天的死去也沒有出手，卻並不表示他會放棄這次的行動。作爲一個殺手，名聲雖然重要，但誠信卻在名譽之上，所以他只是覺得自己應該忍，忍到強援的到來。

這也是他唯一一次需要別人的幫助來完成的刺殺，因爲只有這樣，他才有十足的把握將丁衡置於死地，做到真正的萬無一失。

「三更天了。」鬼影兒看看天色，就在這時，長街的盡頭突然響起了一陣馬蹄得得之聲，雖然距離尚遠，但聽在鬼影兒耳中，心裡已生一股殺機。

一輛馬車緩緩進入了他的視野，由遠及近而來，長街上傳出車輪轆轆的回音，使得這流動的空氣中彌漫出一股淡若無形的殺氣。

殺氣很淡，淡得讓人幾不能察，但鬼影兒卻能清晰地感受到它的存在。他的眼芒透過眼前壓力漸增的虛空，鎖定住這輛無人駕駛的馬車，更似要透過那薄薄的簾帷，去洞察車簾之後丁衡的表情。

他通過這空氣中的壓力，幾乎斷定車中之人就是丁衡，可是他不驚不喜，反而更加冷靜，靜下心來繼續等待。

馬車愈來愈近了。

十丈、五丈、三丈……

就在這時，那車上的簾門無風自動，突然向上翻捲，雖只是一剎那的時間，但鬼影兒的眼睛一亮，終於看到了穩坐車中的丁衡的臉。

鬼影兒深深地吸了一口氣後，終於起動。

長矛破空聲驟起，如風雷隱隱，貫穿了長街之上的虛空。

「嗤嗤……」之聲穿行於氣旋之間，三丈，正是長矛發動攻勢的最佳距離。鬼影兒這竭盡全力的一刺，已經有必殺之勢。

就在他逼近馬車七尺範圍內時，他的心中突然一沈，警兆頓生。

「轟……」一聲驚天動地般的爆響，從馬車的下方傳來，碎木橫飛間，一條人影從車底標射而出，鬼影兒大驚，欲退之際只覺得喉間一緊，然後他聽到骨裂的聲音，最後入目的卻是丁衡那充滿憐憫的眼神。

鬼影兒綻出一絲苦澀的笑容，這一刻他才知道丁衡的手不僅善偷，也擅殺人！

丁衡悠然鬆開緊扣鬼影兒咽喉的手，在對方屍體轟然倒下的一剎，竟深深地歎了一口氣。

千金殺一人，空手絕不回，鬼影兒沒有失信於天下，他至少用自己的生命來證明了自己的誠信，只是面對這種誠信，不知是可悲，還是可笑。

丁衡的心情並沒有輕鬆，反而更沈，在他放開鬼影兒的手時，卻見三條蒙面黑影自黑暗中幽靈般襲來。

假如鬼影兒在天有靈，一定會因此而感到後悔。後悔不該搶著出手，他本以為他一出手他身後的人便立即出手相助，但他還是低估了丁衡，事實上他根本就不會相信丁衡會在那一招之內殺了他！

但丁衡做到了，一出手間鬼影兒便死了，這使他的三個同伴連出手相救的機會都沒有，這確實是鬼影兒的悲哀！

就在這一剎那間，丁衡的眉鋒一跳，刀已出手！

這一刀的出手時機拿捏得妙至毫巔，配之於玄妙的角度，閃電般的速度，貫入虛空之中，一舉粉碎了對方可能的聯手攻擊，轉而形成了各自為戰的局勢。

丁衡需要的就是這種效果，既然出手，他的腳就踏出了見空步的步法，以飄忽的身法連攻三刀。攻勢如潮，刀如駭浪，長街上的氣氛頓時凝結，醞釀已久的殺機終於如決堤的洪流，完全爆發。

敵人顯然沒有料到丁衡對刀的使用也能幾達完美，微微一退間，卻見丁衡手中的刀幻生出一片白茫茫的雪光，籠罩了數丈長街。

這三人的眼中同時閃過一絲詫異，毫不猶豫地一振劍芒，直刺入刀芒的中心。

丁衡面對這三大高手，沒有絲毫的退縮。

「呼……」這三人中，兩人使劍，一人使矛，長短相配各守一方，頗顯相得益彰。那使長矛之人鬥得性起，丈二長矛陡然破空，矛鋒亂舞，勢如長江大浪，掀起一波又一波的怒濤駭浪，漫天掩殺而來。

丁衡眼芒一亮，暴喝一聲，勁氣陡然在掌心中爆發，一道白光脫手而出，迎向這如惡龍般飛來的長矛。

「嗤……」短刀削在矛身之上，爆出一溜刺目耀眼的火花，迅速蔓延至這長矛的終端。

使矛之人手臂一振，沒有想到丁衡竟敢捨刀而戰，而更讓他吃驚的是，這短刀帶出的無匹勁氣，已經襲向了他握矛的手掌。

無奈之下，他也只有棄矛一途。

「呼……」雖是同時捨棄兵器，但效果卻截然不同。丁衡擅長的本不是刀，而是他的手，所以在他棄刀的同時，握刀的手已變成一記鐵拳，帶著螺旋勁力當胸擊來。

這一拳之威，令觀者無不駭然，那棄矛者識得厲害，只有飛退。

「呼……呼……」兩名劍手眼見勢頭不對，揮劍而出，一左一右，從兩個不同的方向撲殺而來。

「呔……」丁衡突地雙腳蹬地，縱向半空，突然暴喝一聲，仿如炸響一道驚雷，以無匹之勢搶入劍芒之中。

「轟……」巨響頓起，強風呼呼，洶湧的氣流猶如中間開花，迸裂而射，震得長街石板無不嗡嗡震動。

三人的身形一震之下，紛紛向後跌飛，血霧噴灑間，那兩名劍手竟被丁衡這驚人的一拳震得血脈寸斷，當場立斃。

丁衡「哇……」地一聲倒翻而出，氣血翻湧間，忍不住狂噴幾大口鮮血，踉蹌間落在地上。

就在這時，一股強大的殺氣迎著洶湧的氣浪逆行而來，速度不是很快，但氣勢十足，選擇的時機正是丁衡舊力已盡、新力未生之際。

來者就是剛才棄矛之敵，空氣中的壓力陡然劇增，隨著這一矛的貫入，虛空中一時肅殺無限。

在這緊要關頭，丁衡心神猶未慌亂。

無論丁衡作出如何的抉擇，面對強敵這驚人的一擊，他已注定了非傷即亡的結局。現在丁衡努力要做的，就是怎樣才能以最小的代價來躲過這一劫。

他強行提聚自己全身的功力，凝聚於自己的左肩之上，然後硬將身形橫移，在間不容髮之際，矛鋒直直地貫入了他的左肩之中，來了個對穿對過。

丁衡陡覺肩上一涼，強烈的痛感逼使他怒吼一聲，「去死吧！」丁衡的毛髮盡皆倒豎，發一聲喊，一腳正中敵人的心窩。

那人根本沒有想到丁衡竟如此的強悍，一驚之下，眼見丁衡的腳由下而上踢來，再想變化，已是不及。

不過他臨死之際嚎叫一聲，雙手發力，將全身的勁力通過矛身強行貫入丁衡的肩上。

「噗噗……」一幕驚人的場景倏然呈現，在丁衡的肩上，突然炸出幾個小洞，鮮血如血箭般標出，染紅了一身衣衫。

這顯然是丁衡將體內的內勁全部都寄於腳上擊出，而使血管難以承受外力如此強大的擠壓，突然爆裂之故。那使矛之人目睹了這一切，猙獰一笑，這才倒地斃命。

血還在「咕咕……」地向外冒泡，丁衡的臉色已是一片蒼白，毫無血色，喘著濃重的粗氣，雙腿一軟，坐倒在長街的中央。

「你怎麼啦？」紀空手從車中鑽出，不禁大驚失色，趕緊跑上前扶住他，嚇得幾乎哭出聲來。

「看來我不行了！剛才此人臨死一擊，將全身內勁傳入我體，讓我全身血脈炸裂……」丁衡艱難地擠出了一絲微笑，臉上依然不失強者的傲氣。可是當他說完這一句話時，呼吸愈發顯得渾濁，彷彿上氣不接下氣一般。

「你不會有事的，只要等到天亮，我就去請大夫來看你。」紀空手帶著哭腔，一臉關切地道。看著丁衡肩上炸開的血口，赤肉翻轉，白骨森然，紀空手已是六神無主。

「你，你……不……要……哭，記住……我……的……話，玄……鐵……龜……對……於……你……來……說，很……重……要，千萬……不……能……讓……任……何……人……知……道……它……的……下……落。」丁衡掙扎著湊到紀空手的耳邊道。

紀空手緊緊抱住他的頭，極力不讓眼淚流出來。

「你……要……相信……自……己，在……我……的……眼……中，我……始……終……堅……信，你……雖不……具……虎相龍形，但你定……不是……一……個……平……凡……的……人。」丁衡說到這裡，兩隻眼睛深深內陷，瞳孔逐漸放大，已然無神，拚著最後一點力氣，不無遺憾地幽然歎道：「可……惜……的……是，我……已……經……不……能……看……到……你……叱……吒……風……雲……的……那……一……天……了……」

丁衡的聲音愈來愈低，說到最後一個字時，已是悄然無聲，幾不可聞，可是他的臉上，至死都帶著一絲微笑，一種無悔的微笑。
一聲驚雷從半空炸起，閃電劃過夜空，形似白晝。紀空手緊緊地抱住丁衡愈來愈冷的身軀，兩行淚水緩緩地從他的面頰流下。

◆

「韓爺，我要離開淮陰。」紀空手的臉上依舊帶著幾分悲痛，遙看天上的那一片流雲，斷然道。
韓信並不因此而感到詫異，當他聽紀空手說起這兩天來淮陰城裡的這幾起命案都與他有所關聯的時候，他心驚之下，也認爲離開淮陰是紀空手此刻的最佳選擇。
「你捨得離開嗎？」韓信覺得這個問題問得有些傻，照紀空手此時的處境，捨不捨得淮陰他都必須離開，這是無法逃避的事實。
紀空手並沒有直接回答這個問題，而是依然盯住那一片在天空中緩緩蠕動的流雲，不無惆悵地道：「我自小就生長在這個城市裡，若說沒有感情，那是假的。隨著我的年齡一點一點地長大，我又經常問著自己：我真的是屬於這座城市嗎？如果回答是肯定的，那麼這麼多年來，這座城市又給予了我什麼？貧窮、饑餓、居無定所，難道這些東西就值得我去留戀嗎？不！我想我不屬於這座城市。」
他搖了搖頭，將目光轉移到了韓信的臉上，緩緩接道：「這些年來，我想我最大的收穫，應該是得到了兩個好朋友，一個是丁衡，也就是丁老夫子，另一人就是你。這是我唯一不會後悔的事情，如今丁衡去了，我更加珍惜你我之間這種同生死、共患難中產生出來的友情。」
韓信微微一笑，沒有說話，只是將自己的手伸出，與紀空手緊緊握在了一起。
「這幾天來，發生了太多的事情，每一件事情都似乎向我預示著我的未來會有所改變，特別是丁衡臨終之前，曾經對我說過這麼一句話，他相信我不是一個平凡的人。」紀空手的眼中透出一絲亢奮與自信，緩緩接道：「於是我就想，連別人都對我充滿信心，我又有什麼理由選擇自暴自棄？既然淮陰已經不適合我發展，那我爲什麼不走出淮陰，去迎接更大的挑戰？」

韓信道：「那就讓我陪著你，到沛縣去，這本來就是我們事先商量好的計畫。」

紀空手眼睛一亮道：「我正有此意，與其在這裡無所事事，倒不如我們現在就去。以樊噲在烏雀門的地位，完全可以安排一個適合我們的位置，再說，我也非常牽掛劉邦的傷勢是否完全康復。」

韓信一聽，頓時興奮起來，道：「對呀，我們畢竟是他的救命恩人，他也算是沛縣黑白兩道吃得開的人物，只要有他一句話，就足夠讓我們混一輩子啦。」

「混？」紀空手的眉頭一皺，道：「如果要混，在淮陰城裡當個無賴也不差，何必還要跑到沛縣去？我們既然要去沛縣，就一定要有所作爲，出人頭地。」

韓信苦笑道：「就憑我們？一到沛縣，就算是踏入江湖。江湖險惡，單憑頭腦顯然不行，江湖江湖，終究還是要憑實力說話。」他順勢擺了個擲飛刀的架式，顯然又想到了樊噲那一夜在樹林裡的英姿，好生羨慕。

紀空手沈吟半晌，深深地看了韓信一眼，咬咬牙道：「韓爺，你是否真的把我當作兄弟？」

韓信頓感莫名其妙，搔搔頭道：「這還要問嗎？一直以來我唯你馬首是瞻，雖然我比你年長兩三歲，可我一直把你當作兄弟看待。」

紀空手伸出掌來，兩人一拍道：「有你這句話，我便知足了。」他從懷中取出玄鐵龜來，小心翼翼地捧在手上道：「這是丁衡相贈之物，他再三叮囑，此物乃江湖武人無不覬覦之物，萬不可讓外人知曉。不過我想，你我既是兄弟，就不是外人，我沒有必要瞞你。」

韓信將玄鐵龜接到手中，端詳半天，發現雙龜除鐵質一寒一熱外，別無不同，咧嘴道：「紀少，你可又拿我開心了，這不就是兩隻小鐵龜嗎？送到當鋪去，最多也就值個三五錢銀子，根本用不著弄得這麼神秘兮兮的。」

紀空手搖搖頭道：「你可知道它來自何處？」

韓信道：「我還真不知道。」

「它是丁衡從漕幫總壇盜來的，而且一經現世，便出了淮陰這幾宗命案。你想想看，有這麼多人爲了它而不惜生死，它還會是無用之物嗎？」紀空手一五一十地將玄鐵龜的傳說說了出來，頓時嚇得韓信目瞪口呆，半天都合不攏嘴。

「如果我們能破解出其中的奧秘，那麼豈不是可以縱橫天下、馳騁江湖了麼？」韓信嘖嘖稱奇，重新打量起這兩隻毫不起眼的玄鐵龜來。

紀空手道：「所以說這就是我們最大的本錢，只要我們能把握住這個機會，就算我們不去投靠劉邦、樊噲，也會有出人頭地的一天。否則的話，你我就注定了寄人籬下，靠別人給飯吃了。」

韓信被他一激，信心大增道：「憑你我的頭腦，相信終會破開這玄鐵龜的秘密。我就不信，這天下間還有能難得了我們兩兄弟的事情。」

當下兩人簡單地收拾了一下行李，向文老大道別，文虎聽了他們的去意之後，眼見挽留不住，便送了些銀兩，叮囑幾句。

紀空手與韓信結伴出了淮陰，走出百步之後，兩人不約而同地轉過身來，戀戀不捨地看了一眼。

「淮陰啊淮陰，今日老子去了，但是總有一天，老子還會風風光光地再殺回來！」韓信悶了半晌，突然大聲吼了起來，驚得幾個路人駐足觀望。

紀空手微微一笑道：「但願你我能夠夢想成真！」說完這句話，兩人扭頭就走，再也沒有回頭。

由淮陰到沛縣，相距不過三四百里，水陸皆可通達。紀空手心知丁衡的死頗爲蹊蹺，那三名蒙面人絕非是湊巧遇上，假若他們身後大有背景，他們的同夥必然會尋絲問跡地懷疑到自己的頭上。因此，爲了保險起見，紀空手還是決定走比較難行的陸路，這樣一來，縱是遇上突發事件，他們也好趁機逃逸，總比在船上坐以待斃要強。

主意拿定，兩人避開大路，攀上了一座大山，沿著一條採藥人走出的山道走了幾個時辰，終於看到了山腳下的鳳舞集。

只要到了鳳舞集，就算是出了淮陰的地界。進入了沛縣境內，順著山路而下，沒過多少時候，兩人便進入了鳳舞集。華燈初上，鳳舞集頗爲熱鬧，除了本鎮的居民之外，因爲這裡是三郡交界的必經之道，所以還有不少外來的旅人與商賈。

紀空手與韓信畢竟是少年心性，喜歡熱鬧，又仗著口袋裡有幾兩銀子，便擇了一家頗具規模的酒樓用起膳來。

叫了滿滿一桌的好菜，兩人又喝了一壺好酒，醉意醺然間，韓信的心性亂了起來，悄聲道：「紀少，我在淮陰的時候，就聽說鳳舞集的女人出奇的勾人，難得來這麼一次，咱們是不是也去見識一下？」

紀空手趁著酒性，想起那一夜桃紅的貓叫聲，心裡頓時有些癢了，道：「韓爺有此雅興，紀某當然奉陪，只是我們初來乍到，不知行情，可別讓人敲了竹槓。」

「問問不就行了嗎？」韓信剛要站起，卻見旁邊桌上過來一個猥瑣漢子，眼珠滴溜溜地轉個不停，一看就知道是個無賴出身，雙手一拱，笑嘻嘻地道：「兩位兄台請了，在下王七，這廂有禮了。」

「王七？」韓信與紀空手對視一眼，一臉茫然，顯然都是頭一遭聽說這個名字。

「兩位不用想了，咱們的確是頭一遭見面，聽兩位的口音，倒像是淮陰人氏，若兩位想找樂子，我倒介紹一個好去處。」王七大咧咧地坐下，大有騙吃一頓的意思。

「哦，何不說來聽聽？」紀空手問道。

「鳳舞集最有名的便是花間派名下的天香樓，不若兩位與我同去，包二位滿意！」王七肯定的道。

紀空手與韓信不由相對笑了。

◆

天香樓給人的第一印象，就是氣派，像是有錢人家的一個莊園。

紀空手與韓信雖然都是頭一遭嫖妓，但是他們自小就混跡於青樓賭場，對其中的門道輕車熟路，根本就不像是一個生手。

三人在一個妖冶婦人的領路下，上了一座樓閣，樓內佈置典雅，絲毫不見粉俗之氣。

「好去處，好去處，能把青樓經營成這等氣派，生意想不紅火都難得很呀！」紀空手忍不住嘖嘖稱奇道。

「待會兒叫了姑娘來，紀少才知道什麼叫物有所值了！」王七眨了眨眼睛，嘻嘻一笑道。

其實他們一路行來，不時遇到一些換場的姑娘從身邊經過，其中不乏美女豔婦，見得紀、韓二人少年俊美，英氣勃發，不時拋來媚眼，眉梢眼角盡是撩人的風情，害得紀、韓二人直吞口水，大飽眼福之下，已是心猿意馬。

在期盼中等來兩位姑娘，果真是二八佳麗，眉間含情，生就一副惹火身材，緊挨著紀、韓二人坐下。王七笑了起來，打趣道：「兩對新人坐在一起，真是絕配，所謂春宵一刻値千金，在下再不識趣，紀少、韓爺就要怪我不懂調調了。」當下接過紀空手遞來的幾錢散碎銀子，道了聲謝，逕自去了。

紀空手與韓信對這等場面雖然見得多了，可叫姑娘畢竟是頭回，難免有幾分羞澀，倒是這兩位姑娘落落大方，擅長交際，幾句話下來，彼此變得熟稔起來。

紀空手正要叫些酒菜來，把酒言歡，剛一站起身，忽覺肚子痛得難受，知道是吃壞了東西。當下匆匆離開廂房，問明路徑之後，直奔茅房。

待了半盞茶的功夫，紀空手才覺得肚子舒服了些，正要起身，忽聽得一陣腳步聲傳來，有兩人進得茅房，正好就在紀空手蹲位的隔壁站住。

「你真的沒有看錯？」一個粗大的嗓音刻意壓低聲調道。

「沒錯，我仔細問過了，的的確確是那兩個小子。」一個似曾耳熟的聲音傳到紀空手的耳中，令他心神一跳，因爲他聽得分明，這說話之人就是把他和韓信帶到天香樓的王七。

「他們現在何處？」那粗大嗓音者沈吟片刻，有些興奮地道。

「被我安排在小翠、秋月的房中，我還要她們替我盯著哩。」王七笑嘻嘻地道。

「好，我們先穩住他們，等到朱管事來了，再動手也不遲。」那粗大嗓門說道，同時一聲水響，這人顯是耐不住了，撒了一大泡尿。

兩人匆匆而去，留下紀空手一人呆在茅房裡，冷汗迭冒，手腳冰涼，明白他們被這王七賣了。

直到此刻，紀空手才霍然明白，這王七之所以如此熱心，不僅僅是騙吃喝打秋風這麼簡單，原來他早已看出了自己的底細，知道有人正在追查自己的下落，是以才會請君入甕，騙自己來到這天香樓。

這樣說來，要追查自己的人顯然來自花間派，而且最大的可能是那天與長街出現被殺的三個蒙面人有關，否則他們不會知道自己與丁衡的關係。

想到這裡，敵人的意圖已經十分明朗，就是衝著玄鐵龜而來，自己此番只怕是凶多吉少了。

紀空手提起褲子，走出茅房時，他的臉上已經有了一絲笑意，因為他已經想好了一個絕妙的主意。

紀空手的主意不僅絕妙，而且簡單有效，關鍵在於不能有憐香惜玉之心。

這個主意就是要委屈一下兩位美女，將她們捆成一團，塞到床底，再尋出美女的汗巾，堵住她們的嘴，然後他們喬裝打扮，男扮女裝，大搖大擺地走出了天香樓。

一出天香樓，韓信的臉都白了，輕舒了一口氣道：「好險，好險，魚兒沒吃到還差點惹了一身腥。」

紀空手瞪他一眼道：「我們可還沒有脫離險境，要想活命，就得少說話，多跑路。」腰肢一扭，已是行走如風。

一連走過幾條小巷，到了一個暗黑處，兩人脫去女裝，正要易容成另一副模樣，卻聽得「叮……噹……叮……噹……」一陣鏗鏘有力的打鐵聲從小巷的深處悠然傳來。

「前面有家鐵匠鋪，不若我們去打兩把兵器防身，也好勝過手無寸鐵呀！」紀空手提議道。

小巷盡頭，一家門面破舊的兵器鋪出現在視線之內，一個瘦小卻精幹的駝背老者正站在烈焰熊熊的爐火前，全神貫注地一錘一錘地敲打著一件幾近成形的刀坯。

「喂，老頭，生意上門了，也不招呼一下嗎？」韓信難得身上有錢，免不了大咧咧地喝道，因爲他始終覺得有錢就是大爺，自己照顧了別人的生意，就理所當然該是別人的大爺一般。

那駝背老者彷彿根本就沒有聽到一般，依然一門心思地打造著手中的刀坯，眼神中似有幾分亢奮。他揮臂的姿勢雖然非常難看，卻有板有眼，敲出了動聽悅耳的節奏，讓人感覺到有一種絲毫不遜於絲竹管弦所奏出的韻律之美。

韓信不由得與紀空手相視一眼，臉上露出幾分詫異，又耐不住這自火爐中散發出來的烈焰熱浪，不自禁地退了一大步。

「你耳朵聾了，沒聽到我在跟你說話嗎？」韓信既擔心敵人追至，又恨這老頭如此高傲，心中頓生出一股怒氣來。

駝背老者抬起頭來，眼中逼射出一道寒芒，橫掃在紀、韓二人的臉上。

紀、韓二人頓時感到有一股寒意生出，迫得他們不寒而慄，再退一步。

老人重新低下頭，手臂揮動間，又是一陣「叮叮噹噹……」聲，敲擊著手中的刀坯。這幾下動作飛快，疾如狂風驟雨。過了片刻功夫，順手將手中已經鑄成的黝黑刀坯探進一旁的鹽水盆中，便聽得「滋滋……」聲響，一股白色的水霧彌漫了整個空間。

紀空手看得入神，心中暗道：「此人動作嫻熟，做工精細，想必做這一行頗有些年頭了。只要我好生相求，再送上銀子，說不定可以買到一兩把寶刀利刃。」他正想著心事，那老者見水霧散盡，驀然大手一抬，只見一道豪光如電芒般躍入虛空，一時滿室生輝。

第三章　鑄刀奇緣

紀空手與韓信頓覺眼前一亮，如同在陰沈的天氣裡，陡然見到驕陽破雲而出，給人一種強光刺眼的感覺。二人不期然地心中一凜，身不由己地再退兩步。

待這種驚悸懾魂的心情稍稍一緩之後，二人才定睛看去，只見剛才老者拿在手中的那把毫不起眼、通身黝黑的長刀，此時卻變得豪光閃閃，凜凜生寒。

「好刀！」紀空手與韓信幾乎是異口同聲地叫起好來。二人自小混跡市井，絕非膽小之人，但是面對這把剛出爐的長刀，卻在無形中感到了一種令人窒息的威壓。

老者依然眼芒躍動，全神貫注於手中的長刀之上，對紀、韓二人的讚歎充耳不聞，深深地吸了一口氣後，驀見他的右臂一動，刀光閃過，已將他自己的左手食指劃出了一條血口。

鮮血如露珠凝固，緩緩溢出，老者似乎絲毫不覺疼痛，眼中綻放出一種狂熱而癡迷的神態，小心翼翼地將血珠滴在刀身之上。

「嗤……」血霧揚起，頓生腥氣，升入空中漸化無形，但在雪白鋥亮的刀面上，赫然多出了兩滴如淚珠般的血痕，抹之不去，讓人一見之下，頓生一種淒美悲涼的心境。

「英雄建偉業，寶刀當飲血，十步殺一人，輕生如離別。離別，離別，就叫離別刀吧！」老者深情地撫摸著刀身上的血痕，悠然而道。

紀空手乍聽老者隨口吟出的詩句，心中驚悸俱滅，陡生一股豪情，覺得做人一世，就當幹一番轟轟烈烈的事業，不說為天下蒼生，黎民百姓，就算是為了丁衡，為了自己，也當努力拚搏，方不枉來這人世走了一遭。

試問眾生，有誰不想榮華富貴？有誰不想權傾天下？紀空手自然也不例外。

他眼珠一轉，先瞅了瞅鋪子裡排列整齊的滿架兵器，又將目光停留在老者手中的寶刀之上，暗忖道：「不比不知道，一比嚇一跳，若是把鋪子裡的兵刃與這把刀相比，簡直就成了一堆無用的垃圾。如果我有了它，倒是可以保得一時性命無虞。」

思及此處，他與韓信相視一眼，大有不得此刀誓不罷休的決心。

「老師傅，在下這廂有禮了。」紀空手畢恭畢敬地行了個禮道。

老者彷彿直到此刻才發覺身邊多了兩個人，目光從寶刀上離開，稍稍打量了二人一下，微微一笑道：「二位是在跟老夫說話嗎？」

「是的，我們是外地人，這次路過貴地，正好需要一兩件稱手的兵器防身，不知老師傅手中的寶刀肯否割愛？」紀空手見他神情緩和，似有商量的餘地，趕緊說明來意。

「哦，你們想要這把刀？」老者搖了搖頭，答非所問地道：「照你們的眼力來看，老夫這長刀鑄得如何呀？」

紀空手見他一臉的得意之色，正是一個鑄兵師完成了一件得意之作所應該出現的表情，不由投其所好，由衷贊道：「這刀的確是一把好刀，相信就是傳聞中的當世三大著名鑄兵師親手打造，也不過如此。」

老者哈哈一笑，目光重新回到寶刀身上，道：「刀雖是好刀，但未必就是世間最鋒銳的兵器。其實無論什麼樣的神兵利器並不重要，重要的是使用兵器的人。在大師手中，飛花摘葉已可傷人，在庸人手中，神兵利刃也只是切菜屠狗的工具。」

他言語之中已有不屑之意，似乎根本就沒有將紀、韓二人放在眼裡。紀空手與韓信都是聰明之人，哪裡聽不出他話外之意？臉上頓時露出失望之色。

老者看在眼中，心有不忍，淡淡笑道：「二位若是真想要刀，不妨就在這鋪子裡任選一件，老夫可以保證，這鋪子裡的兵器就算再劣再次，比起一般的兵器鋪來，只怕還要略勝一籌。」

紀空手的心猶有不甘地道：「何以老師傅就不肯將手中的寶刀割愛呢？」

老者搖了搖頭道：「不是老夫不肯割愛，實因這寶刀另有主人，老夫花費三年的心血鑄得此刀，就是等著有一天親手奉到它的主人面前。」

紀空手無奈之下，只得與韓信入店，隨手抓起一柄刀來，還未細看，卻聽得有一陣人聲與腳步聲由遠及近迫來。

紀空手心中一驚，探頭一看，卻見巷外的半空中一片火光，照得整個市集亮如白晝，顯然是花間派的人發現了紀空手的掉包計，大張旗鼓地搜索而來。

韓信驚道：「糟了，我們只顧買刀，卻忘了身處險境。」

紀空手提起刀來，拔腿就跑，剛剛跑了幾步，卻聽得巷外人聲已近，火光耀眼，追兵竟然堵在了巷口。

「在這裡了，你們看，這裡還有兩套換下的衣裙。」有人大聲呼道，接著巷子裡便傳來紛遝而至的腳步聲，如急雨般點打在小巷的青石板上。

紀空手這才想到自己一時疏忽，竟然留下了一個老大的破綻，當下也不猶豫，轉身回跑，重新回到了兵器鋪。

「老師傅，能否讓我們在這裡躲上一躲？」紀空手一臉惶急地道。

老者目睹著紀空手跑動的每一個動作，眼中閃過一絲詫異之色，有些不敢相信自己的眼睛所見。等到紀空手跑到身前，他又重新打量了紀空手一眼，道：「這些人只是花間派的小角色，你又何必怕他們呢？」

他壓根兒就沒有看見那些人的人影，就能從對方的腳步聲中聽出武功路數，這不由得讓紀空手大吃一驚。他忽然明白了，眼前這個其貌不揚的老頭，竟然是個深藏不露的高手！

「老師傅也聽說過花間派麼？」紀空手似乎鎮定了許多，雖然腳步聲愈來愈近，但他的神情已恢復了常態。

老者笑了笑道：「花間派位列七幫之一，除了其掌門莫干和幾位管事有幾分能耐之外，其他的人不過是濫竽充數，壯壯聲勢，兩位不必害怕。反倒是老夫有一句話想問問你，希望你能照實回答。」

「但問無妨。」紀空手怔了一怔，趕忙說道。

「你是否就是淮陰的紀空手？」老者的眼芒一閃，直直地逼射在紀空手的臉上，神色極是凝重。

紀空手顯然不明白老者何以會有此一問，更不明白老者真正的用意，他感到奇怪的是，自己只是一個流浪街頭的小無賴而已，這位老人怎麼會知道他的名字？

「是，我就是紀空手。」紀空手面對老者咄咄逼人的目光，雖然未知吉凶禍福，卻斷然答道。

老者的臉上頓時露出一股溫和的笑意，緩緩地道：「幸會，老夫名爲軒轅子，乃丁衡的朋友。」

他此話一出，令紀空手又驚又喜，驚的是他從來就沒有聽丁衡提過軒轅子這個人；喜的是軒轅子既是丁衡的朋友，又知道自己的姓名，此刻大敵當前，想必他不至於袖手旁觀，自己或可逃過此劫。

韓信沒有想到事情居然出現了一絲轉機，高興得有些忘乎所以，伸手拍了一下軒轅子的肩頭。

「哎喲……」他慘呼一聲，手剛觸及軒轅子的肩膀，便感到有一股大力反震過來，幾乎將他摔了個四腳朝天。

「好功夫！」韓信伸出舌頭，做個鬼臉，由衷讚道。先前驚惶如喪家之犬的模樣已蕩然無存，因爲他心裡清楚，有了軒轅子這個保護傘，自己想不安全都不行。

便在這時，馬嘶長鳴，蹄聲正疾，三人三騎如旋風般竄入小巷，馬上騎士一帶繮繩，健馬人立長嘶，然後前足著地，在兵器鋪的門口悠然停步，呈一字形排開。

隨著馬嘶聲的節奏，小巷四周已是火光映天，數十名持刀弄棍的漢子密布而立，已經對這條小巷形成了包圍之勢。

軒轅子卻視若無睹，只是深深地凝視著紀空手，半晌才道：「丁衡呢？」

他本不想問，因爲他了解丁衡，如果丁衡沒有出事，他根本不會讓紀空手離開淮陰，但是他又不願接受這樣殘酷的事實，是以心有不甘，希望能聽到一個與自己的預感截然不同的結果。

紀空手眼圈一紅，沒有說話，只是低下了頭。他的表情似乎說明了一切。

軒轅子的臉色變得一片煞白，幾無血色，拿刀的手出現了一絲輕微的顫動，顯示著他的內心並不平靜，沈浸在悲痛之中。

然後他緊了緊手中的離別刀，緩緩地走出店門。走出幾步之後，突然回頭道：「我之所以能認出你來，並不是我們曾經見過面，而是你的身法中有見空步的影子，而一年前丁衡來此地時又提到過你，我相信以丁衡閱人無數的眼光，定不會看錯人，所以假如我死了，你就是離別刀的主人。」

他說完這句話時，人已站到了馬前一丈處，雙腳不丁不八，氣度沉凝如山，刀已在手，殺氣溢瀉空中。

馬上三人心中無不凜然，似乎都感受到了軒轅子身上透發出來的壓力。軒轅子的出現顯然出乎他們的意料之外，更沒想到在這鳳舞集還能遇上像軒轅子這般的高手。

「朱子恩、李君、謝明，花間派三大管事一齊光臨敝店，是想照顧小店的生意呢，還是想拆小店的台？」軒轅子冷哼一聲，眼芒掃過，一口叫出了對方三人的名字，顯然對這三人的底細瞭若指掌。

這朱子恩、李君、謝明的確是花間派有數的高手，在江湖上也算得上是響噹噹的角色，可是聽軒轅子的口氣，似乎並沒有將他們放在眼裡，這不由得讓他們心驚之下，小心戒備。

「不敢，在下前來，與前輩並不相干，只是為了前輩鋪子裡的那兩個小子而來。倘若有冒犯之處，還請海涵！」朱子恩看出對手絕非泛泛之輩，抱著多一事不如少一事的想法，依照江湖禮數，抱拳而道。

軒轅子冷哼一聲道：「誰說他們與我毫不相干？他們在我的鋪子裡，就是我軒轅子的衣食父母，只要他們不踏出我店門一步，我就絕不允許有人動他們！」

朱子恩聞言大驚，若非親耳所聞，他根本就不相信眼前這位精瘦駝背的糟老頭竟會是名動天下的三大鑄兵師之一！

要知道，作爲江湖中人，每天過的是刀尖舔血的日子，縱然一時風光無限，但一覺醒來，還不知道明日又會遇到怎樣的兇險。因此，只要是在道上混的，他們最大的夢想就是希望有朝一日能夠擁有一件神兵利器，不僅能夠防身，也可用來殺敵。

所以，但凡優秀的鑄兵師，都會獲得江湖中人的尊敬，而軒轅子無疑是他們中間的佼佼者。像這樣一個名人，竟然會隱居在這鳳舞集的兵器鋪裡，難怪朱子恩的心中有幾分不信。

「敢問前輩，您真的就是樊山軒轅子？」朱子恩不由追問了一句。

「難道這江湖上還有幾個軒轅子嗎？」軒轅子冷傲反問道。

朱子恩與李君、謝明相視一眼，頓感今日之事頗爲棘手，雖然他們在人數上佔有絕對的優勢，但軒轅子更是一個不容任何人小視的對手！

「這麼說來，前輩是一定要與我花間派作對了？」朱子恩道。

「你錯了，並不是我想與你們花間派作對，而是你們要與我作對。我好好地在這裡賣藝求生，你們卻要砸我的買賣，其錯並不在我。」軒轅子微微一笑道。

朱子恩咬咬牙道：「如果前輩的確是因生意上的事與我們計較，你開個價，我把這裡的兵器悉數買下，這樣一來，前輩應該不會爲難我們了吧？」

軒轅子道：「此話當真？」

「當真。」朱子恩很爽快地應道。

「那好！你只要付得出三十八萬九千二百兩現銀，我馬上拍屁股走人。」軒轅子伸出手來，一本正經地道。

「原來前輩是在消遣我。」朱子恩的臉一沉，大手已經落在了腰間的短矛上。

軒轅子哈哈一笑道：「你太抬高你自己了。」他將手中的寶刀微抬，刀身反射火光，正好投射在朱子恩的臉上。

「你可認得，這刀是用何物打造而成？」軒轅子似乎並不在意朱子恩握矛的動作，反而悠然問道。

朱子恩明知貿然動手，殊無把握，只得隨口答道：「倒要請教。」

「此刀乃是用一方玄鐵打造，要知玄鐵一物，產於東海深處，世人欲求一睹已是太難，更不用說擁有此物了。我歷經三年，費盡心血，精心鍛造，直到今日才鑄刀有成，想來思去，還是你們三位運氣好哇！」軒轅子一臉豔羨，感歎不已，說得朱子恩好生糊塗，如墜霧裡。

「我們運氣好在哪裡？」朱子恩忍不住心中的好奇，問道。

軒轅子眼芒一寒，道：「好在你們可以爲它一試刀鋒！」

他話音一落，只見一道白光亮起，快如電芒，他的人伏地而去，長刀所向，鋒芒畢現，只聽得馬嘶悲鳴，三頭駿馬瞬間仆地而倒。朱子恩三人心驚之下，飄下馬背，手執短矛，已將軒轅子團團圍住。

原來軒轅子之所以說了這麼多話，只爲擾亂敵人的心神，然後抓住機會，一刀出手，已然將對方的馬匹齊膝斬斷，但見殘馬流涕，哀鳴不已，血肉猙獰，其情其景慘烈而詭異。

軒轅子一招之下，已盡現高手風範，雖然人在三敵包圍的中心，卻夷然不懼。

他入道江湖數十年，平生最喜惡戰，今日又有離別刀在手，令他更生豪情，當下也不猶豫，暴喝一聲，刀已出手。

刀鋒綻放出一道絕美的幻痕，劃向虛空，寒光凜凜，竟然不染一絲血跡，這正是絕世寶刀之特點——血不留痕！

在刀出的同時，朱子恩、李君、謝明開始移動身形，三人踏著不同的步伐，形成一種奇異的節奏，揮矛而出，竟然破去了軒轅子這必殺的一擊。

軒轅子一刀不中，立馬回撤，不是向前，而是向後直退，因爲他看出了這三人之中，以謝明的實力最弱，而在這個時刻動手，正是三人步法移動之後，謝明進入他身後空間的時間。所以，謝明就是軒轅子要攻擊的第一個目標。

「呼……」離別刀在該出現的地方出現了，刀鋒反撩，如電芒般刺向謝明的咽喉。

這一刀，快得不可思議，等到謝明揮矛格擋時，刀鋒已滑過森冷的矛身，磨擦出一串耀眼的火花，直撲向他的面門。

謝明大驚之下，只有棄矛一途，否則他的五根手指便難以保留，同時他的身體硬生生地借力向左橫移，疾移七步。

軒轅子一刀就迫得對手兩手空空，當然不會錯失良機，刀鋒一轉，如陰魂不散的幽靈追斬向謝明的腰際。

如此迅猛的動作與速度，謝明很難在瞬息之間作出應有的反應，臉上慘白之下，已無血色，雙眼驀生恐懼……

但是事實並非如人想像，就在軒轅子的刀鋒強行切入到謝明腰間一尺之距時，朱子恩的步法已經到位，正好伸矛擋住了這凌厲一擊。

「轟……」刀矛迸擊間，朱子恩的身體向後跌退數步，一口血霧噴射而出。

他的內力明顯不及軒轅子，以硬抗硬，自然不是最佳的選擇，同時他的短矛也無法對抗玄鐵刀的鋒銳，「嗤……」地一聲，矛尖竟被削去。

軒轅子亦被氣浪一震之下，感到氣血翻湧，身形微晃間，驀然覺察到一股強大的殺氣從身後迫來。他此時正是舊力已盡、新力未續之際，敵人選擇在這個時候偷襲，顯然經驗的確老到，他只有側身避讓。

他現在需要的是一點時間，只要讓他緩過一口氣來，就可以理順自己的內息，從而還原功力。但是李君顯然也看到了這一點，利矛在手，舞得虎虎生風，漫天攢動，如行雲流水的攻勢掩殺而至，絲毫不給對方以任何喘息之機。

軒轅子無奈之下，突然一聲暴喝，身形立定，以自己的手臂作出一個大的擺幅，硬生生地將咄咄逼人的矛鋒夾在腋下。

五尺短矛撼然不動，矛尖卻在軒轅子的腋下劃開了一道尺長的血口，空氣中頓時彌漫出一股濃烈的血腥，軒轅子果然強悍，一狠至斯。

李君沒有想到軒轅子竟會用這種方法破去他如水銀瀉地般的攻擊，兩人相距不過尺許，四目悍然交觸，竟連軒轅子臉上鼓起的血筋與顫動不已的白眉都清晰至極，一目了然。

軒轅子的眼芒如電，怒氣貫眉，借著這一頓的時間，功力盡復。他毫不猶豫地飛出一腳，猶如重錘般狠狠地朝李君的腿膝處踹去。

「嗖……」腿勢之快，猶如奔雷，李君不抱任何的幻想，選擇了唯一正確的反應，棄矛！

棄矛是李君唯一能夠逃生的方式，也是最為正確的方式，所以李君沒有一絲的猶豫。此刻的軒轅子就像是一頭受傷的獵豹，長刀揚起，展開了絕地反攻。

朱子恩三人唯有退，沿著來路而退。但軒轅子顯然不想放過他們，沉重的腳步如兩軍對壘時的鼓聲，響徹於小巷的上空，殺意盎然地緩緩向對手一步一步迫去。

以青石板鋪就的巷道，在這一刻間一片死寂，那足以讓人窒息的壓力充斥著每一寸空間。

紀空手與韓信連大氣都不敢喘，躲在鋪門之後，目睹著戰局的整個過程。當軒轅子孤身一人獨對群敵展露出的那股豪情迸發出來的時候，紀空手這才明白，有的時候武功高低並不重要，重要的是要有夷然不懼的勇氣，就像此刻的軒轅子一般。

雖然此時的戰局對軒轅子十分有利，但紀空手的心中依然還有幾分莫名的恐懼，這不僅是因爲此刻小巷中充滿了懾人心魄的殺氣，更是因爲軒轅子的那一句話。

「假如我死了，你就是離別刀的主人。」軒轅子這麼說道，但聽在紀空手的耳畔，心中卻生出了一絲不祥的預兆，他突然發覺，這很有點像是臨終托孤的味道。

紀空手知道玄鐵龜給自己帶來的麻煩還不僅僅是一個開始，真正的危機顯然潛伏在後，會給自己帶來無窮的後患。

紀空手想到這裡，忽然靈光一現：「既然玄鐵龜如此重要，在花間派人的眼中，自然比我們這兩條小命值錢。只要他們找不到它的下落，自然就不敢對我們下手，這玄鐵龜無形中也就成爲了我們的護身符。」他熟知人性的弱點，對人的心理也算是理解得十分透徹。既然前有「投鼠忌器」的典故，那麼在玄鐵龜與他們的生命之間，孰輕孰重，花間派人不會不懂。也唯有如此，他和韓信才能最終保全性命。

紀空手仔細地打量著這鋪子裡的每一個地方，用不同的視角來衡量著藏匿地點的可靠性，最終他將目光鎖定在了火爐旁邊的那只大風箱上。

他心中一喜，躡手躡腳地爬將過去，將風箱拆下，擱在火爐的平台上，正要把玄鐵龜藏入其中。就在此時，屋外傳來軒轅子一聲暴喝：「殺……」如一道驚雷乍起，轟震四方。

紀空手嚇得臉無血色，手一哆嗦，兩隻玄鐵龜應聲而落，在爐台上滾了幾滾，正好掉進了那爐青紅色的烈焰之中。

軒轅子的身形甫動，殺氣四溢，刀鋒破空，猶如風雷隱隱。他這一刀已有必殺之勢，毫不容情地向朱子恩三人的頭上斬落。

朱子恩退得不慢，卻沒有料到軒轅子的刀會比他們想像中更快，倉促之間，李君接過朱子恩遞上的半截短矛，硬生生地擋了一記。

「當……」刀矛相接，氣旋爆裂，發出一聲刺耳的驚響。

李君「蹬蹬蹬……」連退三步，幾乎無法承受軒轅子借著刀身透傳而來的壓力，而他手中的短矛也被離別刀削去一截，所剩不過一尺來長，但這一切只是讓軒轅子的身形略頓了一頓，根本擋不住軒轅子那如水銀瀉地般的狂猛攻勢。

「看你能擋得住老夫幾刀！」軒轅子怪笑一聲，刀勢更烈，猶如暴風驟雨般捲向李君，氣勢端的駭人。

李君再退三步，突然穩住身形，不再退縮，這本是一個反常的舉動，在他的身後，依然還有一段空間可以供他閃避，但是他再也沒有退卻，而是手揮短矛直迎而上。

「噹噹噹噹……」刀矛在虛空中漫舞，一攻一守，眨眼間交擊了四個回合。

誰都看得出李君是拚命死撐，絕對不會是軒轅子的對手，更無法抵擋離別刀的鋒銳，此刻他已噴出兩大口鮮血，短矛也只剩下手握的一部分，眼看就要赤手與對方相搏了。

不難想像，當一個人的武功不如對手，而對方更有削鐵如泥的寶刀的時候，他最終的遭遇將會是怎樣的一個結局。

軒轅子爲李君這突然表現出來的強悍感到詫異：李君本來用不著如此苦撐下去，他至少還可以退。一絲疑問閃入軒轅子的思維中，同時他捕捉到了李君的臉上不經意間泛出了一絲邪邪的笑意。

軒轅子大驚，他沒有看錯，李君的臉上竟然真的露出了得意，這種得意，通常是一個人在陰謀得逞時才會表露出來。

軒轅子的心一下子變得透涼，因爲他感到了一股如電般的殺氣從背後迫來。

「轟……」在他的身後，是一道木牆，突然間裂開無數道裂縫，碎木橫飛間，一杆如惡龍般的長矛從木牆中破空而來。

「莫干！」軒轅子驀然明白了來者的身分，更明白自己掉進了莫干事先設下的圈套中。其實莫干早就來了，只是利用朱子恩三人爲餌，然後躲入暗處，企圖一擊成功。

可惜軒轅子知道得太遲了，等他明白了眼前發生的一切時，他已經沒有時間來化解莫干這一式勢在必得的殺招。

花間派能列入七幫之中，這本身就說明了莫干的實力。換作平時，以軒轅子的武功，未必就一定能勝過莫干，何況他此時人在明處，莫干在暗處，以逸待勞，出其不意，軒轅子根本就躲不了這精心佈置的刺殺。

「呼……」他連忙運聚全身的功力，硬將身形由左向右橫移了八寸，同時運力於肩。他的位置剛變，長矛便從他的喉間貼著擦過，「噗……」地擊中了右肩的中心處。

軒轅子驚痛之下，反而激發了體內的潛能，連揮數刀，勁氣標射，如幢幢氣牆橫立虛空，阻擋住莫干的攻勢。同時身體向後急滑，退出三丈開外，這才站穩身形。

他抬眼一看，只見一個矮胖老者手持長矛，身著一襲華服，一臉富態之相，乍眼看去，誰也不會把他當作聞名黑白兩道的花間派掌門莫干，只有當他微瞇的眼眸裡暴閃出一道寒芒之時，才隱現他一幫之主的赫赫威勢。

這一刻，小巷倏然變得很靜，只有兵器鋪裡那只大火爐裡發出一陣「嗤嗤……」之響。

當然，除了紀空手與韓信外，沒有人會注意到這種小事，其他的人都把目光投在了軒轅子與莫干的身上，彷彿完全被這場即將爆發的決戰而吸引。

「完了，徹底完了。」紀空手心中的痛苦簡直是無以言表，當玄鐵龜掉入烈焰中的剎那，他的心彷彿從高山滾落，直墜深淵，那種無奈與失落的感覺，好像永遠沒有盡頭。

難道這就是命？

難道自己真與江湖無緣？

如果這問題的答案是肯定的，那麼丁衡死的豈非不值？軒轅子這番拚命豈不是拚得很冤？而自己，豈非就是一個罪人？

紀空手只覺頭大欲裂，思路亂如團麻，心中的結一環緊套一環，無法解開。渾渾噩噩中，眼睛死盯著那熊熊燃燒的烈焰，眸子裡已是一片空洞。

軒轅子一門心思都放在莫干的身上，根本就沒有精力注意鋪子裡的動靜。他聽到了一種聲音，卻不是來自於火爐，而是來自他自己的肩上，血珠墜地，滴答不停……

「你沒事吧？」莫干回頭望了李君一眼，眼神中露出一絲欣賞之意。正是因爲李君死死地撐住軒轅子如潮水般的攻勢，才給他創造了一個絕佳的偷襲良機。

「屬下沒事，還能挺得下去！」李君畢恭畢敬地答道，同時狠狠地瞪了軒轅子一眼。

「你沒事就好，否則我不管他是不是軒轅子，還是什麼鑄兵師，我都要將之大卸八塊，以洩你心頭之恨。」莫干淡淡地道，彷彿此刻的軒轅子，已是他砧板上的魚肉，任他宰割一般。隨即又補充了一句：「不過既然你沒事，我就只給他一招，一招足以致命的絕殺！」

他顯然想激怒軒轅子，高手對決，講究心境平和，只有讓軒轅子動了真火，他才有可乘之機。對他來說，軒轅子畢竟是一個很強大的敵人。

軒轅子明白莫干拖延時間的用意，也知道他想激怒自己的用心，但是事態的發展已經出乎了他的意料之外，漸漸地脫離了他可以控制的範圍。此刻的他，只有退而求其次，只要能讓紀、韓二人逃出險境，他就已經十分知足了。

「紀空手，你給我聽著！」軒轅子大喝一聲，一字一句地道：「從現在起，你們就開始逃，能逃多遠就逃多遠，是否能逃出去，就看你們自己的造化了。」

紀空手驚醒過來，不由關切地道：「那你呢？」

「不用管我！」軒轅子將刀一橫，傲然道：「我倒想看看，有誰能夠在我的刀下闖過去抓人！」

他說這句話的時候，渾身上下似乎洋溢著一股豪情，眼睛是那般的堅決與深邃，就像是遙不可及的星空。

「保重！」紀空手壓下自己心中的失落，語調竟似有了一些哽咽。自此之後，鋪子裡便再也沒有任何的動靜。

莫干的臉上緩緩露出了笑意，好像一點都不著急。按理說，他今天趕來的目的是爲了紀空手，而不是軒轅子，紀空手一旦跑了，他豈非竹籃打水一場空？

他之所以處變不驚，是因爲他相信紀空手很難逃出這條小巷！在他的嚴令下，花間派的門人弟子已經包圍了這裡，憑紀空手和韓信的那點能耐，很難闖過去。

所以他不急，一點都不急，他相信軒轅子一定會搶先出手。肩上傷口的流血已不容軒轅子有任何的猶豫。

軒轅子的眼芒掠過虛空時，正好與莫干的眼芒在虛空的某一個點上悍然交觸，於是他出刀了。

軒轅子出刀的速度也許不算最快的，力道也許不算最猛的，但他的刀一出手就絕對有效！當他揮出離別刀的刹那，莫干的眼中出現了一絲驚詫的表情。

當他聽說這個兵器鋪裡的老鐵匠竟是名動天下的三大鑄兵師之一時，他除了有幾分好奇之外，並不認爲軒轅子的出現是個麻煩。

但是軒轅子的出手還是讓他吃了一驚，當他看到那一道白光泛現虛空時，他不得不承認一個事實：軒轅子遠比自己想像中的可怕！

莫干沒有猶豫，就在軒轅子出刀的刹那，他向後退了一步。

軒轅子沒有猶豫，刀光漫出，一道極爲優雅卻又極富激情的電弧劃破長空，罩向了後退的莫干。

軒轅子的這一刀，不是劈向莫干，而是劈向了莫干右手方的一處虛空。

莫干的臉色一變，心中凜然，軒轅子長刀所劈的方位正是他氣機中的一道空隙，也是他身形移動的必經之路。

莫干只要出手，就已失去先機！

他唯有再退，軒轅子一招得手，絕不容情，他的氣勢陡然瘋漲，在瞬息間攻出了七招，隨著七聲刀矛迸擊的異響，莫干出手了，他的雙鋒長矛亦是玄鐵所鑄，根本不畏對方寶刀的鋒銳，從容不迫地化解了軒轅子的這一連串攻擊。

軒轅子暴喝一聲，斜斜劈出三招之後，突然感到了從對方的矛身傳來一股反擊的力量，由弱漸強，正一點一點地佔據著整個戰局的主動。

軒轅子身受重創在先，又失寶刃優勢於後，漸漸讓他生出力不從心之感。每一刀劈出，都感到自己置身於一個強力漩渦的中心，而漩渦中產生的向內的吸力，正消蝕著他刀鋒中的銳氣。

在雙方攻守搏殺了七八十招之後，一聲清悠的歎息，夾雜在一片矛嘯之中。

矛起，升騰在隱挾風雷之聲的氣旋中。

「噹噹……」兩聲刺耳的脆響，引發了氣流無序的裂動。

軒轅子握刀的手臂一陣酸麻，是莫干的長矛阻截了離別刀前行的勢頭。

軒轅子的身形一阻之下，腳下立刻錯步，他看不到長矛的來處，卻感受到了殺氣如電芒般標射而至，直指他的眉心深處！所以他毫不遲疑地變招，離別刀由上而下急斬而出，幾乎用盡了他殘存的全部力量。

「去死吧！」莫干充滿殺意的聲音彷彿來自於蒼穹的極處，遙不可及，卻又像響起在軒轅子的耳畔，猶如鬼魂索命的嘶嚎。

軒轅子的心頭驀然漫上了一股無邊的恐懼，不僅駭異，而且震驚，在他的離別刀出手的刹那，他突然感到了左肋處一寒，一道冰涼的矛鋒插入他的肋骨中，發出了刃刮骨骼的森然異響。

軒轅子低下了頭，他終於看到了雙鋒矛的來處，但那寒鋒已經從他的心臟一穿而過。瞳孔在不斷地擴散放大，恍惚之中，他似乎看到了莫干猙獰的笑臉。

「嗤……」就在臨死的刹那，軒轅子提聚了所有的力量，突然張口一噴，一口血箭帶著驚人的勁氣直撲莫干的面門。

這完全出乎了所有人的意料，就連莫干也沒有想到軒轅子人之將死，居然還有這麼一手。他飛身直退，不敢有半點的遲疑，可還是慢了一拍，他只覺得自己的胸口遭到了重重一擊，氣血翻湧，有一種說不出的難受。

他在朱子恩的攙扶下，好不容易站住了身形，手捂著胸口，臉上已是一片慘白，可是當他抬起頭時，卻忍不住笑了。

軒轅子依然直立著，一動不動，離別刀還在手中，卻已不能揮動，那充斥空氣中的殺氣漸漸散盡，小巷似乎又回復到了它往日的寧靜。

軒轅子死了，他與丁衡一樣，在某方面的成就足以震驚江湖，但爲了紀空手他們情願付出自己的生命！

莫干冷冷地看了一眼軒轅子倒地的屍身，這才不慌不忙地想到了紀空手。可是他一點都不急，他相信紀空手兩人已是甕中之鼈，根本就逃不出他的手掌心！

「你們就在這裡等著吧。」莫干深深地吸了一口氣，覺得胸口的痛楚減了不少，這才甩開朱子恩攙扶的手道。

「幫主，要不要屬下陪您進去？」朱子恩陪著笑臉道。

「不用，我沒事。」莫干淡淡一笑，他不想讓玄鐵龜的事情被更多的人知道。

莫干精神一振，緩緩踱步過去。剛到門口，卻沒有聽到鋪子裡有任何的動靜。

以他的功力，若是有心，數丈內的細微聲息休想逃過他的耳目，可是他此刻人在門外，哪裡見著半個人影？

「糟了！」莫干心驚之下，再也顧不得自己的風度，人如箭矢標前。

鋪子裡的鐵器物什依舊，爐火漸熄，但紀空手與韓信卻在眾人的眼皮底下突然不見了。

這條小巷明明已在他花間派的控制之下，紀空手兩人又是怎樣逃出去的？

莫干心中一動道：「傳令下去，周邊的每一名弟子由外到內仔細搜索，不要放過任何角落，最後到這裡集中！」

朱子恩等人聽他火氣十足，不敢怠慢，趕緊分頭指揮。忙碌了老半天，數十人已團團圍在這間鋪子周圍，眼睛都盯在一臉鐵青的莫干身上。

莫干一眼望去，心中明白搜索毫無結果，當下沈吟片刻道：「你們確定沒有人從你們把守的區域裡經過嗎？」

花間派的門人弟子無不應聲答道：「確定！」

「好！」莫干道：「既然如此，朱子恩，你帶一隊人馬搜查這間鋪子；李君，你帶一隊人馬仔細搜查這一帶有無水溝暗道；而謝明帶一隊人馬迅速封鎖鳳舞集通往各地的交通要道！對於紀空手，我是活要見人，死要見屍！」

他的眉間現出一股殺意，顯然對眼前發生的一切始料不及，這就好比煮熟的鴨子又讓它給飛了，這怎不叫莫干惱火生氣呢？

可是搜尋了兩三個時辰，就差掘地三尺了，卻還是不見紀、韓二人的蹤影，這時一個在天香樓管事的弟子上前稟道：「幫主，這紀空手精通易容之術，剛才就是扮成院子裡的姑娘混出了天香樓，這一次會不會又是故伎重施？」

莫干驚道：「竟然有這等事情？」

那名弟子苦笑道：「若非如此，他根本就逃不出天香樓！」

莫干怒道：「你何以現在才說？耽擱了我的大事！」抬起一腳，將他踢開，趕緊召集人馬，分幾路追查下去。

在他看來，既然搜尋無果，那麼紀空手就已經逃了出去，而逃跑的手段，便是易容成自己的屬下，然後大搖大擺地蒙混過關。

這是唯一的可能，這個假設也極有說服力，所以莫干毫不猶豫地就確定了行動的方案，改原地搜索爲四處追捕。

一聲令下之後，上百人馬頓時消失在夜色之中，小巷終於回復了往日的寧靜。

◆

莫干一向以心思縝密聞名江湖，但是這一次卻失算了。

他怎麼也沒有想到，紀空手與韓信不僅沒有逃走，而且根本就沒有離開這鋪子一步。

其實紀空手準備逃跑時，的確也想到要用易容來混入花間派的門人中，然後再借機脫身。可是他仔細一想，這易容容易，但要想在眾目睽睽之下混入人群卻有不小的難度，畢竟他們是由裡往外走，肯定會引起別人的注意。

既然此計不成，紀空手看到了軒轅子置放在角落裡的木床，雖然藏在床底這個辦法很笨，但紀空手卻別有想法。

一來是因為這既然是一個笨辦法，敵人反而不會太去關注它；二來紀空手人在床底，卻不是伏在地上，而是手腳並用，貼在床板之下。這樣一來，縱然是有人伸頭來看，也未必能發現他們，除非有人把床掀開。

於是他將此法跟韓信一說，韓信也覺得這是一個不錯的辦法，當下一拍即合，兩人鑽進床底藏身。韓信的手剛剛撐在一條床腿上，突然聽到身下發出一聲「吱……」地輕響，床底下的地面竟然向兩邊緩緩滑開，露出了一個數尺寬的洞口。

紀空手大喜之下，當先跳入進去，仔細察看，才發覺這開啓密室的機括原來安在床腿上，若非韓信無意中觸動了機括，要想發現這石板下的玄機絕非易事。

「真是天助我也！」紀空手心中暗叫一聲，在密室又尋到了另一個機括，一按之下，頭上的地面悄然滑動，重新回位。表面上看去，誰也想不到這床底之下還另有洞天，可見設置機括之人頗費了幾分苦心。

紀空手與韓信蹲伏密室內，爲防敵人發現，屏住呼吸，不敢出半口大氣。這密室中所設的通風口卻接連在火爐的大煙囪之上，故此由於煙囪拉風的原理，人待在裡面並不感到氣悶，但外面的動靜也絲毫不能聽見，可見其隔音的效果絕佳。

紀空手心中暗道：「這叫天無絕人之路。」他想到玄鐵龜幾經易手，終究不屬於自己，心中頓時好生失落，黯然神傷。

「花間派何以對玄鐵龜的下落了解得這麼清楚？」紀空手突對這個問題產生了興趣。照丁衡的話說，玄鐵龜的秘密除了他與自己之外，就只有江天知道，江天爲了請到鬼影兒相助他奪回玄鐵龜，或許透露了一些風聲，而鬼影兒爲了對付丁衡，又請來三個蒙面人助拳。現在看來，那三個蒙面人顯然與花間派大有關聯。

可是鬼影兒何以會信任花間派？他們之間到底是一種什麼關係？

紀空手腦中靈光一閃，心中暗道：「這鬼影兒所使兵器是矛，莫干用的兵器也是矛，難道說這兩人本是師出同門，鬼影兒才會如此相信莫干不會洩露他的秘密？」

想到此處，不由又擔心起軒轅子的安危來。莫干既然對同門師兄弟尚且如此，自然對外人更是不會容情。

紀空手在心中輕輕歎息一聲，思維已成一片空白。也不知等了多少時間，韓信輕輕地碰了他一下，悄聲道：「紀少，我們出去吧？」

紀空手這才驚醒，怔了怔道：「莫干他們走了嗎？」

「我不知道，不過過了這麼長的時間，他們應該離開了吧。」韓信也是一片茫然，摸摸「咕咕……」直叫的肚子道。
紀空手記掛著軒轅子此刻的生死，按動機括，側耳傾聽密室外的動靜，半晌之後，兩人才從洞中爬了出來。
此時夜色最濃，淡淡的月光透過殘破的木板縫隙，射入這間一片狼藉的店鋪，斑駁陸離，有種說不盡的淒涼。
「不知這軒轅子跑到哪裡去了，花間派的人呢？怎麼都不見了？」韓信置身於這寧靜的氣氛中，大感莫名其妙。
紀空手搖了搖頭道：「我也不清楚，不過，我知道軒轅子只怕已是凶多吉少。」
他說完這句話，心中一陣難過，似乎早就預料到了會是這樣的一種結局。他只恨自己，空有急智，卻無實力，只能眼睜睜地看著朋友一個個地遠離自己而去。
韓信一臉迷茫地道：「那可怎麼辦？此刻花間派的人肯定在四處搜尋我們的下落，只要我們一現身，必然是自投羅網。」
紀空手道：「你說得不錯，現在這種情況下，最安全的地方只有藏在這個鋪子裡，敵人才不易覺察到我們的行蹤。所以當務之急，我們必須找點吃的，躲它個三五天，等到風聲過了再走不遲。」
當下兩人搜遍了整個鋪子，總算找到了一些乾糧，正要帶進密室去，卻見韓信的臉色一變，彷彿看見了鬼似的，整個人一動不動，眼睛都直了。
紀空手被韓信的表情嚇了一跳，順著他的目光望去，只見那鐵爐的上方泛出一絲淡淡的異彩之光，融入月色中，顯得異常詭異玄奇。那爐火早已熄滅，就算不熄，又哪來的這種淡淡的赤光呢？

兩人都一臉狐疑地相視一眼，掩飾不住心中的好奇。

「這是怎麼回事？」韓信沈吟片刻，隨即臉上一喜道：「會不會是玄鐵龜不熔於火，根本就沒有被火熔化？」

「這不可能！」紀空手不抱任何希望地道：「軒轅子用這爐火是來鍛造離別刀的，而離別刀的質地也是玄鐵，兩者之間斷然不會有太大的區別。因此，玄鐵龜絕不會完好無損地還在爐裡。」

「但這光芒又是怎麼回事？」韓信似有不服地道。

紀空手道：「這很簡單，只要我們過去一看不就知道答案了嗎？」

當下不再猶豫，大步向鐵爐走去，探頭一看，便見那偌大的爐膛中積了厚厚的一層炭灰。而光芒便是自灰底下透出。

紀空手與韓信不由得對望了一眼，順手操起一柄鐵劍輕輕地撥開爐灰。

驀地，兩道光芒破空而起，只見炭灰之下，兩塊如鴿蛋大小晶瑩剔透的圓石靜躺其中，冷熱兩道光芒交相輝映，若有質物體般在爐上方形成一幅陰陽卦象。

異象突現使兩人愣立在旁，半晌才回過神來，異口同聲地驚叫道：「玄鐵龜！」

「快！我們將圓石拿走，不然這光華產生的異象定會將莫干等人引來！」紀空手邊說邊將手抓向爐中的一塊圓石。

韓信當然也不是傻子，自不甘落後，但將圓石抓入手中之時，渾身一顫，一股怪異的陰冷從掌心透入，向全身經脈湧去。而且愈湧愈急，愈湧愈寒。

韓信大駭，忙望向紀空手，發現眼前的紀空手面紅耳赤，全身如置蒸籠般熱氣迷惘。

「好熱！怎麼會這樣？」紀空手幾近呻吟道。

「紀少，我好冷，定是這石頭作怪，我們快丟掉它！」韓信被凍得驚叫道。

「不要！這也許就是玄鐵龜的功效，我們忍耐一下，說不定真能成爲高手。」紀空手突然想到什麼似地道。

韓信此刻已被凍得渾身打顫，見紀空手仍在苦撐，猶豫了一下，狠聲道：「爲了成爲高手，老子賭了！」

「快，我們先回密室，在這裡只有等死！」紀空手強忍著痛苦向密室走去。

而韓信也知道，等會兒自己身上還不知會發生什麼變化。如果留在這裡，莫干等人一回頭，不用賭……死定了！

等韓信爬入密室，紀空手關好入口，便迫不及待地道：「快，把手給我！」

韓信此刻早已將手伸向紀空手，他與紀空手一樣需要對方身上的東西。

但當兩手相握的剎那，冷熱兩股氣竟像異性般相吸引，分別向對方經脈湧進。兩人絲毫沒感到痛苦的減輕，反而感到渾身被兩股氣勁衝得像要炸了一般。

冷熱互衝，炎寒相融，兩人身上的光芒愈來愈亮，竟在黑暗的密室中再次形成一幅陰陽卦象。隨著卦象的轉動，紀空手與韓信驀地感到全身一震，昏死過去……

紀空手與韓信也不知自己昏迷了多久，當他們醒來之時，發現整個世界像變了樣。手中的圓石已毫無光澤，如一般石頭一樣。而黑暗的密室中的一切卻清晰地映入眼中，室內的蟲蟻爬動聲與地面上的吆喝聲也都能清楚的分辨而出。

「這……這是怎麼回事？」韓信一臉驚疑地望著同樣表情的紀空手道。

「也許這就是丁老爺子口中所說的機緣吧！」紀空手道。

「對！我們先去把莫干這小子閹了，接收花間派好好地做回大爺！」韓信語出驚人，卻聽得紀空手皺起眉毛，好笑地望著不知天高地厚的韓信笑罵道：「媽的，你以為自己是誰？天下無敵啊！」

「可你說玄鐵龜是天下最神奇之物，我們已得到他的好處，難道還不是莫干的對手！」韓信不以為然地道。

「哼，你有什麼實力與人家相提並論，先不要說江湖經驗，就是殺人的招式我們也不如人家。還去閹人，先把自己的命根保住吧！」紀空手沒好氣地罵道。

韓信被罵得低頭傻笑道：「那就聽你的，先讓他多活幾天，但我們現在怎麼辦？」

「我想只有先去找樊噲大哥！」紀空手想了想回答道。

「好！我們馬上就走！」韓信立刻贊同。

◆

這日，紀空手與韓信路過一個小鎮，不敢作太多的逗留，便搭乘一條去沛縣的大船，上溯而行。問明船家之後，才知道此地距沛縣還有三日行程。兩人躲在一間暗艙中，為了避免行蹤暴露，兩人半開艙窗，這才敢欣賞艙外的景致。

淮水到了此段，河面已然十分寬闊，流水漸緩，河水粼粼，倍顯恬靜。兩人的心情也輕鬆了不少，叫船家送了幾樣酒菜，兩人對飲起來。

經過了這段時間的奔波，兩人絲毫不覺疲憊，反而覺得身上充滿了力量，就像是變了一個人，渾身上下洋溢著一種奮發向上的豪情。
「這實在是因禍得福呀，這些天來，我感覺自己渾身上下的每一個器官都靈敏異常，身輕如燕，行走若風，身手似乎好了很多，很像是別人口中說的內家高手的樣子。」韓信喝了口酒，得意地一笑。
紀空手的心情也是出奇的好，笑道：「我們是不是高手這不重要，關鍵是經過了這一劫之後，我發現我們總算具備了行走江湖的一點資本，再也不是以前那種任人宰割的小無賴了。」
韓信拍掌一笑道：「從此你我聯手，終將成爲沒有人敢小視的一代英雄豪傑！」
「現在說這話只怕還早了點。」紀空手一拍他的肩，變得冷靜下來道：「真正要成爲英雄豪傑，我們還有非常艱難的路要走，單憑一點內力尚遠遠不夠，我們必須要做到像樊噲樊門主那樣，擁有一門讓別人害怕的絕活。」
韓信的眼睛陡然一亮道：「對呀，若是我們練成了飛刀絕技，那花間派的莫干又何足道哉？早晚都會成爲我們的下飯菜！」
「問題是，這飛刀既是樊噲的絕活，憑我們和他的這點交情，他未必肯傾囊相授。」紀空手搖了搖頭道：「可惜呀，如果丁衡還在，就算他不傳我武功，但也定會告訴我在哪裡可以找到適合我修煉的內功心法。」
韓信這些日子已經十分了解丁衡的事情，不由怔了一怔道：「丁衡身爲盜神，他爲何來到淮陰這小地方三年時間才肯離去？」
其實這些問題一直縈繞在紀空手的心頭，連他自己也不知道答案。倒是韓信的最後一句話提醒了他，引起了他長時間的思索。

以他以往在市井街頭的見識與閱歷，他深深懂得了在這個世界上，人與人只是一種相互利用的關係，丁衡能爲別人花費這麼大的精力，絕對不會毫無所求，無私奉獻，必然有他這樣做的道理。

紀空手決定不再想下去，剛要伸手去端酒杯，忽然看到岸上有幾匹良駒，正不緊不慢地在河岸上悠閒而來，兩者相距雖有一二十丈，但紀空手的臉色一變，壓低嗓音道：「情況好像有些不妙。」

韓信驚道：「發現了什麼？」便要探頭來看。

紀空手一把將他按住道：「岸上那幾個人自我們上船之後，一直就這樣不緊不慢地跟著我們，此時我們正是逆水而行，船速極緩，如果他們不是爲我們而來，早可以搶在我們前面，又何必這樣亦步亦趨呢？」

韓信一聽紀空手的分析，頓時恍然大悟道：「想不到花間派的耐心這麼好，過了這麼長的時間，還在追查我們！」

紀空手一臉肅然道：「玄鐵龜一直是天下武者夢寐以求的一件寶物，相傳記載了天下無敵的一套武功，我們雖然不知它的奧秘所在，但誤打誤撞，還是從中得到了不少的好處，這是不可否認的事實。莫干既然好不容易知道了這玄鐵龜的下落，自然不會輕易放棄，看來我們還是太大意了，以至於暴露了自己的行蹤。」

韓信突然一臉壞笑道：「可是莫干萬萬沒有想到，他如此費盡心機，就算將我們擒獲，也只能看到兩枚毫不起眼的石頭，卻再也看不到玄鐵龜的風采了。」

「他雖然得不償失，但我們也不能讓他得償所願。看這副光景，我們還是有逃跑的機會。」紀空手沈吟片刻，似乎滿有把握從這船上逃走。

「既然能走，我們還待在這裡幹嘛？」韓信一聽，早已跳了起來。

紀空手拉住他道：「瞧你這麼性急，只怕你還沒走出這個艙門，就已經被人拿住了。」

韓信一驚，道：「你是說這船上也有花間派的人？」

紀空手輕罵一聲道：「你可真是反應遲鈍，其實這船壓根兒就是花間派早早佈置在小鎮上的，他們遲遲不動手，顯然是在等莫干趕來。」

韓信疑惑地瞟了他一眼道：「你既然早知道我們上了賊船，為何現在才說？」

「我也是剛剛才知道這是一條賊船。」紀空手道：「只要你靜下心來，就不難發現這船上的所有人都是會家子，他們的腳步聲與氣息已經暴露了這一點。」

韓信側耳傾聽，半晌才道：「果然如此，這船果然有鬼，否則一幫撐船度日的船老大哪來的一身武功？」他望向紀空手道：「我們現在該怎麼辦？」

「等待，只要等到天黑，我們就可以潛水而逃，到時就算他們發現了我們逃跑的意圖，只怕也只能望水興歎了。」紀空手顯得胸有成竹地道。

「那萬一他們提前動手呢？」韓信覺得這並非沒有可能。

紀空手道：「自從我們逃出了鳳舞集之後，莫干顯然意識到了我們並不是像他想像中的容易對付，況且他也不願有更多的人知道玄鐵龜的秘密，有了這兩點，我可以斷定在莫干趕來之前，這些人不會動手。而莫干此刻人在沛縣，就算他以最快的速度趕來，估計也應在三更天後了。」

韓信嘻嘻一笑道：「聽了你這一番分析，我算是放了心啦。紀少就是紀少，談到算計功夫，天下有誰匹敵？」

兩人說笑一番，好不容易等到天黑，運足耳力，不放過船上的任何動靜。

此刻兩人都身懷靈異外力，意念一動，耳目的靈敏度大增十倍，方圓數丈內的一些細微聲響全在他們的掌握之中。

「朱管事，這兩個小子似乎根本就沒有覺察到我們的存在，等到莫掌門一到，我們就來個甕中捉鱉，保管是十拿九穩。」船老大的聲音從甲板上傳來，紀空手縱是凝神傾聽，也只能聽個大概，顯然此人是故意壓低了嗓門說話。

「噓，千萬不可大意，上一次我們在鳳舞集就上了這兩個小子的當。這一次若再讓他們跑了，我朱子恩可真的沒法向掌門交差了。」朱子恩似乎心有餘悸，還在為鳳舞集的事情感到驚詫莫名，畢竟那一次他們花間派精英盡出，包圍了整條小巷，就算一隻蒼蠅都休想逃出去，可最終卻還是沒有發現紀、韓二人的蹤跡。

韓信聽得分明，黑暗之中伸出大拇指來，在紀空手的眼前晃了一晃，表示欽佩之意。紀空手拍開他的手，悄聲道：「準備行動。」

第四章　入水化龍

紀空手、韓信兩人悄無聲息地打開艙窗，攀上窗格，剛要下水，卻聽得一陣鈴聲驟然響起，在靜寂的夜空中，顯得刺耳而詭異。

「那兩個小子想跑！」鈴聲響起的同時，船上有人大喊起來，一陣急促的腳步聲紛遝而至。

紀空手陡然一驚，在黑暗之中看到腳下竟有七八根細不可察的絲線連在一處，一直通向艙中的一間房內，而鈴聲正是從這間房中傳出來的。

「原來敵人還有這麼一手，老子可真有些大意了。」紀空手心中暗罵一聲。緊接著他們再不猶豫，「撲通……」跳入水裡。

紀空手深吸一口氣，身體陡然下沈，竟然潛入水下足有七八尺深。換作以前，他如果沈潛到這種深度，不僅會有窒息之感，而且難以承受這水中的壓力，可是此時此刻，他的感覺依然良好。

他明白這種變化全係那枚圓石之功，正自欣喜間，忽然他渾身的毛孔向外舒展，微微翕動，似乎感到了這水中的一股危機。

他沒有回頭去看，卻能清晰地感覺到兩名水性極好的敵人手持魚叉水刺，正一左一右地向自己包抄而來。

花間派這一次果然是勢在必得，爲了防範於萬一，竟然在水中還佈置了兩名人手，根本就不讓紀、韓二人有再次逃跑的機會。

紀空手心靜而不亂，靜靜地潛在深水中，一動不動。他相信在這完全暗黑的深水裡，敵人只能依憑水流的變化來判斷出自己的方位，而自己最大的優勢，就是能在深水中看到對方的一切動作。

敵人來得很快，身形只有細微的擺幅，就能在水中從容進退。紀空手暗暗吃驚。

他心驚之下，只有更加小心，等待著敵人一步一步地逼近。

三丈、兩丈、一丈……

當敵人進入到他身邊三尺不到的水域時，紀空手果斷地出手了。

他用的是妙手三招中的「聲東擊西」，意念一動，一股靈異外力便從掌心爆發而出，帶出一股很強的引力，奔向靠左那名敵人的手腕。

他的出手很快，借著水勢的走向，迅速纏上了敵人的手腕，同時整個身形破水硬移三尺，讓敵人的魚叉堪堪從自己的肩上掠過，刺向了靠右的敵人。

這一連串的動作不僅快，而且準，講究的是險中求勝。其中的任何一個環節只要稍稍處理不當，就有可能造成行動者的死亡。

這在以前是不敢想像的，雖然紀空手對這妙手三招熟悉到了耳熟能詳的地步，但真正用在臨場搏擊上，這尚是首次，可以說他已經是超水準發揮了自己的潛能。

「嗤……」在紀空手借力牽引之下，靠左的那名敵人揚起手中的水刺，以飛快的速度刺入了同伴的胸膛：而與此同時，他的同伴顯然從水流的異動感到了危機，也以相同的方式結束了他的性命。

他們的出手都非常狠，也非常精準，可是他們至死都沒有想到，自己竟然是死在同伴的魚叉水刺之下。

這一切只因爲他們根本看不見水裡的動靜，更沒有想到紀空手會用一招「聲東擊西」，讓他們兩人自相殘殺。

這樣的結果令紀空手感到亢奮，同時信心大增，畢竟這是他踏入江湖的第一戰，小試牛刀，竟然一戰功成，這令他心生一種莫大的成就感。

血水從敵人的胸膛中「咕嚕咕嚕」往外冒出，紀空手不忍再看，腰身一擺，又向前游了數丈遠，這才從水裡冒出頭來。

此刻的船上已是一片燈火，染紅了半個江面，人聲喧囂中，亂成一片。

「這一下可夠你們忙上一陣子了，對不起，紀大爺先走一步，恕不奉陪。」紀空手心裡暗笑一聲，加快游速，上岸與韓信會合。韓信在水中沒遇上敵人早已在岸上等候。

兩人從茅草叢中鑽出，涉過一條小溪，天色微明。當他們走在這片溪石間時，紀空手的眼睛陡然一跳，似乎有一種不祥的預兆湧上心頭。

當他的人一踏上溪邊的這片沙石時，就清晰地捕捉到了前面密林中的一點寒芒。

寒芒在林間一動未動，如果不是天色微明，霞光隱生，紀空手根本難以捕捉，恰巧一縷霞光照在了這點寒芒之上，產生了一道明晃晃的反光，雖然一閃即沒，但這已經足夠讓紀空手發現它的存在。

紀空手的身形戛然而止，凝神靜氣，異力瞬間運行耳目。

心驚之下，他從這流動的空氣中似乎感覺到了一股淡若無形的殺氣，而殺氣的來源就在林中，從呼吸的緩急程度來看，對手至少在三人以上，而且身手都不弱。

韓信的臉色也變了一變，顯然感受到了這段空間裡的異常。

「這些人難道是衝我們而來？」韓信低聲問道。

「我不知道。」紀空手也覺得有些不可思議，彷彿置身於敵人鋪開的一張大網中，不管他們怎麼逃，都沒有可能逃出這張大網籠罩的範圍。

「但願不要是花間派的敵人，否則前有伏擊，後有追兵，我們只怕是死定了。」韓信說這句話的時候，聲音微微出現了一絲震顫，表明他的心中並不平靜，似有幾分驚懼。

紀空手橫了他一眼道：「我也希望他們不是，但是好像不湊巧，他們偏偏就是花間派的人。」他的話音剛落，便見李君帶了三五個隨從自林間緩緩走了出來，每一個人的腳步都非常沈穩，目光緊緊地鎖定在紀空手一人的臉上。

敵人依然在一步一步地逼近，有意無意間，他們的步幅微微錯開，形成了一個半圓弧的攻擊態勢，進入到紀、韓身體的三丈範圍內，才終於停住了腳步。

「紀空手，你束手就擒吧，在我們花間派布下的羅網中，你要想逃出去可不是一件容易的事情。」李君緊了緊手中的短矛，傲然道。

紀空手淡淡一笑道：「困獸猶存好鬥之心，何況是人？你把我逼急了，大不了以死相拚，難道還由你宰割不成？」

「那你別怪我手中的利矛不長眼睛！」李君怒意橫生，一抖短矛。

矛鋒橫空，最是無情！

紀空手心神一跳，頓時感受到了那來自矛鋒上比冰雪猶寒三分的殺氣。

但是當李君的矛鋒劃入虛空的刹那，紀空手突然發現這一矛刺來的速度並不是自己想像中的那麼快捷，它在虛空中運行的軌跡清晰可見，讓紀空手幾疑這是自己產生的錯覺。

怎會這樣呢？

他不知道，也沒有時間考慮，在矛鋒刺來的刹那，他踏出見空步的步法，身形之快，堪堪使李君的短矛擦身而過。

李君「咦」了一聲，感到自己的這一矛竟然落空，十分驚異，但他沒有回頭，覺得自己根本沒有回頭的必要，而是反手一撩，矛鋒倒掠，如靈蛇般從肋下鑽出，像是長了眼睛一般，直奔紀空手的後背。

其實連紀空手自己也沒有想到這一步踏出，竟然化去了李君凌厲的絕殺之招，心神一定之下，心中的怯懼頓時去了三分。儘管身後的矛鋒擦身如針刺般直侵肌膚，卻激起了他心中莫大的自信。

有了自信，心神自定，紀空手的整個人彷彿一下子進入了臨戰的狀態，任由靈異外力在自己的經脈中竄行，使得耳目異常靈敏。當李君的矛鋒再次刺出時，他聽聲辨位，已經判斷出了李君這一矛刺來的速度與角度。

李君的短矛連連刺空之後，才驚奇地發現對方的步法如此詭異，總是能踏在令人匪夷所思的方位上，不僅避過了自己的攻勢，而且隨時還可以發動反擊。

李君心中駭然，深知只要紀空手反擊，自己絕對是被動之局。可奇怪的是，紀空手明明有這樣的機會，卻根本沒有出手，只是一味地閃避，李君心懷疑竇，滑退七步而立。

李君有些糊塗了，自從莫干下令緝捕紀空手以來，他就對這兩人有過非常詳細的調查，得出的結論是：這只是兩個不入流的小混混而已，與人街頭混戰亦是輸多贏少，根本不足爲懼，自己只用一隻手就完全可以將他們搞定。

可是到了此刻，當他第一眼看到紀空手時，就發現自己的想法錯了，簡直是大錯特錯。眼前的紀空手彷彿在這段時間裡變了個人似的，並非如自己想像中的那麼容易對付，就算他此刻兩手空空，也已令李君不敢有任何小視之心。

「你可真是真人不露相呀！憑你的實力，完全可以在江湖上爭得一席之地，何必自甘墮落，混跡市井？」李君在殊無把握的情況下，不敢貿然出手，於是及時改變策略。

「難道混跡市井就是自甘墮落嗎？」紀空手自小在市井中長大，對市井生活有著一種難以割捨的情懷，所以對李君的話甚是反感，駁道：「龍有龍路，蛇有蛇路，就算市井百姓一生貧賤，從來無名，永遠沒有風光的時刻，但是他們憑著自己的手藝與力氣生存於世間，至少可以問心無愧，絕不像有些人強取豪奪，仗勢欺人，自以為學了幾手三腳貓功夫，就要學那螃蟹橫行！」

李君知他話中有話，臉上一紅，微生慍意，道：「這本就是劣汰強留的社會，我比你強，就應該高你一等，這根本就是無可厚非的事情。」

「那你只能與禽獸為伍，而不該身為人類，你這是禽獸的生存法則，只有沒有感情和良心的人，才會說出這種屁話來！」紀空手淡淡一笑，眼睛始終不離李君的大手。其實在他的內心深處，非常認同李君的說法，但是為了激怒對方，他不得不說出這違心之言。

李君顯然不能忍受紀空手一臉不屑的微笑，更不想在自己的手下面前丟面子，冷哼一聲，寒芒從眼縫逼射而出，矛身貫入虛空，人已踏前三步。

他這三步踏得很有講究，每一步踏出，都是一尺七寸，彷彿用直尺量過一般，認識他的人都知道，這是李君仗以成名的「三必殺」的起手式，在江湖上不僅有名，而且實用。但是紀空手並不知道它的來歷，只覺得胸口一悶，有一股壓力隨著李君踏前的步伐如波浪般緩緩迫來。

紀空手心中一凜，知道李君此番出手，已然全力以赴，而自己卻絲毫沒有應對之策。他看過丁衡對見空步的實戰運用，也有自己對見空步的深刻理解，是以他選擇了敵動我動、後發制人的策略，只有在敵人出手的刹那，他才會有所行動。

於是他站立在河灘的沙地上，動不動，當他避過李君的兩記矛招之後，對見空步的步法大有信心，同時對李君亦不如初見時那般忌憚。他本是聰慧之人，頓時想到了這一切的變化全仗於自己懷中的那枚怪石。

他靜靜地站立，臉上輕鬆而自在，已經沒有了先前的那份緊張與拘謹，兩道目光從眼眸裡擠出，如利刃般割破虛空，與李君的眼芒相觸。

李君的身體發生了一絲顫慄，臉色微微一變，感到紀空手的眼芒中似有一股殺氣迫來，使他心頭上承受了一定的壓力。他從對方的眼芒中看到了對方的內力修爲遠在自己之上，可是他不明白，如此年紀的一個少年，怎麼會擁有如此驚人的內力？

但他絕對沒有失去戰而勝之的信心，因爲他是李君，他總會將一切困難想得很多，所以在他現身之前，已經留了一手。想到這裡，他的眼角便微微上揚，竟然笑了。

笑也是一種自信，所以李君笑了。在笑的同時，他的利矛也如他的人一般信心十足地奔殺虛空，沿著一道非常曼妙的軌跡刺出。

「嗤……」青鋒暗淡，寒氣四流，殺氣如同一團急動的漩渦直捲空中，帶出的是矛鋒的無情。

紀空手沒有動，甚至連眼睛都不曾眨動一下，只是冷冷地看著眼前的這一切。他的目光空靈而犀利，計算著矛鋒的角度與變化，同時感受著這股如冷風飛飆的殺氣。

瞬息之間，他的心靜若止水。

李君暗自心驚，爲紀空手表現得如此冷靜而心驚，雖然他這一矛已然出手，似乎把握了整個戰局的主動，但是他依然無法捉摸到對方的動機與意圖。

這讓他感到了一種無所適從。

「殺……」他唯有嚎叫，以自己聲音的激情來引發自己胸中的戰意，從而增強信心。在這一刻，他甚至感到了一種難以名狀的恐懼。

這可是他遇上的非常少有的事情。

矛鋒撲面而來，逼到了紀空手面門的三尺處。李君甚至看到了紀空手的眉毛微微顫動，但在陡然之間，紀空手消失了，就在李君的眼前如鬼魅般消失不見。

李君大驚之下，毫不猶豫地旋身回刺。

他幾乎可以斷定紀空手就在自己的身後。

所以他很快地轉身，迅速地揮矛而出，矛鋒上逼射而出的青芒如匹練般漫舞虛空，罩向了人在七尺之外的紀空手。

好快的一矛，這已是李君竭力刺出的一招矛法，幾乎到了一個極限。但在紀空手的眼中，它還不算快，至少還能讓他作出一個必要的動作。

他終於出手了，一出手便是妙手三招中的第二式——凌虛化實。

他的動作非常簡單，只是由上而下劈出，猶如尋常人劈柴一般，但李君卻從虛空中感到一股巨大的壓力如一堵城牆般強行迫來。

他感到了壓力，同時也看出紀空手至少存在三處破綻，但他想都沒想，就斷定這三處破綻都是紀空手設下的陷阱，只要自己放手攻擊，肯定上當。

他的判斷來源於他的直覺，因爲他始終認爲，一個人的內力如果達到了紀空手這般程度，斷無可能會出現如此低級的錯誤，而且還是三處破綻。

他相信自己的直覺，只能放棄進攻，改爲撤步退守。在退的同時，他迅速封鎖了對方可能攻擊的幾條線路，只等紀空手的攻勢迫至。

可是他沒有等到紀空手的逼進，就在他一退之時，紀空手同樣也收住身形，退到了數尺之外。

李君一怔之下，不怒反笑，眼神中突然多出了一絲異樣的色彩。

然後手腕一振，矛鋒在空中再次發出嗡嗡之音。

這是一個信號！

「嗖……嗖……」伴隨著短矛在空中揚起的軌跡，幾聲輕微的弦響帶出破空之音，異常尖銳。

紀空手驀然色變，一怔之下，已看到四點寒芒乍現虛空。

箭是自暗處標射而至，來自四個不同的方向，四支勁箭如閃電般穿越虛空，帶出的是凜凜寒氣。

這很像是一個有預謀的殺局，李君振動短矛並非只圖花俏好看，而是事先約定的一個動手的信號。

就在暗箭標射的刹那，李君毫不猶豫地動了。短矛再振，仿如惡龍遊動，直奔向紀空手的咽喉。

這才是畫龍點睛式的一殺，有了它，才能使這個殺局更趨完美。

無論從哪個角度來看，紀空手都已在劫難逃了。他此刻若動，不管從哪個方向突破，都會遭到暗箭最凌厲的封殺；如果不動，等待他的將是李君刺來的咄咄逼人的矛鋒。

紀空手沒有動，但是眼神發亮，顯得鋒銳而懾人。他眼中看到的不是危機，而是一線生機，當暗箭襲來的刹那，他就有一種預感。只要對方以爲自己身處絕境，他們在氣勢上就會有所鬆懈，此時就是自己與韓信逃跑的最佳時機。

所以紀空手沒有動，甚至連眼睛都未眨一下，看著暗箭與矛鋒逼近他身體的三尺範圍。

「紀少，小心……」韓信嚇得已是面無血色，彷彿看到了紀空手倒下的身影。

但就在李君認爲這一矛刺出必定封喉時，他的矛居然刺入了一片虛空，毫不著力。

李君還是算錯了一點，在他的眼中，他一直把紀空手當成是一個高手，既然身爲高手，就應該具有高手的風度，絕不會像一個無賴般就地打滾，狼狽逃竄。

但是紀空手從來就不覺得自己是一個高手，而更覺得自己像是一個無賴，所以他在矛鋒及體的刹那，伏下身形，就地一滾，正好躲過了短矛與暗箭的襲擊。

這讓李君與他的同夥無不大吃一驚，一怔之下，卻聽得紀空手翻身起來，大叫一聲：「快閃！」與韓信一同向密林衝去。

等到李君反應過來時，紀空手兩人已衝出了一兩丈遠，身形之快，如箭矢標前。李君驚道：「給我截住他們！」人如一頭奔馳於草原之上的蒼狼般奮起直追。

紀空手驀然一聲大吼，左手揚起，天上頓時撲落一層沙土，隨風捲向李君，同時他的右手用力一擲，便聽「呼……」地一聲，一股驚人的勁氣撲面而來。

李君頓覺視線受阻，微一頓足，又聽得風聲隱起，急忙強提勁氣，揮矛一格。

「當……」一聲脆響霎時響徹空中，李君只覺手臂一麻，定睛看時，原來攻擊自己的竟是紀空手倒地時隨手撿來的一塊鵝卵石，與鋼矛相撞之後，已成粉末。

只這麼稍稍一緩，紀、韓二人又搶出了一兩丈遠，李君心驚之下，沒想到二人的內力如此雄渾，奔行起來速度實在驚人。

李君怒氣陡生，再不遲疑，一揮手間，率領手下緊追不放！此時他的心中只有一個念頭，就是絕不能再讓煮熟的鴨子飛了！

這一逃一追，奔行了數十里遠，紀空手與韓信二人慌不擇路，逃出密林，沿山勢一路狂奔，漸漸地與李君等人拉開了一段距離。

兩人奔行雖急，但氣息悠長，似乎毫不費力，只覺跑的時間愈長，速度愈快，那股靈異外力在自己體內就愈是活躍，讓人平生一種無比暢快的感覺。

逃出一個時辰之後，再回頭看時，李君等人的身影早已不見，兩人這才放緩腳步，向山腰間的一座自半空橫拉的索橋走去。

這座索橋乃是通往沛縣的必經之路，橫跨雙峰之間，下臨湍急流水，地形險峻，過了此橋，只要再行五十里山路，便可踏入沛縣地界。

此時已快正午時分，日頭高照，卻透不過這密林茂密的枝椏，留下絲絲縷縷的光線，從葉片間反射下來，顯得地面斑駁陸離，仿如一張魔鬼猙獰的面具。

紀空手遠遠望去，便見索橋雖有二十來丈，但隱於山林之間，難見全貌。此時已是初夏時節，山風呼嘯而過，不暖還寒，倒讓他心中不自禁地多出了幾分沉重。

等到兩人就要接近橋頭的剎那，紀空手心中陡然一驚，驀生警兆，只感到有一股似有若無的殺氣竟然來自橋底。

紀空手的眼芒緩緩地從虛空劃過，掠過密林，掠過山石，最終落到了索橋的另一端盡頭。在一棵古樹之下，一人盤坐在樹根上，頭戴一頂青竹笠，一手端酒，一手拿著一隻香味撲鼻的狗腿，自顧自地一人獨飲。

「轟……」一聲驚天巨響，從索橋中央炸出，橋板裂成塊塊碎片，向四處激射，氣旋翻湧間，一杆丈二長矛平空而出。

橋下的人終於動了。

「莫干！」紀空手與韓信同時驚呼。

紀空手不知道，也已不想知道，他根本就沒有多餘的時間去考慮問題，面對莫干這驚天動地的一擊，他必須作出反應。

「快閃！」紀空手不敢有一絲的猶豫，猛地一推韓信，兩人如鼠般向兩邊飛竄。

「轟……」莫干的長矛帶著沛然不可禦之的勁力，撞在橋頭邊上那塊重達千斤的大石上，大石頓裂，迸出無數粉末石塵，瀰漫了橋頭整段的空間。

莫干沒想到紀空手竟然能在自己的這一擊之下全身而退，雖然他接到手下的報告，知道紀空手闖過了朱子恩與李君兩關圍截，可是他仍然不相信這兩個小無賴有多大的能耐。

但在這一刻，他改變了自己的看法，雖然紀空手躲過自己的這一擊有些狼狽，甚至笨拙，但卻有效。雖然自己只看到他這一躲的姿勢，以他莫干的眼力，當然不會看不出紀空手身上具有非常雄渾的內力。

「一個小無賴，短短的數天裡變成了一個內家高手，這似乎太不可思議了。要出現這種奇蹟，唯有一個原因，那就是玄鐵龜。」莫干靈光一現，心中又驚又喜。

但無論如何，他也不會動搖，他得到玄鐵龜的念頭就爲這玄鐵龜已經付出很多。當他從殺手小師弟鬼影兒那裡知道消息，立刻派出二師弟配合鬼影兒去截殺丁衡，但他怎麼也沒想到，本以爲萬無一失的殺局，結果卻與丁衡同歸於盡！花間派之所以能立於七幫，很大程度上是依靠鬼影兒在江湖中的刺殺，而他與鬼影兒的關係江湖中很少有人知道。丁衡一戰，更堅定了他取玄鐵龜的決心！

不經意間，他的目光瞟了一眼對岸，卻見那位神秘人依然是一副悠閒地端碗飲酒，似乎對眼前的一切視而未見。

相距只有兩丈，紀空手已經清晰地感受到了莫干身上那種勢在必得的氣勢。

他緩緩地從韓信的手中接過一把來自於軒轅子兵器鋪裡的長刀，這把刀是韓信在鳳舞集時順手取來的，一直帶在身邊，直到此刻才算派上用場。

「我一直在找你，沒有惡意，只是想與你談一筆交易，你爲什麼要躲著我呢？」莫干卻開口道。

「我也很想相信你，可是直覺告訴我，你的每一句話都不是出自內心的，很像是在演戲。」紀空手深深地吸了一口氣回應道，說完心中似有一股暖流竄升，漸漸地緩和了自己緊張的情緒。

「我花間派位列七幫之一，我莫干又貴爲一派掌門，雖不敢說一言九鼎，但說過的話還是算數的，只要你交出你身上的那件東西，我可以包你享盡榮華富貴，一生衣食無憂。」莫干並不爲紀空手的話生氣，而是曉之以利。他相信自己開出的條件已是十分豐厚，絕不是紀空手這種小無賴能夠抵擋得了的誘惑。

「不！」紀空手斷然的回答顯然出乎莫干的意料之外：「軒轅子一死，在我們之間就不可能再有任何的交易，唯有仇恨！」

莫干深深地看了他一眼，突然笑了。

「你知道這座橋叫什麼名字嗎？」莫干指了指身後的索橋，淡淡笑道。他深知自己愈是裝得輕鬆愜意，就愈可以給對方造成緊張的情緒。既然利誘不成，他只有選擇武力解決了。

「不知道。」紀空手沒有想到莫干會問這樣一個問題，怔了一下道。

「在此之前，我也不知道。」莫干眼芒一寒，死死地盯著紀空手道：「但是，如果你執迷不悟的話，過了今天，別人就會稱它爲奈何橋！」

這句話並無奇特之處，卻激起了紀空手心中的狂傲之氣，道：「是的，也許是你，也許是我，今天恐怕必有一人要入地獄！」

莫干哈哈一笑，傲然道：「沒有也許，今日要在這裡入地獄的，只能是你，因爲我已經決定，三招之內，必取你性命！」

紀空手並未因此而憤怒，而是愈發冷靜，他的手微微緊了緊刀柄，腳步稍分，微微一笑道：「動手吧！」

矛是好矛，足有一丈二長，精鋼玄鐵打造，矛鋒一出，與虛空驀生的狂飆融爲一體，揚起漫天淒迷，莫干終於出手了。

紀空手的眼芒爲之一跳，心如不波的古井，清晰地捕捉到了對方這一矛的軌跡。他似乎不是刻意要想出一種招式來應對對方的這一招矛法，而是興之所致，隨後一揮，就在對方這一矛由虛空迫近的剎那，他手中的長刀「呼……」地一聲，帶出一股瘋漲的殺氣，迎向了長矛的氣勢鋒端。

他這一招純屬意想之招，刀在空中，一改刀固有的邪性，變作了長矛般的霸烈。

莫干啞然失笑，看出紀空手竟然是刻意模仿自己的出手，這不得不讓他感到滑稽。

可是一笑之後，出現在莫干臉上的是一種訝異與震驚。他怎麼也沒有料到，紀空手雖然是在模仿他的招式，卻不拘泥於形式，以非凡的靈性與悟性，衍生變化著矛招中固有的精髓。

也就是說，紀空手的刀招形似矛招，但在對攻防之道的理解上已經跳出了固定的思維模式，更趨於實效性。

以敵之招，破敵之招，似乎與以其人之道還治其人之身有異曲同工之妙。

紀空手以其智慧，以及天才般的想像力，在剎那之間選擇了這樣一個絕妙的克敵之道。

這本身是一件只能想像卻很難付諸實踐的事情，所謂有招才能仿招，才能破招！以莫干出手的速度與力度，根本不容對手有太多的耐心來思考，但這只是莫干的想法，事實上當這股靈異之力注入到紀空手體內經脈的剎那，紀空手的本身已在根本上有了質的飛躍，每一個感官都在最短的時間內得到了異力的改造，完全可以在一瞬之間洞察到別人無法洞察的事情。

所以當莫干這驚人的一擊乍起半空時，紀空手已經看到了他施展長矛的任何一個細節，從而毫不費力地以相同的刀招對應而出。

莫干的眼神陡然一跳，彷彿有凶兆發生，等他反應過來時，一股莫大的勁氣若潮水般瘋湧而來，眼看就要與自己的矛鋒相撞。

「呼……」刀氣直侵肌膚，令莫干的臉上如針刺般劇痛。紀空手劈來的這一刀！它就如一條吐信的毒蛇，正一點一點地吞噬著莫干勢在必得的信心。

莫干大驚之下，唯有退，因爲他已看出刀中挾帶的勁氣十分霸烈，倘若自己與之硬抗，未必就能占得便宜。

奇怪的是，紀空手同樣選擇了退，完全與莫干一樣的身法招式。這情形看上去就像是兩個同門師兄弟在切磋武功，渾不似一場生死較量，引得韓信都忍不住莞爾一笑，緊張的心情減弱幾分。莫干沒有笑，也笑不出來。他已經漸漸感受到了紀空手給他帶來的壓力，莫干眼見形勢愈發對己不利，心神一動，頓時想到了一個可以對付紀空手的辦法。

他倒退三步，突然舉矛一橫，矛鋒轉向了自己的咽喉，仿如自殺一般。

他倒想看看，紀空手既要模仿，是不是連這一個動作也能模仿得像。

「我還不傻！」紀空手沒想到莫干會作出如此怪異的舉止，輕輕一笑道。他只是舉起刀來，橫在胸前，一雙眼睛緊盯著莫干，就像是在看一個傻瓜一般。

就在這時，莫干的頭突然向後一仰，矛鋒貼臉一旋，直逼向紀空手的咽喉！「嗤嗤……」直響中，猶如一道決堤而出的洪流，聲勢之大，令人咋舌。

這是一記絕殺，一記真正的絕殺！

紀空手在這一刻才驚醒過來，再想出手，已是遲了半拍。他終於明白：與人對敵，你永遠不能把對手當傻瓜。

可惜，他這明白來得太遲了，這種一瞬間的失誤也許要用自己的生命來作爲代價。

紀空手的眼睛一閉，心中頓感徹寒……

他感到了矛鋒在虛空中湧動的氣旋，感到了那空氣中奪人魂魄般驚人的壓力，他甚至聞到了一股濃烈的死亡氣息……

就在這千鈞一髮之際，「呼……」地一聲爆響，從天空中炸出，一件物事陡然旋上虛空，如電芒般撞向莫干那咄咄逼人的矛鋒。

「轟……」地一聲，兩股勁氣悍然相撞，莫干只覺手臂一麻，長矛幾欲脫手。

他驚懼之下，撤步飛退，定睛看時，才知撞開他這威力驚人的一擊的東西竟是一隻土製的酒碗。

一隻酒碗，已成粉碎，碎片散落一地，彷彿完成了它最後的使命。

每一個人的目光全部投向了一個方向，凝集在一個人的身上。因爲只有這個人，手裡有過這個土製的酒碗。

那位神秘人依然靜靜地坐在那裡，身體紋絲不動，就連他那隻端酒碗的大手，依然保持著原有的姿勢，懸凝空中。唯一不同的是，此刻他的手上已不再有碗。

莫干的人退出三丈開外，這才眼芒一寒，冷冷地望向這神秘人道：「閣下是誰？何以一直跟蹤在下，還要干涉莫某的大事？」

那神秘人似乎充耳不聞，啃下手中的最後一塊狗肉，這才拍拍手來，抬起了藏在竹笠下的面容。

這是一張人到三十常有的面容，眉宇緊鎖，臉色鐵青，顯得極是剛毅。他的神情裡不經意間流露出對人世的徹悟，更有一種歷經世事的滄桑，眼芒迫出，自有一股懾人的威勢。

當他的頭抬起的刹那，無論是紀空手、韓信，還是莫干，三人不由自主地「啊……」了一聲，他們怎麼也沒有想到這人竟會是烏雀門門主樊噲！

樊噲站起身來，面對莫干射來的咄咄眼芒，渾似不覺，沈聲道：「莫干，你也太不要臉了吧？對付一個孩子，還使出這種下三濫的手段！」

莫干臉色一沈道：「你樊門主跟在我的後面，難道是光明正大的事情嗎？」

樊噲微微一笑道：「我只是受人之託，想看看你莫干究竟在幹什麼，誰叫你這段時間老是鬼鬼祟祟的？」

莫干冷哼一聲道：「原來你是劉邦派來監視我的。樊門主，你們這樣做可就太過分了，當初我們七幫結成同盟時曾有約定，雖爲同盟，不到非常時期，還是應該井水不犯河水，各自管好自己幫中的事務。」

莫干所言的確屬實。當時七幫同在沛縣開山設堂，結成同盟，原是爲了應付愈來愈亂的天下大勢而採取的權宜之計，樊噲只是烏雀門的門主，與莫干身分等同，他這樣做，難怪會讓莫干心中火起。

「我這樣做一點都不過分，此時正是非常時期，再過幾天，就是我們七幫約定的會盟之日，我可不能因爲你的原因而損害了我們七幫的利益。」樊噲斷然答道，眼芒迫出，懾人之極。

莫干與樊噲雖然同在沛縣，但交情不深，一向對這位豪爽正直的烏雀門門主心存忌憚，因爲他花間派做的是見不得人的買賣，所以經常遭到樊噲的冷眼相待。

「你說這些話的意思，是不放心我？」莫干畢竟是一幫之主，自有幫主的風範，傲然問道。

「正有此意。」樊噲的回答毫不客氣，一字一句地道：「若要人不知，除非己莫爲，近段時間你和青衣鋪的章老闆究竟在幹些什麼，只有你們自己心裡明白！」

莫干臉色一變道：「這只是敝幫幫內的事務，用不著你來橫加指點。」他深深地吸了一口氣，知道樊噲難纏得緊，爲了能夠順利得到玄鐵龜，不由口氣一軟道：「不過你相信也好，不相信也罷，這次我來這裡的確是爲了個人的一點私事，你就請便吧。」

樊噲這才將目光投向了紀空手與韓信，眼中閃過一絲欣喜，微微點了點頭，算是打了招呼。

紀空手與韓信沒想到會在這裡碰上樊噲，驚喜之下，一顆心總算放了下來，因爲他們都對樊噲充滿信心，只要有他在，自己二人絕對是安全的。

「不巧得很，這雖然是你個人的私事，卻涉及到了我的兩個朋友，看來我是不管不行呀。」樊噲淡淡笑道，同時腳已踏在了連結索橋的鐵鏈之上。

此刻的索橋木板已毀，只有四五根兒臂粗大的鐵鏈橫亙空中，樊噲一步一步地向前邁進，如履平地一般穩定，身體竟然沒有一絲的晃動。

「他們不過是淮陰城的兩個小混混兒，怎麼會是你樊門主的朋友？」莫干一臉狐疑，隨即搖了搖頭道：「這只是你編出來的一個藉口。」

他的眼芒中驀起凶光，盯著樊噲的人行到索橋中段，大喝一聲，振出長矛，用力戳向索橋的鐵鏈上。

「嗤……」火花迸射中，鐵鏈應聲而斷，「呼啦……」一聲跌下谷中。樊噲借勢落到另一根鐵鏈上，行得幾步，莫干的矛鋒又戳向了他落腳的那根鐵鏈上。

莫干的動作非常快捷，意圖十分明顯，就算不能使樊噲摔入谷底，也不能讓他從容過橋。

樊噲只有加快腳步，電疾般通過索橋，眼見還有三四丈遠，陡然大喝一聲，借著鐵鏈一彈之勢，飛身向對岸縱落。

他人在半空之中，已然拔刀在手，驚天動地般一刀劈下，猶如雷鳴電閃。

莫干心驚之下，矛從手中振出，矛未至殺氣破空，籠罩八方，封鎖了對方的每一個攻擊角度。

「轟……」兩股氣流迸撞一處，掀起氣浪無數，莫干身形一晃間，卻見樊噲在空中打了個旋，穩穩地落在了懸崖邊上的一塊大石上，身後已是百丈深谷。

「你竟然想置我於死地?!」樊噲身形落下後的第一句話，是從牙縫中迸出的，任何人都聽出了他話中的殺意，更感到了那種潛在的危機。

莫干偷襲不成，心神倒鎮定了許多，既然彼此間扯破了臉皮，也就沒有必要假惺惺地客套下去，當下冷哼一聲道：「你以爲你是誰?要不是看在劉邦的面子上，我早就想動手了，還會等到今天?」

樊噲不怒反笑道：「原來如此，你總算說出了心裡話。」

莫干道：「其實在我們之間，從來都是貌合神離，誰的心裡都看不起誰，難得今次有這麼一個大好機會，不如趁早作個了斷。」

「痛快。」樊噲拍掌笑道，忽然臉色一沈：「那就握緊你的長矛，讓我見識一下你賴以成名的三煞矛法！」

紀空手的眼睛一亮，專注著這場即將爆發的高手決戰。對他來說，這種機會殊屬難得，正是可以讓他見識和體驗的一個大好機會。

樊噲的腳步微呈丁字，大手微微一緊，便聽得骨節「劈哩叭啦」一陣暴響。

樊噲這隨意地一站，不露絲毫破綻，他的整個人猶如山嶽傲立，眼芒掃過，虛空中的氣勢如潮翻湧。

「呀……」莫干一聲大喝，長矛震顫著破空而出，殺氣如硝煙彌散。他看到樊噲此刻所處的位置並不好，只要自己能逼退他向後移動一兩步，就可以讓他墜入百丈谷底。

樊噲沒動，只是深深地吸了一口氣，渾身的勁氣全部聚集到了一點之上，那就是他手中的長刀。他是不出手則已，一出手必定斬盡殺絕，否則讓花間派的人知曉，必是後患無窮，甚至有可能影響到七幫會盟。

刀，破空而出，殺氣已侵入到莫干七尺之內。樊噲既起殺心，當然算計到了在什麼距離之內可以對敵人造成最大的傷害，唯有如此，他才有絕對的把握做到殺人滅口。

刀鋒劃過虛空的軌跡，如一道筆直的線，沒有詭異的角度，也沒有招式上的變化，就是用一種最簡單的方式，滿帶勁力，以一種驚人的速度直進。

「呼……」樊噲的刀鋒終於在去勢將盡未盡之時，爆發出了驚人的力量，就像一塊巨石從高空砸向一潭死水，頓時掀起滔天巨浪。

「轟……」沒有人擋得了這驚人的一擊，莫干也不例外。他勉力擋擊了樊噲三刀之後，人已退出了一丈開外。

勁風閃射出道道狂飆，夾雜著一溜一溜炫人眼目的火星，端的駭人之極。

其實在七幫的各大首腦之間，武功修爲上的差異並不懸殊，誰與誰相爭，也只在一線輸贏，沒有人敢說有必勝的把握。樊噲能在一上來就占得先機，那是因爲他有勢在必得的信心。

「呼……」刀風再起，幻化出一道美麗而詭異的亮弧，在莫干一退再退之際，陡然繞過他的身形，向他後退的空間爆炸擴散。

「呀……」樊噲與莫干同時暴喝一聲，恰似兩道驚雷同時炸響空中。

「轟……」長刀與矛鋒在空中悍然撞擊，激揚起無數道狂猛的勁風，將兩人的頭髮、衣衫，包括身體同時向後飄飛，驚人的壓力，讓人有呼吸不暢之感。

樊噲忍住氣血翻湧之苦，一退之下，強行再撲半空，身如大漠飛鷹，刀如撲食的鷹爪，罩向莫干而去。

這正是樊噲的可怕之處，他似乎天生要比常人更能忍受惡劣的環境、難於承受的痛苦，所以他往往能比別人更快更好的抓住機會。一個原本看來不是機會的機會，但在他的眼中，只要好好把握，就絕對是一個大好的機會。

但是，就在樊噲的身體騰空到最高點的剎那，「嗖嗖嗖嗖……」四響連發，四支勁箭以奔雷之勢裂破這靜寂的虛空，突然打破了樊噲此刻佔據的優勢。

這四支勁箭來得這麼突然，而且出手的時機顯然經過精心選擇，一看便知是出自深諳偷襲之道的善射者。

「小心！」紀空手情不自禁地驚呼一聲，明知於事無補，然而情由心生，不能自抑。想到如樊噲這等慷慨豪邁之壯士，竟然就要死於宵小暗箭之下，不由黯然神傷。

他揮刀而出，攻向了已然站定身形的莫干，雖然他明知這是實力懸殊的一戰，但是他未想輸贏，只想著爲樊噲爭取一點時間，以免他受到暗箭與莫干的夾擊。

這四箭奔襲的路線非常奇妙，前三箭分呈「品」字形而來，另有一箭暗伏於後，不僅攻擊的角度不同，先後的秩序也有所不同，充分顯示了射手巧妙的構思與精妙的配合。樊噲手中只有一把長刀，若要一刀化解這四箭各種不同的攻勢，似乎很難，就連莫干也被這驚人的突變而驚喜，知道李君趕到。隨手揮矛與紀空手周旋，餘光卻始終盯向了人在半空中的樊噲。

但是令人匪夷所思的一幕就在這一刻間發生了。在場的每一個人都看到了這四支勁箭穿越虛空的軌跡，每一個人都感到了這勁箭破空帶來的殺氣，眼看樊噲的整個人就要陷入這箭矢的射殺之中時，驀地眼前一花，那四支勁箭竟然平空不見了。

就在眾人還在暗自揣測之際，「嗖嗖……」之聲又響，四支勁箭卻自樊噲袖中倒射而出，較之先前的來勢更猛、更烈，分四個不同方位反噬而回。

「呀……」幾聲慘呼同時響起，幾條人影從暗處跌出，掙扎幾下，俱都斃命。莫干見勢不對，騰身直縱，擺脫紀空手的糾纏。

樊噲縱身向前，只見三五件兵器橫在前方，由不同的角度出手，力道有大有小，但是它們的目標顯然是一致的，就是要阻住樊噲的追擊之勢。

「呀……」樊噲暴喝一聲，長刀泛出一片陰森森的白光，閃耀眼目，如大江巨浪狂湧而出。

「呀……呀……」在樊噲的強力衝擊下，沒有人敢不避其刀芒，勁風隱挾朵朵氣旋，擊得眾人無不紛紛跌退，腳步稍慢者，在樊噲的一劈之下，絲毫沒有還手之力，唯有嗚呼哀哉，中刀斃命。

眨眼間樊噲已搶到李君身前，左手一探，眼見就要抓到李君胸口，突然回肘一旋，亮出右手的刀鋒，硬生生地將李君的頭顱旋飛半空。

莫干目睹了這慘烈的一幕，心中再也不存僥倖，猶如一隻受傷的狐狸般在山林間一路狂奔，眼看就要消失在樊噲的視線範圍之內了。

「他……他……他跑了。」紀空手猛然發覺，驚呼道。

「他跑不了！」樊噲冷冷一笑。

他的手在虛空中信手一抄，一把寬不盈寸、長不及尺的鋒利小刀出現在他的指間。

「嗖……」刀終於出手，一道白光泛起，只亮了一瞬，沒有人看清它的軌跡路線，它就消失在了山林的盡頭，而盡頭處正好是莫干即將消失的背心……

樊噲緩緩地走了過去，彎腰、拔刀，任血從莫干的體內濺射出來，他的臉上沒有任何表情，當他回身而走時，便聽得「砰……」地一響，莫干的屍身這才滾下了百丈谷底。

◆

沛縣位於江淮平原的中部，隸屬泗水郡，境內有淮水的旁支泗水越境而過，傍靠西陽湖而建，乃江淮有名的魚米之鄉。民風剽悍，民間殷富，水陸交通發達，是以雲集了三教九流各等人物，更有一些重要幫派，看中沛縣地利優勢，亦紛紛設下總堂在此，社會關係極為複雜。

樊噲的烏雀門總堂設在沛縣西城門外的一家大戶人家的宅第中，因為宅第主人與烏雀門有些淵源，便讓給了烏雀門。

為了掩人耳目，樊噲等到三更過後才帶領紀空手、韓信二人回到總堂。剛剛坐下不久，從門外走來一位老者，匆匆在樊噲耳邊說了幾句悄悄話，樊噲微一點頭，站起身來道：「紀少，韓爺，我還有要事待辦，你們暫且歇宿下來，我們明日再聊。」當下吩咐這位名為「樊仁」的老者，領著他們奔後院的一處小院落住下。

樊仁的確煩人，不僅嘴上嘮叨，手上也十分麻利，服侍二人洗腳洗臉，又送上香茶，這才掩門而去。紀空手與韓信雖然逃亡了數日，身體有幾分乏累，但想到自己無意當中，竟然能與烏雀門門主這樣仰慕已久的大人物稱兄道弟，就已然興奮得難以入眠。

「紀少，這一下咱們算是賭贏了，開了十把弊十，這一次總算開出個至尊寶，咱們可要發了。」韓信貼著紀空手的臉道，唾沫星子濺了紀空手一頭一臉。

「拜託你不用這麼大聲說話，我的耳朵還沒有聾。」紀空手抹了抹臉道：「雖然我們的運氣不錯，能夠得到樊大哥這樣的人物賞識，但是我們才入江湖，什麼都不懂，今後的路還只能靠自己一步一步地去走。」

「不過我想，只要我們學會了樊大哥的飛刀絕技，就應該是我們在江湖上傳名立萬的時候，到了那個時候，我韓信再回淮陰，就沒有人認得我是當年的那個小無賴，而是堂堂的大俠韓信嘍！」韓信美滋滋地雙手枕著頭道。

「就算如此，你也需要再等十年。」紀空手給他潑了一瓢冷水，好讓他清醒清醒。

「那可不一定！」韓信似乎很有把握地道：「你難道沒聽樊大哥說嗎？我們身上這股莫名其妙的內力竟然勝過了樊大哥的內力修爲，假如有一天我們又莫名其妙地學會了飛刀絕技，這好像也不是完全沒有可能吧？」

紀空手承認韓信所說的有一定的道理，但當他想到自己能夠走到今日這一步，全是丁衡、軒轅子等人用生命換來的，就不敢心存僥倖，有半點的鬆懈，黯然神傷下，他不由得在心中暗道：「我紀空手絕不會讓你們失望！」

突然韓信「哎呀……」一聲叫了起來，嚇得紀空手臉色一變道：「韓爺，出了什麼事？」

「我們好像忘了問劉邦的傷勢痊癒了沒有？這也太失禮數了。」韓信拍拍自己的腦袋，有些懊惱地道。

紀空手這才想起，在索橋邊的一番長談，他們只是說明了玄鐵龜之事，讓樊噲答應教他們飛刀，但卻忘了問劉邦傷勢之事。他們沒問，樊噲也未提，就好像壓根兒沒有劉邦這麼一個人的存在一般，可是追本溯源，若非他們救了劉邦，樊噲又怎會自掉身價與他們結交？

「當時的情形完全出乎我們的意料，一時忘了，倒也情有可原。」紀空手道：「不過我想，劉大哥的傷勢雖然嚴重，但是經過這些時日的調養，應該沒有大礙，否則樊大哥的神情絕不會這樣平靜。」

「言之有理。」韓信說了一句戲文，渾身又覺輕鬆了不少。

第五章　暗夜龍騰

劉邦只是沛縣境內的一個小小亭長，但卻是樊噲最敬重的一位朋友。這不僅是因爲他出手大方，處事得當，而且在他的身邊，始終有一股看不見的勢力在頻繁活動，使得他能在龍蛇混雜的沛縣成爲黑白兩道很吃得開的人物。

他既然急著要找自己，當然不會是一件小事，所以樊噲不敢怠慢，與紀空手、韓信道別之後，又馬不停蹄地趕到鄰近的劉家大宅。

到了劉邦的密室，卻見劉邦坐在燈下，口品香茗，臉色依然一片蒼白，還有幾分大病初癒時的虛弱。

「你回來啦？」劉邦有氣無力地示意樊噲坐到身邊，頗爲艱難地問道。

「是。」樊噲雖然把劉邦當作朋友，更把劉邦奉作領袖，是以言語中帶了幾分恭敬道：「我不僅殺了莫干，還帶來了兩個朋友。」

劉邦的手輕輕顫抖了一下，道：「你殺了莫干？」眼芒從眼縫裡擠出，射向樊噲的臉上。

「我也是迫不得已。」於是樊噲將一切經過一一說出，聽得劉邦眉鋒直跳，幾次抬頭，沈吟半晌之後，方才輕歎一聲道：「這麼說來，江湖上盛傳多年的玄鐵龜就這樣白白讓那兩個小無賴給毀了。」

他的口氣中不無惋惜之意，所提的「小無賴」自然是指紀、韓二人。面對自己的救命恩人，他似乎有幾分「好了傷疤忘了痛」的味道。

「但奇怪的是，玄鐵龜雖然毀了，但紀空手與韓信的身上卻平空多出了一股雄渾的內力。以他們的天賦與資質，假如用心打磨，必能爲我們日後的大事添一份力！」樊噲興奮地道，顯然他是發自內心地喜歡這兩位衝勁十足的少年。

「所以你將他們帶到沛縣，不僅收歸門下，還要盡興結納。」劉邦詫異地看了他一眼，然後微微一笑道。

樊噲不好意思地笑了：「我這個人就是見不得人才，更何況他們有心投奔於我們，又平白多一身內力，這豈不是天意嗎？」

「既然如此，你就盡心調教吧。等我身體好些的時候，再過去看看他們，順便答謝當日淮水的救命之恩。」劉邦輕描淡寫地道，順手將茶杯擱下。

樊噲知他要話入正題了，刻意湊前一些，以便傾聽。

「時至今日，距七幫會盟的日子愈發近了，沛縣的局勢也愈發緊張了起來。前些日子江天失蹤，已經鬧得沸沸揚揚，滿城風雨；這一次加上莫干死了，章窮更會懷疑是我們下的手，從而狗急跳牆，採取先下手爲強的戰術來保全自己。」劉邦的眉頭緊鎖，顯得憂心忡忡，似乎爲未來局勢的變數有幾分擔心。在他看來，這才是他目前關心的大事，其他的事情已不值得他分心兼顧了。

七幫會盟正是他要進行的第一件大事，雖然他不是七幫中人，但以他的勢力和聲望，只要精心策畫，他就未必不是這盟主之選。但他最終的目的，並不在於這盟主的虛位，而是有一個更大的計畫，必須在他登上盟主之位後才能實行，而這個計畫的實施，才是他花費這麼多心血的用心所在。

樊噲既是他的心腹，當然也是知道他計畫的幾個知情者之一，道：「反對七幫會盟的，只有漕幫、花間派、青衣鋪。現在三者已去其二，只要我們全力扶持，繼任漕幫、花間派的幫主人選就可以換成支持我們的人，這似乎並不困難。這樣一算，就唯有章窮的青衣鋪與我們作對，在我看來，這已不足爲懼，憑我烏雀門一門之力，就算讓青衣鋪全軍覆滅，也不是沒有可能的事情。」

樊噲的確驍勇，一番話說得霸氣十足，原以爲劉邦必然同意自己的說法，想不到劉邦卻搖了搖頭道：「如果真的只有章窮的青衣鋪與我們作對，我相信你有這個能力，但問題的關鍵是，在青衣鋪的背後，已經多出了一個慕容仙。」

「慕容仙？」樊噲倒吸了一口冷氣道：「他乃一郡郡令，難道會不顧身分，也要插手黑道事務嗎？」

「官匪自古一家，只要有利可圖，誰還去管地位身分？如果慕容仙真是爲利而來，事情就變得好辦了，可他卻絕不是爲利而來，而是想借章窮之手，趁機操縱七幫勢力，這才是他真正的野心所在。」劉邦冷笑一聲道。

「他想幹什麼？」樊噲驚問道。

劉邦的眼中亮出一抹寒芒，冷冷地道：「他不想幹什麼，倒是他的後台老闆，那位左右當今大秦局勢的一代權相趙高想幹點什麼，因爲慕容仙的身分不僅是泗水郡令，同時也是入世閣數大高手之一。」

「聽你的話音，難道說慕容仙已經到了沛縣？」樊噲在揣測劉邦急著來找自己的原由。

「不，慕容仙肯定會來，但不是這個時候。」劉邦笑了笑道，似乎想緩和一下緊張的情緒。頓一頓，方續道：「慕容仙此人城府頗深，他不想打草驚蛇，所以派了幾名入世閣的高手先到沛縣，化裝成綢緞棉布商人等著與章窮聯絡，商量對付我們的辦法，此時此刻，他們只怕已到了泗水碼頭。」

「你的意思是……」樊噲看了劉邦一眼，猶豫地道。

「我也不想打草驚蛇，卻也不願任由他們在沛縣胡作非為。」劉邦微微一笑道：「所以我需要你去監視他們，一旦章窮上船，你必須要想盡辦法去潛聽到他們密議的計畫，我們才好對症下藥。」

◆

窗外已是夜色漸深，更鼓聲傳來，已是上更時節。

紀空手正想上床休息，人還未動，突然心中一震，驀生一股難以形容的感覺，使得他整個人彷彿處於一種很不舒服的狀態，似有一股無形的壓力，波及到了他靈敏異常的感官。

他的目光似是無心，卻又像是有意識地透過窗外，鎖定在了數丈開外的一道院牆之上。

初夏的夜，除了蚊蟲嗡嗡之外，還有蛙聲！

「這裡是烏雀門的總堂重地，高手如雲，戒備森嚴，有誰還敢這般膽大，闖入這裡來找麻煩？」紀空手想到這裡，不覺有些懷疑自己的危機感來。

他笑了笑，認定自己必是神經過敏了，剛要轉身，驀然間，他的眼睛驟然一亮，便見那道牆頭之上，平空生出了一條暗黑的人影。

那條人影來得雖然突然，卻顯得非常從容，渾身上下一身玄衣，與夜色融為一體，幾無可辨。頭上罩了一層厚厚的黑色紗巾，只留下一雙眼睛在外，若非從這流動的眼芒中看出點端倪，加上紀空手的目力已呈倍數增長，只怕他一時之間休想發覺。

紀空手感覺此人的身影有點熟悉，但此時已不容他多想，腳步踏出，人如夜鷹般從窗口縱出。

他的身形輕盈如風，有御虛之感，落地時更是無聲無息，輕若狸貓，速度之快，連他自己也大吃一驚。

但更讓他吃驚的是，當他以如此快捷的速度衝到房外時，那條人影突然不見了，就像是一時的幻覺。

「這人是誰？看他的身手，已經超過了七幫中人武功的範疇，可是他卻如此小心，以蒙面示人，難道說他是樊大哥認識的人，卻又想對樊大哥不利？」紀空手的腦筋轉動得很快，想到這裡，紀空手的手心滲出了一絲冷汗，毛孔翕動，彷彿感受到了一股淡若無形的殺氣一點一點地向自己逼迫而來。

所慶幸的是，他此刻正背靠在一棵大樹下，只須觀察三面的動靜就可確保自己的安全。這使得他體內現有的靈異之力完全可以駕馭身體的感官去感知周圍的一切。

紀空手驟感背上發涼，同時捕捉到了稠密的樹冠發生了一點讓人心驚的異動。他沒有猶豫，連腳都未抬，就順著腳下的石板滑移了七尺。

「叮……」一聲幾不可聞的金屬之音傳自身後，紀空手耳中辨得分明，這正是劍鋒輕點在石板上的聲音。

「呼……」輕響之後，虛空中氣流陡然狂湧。紀空手人在七尺之外，卻發覺自己突然陷入了對方萬千劍影的籠罩之中。

在這生死關頭，紀空手陡然激發出了體內全部的潛能與勇氣，腳步晃動下，展開見空步的步法迅速移動身形，改變自己所處的方位。

他沒有回頭，只能看到地上一條被拉長的黑影在不住地晃動。

在晃動的空氣裡，紀空手感到有一股寒氣已然逼近。無堅不摧的劍氣，猶如狂飆席捲，使得紀空手的呼吸頓窒，背上的肌膚隔衫依然有若刀割般劇痛。

「呀……」

紀空手再也抑制不住自己心中的壓抑，大喝一聲，借著聲勢，突然回身。

但就在他回頭的一剎那，劍氣、壓力、虛空中湧動的氣流……這一切足可毀滅生命的東西又一下子消失得無影無蹤，若不是紀空手看到那影子隱入夜色的最後一幕，他真的以爲自己是在夢遊。

「紀少，你沒事吧？」韓信揉著睡意朦朧的眼睛出來，關切地問道，顯然他是被紀空手的那一聲吼叫驚醒。

紀空手呆立半晌，眼中閃過一絲驚懼道：「有人要殺我！」

「什麼？」紀空手的一句話震得韓信睡意全無。

紀空手指著樹下那塊被蒙面人用劍輕點的石板道：「你看！」

韓信一看，頓時嚇了一跳，只見那石板的中心有一點輕微的劍痕，但自這劍痕擴張開來，竟裂出了數十道裂紋。

「恭喜你，紀少。」韓信作個揖道：「此人武功如此之高，你還能從他的劍下揀回性命，真是一件可喜可賀的事情。」

他看似玩笑的一句話，卻驚醒了紀空手，紀空手回想剛才的一幕，尙心有餘悸地道：「對啊！這的確有些奇怪，雖然我的見空步已有幾分火候，但要逃過那人如閃電般的劍芒似乎不太可能，難道說他還手下留了情？」

紀空手久混市井，心知天下沒有這麼便宜的事情，此人定有所圖，難道是爲了玄鐵龜而來？

但回心一想，在烏雀門中，也許會有人開此玩笑，那就是樊噲。

但是紀空手又很快否定了這種最有可能的推測，因爲樊噲與蒙面人的身形大小有一定的差異。

而且樊噲此刻也不在烏雀門總堂。

◆

樊噲的確不在烏雀門總堂。

他此刻正在沛縣城東十里外的泗水碼頭，躲在一條漁舟上，密切監視著十數丈外的一艘豪華商船。

樊噲等了一天一夜，未見異常，他也毫不心急，只是吩咐手下嚴密監視，直到天將黑之際，一名手下才匆匆跑來。

「船上終於下來一個人，到附近的一家酒樓訂了一桌酒菜，吩咐上燈時分送到船上。」

樊噲換上一身緊身水裝，等到天色黑盡，他瞅準距離，潛入水底，向那艘豪華大船潛去。

大船甲板上有人走動，聽腳步聲，顯然身手不弱，樊噲要想悄無聲息地潛上船去，倒成了問題。

但樊噲顯得胸有成竹，勁力透入掌心，已經作好了攀越的準備。因爲他心裡清楚，當章窮上船的時候，必然會吸引船上人的注意，而這個時間，就是他的機會。

果不其然，當章窮踏入船艙中時，樊噲的人已上了艙頂。兩人的動作似乎非常默契，幾乎處於同步到位。

樊噲心知對方不乏高手，不敢大意，不僅內斂呼吸，而且潛伏在艙頂的一角，順著一條縫隙往裡望去。

只見一張四方桌上，除了章窮之外，還有三張陌生的面孔，雖然章窮貴爲賓客，但這三人的排場很大，臉上隱有一絲傲氣，完全帶著一副官家氣派，正是入世閣中人最常見的表情。

自趙高登上大秦權相之位後，入世閣隱然從江湖五閥之中跳出，大有凌駕於其他四閥之上的勢頭。入世閣門人更是一人得道，雞犬升天，紛紛步入官場，混個一官半職，自然沾染了不少官氣。而這三人雖然名爲慕容仙的屬下辦差，其實卻是趙高派來輔佐慕容仙的幫手，武功之高，在江湖上也有一定的地位，所以才會如此輕慢於章窮。

章窮看在眼中，心中有氣，臉上卻不表露出來，寒暄幾句之後，四人入席。

「這次慕容郡令派我們三人前來，是想摸清沛縣最近發展的局勢，以利他作出正確的判斷。章老闆人在沛縣，耳目眾多，相信這個問題對於你來說，應該不難解答吧？」其中一位老者好像是這艘船中的主要人物，神態雖然傲慢，但對章窮還是多了幾分客套。

「方將軍來得正是時候。」章窮看了一眼這位叫方銳的老者，一臉沉重地道：「這段時間以來，劉邦表面上沒有露面，好像收斂了不少，其實暗地裡卻活動頻繁，已經開始對我們下起毒手了。先是漕幫的江幫主失蹤，今日我又得到花間派莫幫主的死訊。這二人都是我的盟友，一向與我共進退，他們的死對我無疑是一個沉重的打擊，如果我估計不錯的話，接下來他們的目標就應該是我了。」

方銳臉色一變道：「他們既然下手，我們也不能坐以待斃，章老闆現在有何打算？」

「當然只有先下手爲強。」章窮的眼中漫出一道殺機，乍現空中，使得艙房裡的空氣爲之一窒，陡然生寒。方銳等人一見，頓時收斂了狂傲之氣，暗道：「原來章窮是一個深藏不露的高手，以他的功力，尙且對劉邦如此忌憚，看來沛縣之行，並不容易。」

方銳道：「章老闆的意思是要斬蛇先斬首了？」

樊噲靜伏於艙頂，足足待了兩三個時辰，這才等到方銳等人隨著章窮離船而去。看看天色，已近三更，樊噲決定離船而去。誰知他剛剛轉過身來，卻發現自己的眼前赫然現出一條飄忽不定的影子。

樊噲駭然之下，抬眼望去，只見數丈外的艙頂上站著一個美麗豔婦。

這煙視媚行、風騷入骨的女人端地放浪，渾身上下只著一襲輕紗，裡面再無一物，雙峰挺立，猶勝處子，峰尖帶紅，宛如胭脂。夜色雖暗，卻遮不住肌膚雪白，輕紗曼舞，顯出魔鬼般撩人身段。

但是讓樊噲驚詫的是，當他的眼芒掃到這女人的俏臉之上時，看到的不是風塵女子，淫娃蕩婦那種賣弄式的嗔笑，卻如貴婦人般顯得雍容華貴，自有一股淩駕於萬人之上的傲然氣度。手搖玉扇，微送香風，說不出的讓人心儀，讓人癡迷，體態一動，已有萬種風情。

「她是誰？怎會出現在艙頂之上？」樊噲的腦海中閃出一連串的問題。

他心神靜下來，這才驚駭的發現，對方那看似不經意的一站，其實已經封鎖了自己任何一個迎前攻擊的角度。

樊噲深深地吸了一口氣，嚴陣以待，面對這位尤物，樊噲竟失去了必勝的信心。

「貴客既然光臨，何不進艙一敘？」那尤物的目光一直緊盯在樊噲的臉上，似乎想從樊噲的表情中看出點什麼，突然間抿嘴一笑，悠然而道。

她的聲音溫軟糯人，帶有一種令人遐思的呻吟，一入耳際，讓人感到說不出的安逸。

「莫非夫人是這艘座船的主人？」樊噲沒有想到在這艘船上，除了方銳三人之外，還暗藏了這樣一位高手，是以有此一問。

「如果不是你，那麼這主人就是我了。」美婦微微一笑道：「雖然你是不速之客，但相逢不如偶遇，我也算是難得看上你這麼有男人味的漢子，何不與我輕掀簾帳，共度良宵？」

「聽上去這的確是一個不錯的主意，很難讓人拒絕。」樊噲嘻嘻一笑，笑得很色道：「畢竟要遇上像你這樣有味道的女人，也是可遇而不可求的事情。」

「如此說來，你是同意嘍？」美婦拋了一個媚眼過來，渾身上下充滿了女人的自信。以她多年的經驗，她相信天下間任何一個男人都很難抵擋得了她胴體的誘惑。

「這勿庸置疑，不過既然你我同意，何必還要選擇地點呢？如此良宵，如此夜景，我們就在這艙頂之上坦誠相見，歡愛一場，豈不快哉？」樊噲上前一步道。

「以天爲被，以地爲床，你我嬉戲其間，這的確很美。」美婦吃吃一笑道：「那麼你還猶豫什麼呢？還不快點過來！」

她的玉扇一收，胴體微微一抖，身上披著的輕紗無風自動，竟然順著她那光滑雪白的肌膚滑落下來。

就在美人玉扇一收的刹那，樊噲終於動了。

他沒有向前，夢想著坐擁美人，而是向後而動，他的身形快如箭矢，陡然滑退了數丈，便要向水中縱落。

「你是敬酒不吃吃罰酒，我就成全了你！」美婦冷哼一聲，扇面再開，已不再有先前的優雅，化作一道闊板式的利刃殺氣，自虛空激射而來。

樊噲落水之時，飛刀已然出手。

刀出，如疾電，嘯聲如雷，美婦雖自負卻也爲這一刀之氣勢所懾，側身斜退，美人玉扇悠然揮出。

「錚──」飛刀在扇面上激起一溜火花，美婦身形一滯，再看之時，樊噲已沒入水中了無蹤跡。美婦大惱，自語道：「竟讓你跑了！」稍怔又望了望玉扇，心內駭然：「淮陰竟有這等高手……」

◆

「她就是張盈。」當劉邦靜靜地聽完樊噲繪聲繪色的描述之後，沈吟片刻，這才緩緩說道。

樊噲渾身一震，幾乎有點不敢相信劉邦的判斷：「你說的是入世閣的張盈，那位俏軍師張盈？」

劉邦有些詫異地看了他一眼，道：「如假包換，因爲只有她，才會如此淫蕩，才能使出這一路妙絕天下的美人扇。」

樊噲深深地吸了一口氣道：「這麼說來，我是從入世閣三大高手之一的俏軍師手中揀回了一條性命？」

劉邦拍了拍他的肩道：「你用不著這樣小瞧自己，憑你的功力，縱然勝不了張盈，想必也差不到哪裡去。不過你能在這麼短的時間內逃出張盈的手心，還得感謝她作爲女人的自信。」

「自信？」樊噲糊塗了。

劉邦微微一笑道：「她自以爲自己的美色無敵，天下任何男子都會拜倒在她的石榴裙下，所以才會一時大意，讓你抓住了一個最佳的逃逸時機。嘿嘿……幸好你沒有與她春風一度，否則就算她不殺你，只怕也要讓你後悔不已。」

樊噲哈哈笑道：「我現在的確有幾分後悔，面對如此千嬌百媚的尤物，正是我一顯男兒本色的時候，卻被我如此錯過，真是可惜。」

劉邦搖搖頭道：「她也許是一個尤物，卻絕不年輕，如果我記得不錯，她此刻應已年過四旬，正是虎狼之年，論及床上功夫，只怕你未必是她的對手。」

「不可能！」樊噲吃了一驚道：「她的肌膚與面容如此滑嫩，最多不過是一個剛經人事的少女。」

劉邦緩緩站起身來道：「趙高此時已是年過半百的老人，而張盈卻是他唯一的師妹，單從這一點來看，她的年紀就絕不會小。再說江湖上一向流傳有駐顏術一說，她的肌膚能夠保持彈性，青春能夠永駐也並非不可能。不過對我來說，這些並不重要，重要的是連張盈這種入世閣的重要人物都趕到了沛縣，難道說入世閣已經識破了我們的意圖？」

樊噲顯然也意識到了問題的嚴重性，沈吟半晌道：「或許張盈的到來只是一個巧合，否則她也不會連章窮也避而不見。」

劉邦不置可否，來回在密室中踱來踱去，似乎在權衡著一些利害關係。半晌過後，他突然停下腳步，眼芒一寒道：「爲了安全起見，我們恐怕要將計畫推延十天，然後讓七幫會盟的日期與我們的計畫在同一天進行，只有這樣，才能打亂對手的原定計畫，攻他們一個措手不及。」

樊噲心中明白，這是唯一行而有效的辦法，同時也增加了他們計畫成功的概率。但是最大的弊端，就是給了章窮、方銳他們充分的時間來刺殺劉邦，一旦讓他們得手，豈非更是得不償失？

他提出了自己的顧忌。

劉邦笑了，滿不在乎地笑了，緩緩而道：「不管對手是誰，要想置我於死地，相信絕不是一件容易的事情。反而到了該出手的那一天，我還要送上門去，給他們一個這樣的機會，看看他們究竟有多大的能耐，敢打這個主意！」

他的表情十分隨意，但誰都聽出了他話中帶出的濃重殺機。

◆

烏雀門總堂後面的小院裡，紀空手與韓信站在樊噲的身前，盯著他手中握著的七寸飛刀，認真地聽著樊噲講授這門獨門絕技。

「這十天裡，我已經把整個飛刀的要領與細節完整地講述了一遍，沒有任何的保留。」樊噲如釋重負地輕舒了一口氣，微笑而道。對自己的武功毫不藏私，傾囊相授，唯恐有半點疏漏。有了這樣一位大公無私的名師指點，紀空手與韓信的武功確實已突飛猛進。

聽了樊噲的話後，紀空手與韓信相視一眼，同時笑了：「這麼說來，今天就是我們滿師的日子了？」

樊噲一擺手道：「這個師傅我是不當的，也當不了。如果我沒看錯，兩位日後的成就必將遠在我之上，我能做你們的朋友就已十分知足了。」

紀空手與韓信伸出手來，笑道：「那麼我們總該擊掌爲誓，能被樊大哥當作朋友，那是我們的榮幸，我們等這一天可真是等得不耐煩了。」

三人哈哈大笑起來，在笑聲中完成了三擊掌。

樊噲從懷中掏出六把非常精緻的飛刀，一分爲二，遞到紀、韓手中，道：「從今以後，你我便是朋友了，我無以爲贈，就將我的這幾把飛刀相送，希望你們可以將它發揚光大。」

紀空手雙手接過，小心翼翼地揣入懷中，一臉肅然道：「樊大哥，你待我們實在是恩重如山，這份情，我紀空手心領了！」

樊噲道：「要做我的朋友，你就得把這份情忘掉，否則你我這朋友就沒法做了。」

三人相視一笑，又商討了一下武功方面的問題，突然聽到身後傳來一陣笑聲道：「兩位恩公來到沛縣多時，我劉邦今日才來拜訪，失禮之處，還望海涵！」

紀、韓二人又驚又喜，回頭來看，卻見劉邦雙手背負，一身白衣，悠然踏步而來。

那一日在河灘之上，劉邦身受重創，狼狽不堪，加之事情緊急，紀、韓二人都不曾對他留有太深的印象。但此時看來，卻見他高挺英偉，精神飽滿，臉上沒有一絲病態，臉孔輪廓分明，形如雕像，眉鋒斜長，幾可入鬢，給人以不怒自威之感，其暴閃而出的凌厲眼神，使他平添一股男人固有的強橫霸烈之氣，隱隱然顯出大家風範。

「劉大哥，你終於沒事啦。」紀空手一拉韓信，便要叩拜。

劉邦連忙搶上幾步，伸手扶起二人道：「這個禮我可受不起，如果不是當日你們仗義相救，只怕我早已成了水鬼，哪裡還能像現在這般站在這裡跟你們說話？」

「這不過是舉手之勞罷了，些許小事，何足掛齒？劉大哥不必放在心上。」韓信笑嘻嘻地道。

「對你們來說，也許是小事一樁，但對我來說，可就是生死攸關的大事，我豈能是忘恩負義之徒？」劉邦親熱地挽起二人道：「我聽樊噲說，你們不僅成了朋友，還學到了他的飛刀絕技，可見你們都是可造之才，只要日後好好幹下去，遲早有一天這江湖會是屬於你們的。」

樊噲見他們說得熱鬧，趕緊吩咐門人準備酒席，當下四人坐到後花園裡，暢飲美酒，談天說地，好生親近。

酒過三巡之後，劉邦微微一笑道：「我很想見識一下二位學成的飛刀絕技，借著酒興，不如當場表演一下如何？」

他之所以對紀、韓的學藝如此感興趣，是因爲會盟之期馬上就要到了，他必須借助紀、韓二人這副生面孔，爲他去辦一件非常重要的事情。

其實紀空手與韓信絕技剛成，早已躍躍欲試，一聽劉邦的提議，自然毫無異議。

當下兩人同時站起，爭著要一試身手。畢竟他們少年心性，難免有爭強好勝之心。

劉邦微微一笑，端起手中的酒盞道：「你們不用爭鬧，兩人同時出手，就以我手中的酒盞爲目標。當我將它拋向空中的那一剎那，誰能先擊中它，就是勝者。」

他有意要讓紀空手、韓信分出高下，其實用心頗深。等到兩人同時取刀在手，站到十丈開外時，他才看了看酒盞裡的半杯殘酒，運力一吸，酒如一注水箭般射入他的口中。

「好功夫！好手段！」樊噲由衷讚了一句。

紀空手與韓信看在眼裡，卻沒有說話，他們的注意力顯然都在劉邦手中的酒盞上，經過了這十天不分晝夜的習練，他們也很想知道自己的飛刀絕技究竟達到了何種境界。

整個虛空已然一片寧靜，靜得不聞一絲風聲。每一個人的目光都聚集到了一點之上，那就是那只不動的酒盞。

「嗤……」就在場上的每一個人都認爲這種令人窒息的寧靜還要保持一段時間的時候，劉邦曲指一彈，茶盞已然脫手，帶著一股向內旋轉的引力旋飛空中。

茶盞的運行軌跡，或曲或直，或上或下，既不規則，也沒有絲毫的穩定性，就連它的速度也呈分段加強的態勢，猶如一個小精靈般讓人無法琢磨出它的任何規律。

就在茶盞攀升至空中的最高點，開始呈下墜之勢時，紀空手與韓信低喝一聲，飛刀如兩道閃電般漫向虛空。

劉邦的眼芒陡然一亮，因爲他已看出，無論這茶盞運行再生什麼變化，都已難逃毀滅的結果。

「砰……」一聲脆響，就在茶盞爆裂開來的同時發生。當瓷片散落飛墜時，剛才還在空中不斷炫閃的刀芒，突然消失得無影無蹤。

七寸飛刀已重新回到了紀、韓二人的手中，懸凝空中，曲肘不動，彷彿剛才發生的一切只是幻相。但劉邦與樊噲都看得十分清晰，紀、韓兩人的配合雖然是隨意發揮，但天衣無縫，兩把飛刀幾乎在同一時間觸到了茶盞的瓷面上。

「你們能在第一次出手就能達到如此默契的配合，可見你們真的是練武奇才呀！」樊噲目睹著這一切，亢奮之餘，不由豔羨不已。他雖是二人飛刀的傳授者，但絕對沒有想到紀、韓二人只花了十天功夫，就在某些領域中突破了自己以前從未達到的極限，大有青出於藍而勝於藍的勢頭。

「這全是樊大哥教導有方，若是沒有樊大哥的指點，我們又怎能學得如此神奇的飛刀之術？」紀空手雖然沈浸在喜悅之中，但是依然不忘樊噲的提攜之恩。

劉邦卻沒有說話，緩緩地回到座間，一臉凝重。面對紀、韓二人如此出色的表現，連他都感到了一種心靈的震撼，因爲他知道，就在數月之前，這兩位少年還只是不知武功爲何物的市井小無賴。

「玄鐵龜真的已經不存於世了嗎？如果這是事實，那麼紀、韓二人身上的這股奇異內力又是從何而來？」這個念頭只在劉邦的腦海中一閃而過。他是一個城府極深的人，當然不會將自己的懷疑流露出來。

他招了招手，幾人依照秩序重新入席。劉邦以一種徵詢的目光看了樊噲一眼，這才帶著十分欣賞的神情道：「樊兄弟的話一點也不過分，假以時日，二位必將叱吒江湖，我劉邦能在此時用人之際得到二位，既是我莫大的榮幸，也說明我們必將贏得七幫會盟的最終勝利！」

紀空手與韓信平空生出一股自信，卻又不好意思地「嘿嘿」笑了起來。

「今日見了二位施展絕技，真讓人不敢相信這只是你們花費十天時間練就的，且不說這份力道拿捏得恰到好處，難得的是這份默契，所謂才堪大用，眼看再過三天，就是會盟之期，我想請你們爲我辦成一件非常重要的事情。」劉邦的目光緊緊盯著兩人臉上的表情，權衡再三，終於開口道。

「劉大哥放心，只要是你和樊大哥交代下來的事情，而我們又力所能及，必盡心盡力地去努力完成，絕不辜負你的厚望！」紀空手一臉肅然地道。

「你們能這麼想，我很高興。」劉邦的臉上露出滿意的微笑。

「這件事情說難不難，說易不易，而且必須得由你們兩人去完成。」劉邦正色道：「那就是刺殺青衣鋪的章窮，但此事只許成功，不能失敗！」

他的眉鋒一跳，眼芒射出，眼眸中全是讓人心悸的殺氣，使得後花園中的氣氛頓時緊張起來。

「青衣鋪?!章窮?!」紀空手嚇了一跳，簡直不敢相信自己的耳朵。

「是的，要想七幫會盟得以順利進行，就必須刺殺章窮，而且是要在會盟之日的會盟台上完成。只有這樣，我們才能借這個勢頭完全控制住整個局勢。」劉邦的每一句話彷佛都是經過深思熟慮才從口中而出。是以語速緩慢，猶如一塊巨石緩緩壓下，使得紀空手與韓信感到心情沉重起來。

「我們當然是全力以赴，只是憑我們現在的實力，要想真正刺殺成功，似乎非常艱難，畢竟章窮是一幫之主，擁有非同小可的實力。」紀空手眉頭一鎖，說出了自己心中的顧慮。

劉邦有一絲詫異之色從眼中一閃而沒，淡然道：「章窮也是人，是人就有弱點。我們只要針對他的弱點精心佈置，至少會有七成勝算，而且以你們現在的實力，只要充滿自信，放手一搏，未必就不能成功。」

「可是我們從沒經歷過這樣的事情，難免會有所緊張，如果壞了劉大哥的大事，我們心裡就不好受了。」頓了一頓，紀空手眼中閃過一絲疑惑道：「假如由你們親自出手，豈非比我們更有把握？」

他此話一出，使得劉邦與樊噲相視一眼，同時笑了。紀空手能夠問出這樣的話來，就說明他很有思想，看到了問題的所在，這讓劉、樊二人無不對他刮目相看。

「這就是我要借重二位的地方。」劉邦微微一笑道：「此時在整個沛縣，知道你們底細的人除了樊門主與我之外，沒有第三人，更沒有人知道你們是我的人，所以刺殺章窮，你們無疑是最佳的人選。而我既然有心要登上七幫盟主之位，在會盟台上根本就無法出手，否則就會授人以柄，難於服眾，因爲章窮好歹也算是七幫首腦之一。」

紀空手將信將疑，不過他們既然決心要投靠劉邦，自然就要聽命於他。畢竟這是他們加入到劉邦門下的第一戰，當然想有出色的表現來爲自己今後的道路打下基礎。

「你不用擔心，刺殺有很多種方式，我可以教給你們，憑你們的天賦，相信要不了一個晚上就可以完全掌握。」劉邦看到了紀空手沈默不語，以爲他已心生怯意，不由爲其鼓勁道。

紀空手與韓信無不驚喜，他們才學成了樊噲的飛刀，對武道的興趣正是濃厚的時候，聽說能夠得到劉邦指點暗殺之道，當真是喜出望外。

樊噲一聽，避嫌離去。儘管他是劉邦最忠實的朋友，但是他也要遵照江湖規矩，不能在別人授藝之時站在旁邊，否則就有偷師之嫌，乃天下武者之大忌。

劉邦是一個很現實的人，他需要紀空手和韓信來刺殺章窮，就只教給他們刺殺之術，根本不涉及其他。

「暗殺之道其實是一門深奧的學問。」劉邦鄭重其事地道：「要學習它的技術與進程一點不難，但要將它融會貫通，用之於實戰，卻非常不易。不過幸好我們只是刺殺章窮，有了固定的目標，只要我們精心準備，這種刺殺相對就變得簡單。」

「為什麼？」紀空手與韓信幾乎是異口同聲地問道。

「原因很簡單。」劉邦微微一笑道：「有了目標，我們就能做到知己知彼，在最短的時間內找到敵人的破綻，然後形成致命的絕殺。」

他的目光從兩人的臉上緩緩滑過，從他們的眼神中看到了強烈的求知欲與莫大的興趣，頓了一頓，續道：「通常的情況下，目標一遇險情，都會下意識地用他們最拿手的武功路數來應付突發事件，所以我們只要知道了目標最拿手的武功，再加以演練，從中分析，就不難找到其中的破綻。」

「可是我們並不知道章窮武功的底細呀？」韓信一聽，著起急來。

「我知道。」劉邦鎮定自若地一笑道：「章窮的無頭剪名揚江湖，算得上是一件神兵利器，但是我們可以不去管它，因為到了會盟之日，會盟台上的每一個人都不能攜帶兵器，章窮自然也不會例外。」

紀空手插嘴道：「會盟台戒備如此森嚴，恐怕到時候我們根本就沒有機會接近章窮。」

劉邦看了他一眼，道：「你說得不錯，在那個時間裡除了七幫幫主之外，的確是沒有人可以靠近會盟台。不過我既然有心要刺殺章窮，肯定會有辦法讓你們接近章窮，這一點你們大可不必擔心。」

紀空手突然笑了，若有所悟地道：「我明白了。」似乎想到了靠近章窮的辦法。

劉邦眼中流露出一絲詫異之色，不置可否。他不知道紀空手是否真的明白了自己的想法，不過這不重要，重要的是他能讓紀、韓二人相信自己有能力為他們創造機會，這就足夠了。

「據我所知，其實章窮最擅長的武功，並不是江湖中所傳聞的無頭剪，而是他的腿。他可以在眨眼間踢出十三腿，以閃電來形容其快，似乎毫不為過。」劉邦望了望紀空手與韓信，加重語氣道：「你們一定要記住，擅長腿法的人，他們最大的弊端就在於他們的下盤總是不穩。」

這似乎是一個悖論：下盤不穩的人，又怎能擅長腿法？

紀空手與韓信相視一眼，眼中帶著一些疑惑。對他們來說，這是一個很難接受的結論。

劉邦卻視而不見，自顧自地沈聲接道：「無論一個人如何擅長腿法，他都必須用一條腿來作為自己身體的支撐點，然後才能用另外的一條腿來進行攻擊或防禦。但是，不管他那條支撐腿有多麼穩定，都永遠比不上兩條腿落地時那樣堅實有力。所以你們只要拋去原有的思維，大膽地對他那條支撐腿實施連續不斷的攻擊，他就必敗無疑！」

紀空手似有所悟，臉上露出一絲欣喜。他忽然明白了一個道理：那就是面對敵人時，不要因為敵人的強大而自亂陣腳，其實敵人的最強處往往就是他致命的所在。

「你們見過章窮沒有？」劉邦問道。

「沒有，但是他的大名我們早在淮陰時就聞聽過。」韓信搖了搖頭道。

「哦。」劉邦絲毫不顯訝異道：「章窮其人，富於心計，心思縝密，所以除了腿法之外，他還比較偏愛一些小巧精緻的機關暗器。他使用的暗器，名叫藥王針，針上淬毒，可以見血封喉，就藏在他髮髻上插著的那枚古舊銀簪上。」

「這豈非太恐怖了？若是讓他射出藥王針，那還了得？」韓信嚇了一跳，似乎沒有想到這章窮竟然如此難纏，所擁有的武功絕技層出不窮，沒完沒了，根本讓人無從防範。

「沒錯，如果他的藥王針發出，就是神仙也救不了你們。」劉邦一臉肅然道：「不過，你們不要去管他的藥王針到底有多大的威力，會給你們造成多大的威脅，對付這種人，你們只能用一種辦法，而且是唯一卻絕對有效的方法！」

紀、韓二人同時將目光射在劉邦的臉上，便聽他一字一句地緩緩接道：「那就是絕對不能讓他的藥王針出手！」

紀空手終於明白了劉邦說這番話的用意所在，那就是針對章窮武功上的特點，由他來擔任主攻，專門攻擊章窮的支撐腿，讓章窮不能在刺殺的一瞬間以其腿來實施攻擊或防禦；而韓信擔任副攻，則是對付章窮的手，不給章窮有任何拔針發射的機會。

「那麼由誰來完成最後的致命一擊？」紀空手提出了整個刺殺的最關鍵的一個問題。

劉邦笑了：「這似乎已不重要，我可以保證，只要章窮無法出腿和拔針，那麼他就真的死定了，無論他是死在誰的手裡。」

三人坐到一處，細談多時，便在這時，樊噲又從門外匆匆走來，眉間鎖愁，一臉隱憂，似有煩心事一般。

「劉大哥，不好了！」樊噲第一句話果然不是一句好話。

劉邦心中一驚，他知道樊噲爲人處事一向鎮定，若非事情緊急，他是絕不會這般心神不定，當下不由關切地道：「究竟出了什麼事？」

「你如實說來。」劉邦的臉陡然陰沈下來。

樊噲看了看紀空手與韓信，這才壓低嗓門道：「外面盛傳，這次七幫會盟，你之所以如此熱心，其實是別有居心，另有圖謀，想把七幫子弟帶入苦海之中。郡令慕容仙已經洞察陰謀，正親自率領五千精兵趕來沛縣，要七幫子弟潔身自好，不可與劉邦同流合污云云……」

劉邦的臉色鐵青，沈吟半晌，道：「傳出此話之人，顯然對我們的計畫已有所聞，如果我所料不差，此人十有八九就是章窮。對於這些傳聞，我早有心理準備，不足爲懼，倒是這最後的幾句話倘若屬實，只怕我們的麻煩就來了。」

「你說的是慕容仙？」樊噲的心情也變得沉重起來，似乎意識到了形勢的嚴峻。

「對，如果慕容仙真的帶領五千精兵正在趕往沛縣的路上，那麼對我們來說，是一個絕對不利的消息，一旦他在我們七幫會盟前趕到，我們多年的努力也就前功盡棄了。」劉邦不無擔心地道。

樊噲的眼芒一寒，咬牙道：「時間如此緊迫，不如我們先下手爲強，召集七幫首腦，將會盟之期提前明日舉行。」

劉邦道：「這是唯一可行的辦法，看來也只有這樣辦了。你馬上通知各幫派的首腦人物，邀他們今夜三更天時在這裡聚齊。」

樊噲領命而去。

紀空手與樊噲眼見劉邦心事重重，不敢出聲，只能待在一邊，竊竊私語道：「這可怪了，七幫會盟只不過是江湖事而已，何以會驚動官府？看劉大哥的表情，好像真是遇上大麻煩了。」

劉邦猛然抬頭，望向紀空手道：「二位投靠於我，原是爲求得一生衣食無憂，圖個下半輩子有所依靠。照理說二位既然救了我的性命，這個要求也不算高，可是人算終不如天算，二位要想活命，最好現在就離開沛縣，遠走高飛。」

他從懷中取出百兩紋銀，雙手奉上道：「區區財物，還請笑納，此刻事情緊急，我還有要事待辦，恕不遠送了。」

紀空手一手推開銀子道：「劉大哥，我和韓爺雖然不知道你們遇上了什麼麻煩，但是你與樊大哥既然把我們當作兄弟，我們就沒有理由去做能同富貴，不能共患難的兄弟。如果你瞧得起我們，覺得我們還有點用處，就請吩咐，但有差遣，我們一定盡心效命。」

他的語氣平淡，聲音也毫不激昂，但他的每一句話都發自肺腑，顯得真實可信。

劉邦似乎沒有想到紀空手兩人在自己緊急關頭還能顯得如此仗義，不由詫異地盯了二人一眼，道：「你們可知道，我要做的事情，可是誅連九族的大罪？稍有不慎，你們的小命就有可能斷送在我的手裡！」

紀空手見他一臉肅然，說得如此可怕，心中一怔道：「劉大哥究竟要幹一件怎樣的大事？竟然這般兇險。」可他的嘴上毫不猶豫地道：「能爲朋友兩肋插刀，再危險的事我也認了。」

劉邦的眼芒一閃，從兩人的臉上緩緩劃過，終於點了點頭，道：「好，我果然沒有看錯你們。」拍了拍兩人的肩膀，甚是高興。

他沈吟半晌，悠然而道：「你們行走江湖，可曾聽過這麼一句話：王侯將相，寧有種乎？」

這八個字一經出口，紀空手與韓信無不渾身一震。在他們的記憶中，似乎從來沒有聽到過如此慷慨豪邁的豪言壯語。

這世上的王侯將相，難道真的一生下來就注定了他們是王侯將相的命嗎？這一個問題，不知道有多少人想過，但是有誰又敢說出口來？

紀空手心中好生激動，道：「能夠說出這句話的人，一定是一個真豪傑，大英雄，讓人一聽之下，頓生仰慕之心！」

「沒錯！」劉邦的眼眸裡閃出一縷光彩道：「說這句話的人的確是一個大英雄，他在數月之前，在大澤鄉中，率領數百勇士，豎起抗秦大旗，在短短數月之間，不僅發展了十萬大軍，而且攻城掠地，在陳建立了張楚政權，其聲勢之大，隱然有取暴秦而代之之勢，但凡是熱血男兒，誰又不心生仰慕之心？」

「你說的難道是陳勝王？」紀空手的頭腦一熱，失聲道。

「若非是他，這世上難道還有人可以值得我劉邦這般崇拜嗎？」劉邦傲然道。他的眉鋒一跳，整個人彷佛一變，隱然有王者風範。

紀空手突然叫了起來：「我明白了，那一日你在淮水遭官兵追殺，想必就是從陳地回來，這麼說來，你一定親眼見過陳勝王！」

「是的，你猜的一點不錯。」劉邦微微一笑道：「我不僅見到了陳勝王，而且蒙他不棄，還與之同席飲酒，共商大計。」

韓信若有所思地道：「原來你說的殺頭大罪，就是造反呀！」

劉邦望望四周道：「我已經與陳勝王約定，五月十六那天，我們在沛縣聯合七幫起事，豎起抗秦大旗，而陳勝王派軍隊進入泗水，牽制慕容仙的秦軍。本來雙管齊下，大事可成，卻想不到竟然在如此緊要關頭走漏了風聲，打亂了我們事先部署的計畫。」

紀空手掐指一算道：「今日已是五月十三，明日七幫會盟，揭竿而起，在時間上也不過只提前了兩天。假如精心佈置，雖然慕容仙率眾而來，但堅持兩日未必就沒有可能，只要陳勝王的軍隊一到泗水，慕容仙自然會不戰而退。」

他善於思考，是以話一出口，倒也頭頭是道，合乎情理。但劉邦的眼神一暗，幽然歎道：「我又何嘗沒有這樣想過？但是我們起義，是在七幫的基礎上謀求發展，如果得不到七幫子弟的全力支持，令出而不遵，只能算是一幫烏合之眾，又怎能抗衡訓練有素的大秦軍隊？」

紀空手眼中現出一絲疑惑道：「以劉大哥的爲人，行事作風，也算得上是人中龍鳳了，怎地會遇上這種麻煩呢？」

劉邦苦笑一聲，明白紀空手雖然頗多急智，但畢竟年紀尚小，不懂江湖世故，當下耐心解釋道：「人上一百，形形色色，特別是江湖之中，誰也不可能輕易服誰。在這個排資論輩的年代，人們首先看中的是你的資歷，你的聲望，你過去的輝煌，而不是你身上那股實實在在的能力，在這樣的一種背景之下，你很難想像像我這樣一個年輕人，要想成爲讓數千人都完全信服的統帥有何等艱難。」

紀空手與韓信不得不承認劉邦所說的一切正是非常殘酷的現實，彼此相對，默然無語，一陣清風吹過，突然劉邦抬起頭來，昂然道：「不過我想，世上的事總是事在人爲，也許到了明天，我就可以想到解決問題的辦法。既然空想無用，我們還是做好今天該做的事情吧。」

紀空手道：「今天該做的事情？」似乎不解劉邦話中的用意。

劉邦的眼睛瞇了一瞇，從眼縫中擠出一道迫人的殺氣，緩緩而道：「在完成一次刺殺之前，如果先去體驗一下被別人刺殺的經歷，相信一定可以從別人的得失中得到一些意想不到的收穫。」

他的話非常突然，弄得紀空手與韓信一頭霧水。

第六章　慾海淫花

「啊……哎……嗯……」

一陣近乎呻吟的聲音從厚厚的艙板縫隙中傳入方銳的耳際，令方銳的心躁動不安。

一聽這種撩人魂魄的聲音，方銳的眼前彷彿又出現了張盈那豐滿惹火的胴體，那形如白蛇扭動的身軀，那迷離若霧的眼眸，那半開半啓、鮮豔欲滴的紅唇……無不體現了一個成熟女性充滿性感的丰韻。

他明顯地感覺到了自己身體的某一個部位發生了驚人的變化，渾身躁熱無比，爲了舒緩一下自己緊繃的神經，他只有走上甲板，企圖擺脫這帶有魔性聲音的誘惑。

張盈的淫蕩與她的美麗一樣，都是入世閣中非常出名的。

不過張盈喜歡與人交合，緣於她精通一門養顏駐容之術，借著男人的精氣，以調理肌膚功能，從而達到青春永駐的目的。對她來說，淫蕩並不是她的本性，她之所以一步一步淪落至今日放浪的地步，更多的是爲了報復，報復一個曾經讓她傷心的無情男子。

房中的聲息很快便平復下來，顯然是床上的男人並不能滿足張盈，想及此處方銳又禁不住心頭一熱。

張盈赤體盤坐，調勻呼吸，將剛才吸納的男人精氣運入肌體，一切完畢之後，心中依然難忍如火焰騰升的慾火，不由幽然歎息一聲，望著自己這般撩人的胴體，只恨無人消受。

就在這時，她的耳朵一動，彷彿聽到了甲板上傳來的一陣濃重的呼吸聲。她聽音辨人，知道門外之人正是方銳。

她與方銳有過合體之緣，只是因爲她這採陽補陰之術過於霸烈，大損男人精氣，是以她對入世閣中人的交合一向有所節制。方銳雖然年紀偏大，但也正應了「老而彌堅」這句老話，他在床上的功夫頗得張盈的歡心，此時正是慾火難耐之際，張盈頓生了再度春風之心……

當方銳與張盈的糾纏正至如火如荼之時，突然心頭一震，似乎聽到了門外傳來的動靜。方銳剛要撐起身體，卻被張盈雙腿夾緊，情熱之際，不容分身。

「張先生，劉邦已經出現了，此刻他的人到了玉淵閣。」門外正是卓石和丁宣，他們都是入世閣的高手，此次隨張盈前來沛縣，擔負起行動組織的重任。

張盈的身體依然在不停地扭動，雙手緊抱方銳的臀部，迎送不迭，呻吟著道：「有……你們在，一個……劉……劉邦難道還……啊……還擺平不了嗎？」

卓石與丁宣心中暗笑，知道張盈最忌「辦事」之時有人打擾。聽了張盈的話後，兩人心中一動，忖道：「憑我們的身手，區區一個劉邦算得了什麼？何況還有章窮的人襄助，要殺劉邦還不是手到擒來之事？」

當下兩人邀功心切，顧不得聽那令人銷魂的纏綿之聲，趕往玉淵閣而去，留下張盈與方銳抵死纏綿，共同演繹出一派盎然春意。

◆

劉邦的確是在玉淵閣中。

品。

當卓石與丁宣趕到玉淵閣時，劉邦正坐在樓上臨窗的位置上叫了一壺玉淵閣的「玉淵春」，獨自細

此時天將漸晚，店中的酒客已然不多，樓上的六七張桌子上，稀稀落落地坐了十數人。

卓石走上樓去，一眼就看到了蓋十一與「風雲雷電」四大殺手。這些人都是章窮為了這次行動特地用重金請來的高手，只看他們看似隨意地一坐，已然封鎖了劉邦一切進退的路線，就知道這些人的經驗豐富，的確是擅長刺殺的老手。

除了蓋十一等人之外，還有兩張桌上坐著人。一桌坐的是一對夫妻，年紀不小，足有五六十歲了，卻相敬如賓，總是舉杯勸酒，臉現紅暈；另一桌上坐了三五個江湖豪客，借酒聊天，很是投機。不時店中的夥計上樓送酒沏茶，穿梭於幾張桌面上，一切都顯得是那麼平靜自然。

卓石的心情頓時放鬆了不少，與丁宣相對而坐，叫來一壺酒，取出自帶的一把炒黃豆，借品酒之機，打量起劉邦背向而坐的身影來。

他們此次沛縣之行的目的，就是要置劉邦於死地，因為這是慕容仙請來張盈的真正原因。

「你是卓石，還是丁宣？張大先生何以沒來？」在卓石打量劉邦時，劉邦突然轉身笑了笑道。

卓石頓時感到了一絲不安，緩緩地將手伸向了放在桌上的酒杯，這是他們事先約定的信號，只要此杯出手，那麼在瞬息之間至少會有五六件利刃神兵對劉邦發出最凌厲的攻擊。

「我就是卓石！」卓石深深地吸了一口氣，傲然而道，顯得非常自負。

「是麼？」劉邦似乎不屑地一笑，端起手上的酒杯，看了看杯中的酒水道：「如果你聰明，就應該想到我既然知道了你們的底細，何以又敢一個人孤身前來？這難道不是一件很奇怪的事情嗎？」

他的話似乎提醒了卓石，使得卓石的眼芒透過虛空，重新打量起樓上的酒客。不過讓他失望的是，他依然沒有感到有任何的異樣。

「你的意思是……」卓石帶著疑惑的眼神望向劉邦。

「你不用再東張西望，我只是一個人前來，雖然你們看不起我，但我也同樣不覺得你們兩個人就是可怕的人物，憑我的身手，對付你們兩個是綽綽有餘了。」劉邦緩緩一笑道。

卓石不怒反笑道：「你真的有這個把握？」

「我也不知道自己是否有這個把握，不過只要你一出手，這個答案很快就可以揭曉。」劉邦啜了一小口酒，咂了咂嘴，猶自回味這美酒的滋味，顯得十分從容。

卓石不再說話。

因為劉邦的臉上壓根兒就沒有一點表情，卓石感到的，卻是自劉邦身上透發而出的一股淡若無形的殺氣。

蓋十一與「風雲雷電」四殺手的眼芒同時望向了卓石手上的酒杯。這時，一陣腳步聲踏向樓梯，伴著一聲「沸水來了」的吆喝聲，店中的夥計一手搭著毛巾，一手拎個數十斤的大水壺，走上樓來。

丁宣第一眼看到的，並不是這個夥計，而是那冒著熱氣的壺嘴。像這麼一個長年提水的夥計，無論他的動作多快，走路多猛，都不可能讓壺中的水灑出半滴來，但是這個夥計一上樓來，沒走幾步，水已灑了一地。

「小心！」丁宣心中想到什麼，陡然暴喝，當他的聲音剛剛出口，樓上的驚變已然發生。

首先發難的竟然就是這個夥計！

就在丁宣心中懷疑到他的時候，他已經提出茶壺到了「風雲雷電」所坐的桌前，揚起壺來，突然掌力一迫，從壺嘴中激出一股水箭，向「風雲雷電」的面門標射而去。

「呼……」

「風雲雷電」四殺手唯有同時選擇飛退，每一個人的手同時向桌邊一按，借力向後直退。

「呀……」慘呼聲起，風和雲只覺背上一痛，利刃直穿心房，他們連殺人者是誰都不知道，已然斃命。

雷與電後退的位置正好是那四名豪客中間，當二人飛退之際，已然看到那一對老公婆倏然出手，將手中的短劍直插風與雲的背心。他們一驚之下，剛要移位斜退，那四五名豪客已然出手……

眼見「風雲雷電」在頃刻之間便已斃命，蓋十一心驚之下驟然發覺。

那名夥計揮舞著手中的茶壺，向他襲來。

蓋十一唯有拔刀相迎。

與此同時，卓石與丁宣終於出手了，他們的目標只有一個，那就是劉邦。

他們之間認識了十三年，相互間的配合也演練了十三年，兩人之間形成的默契可謂是天衣無縫。當他們同時出手時，那種風捲殘雲般的浩然聲勢，讓任何人都為之一震。

就在這時，劉邦的眉鋒一跳，拍桌而起。

「呼……」他的雙手拍在桌上，竟然將木桌吸在手上。

然後他的腿迅即彈去，正好踢在木桌的一腳，便見木桌形同一張飛速轉動的圓盤，突然迎劍而去。

眼見木桌如暗雲撲來，卓石竟不閃避，暴喝一聲，手腕一振，反而加快了迎前的速度。

「轟……」木桌頓時被撞得支離破碎，碎木橫飛。卓石手中的劍鋒穿過木塵，如狂飆直襲劉邦的咽喉。

就在卓石的劍鋒逼近劉邦七尺之距時，他的眉鋒一跳，只見劉邦的身體左右一擺，在他的身後，竟然又出現了一個劉邦！一個一模一樣，完全相像的劉邦！

兩個劉邦同時動了，以最快的速度起動，拍開卓石的長劍，重拳出擊，狠狠地在卓石的小腹上擊了一拳。當丁宣感到情形不對時，其中的一個劉邦已經順手奪過卓石的長劍，指住了他的咽喉。

這一切幾乎就在一瞬間完成，快得讓人簡直不可思議。當那名夥計將壺嘴插入蓋十一的心口時，戰事就結束了，小樓又恢復了先前的寧靜。

丁宣自始至終都有一種糊塗的感覺，當他的目光移向自己面前的這位劉邦時，又忍不住望了望那位站在一邊的劉邦，實在看不出這兩人中到底哪一個才是真的劉邦。

站在一邊的那位劉邦見得丁宣一臉迷茫的表情，忍不住笑出聲來道：「看來我的易容術真是長進了不少，弄得這位仁兄一頭霧水，根本就分不出真假來。」

他一笑之後，還復了原本的聲音，然後在臉上揉摸片刻，便見一個清秀的少年帶著頑皮的表情，出現在眾人面前，正是紀空手！

◆

夜已入更，沛縣城依然一片熱鬧繁華。

通往烏雀門總堂的幾條街巷，已然被人秘密封鎖，三步一崗，五步一哨，顯然戒備森嚴，而烏雀門總堂中除了幾處燈火之外，到處是黑漆漆的一片，無端中透出幾分神秘。

幾輛馬車在一隊人馬的護送下，悄然馳入烏雀門總堂的一側偏門，七拐八轉之後，進入一個小院，卻見一盞燈火之下，劉邦、樊噲已然下階相迎，在他們的身後，除了紀空手和韓信外，還有幾位烏雀門中的高手，個個神情都是一片肅然。

馬車停住之後，劉邦親自上前打開車門，便見七八人相繼從馬車中走出，每一個人都目光如電，光彩照人，隱有大家風範，正是江淮七幫的各大頭腦。除了章窮之外，就連漕幫繼任的幫主以及花間派新任的首領都已到齊，顯然是爲了一件非常重要的事情而來。

大廳上排了兩行坐席，正中間是一張鋪了彩帛的竹榻，劉邦當中坐定，一擺手間，眾人方才紛紛落座。

紀空手看在眼中，心裡驚道：「劉大哥並非七幫中人，卻能凌駕於七幫首腦之上，這說明他是大有來頭之人，否則七幫首腦既爲一方大豪，都是倔傲不馴之輩，又豈會甘心任人擺布？」

事實上他只猜對了一半，這些首腦對劉邦如此尊敬固然是因爲劉邦的背景複雜，財力雄厚，但更多的則是在這十年間江淮七幫多多少少欠下劉邦一些人情。所謂點滴之恩，當湧泉相報，這些首腦人物雖不至此，但在他們的心中，已隱然推他爲首，唯他馬首是瞻。

侍婢送上香茗點心之後，樊噲拍了拍手，叫來幾名屬下道：「從此刻起，凡距大廳五十步之內，不准任何閒雜人等走動，若有違令者，格殺勿論！」

他此話一出，大廳中的氣氛頓時緊張起來，每一個人的目光全都聚集在劉邦一人身上。這些人雖然心中有數，但是都願意聽劉邦親口說出計畫，以壯其膽。

劉邦緩緩站起身來，微微一笑道：「承蒙各位的抬愛與信任，讓我來牽這個頭，我感到榮幸之至。

經過長時間的精心準備，以及在座諸位的鼎力支持，我們的計畫終於走到了最關鍵的一步。今天找各位來，就是想最後再徵詢一下各位的意見，過了今夜，我們就將揭竿起義，再也不是暴秦的子民了！」

眾人頓時安靜下來，過了片刻，竈頭軍的首腦郭產大聲發問道：「劉公子，原計畫不是定於五月十六嗎？何以計畫又提前了？」

「我也想按照原定的時間行事，但是這幾天來，沛縣的風聲已緊，章窮與慕容仙暗中勾結，準備提前發動攻勢，假如我們按照原定時間行事，只怕唯有任人宰割的份了。」劉邦的眼芒從每一個人的臉上緩緩掃過，然後自懷中取出一隻信鴿的腳環道：「據可靠的消息稱，慕容仙已調集數千人馬，正在趕往沛縣的途中，如果不出什麼意外，他們最遲會在兩日內出現在沛縣境內。」

眾人一聽，皆驀然變色，顯然沒有料到官兵的動作竟然這麼迅速，更有人看出內中玄機，罵起章窮來。

劉邦的雙手一擺道：「各位保持冷靜，其實對我們來說，早一天起事與晚一天起事，並不是最重要的，重要的是各位是否有義無反顧的決心！這本是五馬分屍、誅連九族的大罪，腳步一經邁出，就永無回頭之期，不知各位是否有這樣的心理準備？」

「我早就想好了，與其這般受盡欺壓地活著，倒不如轟轟烈烈地大幹一場，也算是了結祖宗的遺願。別人我管不著，但我郭產算是跟定你了！」郭產說話雖然粗俗，卻自有一股豪氣，聽得眾人無不附和，紛紛回應。

劉邦微微一笑，非常滿意眾人表現出來的這種激情，信心十足地道：「好！既然大家能夠齊心協力，那麼我們就一定可以將這件大事辦成！慕容仙雖有數千人馬，但是我們的實力也不弱，只要堅持三五日，陳勝王的大軍就會前來接應，到時前後夾擊，秦軍必敗！」

眾人一聽到「陳勝王」三字，頓時轟動起來。在他們這些江湖中人的心中，陳勝無疑是這個時代的英雄，更是這個世界的強者，假如能夠得到他的襄助，何愁大事不成？

「怪不得前些日子沒有你的消息，想不到你竟然搬來陳勝王這塊招牌來幫忙。劉公子，你的能力可真不小啊！」說話者是叫化幫的幫主洪大。他幫中人數眾多，也是劉邦最忠實的追隨者，是以附和劉邦，嗓門最大。

「我們幹的既然是殺頭的大事，當然要小心謹慎，絕不能只憑一時頭腦發熱，而不管事成之後我們將來的發展。據我分析，一旦我們起事之後，單憑我們現在的力量，很難在沛縣取得立足之地，最好的辦法就是投在陳勝王的大旗之下，再求發展，所以在一月之前，我孤身一人，悄悄地潛往陳地，與陳勝王把酒長談，終於得到了陳勝王在五月十六派兵接應的承諾。」劉邦緩緩道來，一字一句，十分清晰，聽在每一個人耳裡，都倍感亢奮。

眾人聞言，無不振奮。當時秦施苛政，弄得天下民不聊生，百姓怨聲載道，而這些幫會首腦原本就是亡國遺民，又流落市井底層，顯然是深受其害，所以對逆反起義倍增興趣。於公來說，是為天下百姓；於私來說，也希望憑著自己的努力改朝換代，爭取達到他們封侯拜相、改變命運的目的。

劉邦的眼芒一閃，與樊噲對視一眼，道：「既然各位沒有異議，那麼明日七幫會盟之後，就是我們高舉義旗的大好時機。從現在起，各位就要有這個心理準備，安排好各幫事務，嚴陣以待！」

他的眼睛望向漕幫新任的幫主張馳和花間派的幫主李浩，道：「你們二位有什麼問題嗎？」

張馳和李浩站起身來道：「幫中局勢已經穩定，估計問題不大，但為以防萬一，我們回去後就著手軟禁幾名狂傲之徒。」

「好！」劉邦拍掌道：「我們必須要防患於未然，明日之事，只許成功，不許失敗！」

他站起身來，踱了幾步，來到郭產旁邊的一位年輕人面前，道：「楊凡，我吩咐你的事情辦得如何了？」

這楊凡正是章窮門下新近崛起的一個人物，與劉邦交情不錯，是劉邦力捧的新一代青衣鋪老闆。此刻一聽劉邦問起，楊凡趕忙站起身來道：「我已經聯絡了幫中大多數弟子，只要章窮一死，我就可以有十成的把握取而代之。」

他猶豫了片刻道：「但現在的問題是，時間一旦提前，我們就沒有機會在會盟之前殺死章窮。」

劉邦不經意間看了紀、韓二人一眼，微微一笑道：「這一點我早有安排，你大可放心。對付章窮，就要先下手為強，我絕對不會容忍他來壞了我們的大計。」

楊凡卻顯得並不那麼樂觀，反而憂心忡忡道：「章窮的武功不錯，七幫之中，只怕還沒有人可以占到他的上風。這些天來，他不僅與慕容仙派來的一幫人來往密切，而且還花重金請來了吳越劍手喻波專職保護，殺他只怕未必容易。」

「喻波？難道是號稱吳越第一劍客的喻波？」劉邦吃了一驚，顯然對這個名字並不陌生。

在劉邦的記憶中，喻波以一手快劍稱霸吳越，的確是一個非常難纏的人物，如果說章窮的身邊真的多出了這麼一位高手，那麼行刺就會變得難上加難，成功的概率小到極致。

一陣更鼓聲遙傳而來，透過寧靜的夜色，清晰地傳入每一個人的耳中。

劉邦的雙耳微微一動，心中驀生驚兆。

就在此時，「呼……」地一聲，一道如閃電掠過的身影從劉邦的身後竄出，踏著近乎鬼魅般的步法向廳外撲去。

紀空手撲出屋子，那神秘人身影已掠近外牆。

紀空手沒有慌亂，反而止住了自己前行的腳步。因爲他聽到了劉邦開始起動的聲音。意念一動，手中已多出了一把小刀，寬不盈寸，長不及尺，形如柳葉。

「嗖……」刀破虛空，如一道雪白耀眼的電芒，穿過這仲夏夜裡寧靜的月色，陡生無限淒寒。眾人無不詫異。

因爲飛刀所指的方向，旨不在人，卻在那段無人的虛空。正是神秘人逃走的必經之路。

神秘人唯有止步，否則飛刀已經封住了自己前行的去路，除非他想送上去讓飛刀透入心房。

他當然不想死，所以就只有止步。身形一窒間，劉邦的人已然掠過他的頭頂，借著飛刀的去勢在他前方的兩丈處站定，與紀空手一前一後，形成了對敵夾擊之勢。

劉邦突然冷哼了一聲，眼芒一寒，射在來敵的臉上道：「你是仰止！」

仰止是一個人的名字，是泗水郡令慕容仙最器重的公門第一高手。

他在這個時候出現於烏雀門的總堂，其用心已可見一斑，何況從時間上推斷，他潛伏在廳外的時間已足以讓他聽到他想得到的東西，所以他必須死，因爲劉邦絕不會容許有人來破壞自己精心佈置的計畫。

「你既然叫得出我的名字，就應該知道我的底細，識相點，便乖乖束手就擒，隨我到衙門中投案自首，或許還有一線生機。否則的話，哼……」他沒有接著說下去，因爲他相信在場的每一個人都清楚逆反大罪將在大秦法典中受到怎樣殘酷的制裁。

劉邦卻笑了，眼中多了一層揶揄的味道：「仰大人只怕在官府中待了有些年頭了吧？」

他不答反問，誰也不知道他的葫蘆裡賣的什麼藥，仰止也不例外，一怔之下，傲然答道：「不長，也就十來年的時間，承蒙當今郡令看得起我，在江淮一帶的衙門裡還說得上話。」

「仰大人恐怕誤會了，我可不是想求你什麼。」劉邦淡淡一笑道：「我之所以問你這個問題，是覺得你說的話實在太幼稚了，顯然是官場上待得久了，沾染上了迂腐的毛病。與一個反賊大談投案自首，照律問情，這無異於勸一個屠夫不要殺生一般可笑，難道你不這麼認爲嗎？」

「你……」仰止心中勃然火起，頓有一種被人戲弄的感覺。

「我什麼？我要殺了你！」劉邦的臉一沈，眉間緊鎖，透出一道殺氣道。

「我沒聽錯吧？哈哈哈……」仰止一陣狂笑，滿臉不屑。他雖然身處對方夾擊之境，卻非常自負，根本不相信僅憑眼前這兩個年輕人就可以結束自己的性命。

「你沒聽錯。」劉邦冷冷地看著他，這一刻間，他的整個人彷佛變了，不再有先前的和善與微笑，而是像一尊戰神，讓人一見之下，驀生一種莫名的驚懼。

「你既想要我的命，就放馬過來吧！」仰止說完這句話後，再不猶豫，「鏘……」地一聲，拔出了他腰間的長劍，如一條惡龍般飛撲向前。

劉邦卻只是笑了一笑，笑得非常自信，似乎這個世界上根本就沒有值得他去動心的事情。

面對劉邦這份從容，這份冷靜，仰止的眼眸中閃過一絲驚奇。自他劍道有成之後，還從來沒有人敢這樣小視他的劍法，這不由得讓他生怒。無名火起間，出現了一絲本不該出現的震顫。

任何人遇上超出常理的事情，都會本能地出現這種情況，仰止當然也不會例外，所以他的手微一震顫，劉邦就出手了。

「轟……」一聲悶響，勁氣狂溢，任何人都在為劉邦感到擔心之際，劉邦的身形輕輕一晃，改拳為掌，劈向了仰止的劍背。

兩人拳劍相交，攻守數招之後，劉邦已然成竹在胸。他初時還以為仰止敢稱公門第一高手，手底下多少有點絕活，誰知幾招下來，仰止的劍法不過爾爾，自己隨時都可將他置於死地。

不過劉邦並沒有立刻下手，這不是他想玩貓戲老鼠的遊戲，而是他幾次想下殺手，都不經意間看到了紀空手那張興奮的臉。

所以他一連接下仰止的一路快劍之後，突然伸指一彈，震開劍鋒，衝著紀空手喝道：「紀少，這個人交給你了。」倏然抽身而退，跳出戰圈。

仰止倏覺壓力驟減，還沒有來得及喘上一口氣，驀然又感到一股殺氣從身後迫來，一驚之下，他唯有急旋轉身，正面迎敵。

紀空手同樣用的是拳，仰止還未看清對方的拳路走向，便覺眼前一花，重拳呼嘯而至。

這一拳擊出，不僅讓劉邦感到心驚，仰止更是驚駭不已，連退數步，左右騰挪，一時之間無法尋到對應之策。

仰止當然清楚自己此刻的處境，所以他沒有信心再纏鬥下去，是以他立刻疾退。

仰止一退之間，陡然向前俯衝而來，劍從手中振出，急抖出十三朵形同梅花的劍芒，星星點點布向虛空。

紀空手一怔之下，顯然識破了仰止想逃的意圖，所以他在避讓劍鋒的同時，將全身的勁力提聚到了拳上一點，隨時準備發動爆炸性的攻擊。

仰止的劍勢已近瘋狂，一路狂刺，都被紀空手以精妙的見空步一一讓過。當他刺出第十九劍時，他的劍突然回收，轉身而逃。

縱是紀空手與劉邦早有心理準備，也還是讓仰止搶先了一步。

「嗖……」一條人影閃身追出，擦著紀空手的身邊掠過，其勢之快，猶如迅雷。

此人正是劉邦！

仰止頓時感到背後有一股大力湧至，如負泰山般沉重，他不敢停滯半步，在加速的同時，反而深吸一口氣，將真力聚到背部，企圖硬接劉邦這驚人的一拳。

「砰……」拳風擊背，發出一聲異常恐怖的悶響，就像是一大片豬肉摔在案板上的聲音，使人聽了心慌。仰止只覺喉頭一熱，一口鮮血狂噴而出，但是他的速度不減反增，就在紀空手亮出飛刀的一剎那躍出高牆。

眾人無不大驚，迅速飛撲牆外，但卻更多了一些意外。

仰止竟然死了！

仰止的屍體邊，韓信提著滴血的劍悠然而立。

「韓爺，怎麼是你？」紀空手有些喜出望外，與劉邦對視一眼。

「怎麼就不能是我？」韓信似乎也沒有料到自己能夠如此輕易得手，得意地一笑道：「其實你們一動上手時我就溜了出來，躲在這裡，雖然面對面打架我還不行，但我最拿手的絕技就是背後捅人刀子，所謂的出奇不意，一經嘗試，竟然大有收穫。」

劉邦忍不住笑出聲來道：「你倒學得快，若非是你，只怕我們就有大麻煩了。」

他回過頭來，與七幫首腦一一拱手道：「時間緊迫，我就不留各位了，希望各位回去之後，早作準備。」

眾人見仰止已死，心情頓時輕鬆了不少，看看天色已晚，紛紛告辭而去。

樊噲也不敢有半點鬆懈，當下召集門中子弟，布署起明日的行動計畫。只留下劉邦與紀、韓二人閒站在大廳之外，你望望我，我望望你，卻都默然不語。

一陣夜風吹過，又帶來了三更鼓響，劉邦抬頭望著深邃無邊的蒼穹，突然搖了搖頭，歎息一聲，心中似有無限惆悵。

「劉大哥，明天就是大事將成之際，你應該開心才對呀，為何還是一副心事重重的樣子？」紀空手與韓信相視一眼，忍不住問道。

劉邦苦笑一聲道：「就算七幫在我掌握之中，終有一日，我們還要走出沛縣，逐鹿中原。到時候隨著我們勢力的不斷壯大，人員自然要複雜得多，假如我不能服眾，何以領軍？不能領軍，又何以去逐鹿中原？」

就在這時，一陣鑼鼓爆竹聲隨著清風遙遙傳來，彷彿給這沈悶的空間帶來了一絲喜慶的氣氛。劉邦一愕之下，恍然大悟道：「今天已是五月十三，神節到了，他們定是在祭祀諸神，難怪三更天還這麼熱鬧。」

他這一句無心之談，卻突然激起了紀空手的靈感，眼睛陡然一亮道：「我倒有一個辦法，可以讓你在一日之間威信大增，贏得所有人的信服。」

「這可不是開玩笑的時候。」劉邦的臉色一沈道。

「我絕不是在開玩笑。」紀空手緊緊地盯著劉邦，非常認真地道。

「如果你真的有辦法做到這一點，那麼從今日起，有我劉邦的一份榮華富貴，就必有你紀少的一份榮華富貴。若違此言，就讓我劉邦一生的努力盡付流水！」他深深地吸了一口氣，一字一句地道。聽在紀空手的耳朵裡，知道這是劉邦可以發出的最毒的毒誓！

劉邦的嚴肅令紀空手心中一凜，看著他熱切企盼的眼神，紀空手感到了自己即將要說的每一句話的分量，所以在開口之前，他又在腦海中重新審視了一下自己的想法，確認可行之後，這才壓低嗓門道：「我所說的辦法只有兩個字，那就是造神！」

◆

沛縣城裡，空前熱鬧，畢竟七幫會盟是自古未有的一樁大事，自然引來了不少喜歡熱鬧的尋常百姓圍觀，加上七幫的數千子弟，竟把東城門圍了個水泄不通。

大夥兒之所以要聚於東城門，是因為七幫會盟的會盟台設在西陽湖畔，由東門出城，再走十里，便是沛縣有名的勝景——西陽湖了。

在眾人的簇擁下，劉邦與各位幫派首領早已到了城門口，等到毛禹、章窮趕到，略顯遲了。

「大人今日前來，可真是給七幫面子啊！」劉邦一見毛禹，趕忙迎了上來。

「連劉亭長都有此雅興，何況是我這個一縣之令呢？七幫會盟乃是沛縣百年不見的大事，身為地方父母官，我豈有不來捧場之理？」毛禹故意將「亭長」二字說得很重，任誰都能聽出其中奚落之意。

「大人所言極是。」劉邦微微一笑，毫不著惱，因爲他從來不與要死的人計較。

毛禹自以爲在口頭上占了上風，洋洋得意起來道：「我聽市井傳聞，說是這次七幫會盟推選盟主之位，劉亭長也算一位，這倒讓我心中生奇了。我不明白你憑怎樣的身分加入到七幫的事務當中，劉亭長能否賜教一二？」

「大人這句話問得好！七幫之中，公門也赫然在列，我當然是以公門子弟的身分競爭七幫盟主之位，難道這有什麼不妥嗎？」劉邦一聽話音，已知毛禹的用意所在，又見章窮一臉微笑，甚是得意，明白他們是有備而來。

「你既是以公門子弟的身分參加競選，那我就更不明白了。公門之中，你我究竟誰大，我堂堂一縣之令尚且不敢出頭，你一個小小的亭長何以敢越權犯上，去爭這盟主之位？」毛禹自以爲計策行之有效，聲音大了許多，竟然當眾質問起劉邦來。

劉邦不慌不忙，微微一笑道：「大人說出這樣的話來，不知你是當真無知呢，還是故意混淆視聽。眾所周知，七幫中的公門，乃是公門子弟置身江湖的一個組織，雖然他們的身分都是郡縣中的官吏士卒，卻從不以官職大小論高低，而是按照江湖的規矩排資論輩，我雖然只是一個小小的亭長，卻是公推的公門首腦，就算你是一縣之令，假若你要入我門中，只怕也要放下架子，從頭做起。」

眾人聞聽，哄堂大笑起來，更有好事者拍掌叫起好來。

毛禹沒料到劉邦竟然當眾調侃起自己來，不由惱羞成怒，臉色一沈道：「幸好我還不是你公門中人，可以不奉你爲首，但你卻是我轄內的一名亭長，見了本官，何以不行跪拜之禮？」

他說此話，事出有因，原來按照大秦律法，下級官員晉見上司，需以跪拜作禮，否則視爲忤逆不敬之罪，但是劉邦顯然不吃他這一套，冷哼一聲道：「大人此話差矣，我今日是以幫會子弟的身分參加七幫會盟的盛典，而大人也只是一個賀客，我們之間應該行的是主賓之禮，何須向你跪拜？如果大人一味要以官職來以大壓小，那就不妨回你的衙門去，過足了官癮再回來也不遲。」

毛禹還待要說些什麼，卻被章窮一把拉住，悄聲道：「大人說話還須講究分寸，倘若激起眾怒，只怕有違初衷。」

毛禹放眼望去，只見七幫首腦中，人人都有憤憤不平之色，顯然對他的作派甚爲反感。毛禹心中懊惱之下，冷哼一聲，不再說話。

劉邦微微一笑，眼芒掃向章窮的身邊，不由得眼中流露出一絲詫異之色。他一心想看看那位吳越第一劍手究竟是何方神聖，但放眼望去，卻不見人影，心中不由吃了一驚。

章窮顯然注意到了劉邦的一舉一動，瞥了他一眼，似笑非笑道：「劉亭長是在找什麼人吧？」

「是的。」劉邦竟然一口承認，不過他接下來的話卻差點沒把章窮氣死：「我是在看章老闆的身邊好像少了幾個人，像七幫會盟這種盛典，他們竟然都不來，通常就只有兩種原因。」

他頓了頓道：「一種就是他們此刻還在百花樓姑娘們的粉帳裡，美死了；另一種就是他們躲到玉淵閣的藏酒窖中，醉死了。但不管是哪一種原因，既然死了，他們當然就不能來了。」

章窮氣得差點沒一口鮮血噴出來，好不容易壓下心頭的怒火，冷哼一聲道：「我原來在想，今天不能來參加七幫會盟的人，應該是你才對，想不到你的運氣不錯，還能親自前來，要不然今日的七幫會盟就要留下一點遺憾嘍。」

「我的運氣一向不錯，每一次都讓那些存心欲置我於死地的人失望，實在不好意思。」劉邦盯著章窮鐵青的臉，禁不住哈哈一笑。

他的臉上雖然表現得非常輕鬆悠閒，其實在他的心裡已經有了幾分緊張。他花了幾年心血，成敗就在今天，這種心跳的感覺，就像孤注一擲的豪賭，緊張自是在所難免。不過他此刻心情的緊張，更大的程度上是來自於喻波的突然失蹤。

他以獵人的敏銳，從這點看似不起眼的小事之中嗅到了一絲潛在的危機。

章窮既然花重金請來喻波，自然是希望能將他派上大的用場，而不會在這種關鍵時刻讓他離開自己。

當劉邦想通了這其中的關節時，不由在心裡暗暗告誡自己：「愈是快要接近成功的時候，就愈是不能有任何的大意，否則功虧一簣，追悔莫及。」

他在樊噲的耳邊交代了幾句，這才揮手道：「時辰已到，我們這就出發吧！」

眾人聞言，一呼百應，數千人浩浩蕩蕩向西陽湖畔挺進。

從東城門到西陽湖畔，距離雖不算遠，卻要穿過一片密林。此時正是初夏時節，林木蒼翠，枝葉茂密，有風吹過，引起松濤陣陣，一路連綿起伏，不著邊際。

眼看就要接近密林邊緣，突然有一種「沙沙……」的怪異之響悄然傳至空中，聲音不大，卻非常清晰地傳入了每一個人的耳際。

是若有一個龐大的物體在地上爬行的聲音，讓人心中驀生恐懼。

就在眾人驚恐莫名、無端猜測之際，突然有人尖聲驚呼道：「天哪，那是什麼怪物?!」

眾人驚悸地抬頭望去，驀然驚見一團霧氣從密林深處縈繞而出，緩緩蠕動，彌散在密密匝匝的枝葉之間，正當眾人想看清楚這霧散之際會有什麼事情發生時，忽聞「嗖……」地一聲騰空之響，從霧氣最濃處閃射出一道白色的光影，盤旋跳躍在林梢之上，忽隱忽現，猶如鬼魅。

眾人無不紛紛後退，出於本能地生出一股無法抑制的驚懼，定睛再看時，霧氣漸散，白影已逝，剛才發生的一切又不復存在，林間又歸於一片寧靜。

半晌之後，眾人才從這種怪異的景象中驚醒過來，一時間議論紛紛。

「這可奇了，我長這麼大，還是頭一遭看到這林子裡會有怪物出現。」

「是啊，以前從來就沒有人提起過，看它的樣子，活像是一條巨蛇。」

「若是大蛇倒也罷了，偏偏它還會飛，真不知它的出現，是凶是吉。」

眾人心中雖然好奇，卻掩飾不住心中的驚懼，突然有人陰惻惻地道：「這怪物早不現，晚不現，偏偏在我們七幫會盟之日出現，看這架式，只怕是凶多吉少，乃是大大的不祥之兆！」

劉邦怒火頓生，回頭來看，說話之人正是章窮。

「章老闆，我知道你對七幫會盟一向持反對的意見，可也用不著這麼借題發揮，蠱惑人心吧？」劉邦眼芒一寒，掃在章窮臉上。

章窮冷哼一聲道：「這絕非是我蠱惑人心，而是事實擺在面前。我在沛縣數十年，還是頭一遭看到這林子裡竟有這種稀罕之物出現，卻偏偏發生在我們會盟之日，這難道是一種巧合嗎？」

他的話頓時引起了不少人的共鳴，這也怪不得這些人意志不堅，實在是眼前所見的東西太過荒誕，根本無法以常情揣度。

章窮心中暗暗竊喜，他一心想著如何能夠拖延時間，使得七幫會盟不能如期進行，正苦思無計，想不到一場意外的驚變出現，讓他無意中達到了目的。這可真是應了那句老話：踏破鐵鞋無覓處，得來全不費功夫。怎不叫章窮喜出望外呢？

劉邦未怒，沈吟片刻，驀然擺手道：「大夥不用驚慌，這林子裡究竟有何古怪，現在誰也不知，單憑想像，只能是把事情想得愈發複雜，你們且靜下心來，在這裡等上一等，待我前去看個究竟。」

他此話一出，滿場皆驚，數千雙目光同時聚焦到他一人身上，就連毛禹、章窮，也不由得暗暗佩服起他的膽色來。

樊噲踏前一步，道：「劉大哥，還是讓我去吧，這裡需要你主持大局！」

劉邦輕輕地拍了一下他的肩膀，悠然而道：「又不是去赴閻王擺下的酒宴，犯不著這般緊張，相信我，不管發生了什麼事情，我都會活著回來。」

他的眼眸中標射出一股震懾人心的寒芒，從眾人的面前一閃而過，然後轉過頭來，大踏步向林間走去。

他的人一踏入林中，就感到了一種莫名的心悸。這種心悸的產生，來源於一股濃烈的殺機。但未必讓劉邦駐足。

劉邦扶住劍柄，緩步向林內行入數十丈，徒地止步，卻聽得「轟……」地一響，身邊一蓬野藤突然爆裂開來。

「嗖……嗖……」一時間整個虛空氣流狂湧，勁風呼呼，數十杆丈長的竹箭仿如惡龍，自數十個不同的角度向劉邦圍襲而來。

不僅如此，野藤爆開的中心處，一點寒芒驟然迫至，弧光旋動中，虛空中已然多出了一把凜凜生寒的劍鋒……出劍的正是吳越劍手喻波。

劉邦的身形一動，就在喻波感到錯愕之際，劉邦又突然出現了。但是劉邦出現的地方，卻是喻波萬萬沒有想到的。

他出現在空中，一手抓住一根野藤，一手緊握雪白的劍鋒，借著一蕩之勢，他的劍氣中平生一股霸烈，猶如拍岸的驚濤而來。

喻波大驚之下，卻絲毫不亂。

「呼……」他腳下一蹬，也抓住了一根野藤，身子借力蕩上半空，堪堪躲過劉邦這勢在必得的一劍。

當他的身體升至長藤擺幅的最高點時，他陡然暴喝，湧動起狂烈的殺氣，如奔馬之勢出劍，殺向身形下墜的劉邦。

三丈、兩丈、一丈……

就在他的劍鋒逼近劉邦七尺之距時，劉邦的整個身體晃動了一下，竟然匪夷所思地平移了三尺，喻波發現目標錯位之時，已經很難收勢。

「噗……」他的劍鋒射在一棵樹幹上，突然彈起，就在劉邦逼近的剎那，他的身體倒掠空中，退出三丈開外站定。

劉邦沒有追擊，只是冷哼一聲：「你就是號稱吳越第一劍手的喻波？」

喻波似乎沒有料到自己的目標身手會是如此高明，怔了一怔道：「我就是。」

「你的劍法果然不錯，不知章窮請你來花了多少酬金？」劉邦已經看出喻波的劍術的確有其獨到之處，若要分出勝負，只怕當在百招之後。可是時間對他來說，彌足珍貴，他不想將寶貴的時間花費在這種無謂的爭鬥上，所以他決定用一種更直接的方式來贏得時間。

「這是我的隱私，似乎沒有告訴你的必要。」喻波淡淡一笑道，根本就不想回答這個問題。

「不管你願不願意告訴我，我都可以斷定，你只能拿走那一部分訂金，而不可能拿走全部酬金。」劉邦說這種話的時候，更像是一個討價還價做買賣的商賈，臉上帶出一絲笑意道：「因爲你殺不了我。」

「我承認這是一個不爭的事實。」喻波沈吟片刻，點了點頭。

「但是如果你與我合作，不僅可以拿走全部的酬金，甚至還可以得到比這更多的錢。」劉邦明白，要打動一個可以用錢雇來殺手的心思，需要採取什麼樣的方式。

但喻波卻搖了搖頭道：「我不會替你去殺章窮，無論你出什麼價錢都不行，這是我的原則！」

「一個辦事有原則的人，通常都是可以信任的人。」劉邦微微一笑道：「我不要你去殺章窮，只要你離開這裡，三天之後，你可以在泗水的大通錢莊領取你的全額酬金，順便說一句，這是由我支付的。」

「我能相信你嗎？」喻波覺得這件事情太出人意料了，更沒有想到錢會來得如此容易。

「你必須相信，因爲這是個不錯的買賣。」劉邦心裡卻有些著急了，知道若時間再拖下去，樊噲他們必然擔心自己的生死，一旦闖入密林，那麼自己的計畫就會前功盡棄。

喻波的目光盯住劉邦的眼睛，終於笑了：「這個買賣當然不錯，不過我想問一句，我得到了錢，你從這筆買賣中會得到什麼？」

「我得到了我最需要的時間。」劉邦也笑了：「如果不是你的劍法有一定的水平，我本來可以不付這筆酬金的。」

喻波沒有再多說廢話，他只是以自己最快的速度離開了這片密林。

與此同時，就在樊噲與各幫首腦商量著準備入林救人之際，一聲悠長清脆的長嘯從密林深處遙傳而出。

「是劉大哥的聲音。」樊噲驚喜地叫了起來，一顆懸於半空的心頓時放了下來。

章窮的臉上露出一絲不易察覺的失落，與毛禹對視一眼，心中生出幾分詫異。

每一個人都將目光投在密林深處，屏住呼吸，觀望著林間的動靜。

「呼……」林中陡生一陣疾風，白光乍起在林間深處，如一道閃電急掠，其速之快，絕非尋常猛獸飛禽可比，怪不得有人把它當作怪物。

眾人相距甚遠，雖然不能看清這條白影的真實面目，但它的出現總是伴著一陣霧氣，朦朧之中，來去悠然，其形詭異，引得眾人不時地發出驚呼聲。

饒是樊噲這等高手，在這條白影高速移動當中，他們的目力似乎也沒有太大的用處，只是透過迷霧，隱約見到一條五丈來長、形如蛇類的怪物穿行於枝葉之間，所過之處，枝葉搖動，聲勢端的駭人。

「劉大哥雖然武功高絕，但是遇上這種異獸，只怕不是人力可以抗衡的，且待我去助他一臂之力。」樊噲心中見劉邦遲遲未有動靜，不由得爲他擔起心來，正要快步搶出時，驀見一道人影宛若一陣清風般飄上林梢，在密林的上空處與那道白影纏殺起來。

樊噲定睛一看，那人正是劉邦！

「嗖嗖……」之聲從半空傳來，如同風雷，雖然相距尚有數十丈的距離，但是在場的每一個人都感受到了那漫天的殺氣，以及充斥於這片空間裡的每一寸壓力。

只有到了這一刻，無論是敵是友，每一個感受到這種緊張氣氛的人才發現了一個驚人的事實：那就是一向以低調行事的劉邦竟然是一個深藏不露的高手！他雖然年齡不大，資歷不深，但是若以武功論之，環顧七幫，誰是敵手？

毛禹與章窮也忍不住對望幾眼，發現對方的眼中全是驚懼與疑惑，這段時間以來，他們一直都在嚴密監視著劉邦的一舉一動，甚至調查他的背景來歷，卻並未發現有異於常人的地方。誰知他甫一出手，便是一鳴驚人，這讓毛禹多少生出了一絲後悔之心，在心中埋怨起章窮來。

樊噲看在眼中，喜上心頭，他作爲劉邦最忠實的追隨者，一直擔心劉邦的年紀尚輕，難以服眾，這麼一來，他不由對今日大事的成功信心大增。無論劉邦最終是否能斬殺這條異獸，其聲望無形中都會在眾人的心中得到很大程度的提升，從而爲他能夠號令這班江湖子弟奠定堅實的基礎。

就在眾人全神貫注之際，劉邦與異獸的酷戰也近乎到了白熱化的程度。劉邦的人在空中，每一劍刺出，都幻化出千百道劍影，纏繞在那條詭異的白影之上，勁氣從掌心中爆發，直透劍身，逼出道道剛猛罡氣，急捲林梢，使得斷枝枯葉如漩渦般急旋，煞是驚人。

突然間，伴著劉邦的一聲斷喝，一道雪白的光影猶如撕裂雲層的閃電，疾向那條白影的中段斬落。

「噗……」一道衝力十足的血箭頓時標射空中，隨著血霧的徐徐飄落，染紅了半邊天空。

那條白影光色一暗，分成兩段，陡然向林中躥落。

這驚人的一幕出現在眾人眼中，一愕之間，頓感攝人魂魄。

「走！」樊噲再也忍不住心中的擔憂，大喝一聲，搶先跑入林中。

當數千人趕到人獸廝殺的現場時，每一個人都情不自禁地止住了腳步。

◆

劉邦靜靜地站著，他的渾身上下已被汗水濕透，血漬遍地皆是。誰也不敢上前問上一句，因為在這一刻的劉邦，就像是一尊高高在上的天人，凌駕於眾人之上。

「我長這麼大，還從來沒有見到過這麼大的蛇，今天總算是開了眼界。」劉邦長吁了一口氣悠悠地道。

「牠絕對不會是蛇！」樊噲搖了搖頭道：「雖然我不知道牠到底是什麼，卻可以確定牠絕不是蛇。」

劉邦微微一愣道：「你何以這麼肯定？」

「蛇是不會飛的，而牠會，牠不僅會飛，而且就像一條龍一樣，騰雲駕霧，飛行於半空之中，所以牠充其量只是外形像蛇罷了，而不可能是真正的蛇。」樊噲的話很有道理，有根有據，眾人大有同感。

但如果牠不是蛇，又是什麼呢？這是每一個人心中都會想到的問題。

「我們去看看不就清楚了嗎？」有人叫嚷了一聲，一句話提醒夢中人，眾人紛紛四處查看起來。

但是搜尋的結果，除了滿地的血漬之外，再無半點收穫。令人驚詫的是，很多人明明看到那條異獸被劉邦斬成兩段，此時尋來，卻蹤影全無，難道說這竟是一條不死的靈獸？

穿過密林，眼看就要到西陽湖畔了，眾人還在為剛才的事情議論紛紛，就在這時，從湖面傳來一陣老嫗的嚎啕大哭聲，其聲之悲，似有喪子之痛，引得眾人無不循聲而望。

只見距湖岸十餘丈處的湖面上，一個身著白衣的老嫗腳踏湖面，懸凝不動，掩袖而泣，讓人無法看清她的面目。

她的腳下除了綠幽幽的湖水之外，竟然什麼也沒有。眾人無不駭然，皆以爲遇見神鬼！否則像她這樣不升不降，長時間懸於水面之上，就算是冠絕天下的輕功高手，也只能是癡心妄想。

劉邦卻分開眾人，踏前幾步，拱手相問道：「老人家，你何以一個人跑到這湖面上來哭？莫非是遇上了什麼傷心事嗎？」

那老嫗並不抬頭，邊哭邊道：「有人殺了我的兒子，所以我哭。」

劉邦奇道：「是誰殺了你的兒子呀？」

「我兒子本是白龍帝君，就住在西陽湖裡，適才感到閒悶，就上岸遊玩片刻，想不到竟被赤龍帝君殺了，至今屍首不見，魂魄未歸，怎不叫我老婦人傷心呢？」那老嫗哭哭啼啼地道。

她此話一出，劉邦那傲然不動的身影頓時成了眾人目光注視的焦點，因爲只要不是傻子，稍微用心一想，就會明白剛才發生的究竟是怎樣的一回事情。

劉邦殺的不是蛇，是一條龍，就是老嫗的兒子白龍帝君。

殺死白龍帝君的人是赤龍帝君，可那個人明明就是劉邦，難道說劉邦竟是赤龍帝君的化身？

每一個人望向劉邦的眼神中，都不自禁地透出三分敬畏，就連樊噲、毛禹、章窮也不例外，在他們的眼裡，彷彿劉邦已不再是劉邦，而是神，是赤龍帝君的化身。

劉邦似乎並不因此而喜，倒像是想刻意掩飾什麼，急忙拔劍在手，喝道：「我還道你是一個本份人家，這才好心相問，想不到你竟然妖言惑眾，蠱惑人心，真該吃我一劍！」

「你……你……你竟是赤龍轉世?!」那老嫗猛然抬頭，一臉驚駭道：「你還想斬盡殺絕嗎？」驀然身子一動，就此沈入水中。

但見那沒水處泛起一圈一圈的波紋，由近及遠，化爲無形，片刻之間，湖面又歸於平靜。

湖畔雖然寂靜無聲，但剛才的一幕已如一道烙印般深入人心，那老嫗的每一句話都讓人感到震撼，但真正讓人感到不可思議的，卻是她沒入水中時說的那一句話。

難道劉邦真的是赤龍帝君轉世？

這似乎是一個謎！

但每一個人投向劉邦背影的目光中，彷彿都多出了一種不可抑制的敬畏與崇拜之情。

◆

吉時已到，七幫會盟終於在數千子弟期待的目光中拉開了盛典的帷幕。

當劉邦在其他六位首腦的簇擁下登上以沈木搭建的會盟台時，他的臉上已是精神抖擻，意氣風發。

只有毛禹站在離台上不遠的一棵大樹下，靜靜地觀注著事情的發展，他的目光最終落在了劉邦的臉上。在陽光柔和的照射下，劉邦的臉上似乎有一種攝人魂魄的獨特氣質，讓毛禹感到了一絲恐懼與害怕。

他真的是赤龍帝君嗎？

只有劉邦自己心裡清楚，這一切只是紀空手精心炮製的一場戲。

他不得不對紀空手刮目相看，同時也爲他的妙手而驚歎。他爲紀空手提供了一些牛皮與布緞，可是紀空手給他的，卻是那條幾可亂真的白龍，加上一些機關的設置，竟然是那般地活靈活現，富有活力。

事情的發展盡如紀空手所料，當劉邦在眾人的注目下進入密林後，紀空手與韓信就憑藉著各自的身法和雄渾的內力，舞動白龍，造出極大的聲勢，將白龍現世的那種詭異與神秘演繹得淋漓盡致。

當劉邦一劍斬斷白龍的那一瞬間，紀空手與韓信取出事先準備的豬血，揚向空中，然後將這條假白龍取走藏匿，造成假像，讓眾人產生視覺上的錯覺。

然而這只是整個造神計畫的一部分，真正的畫龍點睛之筆，還在於紀空手的精彩表演。

紀空手自小喜歡看戲，加之又有超人的水性，所以裝成老嫗來幾乎天衣無縫。他的表演非常到位，給人以空前的想像力與壓抑的神秘感，讓人自然而然地將劉邦與赤龍帝君這兩種不同的概念聯繫起來。而老嫗懸浮水面的功夫，看似詭秘，其實最是簡單不過。他無非是在湖面下埋了兩根木樁，玩的正是人人都會的小把戲。

當這一個個的懸念串聯起來，就造就了一個當今江湖上最大的神話——把一個人變成了神，而這個神話的主角，就是他劉邦！

思及此處，劉邦的心裡無法不笑，因爲他知道，只要這個神話不滅，他的聲望就會如日中天，等待他的，就會是一個燦爛而輝煌的明天。

「現在我們請公門的首領劉邦講話。」樊噲儼然是台上的主持。他的話一出，滿場皆靜，都將注意力集中到了台上。

劉邦緩緩地站將起來，向四周的人群團團抱拳，不失禮數，然後才清咳一聲道：「今日我能夠站在這裡，心情十分激動。自江淮七幫創立以來，已歷百年，經歷了不知多少風雨，卻能頑強地生存下來，發展壯大，這是一件多麼不容易的事情啊！以至於從前人的手上傳到我們的手裡，竟成了當今江湖上誰也不敢小視的力量，這正是不知多少先輩與在座諸位共同努力的結果。」

「江淮七幫創立伊始，只不過是一些亡國遺民爲了復國而建立的一種組織，能夠走到今天，委實十分艱難。三十年前，當時各幫的首腦爲了幫派能夠更好的生存下去，紛紛將總堂遷至沛縣，致使江湖上出現了一種難得的奇觀：一縣之地，七幫並存。當時那些首腦的初衷，是看中了七幫數十年來建立的良好關係，在當時比較惡劣的生存環境之下，以期相互有個照應，共同發展繁榮，這也許就是最早的會盟雛形。」劉邦的眼芒從全場一一滑過，注視著眾人的表情。

「時至今日，正值亂世，形勢愈發險峻複雜。既有官府盤剝，又有大幫會的傾軋，各種勢力並存，已經動搖到了我們江淮七幫生存下去的根本。爲了長遠發展，也爲了不讓先輩創下的基業毀於一旦，我和各位首腦幾經協商，終於決定七幫會盟，共圖大計！」劉邦頓了一頓道：「有人要問，七幫會盟究竟有何好處？若是不結成同盟難道就不能繼續生存下去。七幫會盟究竟是利大於弊，還是弊大於利？」

這些問題正是許多人心中想要問的，劉邦既然提起，眾人倒想看看他如何來解答這些問題。

「前些日子，我去鄉下辦事，路過一家莊戶人家的院子。」劉邦突然話題一轉，說起這麼一件看似毫不協調的閒事來，讓眾人無不爲之一愣，但劉邦視若無睹，依舊緩緩而道：「那院子裡好生熱鬧，我一時好奇，就走了進去。原來這院子裡住著一位老人，養了三個兒子，都到了成家立業的年齡，正吵著鬧著要分家單過，我尋思道：『這可不太好辦，倒不知這位老人如何處理這家務事？』便耐著性子瞧了下去，誰知那位老人什麼話也沒說，只是給每個兒子發了一根筷子，要他們將之折斷。那幾個兒子一一照辦，毫不費力地就完成了。老人笑了笑，又每人發了一把筷子，要他們如法炮製，誰知這幾個兒子使出吃奶的勁兒，也無法將筷子折斷。這時候老人才開口說話道：『一根竹筷易折，一把竹筷難斷，這看似不起眼的小事，說明了一個道理，那就是你們兄弟也同這竹筷一樣，假如分開單幹，各顧各的，只要一遇困難，就會很容易地被困難打倒，再也爬不起來。假如你們兄弟齊心協力，共同來支撐起這個家，那麼你們就會像一把筷子一樣，再大的困難也難不住你們。』」

劉邦微微一笑道：「一個蝸居鄉下的老人，尚且明白這個道理，在座的諸位都是行走江湖的，見識廣博，想必不會連這個鄉下老人都比不了吧？」

眾人一聽這個故事，這才明白劉邦的用意所在，一時間台下議論紛紛，好生熱鬧。

「七幫會盟的確是一件好事，稱之爲盛典並不爲過。」說話者竟是章窮，但劉邦絲毫不顯驚訝，因爲他明白，章窮這麼說，通常採用的都是「以退爲進」的戰術。

「但是，七幫既然結盟，必然要產生出一個讓人人都心服的盟主，這就很難了，如果說我們七幫中人爲了爭這盟主之位反而傷了和氣，這是不是違背了結盟的初衷？」章窮果然狠辣，一下子就擊中了問題的要害。

他明知七幫會盟的大勢已成，不可阻擋，所以就退而求其次，希望能在這盟主人選上挑起紛爭，達到拖延時間的目的。

劉邦顯然看穿了章窮的用心，微微一笑，將目光望向了樊噲。在這種場合之下，他最好的辦法就是保持沈默，讓別人來爲自己說話。

果然，樊噲冷笑一聲道：「現在盟主的人選還沒有推出來，章老闆何以就知道他不是人人心服的盟主呢？除非是你存心刁難，故意作梗，鐵了心腸要阻撓七幫會盟！」

章窮「呼……」地站將起來，臉色脹得通紅道：「樊門主，你這是什麼意思？我只是爲七幫大計著想，何以你要這般詆毀於我？」

樊噲道：「如果你真心是為七幫大計著想，就不該勾結官府，對其他幫派又打又壓，還請來什麼毛大人禹大人，企圖借官府勢力阻撓結盟，老子第一個不服！」

毛禹人在台下，聽得樊噲叫罵，勃然大怒道：「樊噲，你敢這般藐視本官，是想造反嗎？」他大手一揮，便要指揮幾百名士卒壓上。

「你給老子閉嘴！」樊噲眼芒一寒，大手也向前一揮，烏雀門的上千子弟已然將對方的幾百名軍卒圍住，刀戈相向，氣氛肅然，大有劍拔弩張之勢。

第七章　開闢帝道

毛禹也絕非是泛泛之輩，他能被慕容仙點名派到沛縣來當縣令，其本身實力就很能說明問題。雖然他此刻的心情非常緊張，但表面上依然顯得鎮定自若，冷哼一聲道：「你們可要想清楚了，這裡是我大秦王朝的轄地，你們若是與我對抗，就是公然與我大秦王朝作對！按照大秦律法的條文規定，此乃忤逆篡反，乃千刀萬剮，誅連九族之罪。」

他意在恫嚇，把對方行動的後果公諸出來，至少可以讓這些人考慮一下這麼做是否值得。果不其然，場中的許多人臉上頓現猶豫之色。

劉邦看在眼中，緩緩站起來道：「假如我們不起來造反，難道你就能放過我們嗎？據我所知，郡令慕容仙的軍隊正在趕往沛縣的路上，他的來意就是想對我們七幫圖謀不軌。如果我們真的放下武器，等候你們的發落，還不成了你們砧板上的魚肉？任由你們宰割，胡作非爲！」他深知七幫子弟都是江湖中人，行事全憑一腔熱血，只要自己煽動得體，就能穩定軍心，不生變故。當下伸手拔出劍來，向天一舉，衝著毛禹所帶的軍卒喝道：「你們之中凡是我公門子弟，願意追隨我劉邦的，就站過來！」

他的話音一落，毛禹手下的數百軍卒一哄而散，只剩下幾個心腹隨從伴在毛禹身邊。毛禹大驚失色之下，情不自禁地接過了屬下手中的長槍。

「今天我劉邦還真的不信這個邪了，你既說我造反，我就造反！我造反的第一件事，就是要殺了你這條官府走狗，用你的血來祭祀我們起義的大旗！」劉邦人站台前，威風凜凜，狀若天神一般。他的眉宇緊鎖，已然逼射出一股濃烈無比的殺機。

對他來說，這是無可避免的一戰，只有殺了大秦王朝的官員，才能向世人表明自己與大秦徹底決裂的決心。

「你可要三思呀！」毛禹近乎絕望地叫了一聲。

「多謝提醒，我早已考慮清楚了，久聞你的『問天不應』槍法霸烈無比，今日總算可以讓大家大開眼界了。」劉邦橫劍在手，居高臨下，已如一頭魔豹虎視眈眈。

毛禹深深地吸了一口氣，無奈之下，緊緊地握住槍身。他的腦袋猛一機伶，忽然意識到了這是自己最後的，也是唯一的機會。

從會盟台到毛禹所站的那棵大樹，至少有十丈之距，當兩人的眼芒在空中悍然相撞時，整個空間頓時湧動出無形的壓力，迫得眾人兩邊一分，為他們讓出一條寬達丈餘的道來。

劉邦的劍鋒斜指，正以一種奇慢的速度一點一點地向虛空延伸。

「慢！且慢動手！」章窮一直注視著劉邦那挺拔若山的背影，忽然感到了一種令人窒息的壓力，他說不清這究竟是怎麼一回事，但他的心裡已有了一絲恐懼。

劉邦沒有回頭，也不想回頭，他此刻的心神定若磐石，不起半點波動，內力充盈激蕩，滲入虛空，掌握著毛禹氣機中的每一個變化。

章窮見沒人理會自己，故作憤憤不平道：「毛大人遠來是客，傳將出去，江湖上只怕會笑話我們七幫不明事理，我們何必要失這個禮數呢？」

眾人依然不加理會。

「你們既然將我的話置若罔聞，我想我也沒有必要再留下去了。各位，恕我無禮，告辭！」他站將起來，便要甩袖而去。

「你認為你能走得了嗎？」就在這時，劉邦終於開口了。

「笑話，七幫結盟全屬自願，莫非你還能強迫我青衣鋪加入不成？」章窮一怔之下，已經在暗暗凝神戒備。

他的注意力全部集中到了劉邦的背影之上，不敢眨一下眼睛，他自信只要劉邦一動，就能在最快的時間內作出反應。

但是，劉邦未動，在章窮的身後，空氣中陡然有一股氣流發生了異動。

「轟……轟……」隨著兩聲驚響，在章窮身後的木台上，突然炸開了兩個口子，木條激射間，兩條人影從裂開的木縫中如電芒標出，襲向了章窮的後背。

這一招驚變來得如此突然，完全出乎了所有人的意料。章窮的心裡更是大駭，因為他已從氣流的走向裡捕捉到了這兩個不速之客所攻擊的方向與路線。

對方顯然對章窮的武功十分了解，並且精心佈置了應對之策，所以他們所攻之處，一個是章窮的腿，一個是章窮的手，瞬息之間封鎖了章窮手腳可以活動的任何路線。

章窮最初的反應，是伸手抓向腰間，落空之後，才省悟過來，自己的無頭剪根本就不在身邊。

「是你們！」樊噲突然驚叫了一聲，臉上頓時鬆弛下來，連他也沒有想到，紀空手與韓信竟然會藏在這木台裡面。

對紀空手與韓信來說，他們的任務不僅僅是造神，除此之外，就是要在劉邦發出信號之後對章窮發動攻擊。

當他們搶在眾人之前藏匿在木台下的一段空間中時，就通過台上每一個人的呼吸來確定章窮的方位所在。

在紀、韓二人襲來之際，章窮也動了。

他動得很快，雖然手腳被人有所限制，卻不能完全限制他腳步的移動。

「嗤……」他的腳底幾乎是貼在木台上滑前了丈餘，等到拉長一定的距離時，他的身體突然旋動，一排腿影驀然升空。

這一下輪到紀空手與韓信吃驚了，雖然他們私底下為今日的刺殺演練了不下百遍，可他們還是沒有料到章窮的反應會是這般奇快。

劉邦說過，章窮的可怕，不僅僅是腿法，還在於他頭上的那枚藥王針。紀空手與韓信心中一凜，目光同時鎖定在了章窮的髮髻上。

他們當然不會讓章窮的藥王針出手，同樣也不會讓章窮的腿發揮出應有的威力，因為韓信的手中有劍。

「呼……」他們臨時篡改了事先預定的計畫，改由韓信來對付章窮的腿，而紀空手的手裡已多出了一把七寸飛刀，瞄住了章窮的手腕。

他們這一變果然有效，韓信的劍一出手，迎向了章窮的腿，雖然後發，但他的劍只是等在了章窮的腿勢之前，如一道山梁橫阻了章窮的攻勢。

章窮只有向左橫移，無論他多麼自負，都不會認爲自己的肉腿硬得過以精鐵鑄成的劍鋒，所以他只能閃避。

「呼……」劍破虛空，挾帶懾人的勁氣，韓信展開了自己的追擊。

紀空手反而佇立不動，飛刀在手，眼芒注視著章窮的每一個異動。

「嗤……」劍在韓信的手腕一振之下，抖出一道懾人的劍芒，在陽光直射下，交織於虛空中，仿若一幕似虛似幻的大網。

「轟……」劍氣織成的網卻炸了開來，韓信退了幾步，章窮竟一腳踹入了劍網的中心。

劍網潰散，韓信借一退之勢卸去了這如巨杵般衝擊的巨力，劍鋒再揚，在虛空中劃出了一道亮麗的弧跡。

章窮沒有乘勝追擊，更沒有迎劍而上，他的身體突然如一杆標槍般倒射而回，同時，他的手以快得讓人幾乎無法察覺的速度伸向了髮髻。

「嗖……」他的手剛一抬起，便感到了一道電芒振起罡風劃向了自己手腕將去的路線。

「呀……」章窮只覺得自己的手腕一痛，慘嚎一聲，手掌無力地下垂，雖然距髮髻不過一尺的距離。

他發現手腕上，赫然插上了一把七寸飛刀。透過刀光，在虛空的那一端，卻是紀空手那帶著微笑的臉。

章窮心中的驚駭簡直不可言喻，頓時意識到了自己的一切動作都在對方的算計之中，這讓章窮深深地感到了恐懼。

章窮的心中不自禁地生出逃走之念，已是再無戰意。

「轟……」他借著這一痛激發出來的力量，雙腿一動，蹬裂木台，企圖從裂縫中逃逸。

他的算盤打得不謂不精，卻沒有想到韓信的劍鋒算得更精，「呼……」地一聲，以秋風掃落葉之勢斬向了章窮下落的身體。

「啊……」章窮頓時感到一股至寒之氣侵入了自己的腰間，然後他便聽到了「噗……喀……喀……噗……」的一串怪響。

怪響來自於章窮的腰間，赫然是劍鋒破體與刮割骨骼的聲音，所有人頓有頭皮發麻之感。驚呼聲中，章窮的整個身子竟然一分為二，分成兩段，血肉與白骨俱現，極是恐怖。

這一切都一絲不漏地落入毛禹的眼中，他無法再保持心態的平靜，就在這時，他的眉鋒陡地一跳，因為在這一刻，他看到了劉邦那充滿異彩、攝人心魂的眼睛。

毛禹的手緊握槍柄，「嗡……」地一聲，槍花一顫，寒芒乍現，發出了一陣如龍吟般的低嘯。

就在這時，劉邦笑了，笑在寒芒乍現的那一刻間。他知道，毛禹終於有些沈不住氣了。

高手相爭，切忌動氣。

所以劉邦才會以奇慢的出劍方式，不斷地給毛禹最大限度地施加壓力。他要的就是毛禹心浮氣躁，只有這樣，他才會有一擊勝之的機會。

毛禹再也難以承受這種無處不在的壓力，陡然間暴喝一聲：「你去死吧！」手腕一振，長槍化作一條蒼龍，奔向虛空，準確無誤地對準劉邦的劍鋒撞擊而來。

劉邦不自禁地緊了緊手中的劍柄，眼睛一瞇，從眼縫中擠出一道寒芒，死死地鎖定在對方愈逼愈近的槍鋒上。

十丈、五丈、三丈……

槍鋒破空，每向前一丈，劉邦感受的壓力都有所不同，當他感到自己的劍身難承其重時，「呼……」劍如清風般起動，幻化成一道美麗的弧跡，擠入空中。

沒有想像中的碰撞聲，也沒有眾人期望的爆炸聲……

就在槍劍相觸的那一剎那，劉邦的手腕輕輕地一抖，只改變了一點方向，便聽「嗤溜……」一聲的金屬刮刺之音，如鬼哭般震響在整個虛空。

一串耀眼奪目的火花爆裂開來，便見那劍鋒如附體的陰魂，緊貼在毛禹的槍身之上，以電芒般的速度順杆而上，直削毛禹的手腕。

毛禹陡然色變，他驚駭地發現，劉邦這近似無理的打法，竟然是他槍法的剋星！他要麼棄槍，要麼就只能眼睜睜看著手指被劍削斷。

無論哪一種結果，都是他所不願意看到的。

於是他就只能退，用一種比前進更快的速度飛退，希望藉此拉開一定的距離，以再圖變化。

等到他一退之時，才發現對方的劍鋒不僅貼槍而來的速度極快，而且帶出一股強大的粘力，根本就不容他有任何甩脫的可能。

他唯有棄槍，如箭矢般向後直退，企圖用自己的速度來擺脫眼前的殺機。

劉邦的反應遠比毛禹更快，就在毛禹標出一丈之時，他卻站在原地，手中握著的，是毛禹放棄的長槍。

他沒有追擊，只是深深地提聚了一口氣，將勁力收斂在掌心的一點。

一丈，兩丈，三丈……

他的眼眸裡湧現出如寒冰般淒寒的殺機，眼看著兩人之間的距離不斷拉大。

一直拉大到相距七丈時，劉邦暴喝一聲，全身的勁力在掌心間陡然爆發，長槍終於脫手而去。

「嗖……」長槍震顫著漫入虛空，每震動一次，幻化出數道槍影。當它逼向毛禹面門時，毛禹看到的，竟然是漫天幻影。

他已分不清哪一道影子是真，哪一道影子是假；哪一道影子是虛，哪一道影子是實。就在他微微一怔時，倏然聽到了「噗……」地一聲，彷彿傳自他的胸前。

他一低頭，就看到了槍身，順著槍身滑下的，是一縷鮮紅的血，一陣劇痛使他再無法撐住軀體。

在倒下的一剎那，他彷彿聽到了劉邦平淡如水的聲音：「我沒死，你卻真的去了。」

「赤龍帝君！赤龍帝君！」數千人同時呼喊著一個名字，如怒濤拍岸，響如風雷，帶著一種近乎崇拜式的狂熱，將目光會聚在會盟台上、傲立如松的劉邦身上。

劉邦緩緩地擺了一下手，全場頓時肅然，眾人都將目光投在他的臉上。

「我不知道我是否就是你們所說的赤龍帝君，我也不知道我是否是真的具備常人不具備的能力，不過，這些都不重要，重要的是在今天，在這裡，我們七幫的數千子弟與我一起，要做一件可以驚天動地的大事，從而留名青史！」劉邦的聲音激昂有力，還有一種從容，遙傳遠方，引起陣陣回音：「我想大家都應該清楚自己要做的事情會是什麼，這也是我必殺毛禹的原因，我這樣做的目的，無非是想告訴大家，既然下定了決心，我就不留退路，義無反顧地去做我們該做的事情！」

「王侯將相，寧有種乎！憑什麼我們一生下來就該低人一等？憑什麼我們要比別人貧窮下賤？那些王侯將相，難道他們一生下來就注定要比我們高貴嗎？」劉邦的說話果然充滿了煽動力，引得每一個人都亢奮不已，翹首期待：「不，絕不是這樣的道理，一個人的貴賤貧富，從來不是上天注定，而是要靠自身的努力。只要你敢想，只要你去做，只要你有這樣的膽量，這大秦的天下由你來主宰也未必就是一個妄想。從今日起，就讓我們爲自己的夢想共同努力吧！也許在不久的將來，誰敢保證我們中間沒有將相，沒有王侯？」

樊噲首先站了出來，大聲吼道：「所謂良禽擇木而棲，對劉大哥的爲人膽色，我樊噲一向最爲佩服，經歷了今日的這些事情，更讓我相信他絕非凡人，我樊噲徹底服了！凡我烏雀門子弟，從今日起，唯他馬首是瞻，誓死效命！」

樊噲的話音一落，頓時引起各大門派的子弟紛紛回應，數千人中，倒有十之八九對劉邦起了臣服之心，雖然還有人坐觀不動，但也生出了隨大流的心思。

這些人之所以對劉邦感到信服，並非是因爲劉邦確是英雄之故。這些人過慣了在刀頭上討生活的日子，生死尚且不懼，又怎會輕易服人？實在是因爲他們今日所見之事太過詭異，一波未平，一波又起。一個懸念緊扣一個懸念，已然吊起了他們的胃口，認定劉邦乃是貴人之相，更是赤龍帝君的化身。有了這種先入爲主的思想，加之有人推波助瀾，大勢漸成，公推劉邦爲首也就成了水到渠成之事。

劉邦眼見事態的發展盡在意料之中，臉上不自禁地流露出了一絲笑意，與紀空手相望一眼，卻見他微微一笑，默不作聲。

在劉邦的提議下，楊凡頂替章窮，順利入主青衣鋪，登上會盟台來。當各幫派齊聚到劉邦的身後時，此刻的劉邦，俯瞰台下，見數千子弟群情激憤，鬥志高昂，他頓有一種躊躇滿志之感，大聲喊道：「今日我們七幫會盟，群英聚會，何不趁機高舉義旗，先攻沛縣，再擊退慕容仙的秦軍，然後投奔陳勝王?!」

他的話猶如一道閃電，更似一團火焰，燃起了眾人的激情，在西陽湖濱，數千人摩拳擦掌，躍躍欲試，似已按捺不住。樊噲適時揚起一杆事先準備的大旗，「呼啦……」一聲，風捲旗揚，飄在了會盟台的上空。

劉邦大手一揮道：「今日起義，有進無退，誓要大秦滅亡，你我封侯拜相！」

當下在他的指揮下，數千子弟列陣整裝，按照事先計畫，分佈停當，迅速向沛縣進發。

等到劉邦率隊趕到沛縣之時，幾乎沒有遇到任何的反抗。義軍起事之初，未經一戰，便旗開得勝，占得一座城池，頓時軍心大振，群情激昂。劉邦的聲望一路飆升，如日中天。

經過短時間的整頓之後，劉邦嚴明軍紀，號令三軍，開始著手準備守城事宜。畢竟這是義軍第一次與大秦軍隊作戰，劉邦忙上忙下，直到天色將晚，才把一切事宜安排妥當。

在樊噲等人的簇擁下，劉邦回到了烏雀門總堂。此時的烏雀門總堂已被義軍設爲中軍大營，眾人剛剛坐下，忽然門外響起一聲尖銳的鴿哨，接著便見一隻健鴿撲騰著竄入大廳，落到了劉邦的肩上。

劉邦從鴿腳上取下一根竹管，吹出一團布條來，借著燭火一看，整個人的臉色豁然變了。

「劉大哥，是誰傳來的消息？」樊噲見他臉色不對，急忙問道。

「是蕭何從泗水傳來的。」劉邦一臉陰沈地道，顯得心事重重。

「莫非情況有變？」樊噲驚問道。

劉邦臉色極是凝重，眼芒從眾人的臉上劃過道：「也許我們要孤軍作戰了，因為蕭何在信上說，就在昨日，大秦名將章邯率十數萬大軍與陳勝王在陳地作戰，陳勝王兵敗逃亡，已是自顧不暇了。」

在座的七幫首腦無不色變，就連紀空手與韓信，也萬萬沒有料到一時風頭正勁的陳勝王，竟然會在一夜之間變得如此慘澹。

形勢陡然變得嚴峻起來。

劉邦的眼芒從每一個人的臉上掃過，似乎看到了少數人臉上的驚懼與懷疑，但是這並沒有動搖到劉邦在一日之內樹立起來的至高無上的威信。

他深深地吸了一口氣道：「張楚軍既然自顧不暇，也就不可能履行諾言，為我們遙相呼應了。大敵當前，我們千萬不可自亂陣腳，必須上下擰成一根繩，以度過當前難關。」

樊噲昂然道：「劉大哥，有話你就儘管直說，我們七幫子弟既然已經決定追隨於你，就已是義無反顧。」其他的六幫首腦也紛紛附和。

劉邦的眼中流露出一絲感激之色，但他知道，此刻並不是表達謝意的時候，當務之急，是如何打敗慕容仙這支大秦軍隊，只有將之擊潰，自己才能最終得到七幫子弟的認同。否則的話，就算不死在慕容仙的手上，他也會被七幫子弟遺棄。

對於行軍作戰，幸而他一點都不陌生，甚至還非常精通。在他的記憶中，似乎很小的年紀就開始學習兵法謀略，迄今算來，足足有二十年的心血浸淫其中，這無疑給了他極大的自信，所以在眾人期待的目光下，他的眼眸中帶出了一股肅殺之氣，緩緩而道：「善戰者，必須能在複雜的局勢下捕捉戰局，不拘泥形式，講求臨場應變。現在我們面臨的形勢就是堅守沛縣必是死路一條，不如以逸待勞，主動出擊，這樣一來，我們必收奇兵之效，可以贏得先機，把握戰局。既然大家如此信任於我，那麼就請大家聽我的號令行事，打贏我們起義之後第一場惡戰！」

他的話說得緩慢，聽在每一個人的耳中，一字一句，異常清晰，不知出於什麼原因，當他們望著劉邦從容不迫的表情時，心裡陡然生出一股不可抑制的戰意，對眼前即將打響的一戰具有勢在必得的決心。

因為他們相信，劉邦是神，不是人，在神、人交戰中，他們沒有理由不相信神不能取得最終的勝利。

這應該是理所當然的事情！

◆

慕容仙能夠為趙高所看重，派往泗水這是非之地擔任一郡之令，不僅是因為他的機智，他的武功，重要的是他善於帶兵打仗。

此刻他帶領著五千人馬有條不紊地行進在這條山路上，非常自信，他相信自己手下戰士的攻擊力，在他的精心調教下，這已是大秦軍中一支不可多得的精銳部隊。

沛縣的形勢已經十分危急，叛亂似乎很難避免，一旦七幫在沛縣發生暴亂，以它們遍佈天下的勢力，必將如星星之火，迅速燎原，如果不能將之扼殺於萌芽狀態，必會出現不可收拾的結果。

這當然不是慕容仙所希望看到的結果，所以他決定在七幫會盟之前趕到沛縣，實施大清剿計畫。

讓他感到詫異的是，張盈與仰止進入沛縣之後，一直沒有消息傳來，這種現象未免有些反常。這兩人的實力他是清楚的，特別是張盈，在入世閣中的排名甚至在他之前，又有方銳等人的輔助，對付一個小小的劉邦應該不算太難，可是連她也消息全無，這不得不讓慕容仙感到了幾分擔心。

不過這些懸念很快就要揭曉了，慕容仙一看兩邊的山勢地形，知道已經到了天府谷。由此地往沛縣，最多不過兩三個時辰的路程，只要他的大軍一到，沒有任何力量可以阻止他進入沛縣。

天府谷處於兩山夾峙之間，山林茂密，地勢險峻，慕容仙指揮著大軍從谷底經過。當他行到半程時，忽然感到這空氣中似有一股異常，讓他勒馬不前。

他的眼芒緩緩地在兩邊密林中劃過，山風吹過，林木俱動，在這種地形之下，一旦有敵埋伏其中，對於慕容仙來說，那是一件非常危險的事情。

「通知各隊，小心戒備，以最快的速度通過山谷！」慕容仙雖然沒有發現異常，但爲了保險起見，他還是發出了命令。

因爲他有太多的作戰經驗，從而感覺十分敏銳。在這種惡劣的地勢之下，誰也無法預料在這深谷密林中潛伏著怎樣的危險，與其提心吊膽，倒不如迅速擺脫，遠離兇險之地。

「嘰……嘰……喳……」慕容仙的命令一出，其聲響徹山谷，驚起了一群飛禽鳥類，撲騰騰地四下飛竄。他心中一驚，待看清之後，不由爲自己草木皆兵的謹慎心態感到好笑。

「曹將軍，據你估計，進入沛縣之後，清剿行動最快能在幾日之內結束？」慕容仙不經意地看了看落後自己幾個馬位的曹參，心中一動，問起這麼一個問題來。

「江淮七幫的實力不容小覷，假如他們結成同盟，上下一心，我們很難在短時間內將之肅清。」曹參沈吟片刻，這才回答道。

「唔！」慕容仙的眉頭頓時鎖緊，感到了事情的棘手：「如果是這樣，我看事情就有些麻煩了。泗水城裡現在只有蕭何率領的一千兵力，萬一張楚軍此時來攻，只怕他很難堅守。」

他似乎還沒有得到陳勝王已然兵敗的消息，這怪不得他的耳目不靈，實因這兩日來他一直在行軍路上，與外界的聯繫相應少了，自然就無法得到最新的戰況戰報。

「郡令的擔憂不無道理，照末將看來，郡令的此次行動還是太倉促了，考慮上欠缺周密。」曹參敢在慕容仙面前這麼說話，可見他在慕容仙心中的地位。

「我這也是無奈之舉呀！」慕容仙並不著惱，反而苦笑一聲道：「我來泗水之前，趙相曾經再三囑咐於我，要我嚴密監視江淮七幫的動態，一旦江淮七幫起事造反，且不說我這郡令是否還能坐得下去，就是我這項上人頭，只怕也難以保全。」

「趙相何以會對江淮七幫如此重視？莫非其中另有蹊蹺？」曹參感到有些不解。江淮七幫畢竟算不上江湖上赫赫有名的大門派，以趙高的身分地位，何以會對一地的局勢這般關注？

「這你就有所不知了。」慕容仙環顧四周，壓低嗓門道：「江淮七幫的前身，都是一些亡國遺民組成的勢力，不僅財力頗豐，而且有一大群忠實的復國之士鼎力相助，勢力遍及三教九流。放在平日，他們當然不足爲懼，充其量也只是江湖上的小幫會而已，但一旦放於亂世，他們的力量釋放出來，就可以成爲誰也不敢小視的一股力量。對於這一點，不要說趙相早有遠見，就連問天樓也早已著手拉攏七幫，希望能爲己所用。」

「問天樓?!」曹參低呼道：「身爲五閥之一的問天樓，居然也看中了江淮七幫的潛力？」

慕容仙點了點頭道：「所以我才會不顧一切地趕往沛縣，就算七幫不能爲我所用，我也不能看著問天樓輕易地得到這股勢力。」

曹參似有所悟，不再言語，跟在慕容仙的身後繼續前行，但是只走得幾步，慕容仙驀然一驚，猛然勒住馬繮，身下坐騎陡然直立，「希聿聿……」地發出一聲長嘶。

數千人倏地止步，曹參的臉上也現出一片驚容。

「怪了，我怎麼心裡老是覺得有點不對勁？」慕容仙近乎神經質地看了看四周，驚詫莫名地道。

曹參一經慕容仙提醒，也感覺到眉鋒一跳，隱生一種不祥的預兆。

「會不會有人在此設伏？」慕容仙回過頭來，望向曹參道。

「這似乎不太可能吧？」曹參搖了搖頭道：「由泗水到沛縣，方圓數百里之內只有江淮七幫有一定的實力與官兵抗衡，而他們就在這兩日內舉行七幫會盟，顯然沒有這個時間。」

慕容仙沈吟片刻，馬上傳令下去，派出十數名探子沿途查探。

這本是早該實施的一項程式，只因慕容仙對自己軍隊的實力十分自負，所以一時大意，忘了這一步了，現在想來，顯然遲了。

「殺呀！」一聲暴喝，倏然來自頭頂。

慕容仙根本來不及有任何反應，便見天空中驀然滾下無數的圓木、巨石，聲勢之烈，猶如奔雷，砸向了自己軍卒的腦袋。

「呀……呀……」慘呼聲此起彼伏，響成一片。巨石、圓木所到之處，遇者立斃，一向訓練有素的官兵在這一刻間亂成了一團，紛紛向山石密林處逃竄。

但就在此時，山林中驟然響起了弓弦聲，數百枝勁箭呼嘯而出，漫入虛空，以電芒般的速度展開了無情的射殺。

幾輪攻擊之後，慕容仙的五千精銳已經折損過半。慕容仙驚怒之下，終於發現了敵人的所在。數千敵人在箭響之後，同時出現在了兩邊的山頂處、密林中，放眼望去，滿是攢動的人頭，借著山勢密林，形成了一個龐大而有效的伏擊圈。

慕容仙大喝一聲：「快退！」正要指揮殘餘的軍隊沿來路而回時，卻聽得「得得……」之聲，一陣馬蹄疾響，在他們的來路之上，閃出一騎，馬上所坐之人，正是劉邦。

劉邦之所以會出現在這裡，是因爲他知道只有天府谷才是最佳的伏擊之地。憑沛縣義軍此刻的作戰能力，不僅缺乏戰略戰術的指導，也缺乏有素的訓練，假若公然與慕容仙的軍隊正面對抗，只能是以卵擊石，不堪一擊。

劉邦深知這一點，所以他壓根兒就沒有想過與慕容仙正面抗衡，而是從一開始就制定了出奇制勝的戰術，而且爲了使傷亡降低到最大限度，他決定充分利用天府谷的地理優勢打一場漂亮的伏擊戰。

慕容仙的臉上一陣抽搐，恨意從眼縫裡暴出：「我果然沒有看錯，你的確是一個天生反骨的逆賊！我只恨自己一時手軟，何以不早點動手將你除去！」

「現在動手也還未遲啊。」劉邦似乎根本不去理會慕容仙的目光，淡淡一笑道：「我是天生反骨的逆賊，和你這條天生忠順的官府走狗本就是天造地設的一對，如果不決一死戰，豈不可惜？」

「如果我不呢？」慕容仙看了看身邊的戰士，計算著自己如果倏然發難，率幾名高手同時出擊會有多少勝算。

他十分清楚自己目前所處的形勢，無論是帶兵向前還是後退，都要付出非常慘痛的代價，但是如果他能將劉邦作爲人質，以此要挾，或許還能得以全身而退。

他還在計算之中，劉邦似乎看穿了他的心思，淡淡一笑道：「我知道你現在在想什麼，奉勸你一句，千萬不要打這個主意，我讓你單挑是給你一個機會，如果你放棄，恐怕會追悔莫及！」

慕容仙冷哼一聲道：「我從來不跟瘋子單挑！」

劉邦洒然一笑道：「也許我在這個時間提出與你單挑，的確是瘋了。其實只要我一聲令下，這亂箭和巨石已足以將你們毀滅，我之所以沒有這樣做，是因爲我同情你身後的數千戰士，不想讓他們作無謂的犧牲。」

他的聲音不高，卻帶有一份真誠，聽得在場的人無不一怔。

「所以我想和你賭上一賭，只要你贏了我手中的劍，我就任你們離開天府谷，反之，只要這些將士願意歸順於我，他們依然可以活命。」劉邦的建議引起了將士們的竊竊私語，當他們望向漫山遍野的義軍時，心中無法不生恐懼。

慕容仙已別無選擇，只能答應劉邦單挑的決戰方式：因爲劉邦用自己將士的生命來套住自己，假如自己不答應，必然會引起軍心嘩變，畢竟誰也不想看到自己的統帥將自己的生命看得一文不值。

於是，他緩緩取出了自己的「無羽弓」，手中扣上了三枚威力極強的烈炎彈。他一定要讓眼前這位狂妄自大的小子見識一下他的成名絕技！

「就讓我再一次領教慕容郡令的無羽弓，請！」劉邦的劍平舉胸前，肅然道。

慕容仙眉鋒一跳，手已離弦，便見三枚烈炎彈若流星般竄射空中，恰似騰雲的惡龍。

「嗖……嗖……嗖……」三枚烈炎彈沿著一種不規則的路線分射三個不同的角度，發出驚人的怒嘯，襲殺向劉邦不動的身軀。

劍，終於出手，自一個玄奧神奇的角度劃出，到了一定的極限，劍鋒一抖，竟然劃出了一道又一道形同滿月的圓弧。

圓弧在顫動中一圈緊接著一圈向外延伸，以劍鋒爲中心，形成一個螺旋型的氣場。

慕容仙的瞳孔驟然變大，彷彿看到了一件不可思議的事情。

只見三枚烈炎彈就在撞入劉邦布下的螺旋氣場時，彷彿遇上了一股強大的吸力，吸力中帶有一股粘性，突然粘住彈體，然後將烈炎彈帶入氣場之外擺動的圓弧中，作緩衝式的運行。

這就像是在一泊寧靜的水面上，有人投擲一顆石子，這水面自然而然就會以石子入水點爲中心，形成一圈一圈的漣漪。而烈炎彈就順著這漣漪的振幅，向外不住地擴張著它運行的範圍。

「『有容乃大』？他難道真與江湖上傳說的那人……？」令慕容仙感到了一陣目眩神迷，頓時讓他感到一股莫大的恐懼漫捲了整個身心。

「轟……轟……轟……」就在慕容仙感到驚懼的刹那，烈炎彈突然脫離了氣場運行的軌跡，撞向了十數丈開外的一片空無一人的密林。

白光耀眼，氣浪襲人，當爆炸發生之際，枝碎、石裂、草折、風湧，虛空彷彿在刹那間變得喧囂不堪，動蕩不堪，猶如發出呼嘯的風暴，又似頃刻崩塌的山體。每一寸空間裡都充斥著千股百股毀滅性的力量，以摧枯拉朽之勢瘋狂地摧毀著虛空中的每一件實體。

在一片目瞪口呆中，天地刹那間靜寂下來，劉邦不動，慕容仙不動，整個天府谷中的上萬人沒有一人在動，除了狂躁不安、嘶聲不斷的駿馬例外。

慕容仙知道，當無羽弓的攻擊變得毫無意義之時，他就已經難以把握勝機了。不過，他還是心存僥倖，還是要放手一搏，於是，他從屬下的手中接過了一杆長矛。

「你還會一些什麼？」劉邦看到慕容仙收起弓彈，緊握長矛時，眼中流露出一絲詫異，問道。

「我會的很多，但總的來說，長矛更對我的性格。」

「呀……」慕容仙陡然一聲大喝，驅動長矛，緩緩地向劉邦貫去。在長矛附近的空間裡，氣流隨著矛鋒的挺進逐漸加強著螺旋式的對流，碰撞出無數個氣旋，使之氣壓逐漸加重。

劉邦的眼睛瞇成了一條線縫，注視著長矛在虛空中推進的速度與變化，突然冷哼一聲，就在對方的矛鋒擠入自己劍鋒所及的三尺之內時，手中的劍化作一陣狂飆，疾射而出。

在谷底暗黑不明的光線映射下，暴射出一道雪白的劍氣，以無聲之勢迎著矛鋒而上，指向了慕容仙的眉心。

誰也不知劉邦所用的是什麼手法，更不知道他看到了慕容仙矛法中的哪點破綻，只感到眼前一花，那道劍芒已經直迫慕容仙的面門，令人感到十分地詭異突然。

慕容仙所要做的，唯有橫矛格擋。

「噹……」氣浪狂湧間，劍矛轟然相擊，慕容仙身形一震之下，連退數步。

劉邦卻不退反進，劍鋒一振之下，幻化出萬千劍雨，籠罩八方。

慕容仙無法不驚，只這麼一下，高低立判。劉邦的功力的確勝他一籌，他唯有長矛揮動，盡力封鎖住對方來劍的角度，以期能擋住劉邦這一連串的狂猛攻擊。

「噹……轟……」之聲交迭不停，劉邦的劍如刀法，由上而下，狂劈十三劍，每一劍都力若千鈞，行如流水，根本不給慕容仙任何喘息的機會。

慕容仙的長矛揮起，完全是出於一種本能，跟著劉邦的節奏而動。最初的幾劍，他似乎還能勉力爲之，到了十招之後，便是手慌腳亂，難以爲繼了。

他只有退，在劉邦的一劍破空之際，他的長矛陡然擲出，棄矛而退。

所以慕容仙沒有一絲的猶豫，飛身後掠了七八丈間，退到了曹參等諸將的身前。

慕容仙驀覺心中一涼，他的背上突然多出了一把快劍，以驚人的速度乍起，沒入身體三寸之後，突然不動。

殺機竟然來自於自己的身後！

他又驚又怒，正要回頭，卻聽到身後一個熟悉的聲音悠然而道：「慕容大人，請勿亂動，我曹參雖然識得你是一郡之令，但我手中的劍卻孤陋寡聞得很，未必就能像我這樣對你如此尊重。」

「曹參，你莫非也想跟著劉邦造反嗎？」慕容仙深深地吸了一口氣，迫使自己冷靜下來，然後才斥責道。

「我可沒有這個膽子。」曹參看了看四周的動靜，早有他的一幫心腹衛隊圍了上來，將慕容仙與其他將士隔離開來。那些將士顯然被這驚人的突變驚呆了，做夢也沒有料到會出現這種局面，臉上無不露出迷茫之色。

慕容仙略一運氣，發覺曹參的劍鋒刺入自己的體內，雖只三寸，卻抵到了經脈所在，只要再進得半寸，自己的氣血便有流瀉之虞，所以他不敢動，甚至連一點動的念頭都不敢有。

「你既沒這個膽量，就不要學人家造反，只要你把劍撤了，我保證對你今日之事既往不咎，還要重重賞你！」慕容仙的語氣已是緩和了不少。

「慕容大人誤會了我的意思，我正是因爲沒有這個膽量，所以才要學著別人造反，好練一練自己膽小的毛病。何況我既已出手，就是義無反顧，你與我相識了也有不少的日子了，難道認爲我曹參是個三心二意的人嗎？」曹參笑了，神情雖然悠閒，但他的手緊握劍柄，不敢有絲毫懈怠。

慕容仙一聽之下，無名火起，冷哼一聲道：「就算你不爲自己著想，也要爲你家人的安危有所考慮，大概你還不知道吧，此次出征之前，我已嚴令蕭何對將校以上的親眷家屬一律看管起來，就是爲了防備你們臨陣生變，想不到竟然被我不幸言中。」

「你真的這麼信任蕭何？」曹參的臉上閃出一個古怪的表情，似是忍俊不禁。

「怎麼？莫非蕭何也是你們的同黨?!」這下輪到慕容仙駭然色變了。

「蕭何不僅是他的同黨，也是我的朋友，其實此次我們行動的計畫裡，蕭何就是最活躍的參與者。」說話的人是劉邦，他雙手背負，踱步向前，站到了慕容仙的面前。

「這麼說來，我豈不是瞎了眼了？」慕容仙頓時一臉沮喪，似乎再也無法承受這一連串的打擊，整個人彷彿垮掉了一般。

「不，恰恰相反，這反而證明了你閱人的眼力著實不差，誰見了蕭何、曹參這樣的人才，都會加以重用的，這不能怪你，要怪，也只能怪他們太優秀了。」劉邦非常欣賞地看了曹參一眼，隨即望向他身後的秦軍——此刻這數千人馬顯然已經沒有了任何鬥志，只能是順其自然，靜觀事態的發展。

劉邦登上谷邊的一個最高點，大手一揮道：「各位賣命於大秦，只是爲了養家糊口，圖個溫飽，這無可厚非。但是今日天下之大勢，已是群雄並起，逐鹿中原，大秦亡國已是指日可待的事情。所謂『識時務者爲俊傑』，假如各位依然爲了一點微薄的軍餉而繼續爲大秦效忠賣命的話，是爲不智！何不乾脆搏上一搏，加入到我義軍的行列，爲日後的榮華富貴拚搏一番？」

他的話音一落，在曹參手下的一幫親衛的附和下，數千秦軍中頓時有人大聲回應，還有極少數人眼見大勢已去，又有強敵環伺，只得隨大流般地加入進來，一時間天府谷中熱鬧一片。

劉邦的臉上露出一絲欣喜，似乎沒有想到事情竟會如此順利。當下召來七幫首腦，將秦軍人馬重新劃分，然後化整爲零，分散安置於義軍各營。

這樣做的好處，在於可以有效地控制這些秦軍，以免生事嘩變。但更重要的一點，也是劉邦的目的所在，是想以這些秦兵爲師，讓手下這幫江湖中人盡快地適應自己軍人的身分，學習排兵布陣、行軍打仗的各項事宜。唯有如此，他才可以在最短的時間內打造出一支屬於自己的精銳之師。手有精兵，才是逐鹿天下的根本。劉邦顯然是深諳其道。

當這一切都井井有條地進行之後，劉邦又下令嚴鎖消息，在泗水郡內的各個交通要道設置關卡，只進不出，以防沛縣起義的風聲傳入大秦密探的耳目中。他現在最需要的，就是爭取時間，在大秦援兵到來之前，不僅有精兵可用，亦有豐富的糧草財力爲後盾。

「傳令下去，大軍回師沛縣，即刻出發。」劉邦望著將近萬人的隊伍，豪情迸發。

當他們離開天府谷時，天色已然暗淡下來，看著垂頭喪氣的慕容仙，劉邦的眼中陡然生出一股濃烈的殺機，對著曹參做了一個殺人的手勢。

他辦事的風格，就是乾淨俐落，不留後患，雖然失去兵權的慕容仙不足爲懼，但對劉邦來說，他的存在依然有一種無形的威脅。

所以在天府谷的戰場上，又倒下了一位大秦的名將。

「樊大哥，劉大哥在這個時候召見我們，究竟出了什麼事？」韓信望著行色匆匆的樊噲，忍不住心中的疑慮，問道。

「我也不太清楚，他只是吩咐我在三更時候引你們去見他，說是有要事相商。」樊噲顯然也不知內情，是以一臉糊塗。

可是當他們隨著劉邦進入到一間密室之後，頓有些愕然，因爲劉邦這次會見不僅避開了蕭何、曹參，甚至連樊噲也不能例外地止步於密室門口。由此可見，他要紀、韓二人待辦的事情必是極端隱秘。

「我找你們二位前來，是經過了一番思慮之後才決定的，畢竟這件事情事關重大，又很是棘手，假如沒有過人的智慧與武功，只怕很難完成任務。」劉邦的臉上非常嚴肅，眼芒緩緩地從二人臉上劃過，將兩人的表情一無遺漏地盡數收入眼底。

「劉大哥，你儘管吩咐，只要是我們力所能及的事情，就絕對不會辜負你對我們的期望！」經歷了一連串的事後，紀空手對劉邦的能力與爲人有了一些了解，心中很是佩服，是以甘心爲他效命。更何況他已經將劉邦視作了自己的朋友。

劉邦滿意地點點頭道：「我之所以選擇你們，還有更重要的一點，就是你們的忠心！只有讓你們去辦，我才放心。」

他沈吟了片刻，方才說道：「你們應該聽說了陳勝王在陳地大敗的消息了吧？」

紀空手爲之一怔，沒有想到劉邦會提出這麼一個問題，陳勝王的張楚軍失敗的消息早已傳遍了沛縣的大街小巷，義軍也正是爲此才會主動出擊，設伏於天府谷，劉邦此刻提起，顯然是另有深意。

果不其然，劉邦頓了頓道：「但是，我得到了一個更驚人的情報，那就是陳勝王兵敗之後，只帶了十幾個親衛，躲到了淮陰。」

「什麼？」紀空手與韓信無不大吃一驚，對他們來說，這無疑是一個具有爆炸性的消息。

「這是千真萬確的消息。此刻淮陰城尚在大秦的手裡，如果我們遲到一步，陳勝王的生命便有可能多一分危險，所以爲了他的安全著想，我們必須馬上派人潛入淮陰，將他帶回沛縣才是。」劉邦顯得非常冷靜，有條不紊地道。

「所以你就找到了我們？」紀空手又驚又喜，在他的心中，陳勝王一直就是他最爲崇拜的偶像，能爲偶像做一點事情，正是他心中最大的願望。

「因爲我們沒有陳勝王確切的落腳地點，淮陰這麼大，要從中找出一個人來，實非一件容易的事情，所以我考慮到你們對淮陰十分熟悉，就只有麻煩二位親自跑一趟。」劉邦盯著紀空手與韓信，正色道。

「這不是問題，能爲陳勝王辦一點事，正是我們的榮幸，明日一早，我們就啓程前往。」紀空手與韓信對視一眼，全無榮歸故里的喜悅之情，倒是異常嚴肅。他們知道，此刻的淮陰城中，必是戒備森嚴，大兵壓境，自己一旦潛入，無異於進入了龍潭虎穴，稍有不慎，便是凶多吉少的危局。

「不！」劉邦一口否認道：「我們現在最寶貴的就是時間，早到淮陰一步，就可早一步找到陳勝王，這樣能把危險降到最低。所以爲了陳勝王的安全，你們必須立刻出發，連夜趕去。」

「可是……」紀空手雖然救人心切，卻還是覺得時間上過於倉促。

劉邦臉色一凝道：「此事只能辛苦二位了，事關重大，此事只能限於我們三人知道，對任何人都不能提及。」

「難道連樊大哥也不能說嗎？」韓信見劉邦如此謹慎，覺得未免有些小題大做了。

「我絕不是說樊噲不可信任，而是此事少一個人知道，陳勝王的安全就愈有保障，一旦走漏風聲，不僅後果不堪設想，我們也承擔不起世人所送的罵名。」劉邦肅然道。

於是紀空手與韓信辭別劉邦之後，連夜向淮陰趕去，雖然他們未知凶吉，心中卻多了一絲莫名的興奮，彷彿喜歡這種挑戰帶來的刺激。

經過一天一夜的長途跋涉，第二天正午時分，紀空手與韓信趕到了鳳舞集，隨便找了一家酒樓打尖用飯。

故地重遊，兩人不約而同地想到了軒轅子的慘死，不禁噓唏不已。若非是偶遇在兵器鋪裡，他們也不能鬼使神差地得到補天石異力。追本溯源，不勝感激。

時值用膳時間，十來張桌子坐滿了人，杯盞交錯，筷箸往來，顯得極是熱鬧。

「紀少，我總覺得有些不太對勁。」韓信看了看四周的環境，壓低嗓門道。

紀空手吃了一驚，因爲他也有同感。其實當他離開沛縣的那一刻起，就一直有這種感覺，只是他一路留心下來，並未發現什麼異常，這才存疑心中，沒有說出來。這會兒聽韓信如此一說，他的這種感覺愈發強烈起來。不由得深吸一口氣道：「我也有同感，看來我們被人跟蹤了！」

「那可怎麼辦？」韓信不由得問道。

紀空手眸子裡閃過一縷殺機，沈聲道：「要想擺脫一個人的追蹤，最好的辦法便是讓他變成死人！」

韓信心神一震，頓時眸子裡邊閃過一絲冷酷之色。

拿定主意之後，紀空手與韓信沒有猶豫，吃完飯迅速離開了鳳舞集。這一次，他們依然選擇了那條逃出淮陰的山路。

紀空手本來可以選擇官道而行，租輛馬車舒舒服服地趕往淮陰，但是想到那股驅之不散的壓力，他就如坐針氈，坐立不安。他必須用非常的手段來尋找到這股壓力的來源！

最好的辦法當然是走這條遠離人群的山路，失去了人群的掩護，對手的武功再高，紀空手相信自己也能從中發現一些蛛絲馬跡。

但是這股壓力實在太過詭異，似有若無，忽隱忽現，彷彿根本就不在一個固定的位置上，而是游離於整個亂石樹木之間。

紀空手心中爲之一凜：「此人的功力之高，只怕便是與劉大哥相比也不遑多讓，根本不是我和韓信二人可以抵擋得了的，看來今日已是凶多吉少，在劫難逃了。」

然而就在他心神一分間，一股形如實質的強大殺氣突然從一蓬亂草中一分而出，向紀空手的身後撲來，其勢之烈，如狂飆直進，令紀空手心中大駭。

他絲毫不敢多想，也沒有猶豫，全力向前衝出，剎那間推移了十丈之距，同時他的餘光向左瞟去，只見韓信亦是如法炮製，齊頭並進，顯然在瞬息之間，兩人同時受到了對方一人的攻擊。

他們的身形極快，已將體內的潛能發揮到了極限，耳邊風聲急響，亂石樹影飛馳後移，而紀空手甚至企圖在飛退中完成高難度的轉身動作，以一睹對手的面目。

但這只是他一廂情願的想法。

自身後迫來的殺氣竟如陰魂不散的幽靈，無論紀空手與韓信向前衝得有多麼迅疾，這股殺氣總是不增不減，無時無刻不在威脅著他們的生命。

紀韓二人心中驚駭若死。

與其如此疲於奔命，不如不逃，靜觀其變，紀空手迅速作出了一個有悖常理的決斷。所以紀空手毫不猶豫地停止前衝之勢，身形橫移六尺，轉過身來。

他算計得不錯，對方顯然沒有奪命之心。當他與韓信的腳步一停時，那股殺氣及時剎住，收斂之下，並沒有向前逼近一寸。

「小子，果然不錯，在如此兇險的局勢下尚能識破老夫的用心，的確是可造之才。」一個渾厚之極的聲音適時響起，倒讓紀空手嚇了一跳，抬頭來看時，只見一個高瘦老者只距他面門不過三尺距離，面相清癯，精神矍爍，人雖長得比竹竿胖不了多少，卻偏偏生就了一副聲如雷霆的大嗓門。

「你……你是誰？何以要開這種玩笑？」紀空手驚魂未定，見對方似乎並無惡意，緊繃的神經頓時放鬆了不少。

那老者微微一笑道：「玩笑？我鳳五從來不開玩笑，如果你們不是見機得快，就只有等著精氣耗盡、脫力而亡的下場。」

「什麼，你說你是誰？」紀空手與韓信同時色變，相望一眼，將目光射在老者的臉上。

那老者眼中流露出一絲驚詫之色，不明白紀、韓二人何以反應會如此強烈，傲然道：「老夫姓鳳，排行第五，你們就叫我鳳五好了。」

第八章　問天武士

「鳳五？」紀空手在嘴上念叨了一遍，隨即尖叫一聲：「你就是問天樓的鳳五?!」

韓信也是一臉緊張，伸手按向了劍柄，雖然他明知對方若是鳳五，拔劍亦是無用，但在潛意識中，他還是做出了這個動作。

他們雖然算是江湖後進，出道未久，但對江湖中的事情並非一無所知，加上這些時日常聽劉邦、樊噲論及江湖上的一些軼聞傳說，是以對江湖中的一些名人並不陌生，此刻一聽來者自報家門，不由心中陡然生寒。

問天樓屹立江湖，已有百年，它的歷史比起江湖中的一些老字型大小門派並不久遠，但風頭之勁，已是當世江湖五大豪門之列，與「入世閣」、「流雲齋」、「知音亭」、「聽香榭」這等豪門堪可齊名，為當世江湖中最為神秘，也是最有勢力的力量之一。

沒有人知道問天樓的樓主是誰，也沒有人知道問天樓的勢力分佈以及門中子弟到底有多少，鳳五身為問天樓中有數的高手，之所以能夠揚名天下，是由於五年前他在燕地故都引發的一場決戰。

當時燕國已亡，但昔日燕太子丹為刺秦而徵召天下英雄，引得燕都武風大盛，數十年不衰。當時在故都中最負盛名的劍客，當數有「七劍會孤星」之稱的劍門高手獨孤殘，據說他一劍刺出，速度直比電芒，可以在瞬息之間衍生七種變化，讓人防不勝防。可就是這樣一位劍術名家，卻在一夜之間突然暴亡，就死在燕都鬧市大街之上。

這段江湖公案頓時引起萬人矚目，更有好事者親臨現場勘查，發現獨孤殘竟是被劍一擊致命。

這的確讓人有些不可思議，也更具轟動效應。因爲獨孤殘本就是以劍術揚名的劍客，一向對自己的劍法非常自負，孰料竟不敵兇手之一劍，由此可見兇手在劍術上的造詣遠勝於他。當時衆多劍術名家因此會聚，通過對劍痕的研究以及對創傷的解剖，希望能得出這一劍的來歷與背景，但是，最終卻沒有定論。

直到衆人移開獨孤殘的屍首之時，有人才驚奇地發現，在獨孤殘身下的石板上，赫然有以手指刻劃的九個大字——殺人者問天樓鳳五也！

如此一段充滿豪氣的傳奇，曾經讓紀空手與韓信爲之拍案擊掌，可是他們萬萬沒有想到，演繹出這段傳奇的人物，竟然會用這種方式與他們見面。

「你們聽說過我的名頭？」鳳五眼見二人一臉疑惑，微微一笑道。

「豈止聽過，簡直是如雷貫耳！」韓信嘻嘻笑道：「但是這年頭常有掛羊頭賣狗肉的事情發生，騙子多得很，我們哪裡辨得出真假來？」

鳳五並不著惱，淡淡道：「老夫這點薄名，哪裡值得別人仿冒？兩位小兄弟這麼說話，倒是高看了我。」說到這裡，他看似無神的眼眸陡然一亮，眼芒暴閃而出，儼然是一派高手風範。

紀空手忍不住打了個寒顫，心中暗道：「以鳳五的功力，我與韓信縱算拚盡全力，也未必能占得半點便宜。現在當務之急，還是先要搞清楚他是友是敵，再作打算。」

當下他不顯慌亂，看了韓信一眼，示意他不可輕舉妄動，然後才恭恭敬敬地行了個禮道：「鳳前輩……」

鳳五大手一擺道：「『前輩』二字，休要再提，鳳五可擔待不起。老夫此行前來，原是欲向二位小兄弟相求一事，只要二位答應，那麼從今往後，你們就是我鳳五的朋友，老夫豈敢以『前輩』自居？」

他名氣不小，但卻對紀、韓二人謙恭平和，絲毫不顯恃強欺弱之心，頓讓紀空手平添幾分好感，道：「鳳先生武功高強，劍術一流，試問天下間還有什麼事是你辦不到的？你這麼說話，倒是折殺我們了。」

「非也，非也，老夫此次前來，的確是誠心請教，絕無半點嬉戲之言。」鳳五一臉肅然道：「普天之下，能夠解答老夫心中疑惑的，恐怕非二位莫屬了。」

紀空手渾身一震，隱約猜到了鳳五的來意，不由在心中暗叫一聲：「麻煩來了。」當下與韓信相視一眼，默不作聲。

鳳五眼芒一掃，環顧四周之後，這才壓低嗓門道：「老夫此來，不為別的，正是為了玄鐵龜的下落而來，不知兩位小兄弟能否開啓金口，賜告於我？」

他臉上依然帶著一絲微笑，眼眸中卻綻露寒光，紀空手與韓信一驚之下，已知來者不善。

紀空手心中陡然一沈，暗忖道：「玄鐵龜落入我的手中，這個秘密知者甚少，這鳳五是從何得知？」他心中生疑之下，不由暗暗叫起苦來。始知這玄鐵龜雖然帶給了自己非同一般的玄奇異力，但也同樣給自己帶來了不同尋常的麻煩，所謂福兮禍所伏，說得一點不錯。

鳳五是何等聰明之人，一眼望去，已看出了紀空手臉上的猶豫，不由輕哼一聲道：「二位想來是不想見告嘍？」

紀空手看到了鳳五眼中的殺機，反而鎮定了下來，道：「不是不想見告，實是無可奉告，倒不知鳳先生是從哪裡聽來的謠傳？竟然這般容易輕信。」

鳳五的臉色陡然一沈，道：「我鳳五既然從沛縣一直跟蹤下來，若是沒有可靠的消息，老夫豈會這般勞累奔波？我奉勸二位一句，還是乖乖地將實情說出來，否則老夫認得二位，但老夫手中的劍可認不得二位！」

「如果真有什麼玄鐵龜，我們現在還會怕你嗎？」紀空手提出了一個有趣的問題，換作別人，也許會認為這很有道理，但鳳五顯然深知二人的底細，冷笑一聲道：「如果不是玄鐵龜，你們現在充其量也不過是流浪街頭的小無賴，哪裡會有這一身雄厚的內力？更無資格這般與老夫說話！告訴你們，千萬不要敬酒不吃吃罰酒，惹惱了老夫，讓你們吃不了兜著走！」

「那我就無話可說了。」紀空手不知從哪裡生出一股勇氣，眉鋒一跳，夷然不懼，與鳳五咄咄逼人的眼芒悍然相對道：「既然鳳先生認為玄鐵龜就在我們身上，那就請搜吧！只是如果鳳先生一無所獲的話，是否應該給我們一個交代？」

他雙手一攤，擺出一個架式，坦然面對鳳五的搜查。

鳳五沒有想到紀空手會如此大方地讓自己搜身，有些出乎意料之外，這倒讓他心中生起疑來，冷笑道：「你們當老夫是三歲孩童嗎？這麼容易受騙。照老夫來看，玄鐵龜一定被你們藏到一個隱密的地方，根本就不在你們的身上！」

紀空手啞然失笑道：「鳳先生的想像力著實豐富，世人傳言，說鳳先生的劍術乃天下一絕，今日看來，只怕鳳先生無中生有的手段更勝劍術，哈哈哈……」

「你竟敢戲弄老夫?!」鳳五顯然氣極，臉上紅一陣白一陣，青筋突現，極是嚇人，牙齒已是咬得咯咯直響。

「你如此無理取鬧，不要說笑你，就是罵了你，你也是活該自找。」紀空手似乎已經豁出去了，一臉不屑地道。

「好，有骨氣！」鳳五的臉色一片鐵青，喝道：「你們既然行走江湖，也算得上是同道中人，不如我們就按江湖規矩辦！」

「什麼規矩？先說來聽聽，免得我們上當。」紀空手毫不示弱，彷彿已將生死置之度外。

「老夫行走江湖數十年，從來不肯吃虧，也不想輕易占人便宜，不如你們二人聯手攻我，以三招爲限，只要你們接下了老夫三招，老夫便任由你們離去，絕不阻攔。否則，你們就乖乖地跟我走，直到說出玄鐵龜的下落爲止。」他有心想露上一手，震懾對方，然後再軟硬兼施，威逼利誘。對他來說，一生對敵，從不留情，而如今這樣委曲求全，實是爲了玄鐵龜的下落，否則換作平時，只怕他早已大開殺戒了。

「那我們就一言爲定。」紀空手傲然而道，他明知合自己二人之力，要真的對付起鳳五來，殊無把握，但他生性痛恨強權欺壓，更恨人持強凌弱，只要別人愈是威逼，他就愈是不會輕易屈服，寧可拚得一死，也絕不受人欺凌。

他話音一落，已退出兩丈開外，與韓信並肩而立。面對鳳五這等級數的高手，他們明知必是一場惡戰，卻夷然不懼。

相峙間引發的殺機，擠進了他們相峙的每一寸空間。紀空手與韓信對望了一眼，心意相合之下，同時感到了在鳳五身上透發而出的勢如山嶽橫移般強大的殺氣。

鳳五之所以敢以三招爲限，就是想在氣勢上徹底壓垮對方，讓紀、韓二人的心理無法承受，從而在精神上導致崩潰。只有這樣，才能讓紀、韓二人對他生出臣服之心，從而利誘威逼，讓二人說出玄鐵龜的下落。

對於玄鐵龜，他是勢在必得，否則他根本不會從千里之外趕來，接受這項看似輕鬆實則艱難的使命。

紀空手輕輕地歎了一口氣，臉上多少帶出了一些無奈的味道，就在鳳五認爲對方行將崩潰的剎那，紀空手已然出手。

「轟……」在踏出見空步的同時，紀空手將全身的勁力提聚掌心，在瞬息間爆發而出，向鳳五的面門狂湧而去。

他的表情十分逼真，使得他的出手更具隱蔽性與突然性，隨著他神奇迅疾的腳步，這一拳完全達到了以奇制敵的效果。

與此同時，韓信手腕一振，一道電芒擠入虛空，緊緊地追隨在紀空手的拳風之後，刺向了鳳五的胸口。

鳳五的心中也是吃了一驚，似乎沒有想到紀空手與韓信不僅內力十分雄渾，就連武功招式上也有讓人咋舌的表現。不過，他只是吃了一驚，並沒有急著動手。在他的眼中，紀空手與韓信的動作雖快，角度也十分精妙，但要對他構成威脅，只怕還是一廂情願。

倒是紀空手踏出的見空步法，讓鳳五「咦……」了一聲，頗爲驚訝，心中暗道：「這步法精妙絕倫，每一步踏出，都讓人匪夷所思，猶如鬼斧神工般玄奇，難道說這就是玄鐵龜中記載的武功？」

他一心想得到玄鐵龜，是以看到這種一流的步法，難免有些聯想，當下也不出手，雙手背負，向後連退三步，似乎有心想見識一下紀空手這步法的奧妙所在。

他這三步退得猶如閒庭信步般悠然從容，衣袂飄飄，瀟灑至極，在有意無意間化去了一拳一劍的攻擊。紀空手心中大駭之下，陡然喝道：「這算不算是一招？」同時旋身一轉，手中已多出了一把七寸飛刀。

「就算你一招。」鳳五冷然一笑。

他略一運勁，渾身骨節「劈哩叭啦……」發出一陣驚人的暴響，衣衫起伏鼓動，裡面的肌肉跳動不止，顯得聲勢嚇人。

他正要迎前出手，卻又「咦……」了一聲，顯得甚是驚奇，再退三步。

他這三步退得絕非情願，而是必退的三步。原來就在他行將出手之際，倏然發現韓信刺來的一劍雖然平平淡淡，毫無出奇之處，但在紀空手七寸飛刀的配合下，幾近天衣無縫，這不由得不讓鳳五刮目相看。

直到這時，他才知道這兩位少年並非如自己想像中的那般簡單，甫出兩招，竟然引起了他發自內心的兩次驚詫，可見這二人的實力的確讓人不可小視，同時也更讓他對玄鐵龜存有必得之心。

當他醒悟到這一點時，驀然發現三招之約只剩下最後一招了。

所以他毫不猶豫地拔劍，「鏘……」地一聲，如一道戰鼓聲般劃破了這山野間的寧靜。

劍出，寒芒暴閃，光影似電，數丈空間彷彿在一剎那間凍結凝固，只有那劍中帶出的殺氣在瘋漲，強行擠入這漫漫虛空。

紀空手與韓信頓有冷汗冒出，同時感到了對方這一劍中帶出的驚人壓力與無限殺意。鳳五笑了，得意笑了，因爲他看到了對方蒼白的臉色和那近乎無助的眼神。在看到他的劍之後還能保持心神守一的人，當世之中本就不多，紀空手與韓信的反應在他的意料之中。

紀空手暴喝一聲道：「韓爺，我們拚了這一招吧！大不了與他同歸於盡！」人借這一吼之勢，突然發力，與韓信的劍鋒裹挾在一起，七寸飛刀如一道疾雲般直湧而出。

鳳五驚詫之下，心中暗驚：「他們得到玄鐵龜不過短短兩三個月時間，卻有如此驚人的表現，可見江湖傳言非虛。我若得之，豈非真的可以無敵於天下？」他的心情一陣亢奮，手腕微振間，一道青虹乍現虛空。

紀空手的心一下子被什麼東西揪得極緊，一種空蕩蕩的失落感如高空墜石般沈入心底。

他知道自己敗了，但便在此時，他陡見一道亮光自側方閃過。

「叮……」就在鳳五感到勝利在望之際，驀覺一股強大的力量不知從何處而來，襲上自己的劍身，令他的手臂一陣酸麻，身體不由自主地向後倒翻一圈，落地不動。

他一眼望去，便看到了虛空中多出了一把劍！

這是一把平空而生的劍，快得簡直不可思議，就在鳳五擠入紀、韓二人氣場一尺範圍時，這把劍成功地阻截了鳳五霸烈無比的劍勢。

而劍的主人身形絲毫不作任何的停滯，一手抓過紀空手來，制住其手上穴脈，向一片密林狂奔而去。

來者意在紀空手，而非鳳五。

正所謂螳螂捕蟬，黃雀在後，等到鳳五明白了這個道理之後，已然遲了一步。

他心中無名火起，一縱之下，已在半空，手中的劍鋒一振，幻化出萬千劍影，照準來人的後背疾刺而去。

像這種橫刀奪愛的事情，鳳五這一生不知做過了多少，卻從來沒有想過別人也會以其人之道，還施於其人之身，是以當敵人陡然出現時，當真是出乎他的意料之外。

紀空手也絕對沒有想到在這荒蕪人煙的山崗之上會有人事先設伏，是以事發之初，他連正常的反應都沒有，就已經受制於人。

「呼……」劍鋒破開虛空形成的道道氣旋，聲勢驚人，鳳五的這一劍，幾近全力。

「呼……」密林外的一片茅草叢突然在這一刻間炸開，隨著碎石泥土的飛襲，隱隱帶出了一股令人銷魂般的香風。

鳳五再驚，不僅驚懼於敵人的偷襲，更驚懼於這突然而至的香風。他的第一個反應就是閉住呼吸。

「蹬蹬……」他的腳步旋身而動，斜閃數步，從這股香風的側端避讓過去，同時身形不顯呆滯，依然直進。

就在鳳五與香風擦肩而過的剎那，他的耳朵突然有一陣輕微的翕動，聽到了一種近似於蟲蟻之聲的機括啓動聲。

「嗖……」他毫不遲疑地貼地而滾，鑽入草叢，只聽得幾聲強勁的呼嘯之聲貼著他的頭皮飛擦而過。

雖然讓他逃過了一劫，但等他站起身時，卻發現那人已挾著紀空手奔出了數十丈遠，其速之快，如箭矢標前，鳳五有心想追，卻已是不及。

而那一縷香風由濃轉淡，游離於鳳五的鼻息之間，驚悸之下，鳳五看到十數丈外的草叢一分爲二，一條快速移動的影子飛速向前，剖開一片草浪，不斷地延伸而去。

目睹這陡然而起的驚變，鳳五心中感受著這陡然而生的失落，不過對他來說，幸好還有韓信在手，也算不虛此行。

當他如寒冰般冷峻的眼芒盯住那漸去漸遠的身影時，突然心裡一亮：「方銳，只有方銳才會對自己的劍法如此熟悉，從而設下了有所針對的伏擊！」

◆

鳳五猜的一點不錯，挾走紀空手的正是方銳，作爲入世閣有數的高手之一，方銳的武功在江湖上也是大大有名的。

而那一縷香風的主人，又會是誰？鳳五心中冒出了一個答案，一想到她，鳳五驀覺自己的呼吸也變得有些急促起來。

入世閣與問天樓同爲江湖五大豪門，一向是道不同不相爲謀，雙方勢力相當，紛爭百年不息，算得上是一對冤家宿敵。這方銳與鳳五卻是淵源極深，曾經互有交手，旗鼓相當，在劍術上倒是誰也不遜於誰。

原來，張盈與方銳的沛縣之行，受慕容仙之托襄助章窮只是他們順帶的一項任務。他們行動的重心也是爲了玄鐵龜的下落而來！當卓石與丁宣死在玉淵閣時，張盈與方銳便意識到沛縣竟是臥虎藏龍之地，人與事都遠非他們事前想像中的那般簡單。

於是他們憑著自己對危機的敏感，當機立斷，將自己的行動轉入暗處，以便從中發現玄鐵龜的真正下落。

經過多方查證之後，他們最終將目標鎖定在了紀空手與韓信身上。只是因爲這兩人身在義軍重地，戒備太嚴，他們一時沒有下手的機會，是以才躲在暗處，等待時機。

所謂皇天不負有心人，就在他們耐心等待之際，終於發現紀、韓二人離開義軍隊伍，連夜趕往淮陰，而在他們的身後，竟然多出了一個鳳五。

對於鳳五其人，無論是張盈，還是方銳，都不會過於陌生。身爲問天樓刑獄長老的鳳五，竟然出現在了千里之外的沛縣，這不得不讓張盈與方銳對鳳五的動機有所懷疑。

事實證明了他們對鳳五的懷疑十分正確，同時也證明了他們確定的目標沒有出現原則性的錯誤。只是礙於鳳五本身的實力，他們慎之又慎，精心佈置了這場伏擊，等到鳳五甫一出手的刹那，方銳才現身一擊，擄走了紀空手。

他之所以帶走紀空手而不是韓信，當然是因爲紀空手的見空步的確精妙神奇，讓他開了眼界，從而使他認定見空步必是玄鐵龜中記載的武功之一。在二者只能擇其一的情況下，他首選的目標只能是紀空手。

紀空手面對這一連串的驚變，幾乎沒有作出任何的反應，他只覺得自己身上的幾處穴道被制之後，渾身上下彷彿被什麼東西禁錮了一般，只能任由方銳挾於腋下，一路狂奔。也不知行了多少山路，終於在一條滔滔大江之前止步駐足。

「你是誰？」紀空手只覺氣血一陣翻湧，好不容易調勻呼吸，艱難地問道。

方銳猛然一驚，差點失手將紀空手摔在地上。

方銳壓根兒就沒有想到紀空手能在自己重手點穴之下還能開口說話，雖然當時時間倉促，但方銳自信自己認穴點穴的功夫絕對不會出現任何偏差，一經施出，如果沒有十二個時辰的時間，穴道根本無法自解。

可是此時最多只不過過了四五個時辰，紀空手就能如常人一般說話，這不得不讓方銳心驚之下，對他刮目相看。這只能說明紀空手身負的內力遠比他想像中的雄渾，而且與自己所知的各門各派的內力迥然有異，不可以常理度之。

他將紀空手放在地上，力聚指間，若行雲流水般點戳幾下，解開穴道。

在解穴的同時，方銳心中一驚，只覺入手處有一股大力衝擊著穴道受制之處，生機旺盛，猶如潮湧，自己的內力所向，皆有反彈跡象，震得自己的指尖微微發麻。

「在下方銳，只因事情緊急，這才多有得罪，無禮之處還望莫怪。」方銳抱手施禮，微微一笑道。

「這個名字實在陌生得很，難道說你我以前從未見過？」紀空手一臉糊塗，在他的記憶中，根本就想不起來自己認識的人中還有這麼一號人物。

「的確如此。」方銳見他一臉迷惑，忙道。

紀空手緩緩站將起來，還禮謝道：「這麼說來，前輩是路見不平，拔刀相助了。我乃淮陰紀空手，救命之恩，不敢言謝，異日有緣再見，我當湧泉相報。」

他心繫韓信的安危，勉力走得幾步，又跌倒在地。

方銳將他扶起道：「你此刻穴道剛解，體內的真氣猶有受窒之感，不宜走動，還是靜下心來，歇息一會吧。」

「可是我與韓信是出生入死的朋友，怎能眼睜睜看著他落入虎口而不救呢？」紀空手掙扎了幾下，一口氣接續不下，氣喘連連。

方銳沒想到紀空手雖然年紀不大，卻是義薄雲天，對「義」之一字這般看重，不覺微有詫異之色。

「我有一句話，不知當講不當講？」方銳沈吟片刻道。

「前輩但說無妨。」紀空手見他如此客氣，心中頓生幾分好感。

「『前輩』二字，未免言重，方銳可不敢當，我只是受一位朋友之托，一路緊隨你們，原是為你們的安全著想，絕無惡意。若非看那鳳五劍術厲害，可能危及到你們的性命，方某只怕也不會貿然出手了。」方銳緩緩而道。

「朋友？」紀空手微微吃了一驚，他的腦海中頓時湧上了劉邦與樊噲的影子。

「是的，這位朋友甚是關注二位，再三囑咐，要方某保證你們的安全，方某幸不辱命，救出你來，也算是不幸中的萬幸了。」方銳思及在山崗上出手救人的一幕，至今尚心有餘悸。

「難道說你這位朋友竟是劉邦劉大哥？」紀空手脫口而出，因為他發現方銳的武功高明得很，似乎不在劉邦之下，更在樊噲之上，以常理推之，他的朋友應該是劉邦的可能性更大一些。

方銳笑而不答，這更讓紀空手相信自己的判斷不差。

「這位朋友是誰並不重要，重要的是，你能夠把我當作朋友，明白我並無歹意，這就足夠了。」方銳顧左右而言他。接著分析起韓信此時的處境來：「至於你那位名為韓信的朋友，他的人既然落在了鳳五之手，擔心已然無用，不過所幸的是鳳五有求於他，自然不敢對他有什麼傷害，所以我可以斷定，在短時間內，韓信的性命不會受到任何威脅。」

紀空手見他說得有理，一顆心頓時放了下來。加上他有先入爲主的思想，既然認爲方銳是劉邦的朋友，也就信任有加，當下問道：「那我們現在應該怎麼辦？就算韓信能夠大難不死，終究活罪難逃，我只有儘早將他救出，才不枉我與他兄弟一場！」

方銳騙得紀空手的信任，心中暗喜，當下假裝沉吟了片刻，方才答道：「紀兄弟如此講情重義，正是我輩性情中人，方某真是欽佩不已。不過想那鳳五畢竟不是泛泛之輩，算來亦是江湖上屈指可數的高手，要想從他的手中救人，無異於虎口奪食。」

「這麼說來，豈不是救人無望了嗎？」紀空手的眼中盡是著急之色。

「如果憑你和我這點力量，的確很難。但是我幸好還有一個朋友就在附近，假如有我出面相求，以此人的武功，對付鳳五綽綽有餘，自然就可大功告成。」方銳微微笑道。

「那麼就有勞前輩了。」紀空手大喜之下，連連拱手稱謝。

方銳抬頭望望天色，只見天近黃昏，紅日西去，彩霞漫天，距天黑尙有一兩個時辰，當下從懷中取出一管煙花之類的物事道：「你也不必心急，只要到了天黑時分，我將之拋上空中，不出一個時辰，我這位朋友就會火速趕來。」

紀空手奇道：「這是你和你那位朋友事先約定的聯絡暗號嗎？」他行走江湖的時間不長，是以對江湖中的一些東西陌生得緊，難免心生好奇。

方銳點了點頭道：「正是。」

紀空手拿在手中觀玩片刻，突然「哎呀……」一聲，叫了起來。

方銳一臉緊張，向他望去。

「我想起一樁事來，就算你這位朋友趕將過來，天下之大，我們又去哪裡才能找到鳳五的下落？」紀空手顯然意識到了問題的嚴重性，眉間緊鎖，一股憂慮之色密布眉梢。

「對別人來說，這的確是一個難題，但只有我是一個例外。」方銳啞然失笑，然後才肅然而道：「因爲在這個世上，沒有人比我更了解鳳五的生活習性了。」

「哦？」紀空手心中大奇，愕然道：「何以竟會這樣？」

「因爲他就是我唯一的同門師兄弟。」方銳的這一句話仿如平空響起的霹靂，震得紀空手目瞪口呆之下，連連倒退。

這的確很出人意料，難怪紀空手的表現會如此失態。

「不過，他與我雖然同出自一個師門，卻既非兄弟，也非朋友，倒像是同行在一條路上的陌生人。我們之間除了同門學藝之外，其他的時間從不往來，這也許與我們的性格與興趣迥然有異大有關係。」方銳的解釋讓紀空手出了一大口氣，但讓紀空手感到詫異的是，就算他們個性不合，不至於形成今天這種敵對的關係，難道其中另有隱情？

方銳讀出了紀空手眼中的疑惑，輕輕地歎息一聲道：「但是不管如何，個性上的差異絕不至於讓我們之間水火不容，造成我們決裂的真正原因，還是因爲一個女人。」

「一個女人？」紀空手咕嚕了一句，似乎有些明白了其中的原因。

「是的，一個高貴而美麗的女人，在一個偶然的機會裡，我和鳳五同時認識了她，三年之後，她嫁給了鳳五，而我則從師門出走。從那一天起，我與鳳五就勢同水火，恩斷義絕，再也沒有半點同門之誼了。若非如此，他刺向你們的那一劍如此霸烈，如果不是我識得劍路，又怎能在倉促之間救得了你？」他說話之中，眼眸裡閃過一絲柔情，彷彿又勾起了他對往事的一些回憶。而在紀空手的眼中，方銳臉上表現出來的恨，遠比他心中的愛意要多。

愛與恨看似矛盾，卻往往是一對同胞所生的怪物，沒有愛，哪來的恨？恨的由來，本身就源自於刻骨銘心的愛，所以方銳如果不是對這個女人愛之深，又怎會對奪走她的鳳五恨之切？世間的男女情愛，本就如此。對於從未愛過的紀空手來說，看在眼中，心中自然糊塗，根本就無法理解方銳此刻的心境。

「在你看來，韓信在鳳五的手上，真的在短時間內不會出事嗎？」紀空手眼見方銳的臉色漸漸恢復常態，這才問道。

方銳不答反問道：「你想過沒有，鳳五從千里之外趕到沛縣，專門找上你們，最有可能的原因會是什麼？」

紀空手深深地看了他一眼，然後才遲疑道：「我想應該與玄鐵龜有關。」

方銳的眼睛一跳，閃出一絲驚喜道：「那麼這玄鐵龜真的在你們身上嗎？」

「不在，當然不在了。」紀空手搖了搖頭道：「它早就不存於世了，留在世上的，就只剩下這一枚小圓石。」

說著他從懷中取出那枚補天石，遞到方銳的手中，方銳的臉上沒有任何表情，似乎對紀空手的回答早在意料之中。但紀空手卻不知，他所說的雖無半句虛言，可世間根本無人會信，鳳五不會，方銳不會，連劉邦與樊噲也不例外。

「既然玄鐵龜不在韓信的身上，那麼韓信就不會有性命之憂。在鳳五看來，玄鐵龜遠比韓信的性命要有用得多。只要韓信不死，他就還有得到玄鐵龜的一點希望，假如殺了韓信，他連這點希望也沒有了。以鳳五的頭腦，當然不會想不到這一點。」方銳的目光緊緊地盯著紀空手的臉，緩緩而道。

紀空手沈默半晌，抬起頭道：「如果韓信真的可以保住性命，那麼這件事情反而不急，我想在找他之前，先去一趟淮陰。」

他此刻的心裡，記掛起陳勝王的安危。畢竟此次他們的任務，就是為了陳勝王而來，假如陳勝王萬一有個三長兩短，那麼他無疑就是千古罪人了。

經過這短暫的接觸，他對方銳的防範之心減少了許多。如果方銳真的是劉邦的朋友，那麼有了他的襄助，找到陳勝王的概率自然就會大大增加，所以他思量再三，覺得自己應該冒險一試。

「這也是我和韓信此行的任務，無論如何，我都必須要完成它。」紀空手見方銳為之一愣，滿臉莫名，於是解釋道。

「我能知道這是一項什麼任務嗎？」方銳問道。

「當然可以。我既然這麼說，就不打算向你隱瞞。」紀空手遲疑了一下，接道：「我要去找一個人，一個非常重要的人，如果他因我的緣故發生了什麼不幸，我將會抱憾一生。」

「他是誰？」方銳看到紀空手一臉肅然，更生出一種渴望揭開謎底的迫切。

紀空手環顧四周之後，這才壓低嗓門道：「陳勝王！」

方銳一怔之下，突然笑了起來：「誰說陳勝王人在淮陰？這絕對是一個謠傳。據我所知，陳勝王早在半月之前就戰死於陳地，這可是千真萬確的消息。」

「什麼？」紀空手大吃一驚，根本不敢相信自己的耳朵所聽，追問道：「怎會這樣？這不可能！」

方銳道：「陳勝雖然在陳地稱王，擁兵十萬，但他面對的對手乃是大秦名將章邯以及四十萬訓練有素的大秦軍隊。覆剿之下，安有完卵？陳勝怎能從大軍的重重包圍之下逃出陳地，來到淮陰？況且陳勝一死，章邯將他的人頭懸掛於陳地城門，示眾三日，天下盡知，他又怎麼可能死而復生，出現在淮陰城中？」

他的每一句話傳入紀空手的耳際，都讓紀空手的心爲之一跳，感到一種莫名的恐慌。他此刻的心裡只有一個念頭，那就是如果方銳所說的全然屬實的話，那麼劉邦就在撒謊！難道說劉邦的消息來源有誤，才導致了他出現判斷上的錯誤？

他的頭腦突然之間變得很亂，猶如一團亂麻纏繞，半天理不出頭緒，只是將目光緊盯在方銳的臉上，企盼能從中找到正確的答案。

「你可以不相信我，但不能不相信事實，只要你跨出泗水郡內，一切自然就會真相大白了。」方銳說得極有把握，由不得紀空手不信。

紀空手的心中生出了一個偌大的謎團，始終將自己處於一種迷糊的狀態下，渾渾噩噩，不能自已。一陣涼爽的江風拂過，令他猛地打了一個機伶，驀然忖道：「我又何必在這上面糾纏不清？在劉邦與方銳之間，肯定有一個人在撒謊，誠如方銳所言，只要出了泗水，我找人打聽一下，自然就會真相大白。」

思及此處，他突然問道：「如果我所料不錯，方先生未必是劉邦的朋友吧？」

方銳絲毫不驚，微微一笑道：「我還是那一句話，我是誰的朋友並不重要，重要的是我所做的一切，全是爲了你好，這就足夠了。」
紀空手深深地看了他一眼，淡淡笑道：「在事情還沒有弄清楚之前，我誰也不敢相信。」
方銳道：「正該如此。」他此刻並不擔心紀空手心起疑慮，只要紀空手還在他的掌握之中，他就不怕沒有得到玄鐵龜的機會。
他卻不知，紀空手比他更顯悠然。因爲玄鐵龜已然毀去，他才不怕別人打它的主意，正所謂「光腳的不怕穿鞋的」，看誰耗得過誰。
兩人各懷鬼胎，互相揣摩著對方的心理。眼看天已黑盡，方銳點燃手中的煙花，便聽「嗖……」地一聲，一道耀眼的光芒向天空直射而去，衝高至數十丈處，「啪……」然一聲迸散開來，煙花閃射，形成一個巨大的傘形，滯空片刻，這才消失於蒼穹暗黑的夜幕之中。
「你能肯定你那位朋友一定會來嗎？」紀空手問道。他幾次想入水開溜，但方銳卻有意與無意間擋住了他逃離的路線，使他難尋機會。
「當然，我這位朋友最講信用，一看到煙花，必然會在最短的時間內趕赴過來。」方銳道。
過了半個時辰之後，忽然江面上傳來呼呼的風帆聲，船頭破水前行，其速甚快，紀空手借著暗淡的夜色眺望過去，便見一艘雙層四桅的豪華巨舫沿江而來，巨舫燈火通明，照紅了江邊江面，聲勢之大，真是非富即貴。
紀空手心中暗驚道：「這顯然是方銳的同夥，看這架式，絕非是江湖中一般的人物，我若想從他們的手中逃走，只怕並非易事。」
卻聽方銳笑道：「我這位朋友最是熱心不過，爲人仗義，又肯結交朋友，待會兒你可要和他多親近親近。」

紀空手無機可逃，也不著急，而是以平和的心態道：「那是當然，像這種非富即貴的朋友，我一向是來者不拒，日後真到了走投無路之時，也可以多一個借錢的地方。」

「紀兄弟又在說笑了。」方銳的眼芒在他的臉上一掃道：「以你的天賦資質，要想求得一份榮華富貴還不是手到擒來之事？只要你想要，這種機會遍地都是，又怎會淪落到向人開口借錢的地步？」

「哦？我原來還有這種能力，這我自己倒一點沒有看出來。」紀空手淡淡笑道：「我只記得我長這麼大，向人開口借錢是家常便飯的事，別人向我借錢，卻是一次也沒有，想必是沒有人會向比自己更窮的人開口的緣故吧。」

兩人閒聊之際，巨舫已泊岸江邊，船頭上有人聲響起：「岸上是方先生嗎？」

「正是在下。」方銳忙高聲答道。

「我家主人有請方先生上船。」船頭那人恭謹地道。

「多謝！」方銳抓住紀空手的手臂，突然腳下發力，將腳尖一點，人已縱上半空，如蒼鷹般橫掠兩丈水面，穩穩地落在甲板之上。

紀空手心中驚道：「方銳的武功如此了得，他的同夥想必也不會弱，我此番可真叫上了賊船了。上船容易，要想下船只怕比登天還難。」

他順眼瞧去，只見這大船雖然面積不小，密密麻麻的大紅燈籠掛了一船，但船面上卻只有幾條人影晃動，根本無法看清敵人的虛實。他不由得暗暗提醒自己，不到情非得已時，千萬不可妄動。

船頭那人引得方銳、紀空手進入艙房大廳，喚來侍婢，奉上香茶，然後恭聲道：「方先生稍坐片刻，小人這就去向主人稟報。」

紀空手由衷贊道：「一個僕人，已是如此彬彬有禮，可見這主人的風采一定差不到哪裡去。方先生，看來你這位朋友不但有錢，想必還是風雅之人。」

他平生第一次見到如此富麗堂皇的佈置，心中著實豔羨，若非明白自己身處危局之中，他倒有心盡情享樂一番。

方銳將紀空手的表情看在眼中，微微一笑道：「紀兄弟的眼力著實不錯，我這朋友姓張，雖然武功高強，卻非江湖中人，而是世代商賈，富可敵國，像我這等窮鬼能夠結識到這種朋友，想來也是機緣使然。」

紀空手心中冷哼一聲，並不道破，喝了一口香茗，剛要開口說話，便見剛才說話的僕人又復出現道：「我家主人此刻在百樂宮設宴，二位請隨我來。」

◆

二人行入百樂宮。只見堂前端坐著一位長相極是秀美，皮膚白淨，幾如女子的中年人。

「方先生光臨，真是讓此地蓬蓽生輝呀！」那中年人見方銳介入，立刻大步迎上笑道。

「張先生客氣了，上次來此樂而忘返，是以，今日又來打擾了！」方銳並不見外。

張先生與方銳同時大笑了起來，然後在方銳的介紹下，與紀空手互通了姓名，然後叫來隨從道：「今夜既有貴客光臨，設宴百樂宮，只求與諸君一醉。」

方銳的眼神陡然一亮，臉上頓生神往之色，紀空手看在眼中，心中奇道：「這百樂宮是怎樣的一個去處？何以會引得他如此失態？」

可是當紀空手踏入百樂宮時，連他也感到了一陣目眩神迷。

所謂的百樂宮，就在艙房大廳之下的一層艙室之中，面積不大，卻佈置豪華典雅，伴著陣陣靡靡之音，紀空手看到了他一生從未見過的情色畫面。

只見艙室中分置四張白玉几案，案後置一塊玄冰寒石席，每席之上，已斜坐著兩位嫵媚妖豔的豐胸美女，秋波暗送，正打量著入席而來的賓客。

她們的曲線有度，身材豐滿，體態風流，凹凸有致，只穿了一小塊抹胸半遮高聳乳峰，下身是一條僅可遮羞的小紅褲，著一襲幾若無物的輕紗，說不盡的撩人風情，看得幾位男賓呼吸頓時濁重起來。

更讓人生奇的是，三席之中，安置一張圓桌，桌上放滿美酒佳肴，時令水果，既無座位，又無杯盞筷箸。紀空手心中暗道：「這種宴席難道是只看不吃，抑或是像西域中流行的手抓飯，全靠一雙手來夾菜？」他人一入廳，已覺得這百樂宮中的確是處處透著新奇，讓人平空生出不少遐思。

「各位請入席吧！」張先生似乎對紀空手頗有興趣，著意瞟了他一眼道。

紀空手坐入席中，便見那兩位美女已斜偎過來，嫩滑的肌膚透出撩人的熱度，透過手的觸摸，引得紀空手的心如同一隻小鹿，「撲通撲通……」地亂跳個不停。

他雖生於市井，看慣一些男女打情罵俏的場面，卻哪裡經過這般風流陣仗？何況他迄今爲止，雖然有心染指女人，卻尚無成功之記錄，依然保持著童男真身，是以偶逢美女投懷送抱，心中著實緊張。

等到他望向方銳時，卻見他早已如魚得水，擁美相親，一雙大手俱在美人的胴體上下游走，盡顯色中餓鬼的饞相。

「紀兄弟莫非還是童男不成？何以這般把持得住？我這宴席有個名稱，就叫『雙肉圖』，雙美送懷，請君享用，你可切莫放過這良宵一刻。」張先生的眼眉綻開，吃吃而笑，眉梢間流出的風情，將她的女兒身分暴露無遺。

「我也算得上是風月場中的老手了，怎會有怯陣之心？只是我不慣於在大庭廣眾之下與人調情罷了。」紀空手眼見眾人都將目光望向自己，哪裡肯露出自己童男面目？吸氣一口，裝出一副老成模樣道。

「原來如此。我也覺得稀奇得很，憑紀兄弟的相貌，雖不是屬於絕世美男之流，卻有一股讓女人心儀的氣質，正是女人夢寐以求的床上悍男，料想不會少得了女人。要不你我就先飲酒吃菜，先填飽了上面這張嘴再說？」張先生笑得極是淫邪，一雙美目死死地盯在紀空手的臉上道。

紀空手心中暗叫一聲「慚愧」，正要站起身來，卻被身邊的兩位美女輕輕按在席間，柔聲道：「公子喜歡什麼，儘管吩咐，奴家二人便是公子手中的杯筷，何勞公子親自動手？」

紀空手還沒理會出美女話中的意思，只見兩位美人款款而動，來到圓桌之前，一人吸了一口美酒，一人噙了顆葡萄，重新回到紀空手的身邊，微翹紅唇，送在紀空手的眼前。

「美酒已在櫻桃小口中，公子請用。」張先生見紀空手臉生詫異，趕忙解釋道。

紀空手這才明白過來，不敢推辭，只得就著美人的小嘴品嘗美酒。

他耳紅眼熱之際，聽得張先生笑道：「公子所飲，乃是千年美酒，我以貴賓之禮待客，還望珍惜，不要浪費一絲一毫。」

紀空手酒已入喉，剛要開口，便見美女的香舌已然入口而來，舌滑生津，幽香撲鼻，攪得紀空手意熱情迷，暗叫一聲道：「我是流氓我怕誰，拚著這如假包換的童男身不要，老子也風流一回！」

當下再也把持不定，一手摟過美女滑膩的胴體，著實品嘗了一下美人的紅唇滋味。

酒過三巡之後，百樂宮中，已是綺旖一片，紀空手只覺酒一下肚，小腹處驀生一股暖融融的熱流，耳聽美人無病呻吟，入目又見胴體如蛇扭動，心神只覺一陣蕩漾……

紀空手冥冥中感到被人注視著，心中猛一機伶，抬起頭來，正好看見方銳攜美消失於百樂宮中，回頭卻發現張先生的一雙美目依然盯著自己，眼中流盼，似有春情湧蕩，他心中暗叫一聲：「完了，完了，老子徹底完了。」雙手摟住身邊的美女，走向了一間小艙房裡。

在兩位美女的服侍之下，紀空手在暗黑的夜色下已是一絲不掛，火熱的身體伴著激昂的反應，加上初夜的新奇與興趣，令他在忐忑不安中期待著那一刻的來臨。

突然間，一雙滑若凝脂的小手從紀空手的後背環抱而來，然後便有一個熱力四射的胴體貼在紀空手的背上。

紀空手雖然看不到身後的人，卻感受到了對方如火的熱度與餓狼般的激情。一對近乎誇張的肉峰頂在他的後背上，那種顫巍巍的感覺，幾欲讓人噴血。而更讓紀空手感到吃驚的是，身後的女人竟然伸出雙腿，向他的臀部圍來，緊緊夾在腰間，令他感到了一陣濡濕之感。

紀空手陡然吃了一驚，低聲道：「你是誰？」憑著敏銳的直感，他已然發覺身後的女人絕不是與自己入房的兩個美女之一。

「你猜我會是誰？」一個女人吃吃的笑聲傳來，紀空手一聽之下，驀然心驚，因爲他聽出這女人的聲音，竟然就是那富可敵國的張先生！

這絕對是紀空手想不到的一個人，雖然他早已看出，張先生其實是一個美豔至極的成熟女子，但他沒料到她竟會看中自己，要與自己共同演繹這一齣床上之戲。

紀空手默然無語，但身後的胴體如蛇般的蠕動依然給了他最強烈的刺激，他完全是在勉力控制著自己。

「你怎麼不說話了？難道我不美嗎？比不上那兩個小騷貨嗎？其實我第一眼看上你，就已經愛極了你。」張先生近乎呻吟式的聲音響起在紀空手的耳際，猶如催情的咒語，催動著紀空手心中的情慾。

紀空手只覺腹下的那股熱流已然充盈到了極限，完全不由自己控制。當張先生的小手握住他那昂頭暴突的巨物時，他忍不住低吼一聲，轉過身來，卻從後面抱住了張先生。

張先生感受著這有力的一抱，忍不住發出了一聲近乎野貓叫春般的呻吟……

在有意無意間，此刻兩人所擺的姿勢，女位在前，男位在後，雙手環抱，正合龜伏交合之道。

紀空手陡然感到體內有一股力量驀生，透過經脈走勢，迅速向全身蔓延，異力來得迅猛而突然，甚至透過皮膚上的毛孔與手心上的穴道，如一股電流般竄入張先生的體內。

這種酥麻的感覺讓張先生心生悸動，發出令人銷魂的聲音。

「掌燈，在燈下……更……更……有情趣……」張先生如夢囈般地發出了一道指令，她顯然深諳其道，明白如何來調動雙方的情慾。而更讓她感到刺激的是，在這張大床的四周，布下了一排亮晃晃的銅鏡。

可以想像，在柔和的燈光下，對鏡交合，當鏡中人與鏡外人做著相同的一個動作，相望著彼此間的表情時，那是一種何等銷魂刺激的畫面。

一想到這裡，張先生已然覺得花房已開，曲徑濕濡，渾身禁不住震顫起來。

但是當第一縷燈火照亮房中時，房中的三女一男同時發出了一聲驚呼。

因爲誰也沒有料到，剛才還是嬌豔如花的張先生，竟在這一刻間變成了一個額上有紋的半老徐娘。

「可惡！」張先生怒斥一聲，慾火全消，她似乎沒有想到紀空手能在無意中破了自己的駐顏之術。愛美乃是人之天性，她又豈能讓一個男子看到自己的老態？當下躍起身來，手指點中紀空手的「百會穴」上。

紀空手只覺頭腦一痛，暈了過去。

等到他從昏迷中清醒過來時，也不知過了幾個時辰，身邊躺著兩個赤身的美女已然深深睡去。他慢慢地想起剛才所發生的一切，不禁爲自己一時的荒唐感到幾分羞愧。此刻他的靈台清明，驀然間聽到自己頭頂的一間艙房中傳來一陣人聲。

當下紀空手心中一動，運力於耳，一聽之下，原來說話之人正是張先生與方銳兩人。

「我們在此密議，不會讓那小子聽見吧？」方銳小心謹慎地道。

「那小子已經中了我的重手點穴，不到天明時分，他休想醒過來。」張先生極是自負地道，言語中帶出一股恨意。

方銳沈默片刻，方才歎息一聲道：「剛才我們仔細搜查了一遍，玄鐵龜的確不在這小子身上，但他是玄鐵龜的得主已確認無疑，所以我認爲玄鐵龜已經被他藏在哪個秘密地方了。如果我們要得到此物，還真得耐下性子，慢慢地從他的嘴中套出話來才行。」

張先生其實就是張盈所扮，此刻她的容顏已然恢復如初，只是想到剛才的一幕，仍是心有餘悸，搞不懂自己的駐顏之術何以會在那個關鍵的時刻失靈。她原有一套「牽情大法」，與人交合之際，只要施用此法，便可讓受牽者在那一刻間意志全無，如牛一般全憑自己擺佈，沒料到人算不如天算，眼看她就要大功告成之際，竟然會突生變故。

「這小子看似容易對付，其實意志堅定，抱負遠大，十萬兩黃金不能打動其心，如雲的美女也不能讓他著迷，還枉費了老娘的幾滴『催情水』，看來此事我們還得從長計議。」張盈似乎覺得有些不可思議。

但張盈絕沒有想到自己會高看了紀空手。

他不是不愛那些撩人魂魄的美女，而是在他的手中，根本就沒有玄鐵龜的存在，就算他想美女，也無從想起。

直到此刻，紀空手才真正明白過來，從方銳的突然出現開始，這一連串發生的事情或離奇，或巧合，讓人撲朔迷離，極是詭異，但倘若因「玄鐵龜」之故，那麼這發生的一切事情自然就有了合理的解釋。

其實在上船之前，紀空手已經懷疑起方銳的動機，只是上船之後，一連串發生的事情讓他目眩神迷，倒忘了這一樁了。現在想來，所幸玄鐵龜已然被毀，否則不但玄鐵龜易手他人，自己這條小命恐怕也難以保全。

聽著窗外呼呼刮過的江風，紀空手此刻的心裡亦如江風吹過水面，久久不能平靜。他已經對張盈兩人的密語不感興趣，現在他所關心的，卻是另一個問題。

「如果方銳所說的一切都是謊話，那麼陳勝王人在淮陰，形勢就非常嚴峻了，無論如何，我都得想方設法逃下船去。」他念頭一起，心中一動，想到此刻逃走，正是最佳的時機，因爲張盈他們並不知道他已經自解穴道，恢復了行動自由。

他正欲起身之際，忽聽「唔……」地一聲，是他身邊的女子夢囈一聲，翻了個身，竟然一條肉滑的大腿壓在他的腹部。

紀空手心中暗罵一聲，正要托開她的大腿，忽聽得頭頂上傳來方銳的聲音：「我也覺得奇怪，劉邦明知他們是玄鐵龜的得主，何以會將這兩個小子故意支出沛縣？陳勝這反賊死在陳地已有半月之久，按理說劉邦不可能不知道這個消息。難道，他真與問天樓有關，叫鳳五暗下殺手？」

紀空手一驚之下，收攝心神，再聽張盈說道：「你這麼一說，我也想起臨行之前趙相曾經再三囑咐，說是劉邦此人年紀雖然不大，卻背景複雜，要我多加小心，不可輕敵。我當時還不以爲然，現在想來，恐怕趙相話中有話。」

「不管怎麼說，此刻姓紀的小子既然落在我們手中，諒他也逃不出我們的手掌心！此次沛縣之行，張先生又算立下了頭功。」方銳笑嘻嘻地道。

「我看此刻論功行賞，爲時尚早。我的天顏術無意中被這小子所破，所以我必須馬上離開此地，因爲如無相爺相助，我將會內力盡失。不過我提醒你，色之一關，乃這小子的弱點，怎麼安排就看你的了。但你必須要做到先看住這小子，此人詭計多端，別讓他找個機會溜了。」張盈吃了一個暗虧，自然不敢大意。

接著便傳出一陣細微的腳步聲，向艙房走來。紀空手趕緊調勻呼吸，佯裝昏迷不醒。

待方銳巡查遠去之後，紀空手心中暗道：「劉大哥難道真的是在騙我？這不可能！」他根本不相信劉邦會有意將自己支出沛縣，另有圖謀。因爲在他的心中，他一直就把劉邦和樊噲當作自己的朋友。

可是張盈和方銳的對話顯然也不是刻意爲之，而是無心提起。看來陳勝王之死的消息絕無虛假，唯一的理由，就只能是劉大哥收到了錯誤的情報，才會讓自己和韓信前往淮陰。

「一定是這樣的！」紀空手在心裡安慰著自己。

他靜下心來，從近段時間發生的事情來看，發現自己與韓信在無意中竟成了江湖上人人必爭的重要角色。單從鳳五、方銳這些人的行事手段來看，已是無所不用其極，照此推斷，日後自己與韓信的江湖之路必將會因玄鐵龜之故而變得更加艱難，充滿著未知的挑戰。

他不由得掏出變成卵石的補天石，見其依然毫無光澤，顯無靈性，一狠心，從窗子拋入江中，這才長吁一口氣，自語道：「他媽的，反正老子身上現在沒有玄鐵龜了，光著腳的不怕你穿鞋的，倒想看看你們這些人跟老子玩什麼鬼把戲！」面對將臨的重重危機，夷然不懼。

如果說他此刻還有唯一的擔心，那就是韓信。

第九章　鐵柵困虎

船行三日，一路風平浪靜，眼看快到了九江郡。紀空手成日在艙房中獨對方銳，吃飽了睡，睡好了吃，既不問胡商去了哪裡，也不問張盈爲何這幾日不見蹤跡。

但這並非說明他已無防人之心，而是他深知是福不是禍，是禍躲不過，該來的總歸要來，徒自操心，只是庸人自擾罷了。

九江郡是長江下游的軍事重鎮，自古重商輕文，市面繁華，人口足有數萬戶之多。此際雖逢亂世，但各路義軍似乎尚未眷顧於此，所以一時偏安，熱鬧異常。

船到九江碼頭，方銳一味相邀道：「此地的八鳳樓乃是鳳五最愛棲身之地，我們入城探訪一番，或許能得到有用的消息。」

紀空手明知方銳說謊，卻也不露聲色，一口應允。他倒想看看方銳到底要使些什麼花招，同時他也知道如果在船上獨對方銳，自己將毫無走脫的機會。

兩人下得船來，步入城中。此時已是夜幕初降時分，華燈漸上，市面人流熙熙攘攘，雖是二月初春天氣，寒氣依然，但是仍掩不了夜市的人氣之旺。

到了八鳳樓門前，紀空手隨眼一看，這才知道八鳳樓竟是一家場面宏大的妓院，看門前車來馬往，燕聲鶯啼，便知此樓生意之好，定是位列全城數一數二的風月地。

他年紀雖小，但自幼混跡妓院賭館，耳濡目染，絲毫不怯場面，在一位老鴇的接待下，兩人來到了偏院靠東的一座小樓中，品茗嚼梅，只等方銳點到的「彩鳳」姑娘前來侍候。

趁此閒暇，紀空手似是無心道：「方先生也太不夠朋友了。」

方銳本在欣賞樓閣中掛著的幾幅書畫，聞言一怔道：「想必是方某何處怠慢了紀兄弟，才使紀兄弟如此埋怨於我？」

「非也。」紀空手微笑道：「我們又吃又住，叨擾了你那位朋友這麼些天，今日你我出來開心，卻不叫上他，豈不是不夠朋友嗎？」

方銳笑道：「紀兄弟所言極是，只是我這位朋友一向不喜拋頭露面，寂寞慣了，是以沒有叫上他。別人不知，自然會說我這個人寡情薄義了。」

「怪不得我說一連數日，都未與你那位朋友見上一面，原來如此。」紀空手故作恍然大悟地道。

兩人又閒談幾句，便聽到門外響起一陣腳步聲，門簾掀處，一雙繡花小足先踏入門中，引得紀空手抬頭望去，只覺眼前一亮，一個清麗脫俗的絕色麗人懷抱古琴，盈盈而入。

紀空手自覺閱人無數，卻也是第一次見得這般美麗的女子，心中不覺有了醉意，但看這女子剪水雙眸中蕩出似水秋波，眉宇含春，嘴角帶笑，端的是風情萬種，別有韻味，真讓紀空手吞了好幾大口口水。

「這位想必就是紀爺了，小女子可以坐下嗎？」這女子見紀空手一副癡相，掩嘴一笑，指著他身邊的一個空座道。

「當然。」紀空手聞得一股沁人的清香從鼻間淡淡流過，待她坐下，方才問道：「姑娘名叫彩鳳？」

「是呀，紀爺莫非識得小女子嗎？」彩鳳不明白紀空手為何有此一問。

「不識，今日才見得姑娘一面，已是非常後悔，早知這世上還有姑娘這等絕色美人，我縱是在萬里關山，亦該早早前來與姑娘相見才是。」紀空手嘴甜如蜜，哄得彩鳳開心一笑，縱是方銳臉上，也閃過一絲得意之色。

紀空手似是無心地道：「不過我想姑娘之名不該是彩鳳才對。」

他此言一出，彩鳳臉上固然驚詫，便是方銳心中亦是大吃一驚。

原來這女子的確不是彩鳳，乃九江郡中最紅的名妓卓小圓。若非是因為方銳有入世閣的關係，紀空手便是想見她一面亦屬千難萬難，又怎得佳人青睞，共坐相陪呢？

入世閣之名不僅響徹武林，放之大秦國土，也是一股不可小視的勢力，這只因入世閣當今閣主，就是「指鹿為馬」的當朝第一權臣趙高。

趙高之所以能夠登上今日高位，極勢遮天，正是因為他利用入世閣在武林中的聲望，力保始皇嬴政數度化解危機，最終在始皇崩駕時獲得托孤重任，從此飛黃騰達，位極人臣。他因入世閣而名震當世，入世閣也因他而威震江湖，權勢之大，當朝之中一時無兩。

卓小圓畢竟久居風月場所，驚詫之情一閃即沒，反而抿嘴一笑，嬌聲道：「我若不叫彩鳳，該叫什麼？」

紀空手美色惑眼，微微一笑道：「彩鳳之名，本也不錯，但是用在姑娘身上，便是俗不可耐了。」

卓小圓與方銳這才放下心來。

酒過三杯之後，卓小圓應紀空手之請，席地而坐，將古琴橫置膝上，彈起一首《花好月圓》來。

此曲歡慶有餘，韻味不足，常見於風月場中娛賓之用，但在卓小圓的玉指彈撥下，卻有一股哀怨莫名的味道，其音其韻，更是到了神妙之境。

紀空手對音律略知一二，談到精通二字，尚有不及，但他卻能從卓小圓的琴音中感受到那股哀怨之情，心中暗道：「如此佳人流落風塵，自憐自惜，難免有怨世憤俗之情，不足為怪，只是這琴音之中隱帶殺伐之氣，卻又為何？」

他的念頭剛轉，陡然聽到對面的小樓上有人暴喝道：「他奶奶個熊，是哪個臭婊子奏起哀樂，敗了你洪大爺的興致，快快給老子停手！」

此人說話粗俗，口氣極為霸道，想必一向橫行慣了，口沒遮攔，卻聽得「錚……」地一聲，弦斷音停，卓小圓聽到「婊子」二字，心中驚怒，臉色蒼白無血。

方銳輕歎一聲道：「難得聽到姑娘清音妙曲，卻偏偏有人不識好歹，跑來聒躁，可惜可惜，可恨可恨。」說到最後幾個字，眉間殺氣陡生，手腕隨之振出，便聽「嗖……」地一聲，一件細小物事宛如電芒疾飛，隱入窗外暗黑的夜色之中。

對面那人猶在大罵，忽然「哎喲……」一聲，驚喝道：「是誰在暗算老子？」

紀空手推窗笑道：「是你老子教訓你這混帳兒子！」

他見方銳出手，心中一動：「方銳的身手太高，若不趁亂逃走，我只怕連一點機會都沒有，既然這洪大爺如此識趣，我何不把事情鬧大？」

方銳正要阻止，卻已不及，聽到紀空手與人鬥嘴，只是微微一笑，不再言語。

那位洪大爺人在對面窗口，上身精赤，一手抓住一根竹筷。在他的身後，牙床粉帳中，尚有半截欺霜賽雪的胴體隱露香被之外，一看便知他口中所說的「興致」是什麼好事。

他雖然接到這只用竹筷當作的暗器，但一接之下，手臂被一股大力震得發麻，知道出手者必是高人，心驚之下，大聲問道：「在下乃白板會的洪峰，閣下是何方高人？」

紀空手哈哈笑道：「你道是打麻將嗎？白板會？老子是發財幫的紀大爺！」

卓小圓莞爾一笑，臉上愁雲盡去，方銳心中卻暗暗吃驚：「白板會是問天樓的一系分支，向來在山東北部諸郡活動，這洪峰乃會中有數的高手之一，怎麼不遠千里來到九江？難道說他也旨在玄鐵龜嗎？」

自從丁衡死於淮陰的消息傳出後，數月以來，江湖各大門派聞風而動，紛紛趕到江南一帶，打探紀空手與韓信的下落，意圖染指玄鐵龜。方銳從西往東而來，一路上遇到了不少江湖高手，便是一些隱居已久的人物亦拋頭露面，可見玄鐵龜的誘惑之大。方銳思及此處，擔心紀空手露出形跡，悄聲喝道：「紀兄弟，人在江湖，還是少惹麻煩爲妙，你且與彩鳳姑娘喝上幾杯，我去去便來。」

他話音雖低，卻已起了殺人滅口之心，人一站起，渾身霎時透發懾人殺氣。

紀空手笑道：「要打架麼？方先生，我來幫你！」

方銳眼眸一張，寒光閃閃，頓時有一股壓力漫入虛空，饒是紀空手如此膽大，也唯有閉嘴不言。

方銳手按劍柄，「鏘……」地一聲，拔劍而出，整個人如蒼鷹翱翔，穿窗而出。

洪峰絕沒想到對方說打便打，劍從窗出，帶出一股莫大的氣旋撲來，竟是要硬掠這五丈距離的空間。

所以他唯有出刀！

刀是好刀，厚背薄刃，寬如木板，寒光雪亮，真似一面白板。

方銳人在空中，手腕振出，劍影已如雨幕密布。他雖無借力之處，卻是凌空而下，更有一種驚人的威勢，所以他相信洪峰絕不敢擋他的這一劍，只有退！

他算計得不錯，當他距窗口還有一丈之距時，果然看到了洪峰在退，但他絲毫沒有喜悅，反而一驚，因爲他看到洪峰退了三步之後，臉上竟然露出了詭異的一笑。

他莫名心驚，就在這時，他感到了窗口兩邊有強勁的氣勁湧出。

「上當了！」方銳心中驚呼，不由爲自己的大意而後悔，更爲洪峰設下的死局而憤怒。

洪峰等人肯定是有備而來，他們的目的自然是紀空手。

洪峰眼見方銳幾近窗口，心中大喜，薄刀揚起，不劈反拍，剛猛氣勁沿著刀身溢出，如氣浪洶湧捲向身在空中的方銳。

他不指望這一拍能阻住方銳的殺勢，只希望能使其身形爲之一滯。一滯雖然短暫，卻已足夠讓自己的同夥施出致命的絕殺。

這一切都是經過了周密計算的，似乎萬無一失。無論從哪個角度來看，方銳都唯有死路一條。

但驚變卻在這一刻發生了。

他揮刀的同時卻聽到了兩聲毛骨悚然的慘呼，自己的同伴隨著裂開的牆壁如風般跌飛而下，窗口的兩方木壁竟然硬生生地被方銳的劍氣轟開了兩個巨洞。

他心中大駭，抽刀欲退，忽見窗口中一條人影竄入，其速之快，如閃電破空，殺向了他的咽喉。

原來，當方銳眼見危機逼近時，他毫不猶豫地運勁橫移，劍芒以奇快之速分刺窗口兩邊暗伏的敵手，竟然一擊得手。

洪峰的同伴以爲這道木牆可以擋住劍氣，但他們錯了，錯誤的代價，只有死亡。

「呼……」闊板似的大刀在強烈的求生慾望激發下，爆發出昂然的戰意，氣旋狂湧，迎擊方銳這無匹的一劍。

「轟……」一陣強烈的震蕩幾乎使八鳳樓中所有的人都爲之震驚，如天崩地陷，又仿如海嘯山裂，小樓飄搖於勁氣中，搖搖欲墜。

塵揚木飛，床折椅碎，勁風撕裂著虛空的一切，向四面八方散射衝擊而去。

紀空手隔窗而望，心中竊喜。

就在他一怔之間，忽然感到了腰間一麻，一股指力直透他大穴，頓時動彈不得。

◆

韓信從昏迷中醒來，渾身猶如散架般毫無力道，千百道痛處一齊發作，令他冷汗欲冒，生不如死。

他恍惚記起了與鳳五相拚的驚天一擊，而後紀空手被人擒走。

當他緩緩睜開眼睛時，他這才發現自己正躺在一間潮濕而暗淡的地牢之中。地牢空曠，足可容下百人，如兒臂般粗的玄鋼鐵柵圍成一道密封的巨網，任是武功絕世之人，也難以破牢而出。

「這裡是什麼地方？我怎麼會被關在這裡？」韓信有些迷茫不解，聞著這潮濕而沈悶的空氣，他甚至有窒息之感。

經過了這麼多的事情，生與死對韓信來說已經不是很重要了，他現在心中唯一的牽掛，就是紀空手，不知道紀空手是否能脫離險境。

他有些累了，身心俱疲，不知不覺又睡了過去，直到一陣沈穩有力的腳步聲傳來，才將他從睡夢中驚醒，抬頭來看，竟是鳳五。

此時鳳五的臉上依然是招牌式的笑臉，彷彿和藹可親，但是韓信卻懶得再看他一眼，側轉身去，背對著他。

「你是聰明人，應該知道我這麼做的原因，我可以答應你，只要你說出玄鐵龜的下落，你不僅不用在地牢中多待片刻，而且馬上可以飛黃騰達，得享富貴。」鳳五盯著韓信的背部，似乎想看出韓信心中的反應，偏偏韓信一動不動，給他來了個充耳不聞。

其實在韓信的心裡，他倒巴不得玄鐵龜沒有被毀，反正自己也看不出它的神奇之處，將它一交了之，至少可以省了不少的麻煩，偏偏他此刻是有口難辯，也就懶得去理鳳五了。

鳳五哪知韓信的心事？看到韓信一副不理不睬的樣子，似乎鐵定了心不想說出秘密，頓時怒意橫生，冷哼一聲道：「你不想說也可以，那你就準備在這地牢中終此一生吧！等哪一天你想說了，我再放你出去！」

說完一拂袖，轉身拾級而上，走得幾步又回頭道：「哦，我差點忘了告訴你，這裡可是問天樓的刑獄地牢，建成至今已有百年歷史，還沒有聽說有人是活著逃出去的，你可千萬別怪我預言不警！」

韓信聽得腳步聲遠去，這才緩緩地坐將起來。他相信鳳五決非危言聳聽，的確有能力將自己囚禁一生，想起自己的餘生只能在這個陰暗潮濕的地方度過，他的心裡生出無盡的恐懼。

隨後的很長一段時間裡，韓信人在地牢中，無人說話，無人解悶，一個人無聊透頂，精神上幾乎崩潰，除了一個又聾又啞的老頭送來一日三餐之外，鳳五每隔十日要來巡視一番，看看韓信是否有說出秘密的意思。

韓信也曾設想過幾種逃跑的方案，未曾試過，便覺得有些異想天開，自己就一口否定了。這一日他突然想到了死，雖是一瞬間的念頭，陡然間又生出了那股玄之又玄的感覺。

他心中大奇，細細回想起近日的情景，頓有所悟：「為什麼我總是想死的時候，體內真氣就會有這種感覺呢？難道說那股力量是隨著我的心境而生？一旦斷絕生機，它才有可能出現？」

他卻不知，其體內的補天石異力純屬玄陰之氣，只有斷絕陽氣，它才可能發揮出自己的奇效。所謂陽氣，就是生機，只有你的心靜如水，還復空明，才能達到玄陰之氣可以爆發的空間，從而在瞬息間產生巨大的功力。

韓信彷彿在黑暗中看到了一線光明，喜悅之情不可以言語形容，只覺得這潮濕沈悶的空氣中忽然注入了清新自然的活力，整個人的心境豁然進入了一個玄奇而神秘的世界。

他按照樊噲所教的運氣法門，盤腿而坐，緩緩調息呼吸，然後試著用龜息之法斷絕生氣，開始一步一步地搜索著那玄之又玄的感覺，以期加以駕馭控制，隨心所欲。

初時修練，三五日內也難以尋到感覺，經歷上千次的探索，十日之後，慢慢地略窺門徑，試修百次總有一回可以把握到這種感覺，所謂熟能生巧，久練之後，韓信逐漸掌握了駕馭這股玄陰之氣的規律，雖還不能隨心所欲，但是比之初練時，已有天壤之別。

鳳五最初並未發覺韓信的這一變化，來了數次之後，發現韓信雖然人在地牢，但精神卻不見頹廢，反而更增活力，這倒讓他嘖嘖稱奇。而更讓他吃驚的是，他每見韓信一次，便覺得這個人愈發陰沈，冷得有一種讓人恐懼的感覺，愈到後來，這種感覺就愈發強烈，幾乎讓鳳五不敢近身相對。

這一日又到送飯時間，韓信依然盤腿而坐，我行我素，卻聽得腳步聲輕盈帶出韻律，竟然有別於聾啞老頭，更不是鳳五的腳步聲，韓信心中生奇，還未轉頭來看，便聞到一陣香風撲鼻而來，別有一番撩人的韻味。

「女人，原來這裡還有女人！」韓信好奇心大起，抬眼來看，只見柵欄之外有一個清秀絕美的女子手提飯籃，緩步而來，她的身材不胖不瘦，相宜適度，細眉大眼中，自有無限風情。

「喂！」那女子叫道，她的聲音輕柔委婉，極爲動聽，就像是貼在耳邊說著悄悄話般讓人心熱不已。

「我可不叫喂，我叫韓信，不知姑娘芳名？」韓信微笑道，這是他來地牢之後第一次對人展露笑容，雖然有些僵硬，但是至少讓人感覺到他在笑。

「你就是那個韓信嗎？聽我爹爹說，你可是一個怪人。」那女子看著鬚髮蓬亂的韓信，不由掩嘴一笑道。

「姑娘姓鳳，鳳五就是你的爹，我沒猜錯吧？」韓信看著姑娘點了點頭，笑嘻嘻地接道：「對於你爹來說，我也許是個怪人，但是面對姑娘，我就變成了有趣之人。」

這女子剛想問爲什麼，陡然間想到什麼，小臉一紅道：「你的嘴可真甜，告訴你吧，我叫鳳影，從今日起，就是由我來給你送飯了。」

「謝天謝地。」韓信微微一笑道：「每日讓我對著那個又聾又啞的老頭，差點沒把我憋死，從今以後，我總算有個說話的伴了。」

他這段時間不言不語，突然間來了個漂亮女子說話解悶，心情大好。在鳳影的催促下，韓信邊吃邊聊，這頓飯足足吃了兩個時辰，虧得他也能做得出來，其實這頓飯也就幾個饅頭。

看著鳳影輕盈的身段消失，韓信的眼前盡是她迷人的笑靨，一點一點地撩動著韓信少年懷春的心扉。韓信心中奇道：「這可怪了，就鳳五這個模樣，竟然生得出如此絕色的女兒，可見大千世界，真是無奇不有。」

他心牽著鳳影，自然無心練功，倒是一門心思運功於耳，專門聽著那輕盈帶有韻律的腳步聲。鳳影倒也準時，每到送飯時間，必然出現在長梯之上，而且每頓飯都任由韓信吃上兩個時辰。兩個人天南地北，無所不聊，韓信這才明白了鳳五在問天樓的身分地位。

問天樓本是一個神秘的組織，它的勢力之大，的確敢與入世閣、流雲齋這種頂尖門派相抗衡。鳳五身為問天樓刑獄長老，門下就有三百子弟，專管問天樓刑堂問案，而且自成一系，聲勢絕不弱於江湖上的一般門派。

刑獄設在河爾郡以南鹽池之濱，此處地勢險峻，易守難攻，歷經數代人創業，堪用「固若金湯」四字來形容它的森嚴戒備，可見鳳五所言並非恫嚇，而是實情。

不過刑獄戒備如何森嚴，韓信似乎並不關心，至少現在不關心。他的一門心思都放在鳳影身上，她的一顰一笑，一嬌一嗔，無不讓韓信心旌神搖，為之傾倒。也正是因為他的心情大好，使得他對駕馭玄陰之氣時的心境漸達空靈，功力在不知不覺中有所增強。

隨著時間一天一天地流逝，韓信並不知道自己在這地牢之中待了多久，只是從鳳影服飾上的增減看出外界的天氣漸漸變暖。不過，他並不著急出去，只要有鳳影相伴，他寧願就這樣度過今生一世。

但是這一天送飯的人卻不是鳳影，而是那個聾啞老頭，他在遞飯的同時，順便遞上了鳳影書寫的一張竹簡，上面寫著一行娟秀小字云：「偶染風寒，不勝遺憾，小別數日，再聽君一番妙言。」

韓信一笑，不由著實擔心鳳影起來，每天總是飽含希望地望向長梯盡頭，卻總是失望地迎來這聾啞老頭。

一連數日，又到送飯時間，韓信習慣性地運功於耳，企求這一次聽到的是鳳影的腳步聲。他的耳力目力隨著玄陰之氣的逐漸增強，已是今非昔比，進入了一流高手的境界，一旦運功，縱是十丈範圍內的蟲爬蟻鳴，亦在他的掌握之中。

可是當他耳力開始捕捉周圍的動靜時，這一次卻聽到了一種奇異的聲音。

他循聲望去，便見距自己五丈之外的一方巨石之上，出現了一幕他聞所未聞的絕世景觀。

◆

紀空手萬萬沒有想到，在背後暗算自己的人，竟然是那個看似弱不禁風的卓小圓。

「你果然不是彩鳳。」紀空手不驚反笑，絲毫不懼。對他來說，他只是一方任人宰割的魚肉，無論落到誰的手上都一樣，與其讓方銳宰，倒不如被這位美人割。

「你的眼力不錯，我叫卓小圓，方銳要我對你使用美人計，看來是找錯人了。」卓小圓發現紀空手毫無反抗，平靜之極，眼中頓時有些詫異：「因為我雖然是九江郡的名妓，同時也是幻狐門的一代門主，算得上是問天樓旗下的一系分支。如不是為了那冤家，奴家也不會在此賣藝。」

紀空手一聽，頓時聯想到了鳳五，因為鳳五也是問天樓的人。由此可見，問天樓對玄鐵龜已是勢在必得。

「可惜……」紀空手淡淡一笑道：「我想你們動手的時間太早了，至少應該讓你對我使了美人計之後再動手。」

卓小圓深深地看了他一眼，突然臉上一紅，道：「你的膽子不小，人也挺風趣，只是如今時間緊迫，只有得罪了。」

她身材雖然嬌小，但是挾起紀空手時，毫不吃力。身形掠起，向小樓的另一個窗口竄出，翩然有度，仿若仙子下凡般飄逸。

就在卓小圓點上紀空手腰間穴道的同時，方銳與洪峰皆被迸裂的氣勁倒捲而跌，血箭狂噴，幾乎不能立起。

方銳沒有想到洪峰居然會有與自己一戰的實力，一時大意，差點兩敗俱傷，不過他的功力雄渾，略一運氣，終於站起。

「你的刀法不錯，只是和我硬拚內力，就欠缺了一些火候！」方銳冷冷地道，手中握劍，似乎對洪峰有些欣賞之意。

洪峰掙扎著站起，暗暗運力，發現體內雖有血堵跡象，卻仍不失戰鬥力，不由咧嘴笑道：「是嗎？只怕未必，你殺得了我兩個兄弟，卻未必奈何得了我！」

他這句話顯然激怒了方銳，也激發了他胸中不滅的戰意。經過剛才的伏擊，方銳不敢大意，而是手腕關節暴響一聲，緊了緊手中的劍柄。

「既是如此，你接招吧！」他不想多費口舌，所以他話音一落，整個人凝重如山，迅速進入了臨戰狀態。

洪峰這才感覺到了方銳的氣勢，根本不容對手有喘息之機，洪峰只有搶先出刀！

唯有搶先出刀，自己的刀路才不會被對方的劍勢左右，所以洪峰毫不猶豫地拍刀而出，強行擠入了這密布殺氣的虛空。

刀如似血的殘陽，連劃過的軌跡也是淒美的，刀氣如虹，更似天邊掛出的一道彩虹。

方銳眼芒一跳，看出了這一刀的厲害，所以退了一步，在退後的同時，握劍的手卻爆發出驚天力道，硬生生地砍劈過去。

劍如刀般砍劈，霸烈之氣頓時充斥了整個空間，洪峰唯有格擋。

他每擋一招，人就退卻一步，一口猩紅的鮮血隨之噴出。他連擋七招，臉色已是灰白，便是握刀的手也不住顫抖，卻又不得不擋，因爲他知道，不擋就唯有死路一條。

但他絕不能再退，也無路可退，當他退了七步時，正好抵在了房中的大床上，所以他似乎真的到了絕境。

「事實證明你是錯的，所以你唯有去死！」方銳再不容情，手腕強力一振，劍勢一變，改劈爲刺，猶如毒蛇吐信般奔向了洪峰的咽喉。

「呼……」就在這時，床卻動了，不僅床動，連床上的錦被亦如一張充滿強力的巨網，向方銳當頭罩落。

方銳眼前陡然一暗，更驚覺到這錦被之後有一道濃烈的殺氣撲面而來，幸虧他反應奇快，一個移袍換位，整個人硬生生強移七尺，才算躲過了這記絕殺。

床是以木料做成的，當然不會自己動，床動，是因爲床上有人。誰也沒有料到那個橫臥紗帳內的半裸女人是個高手，而且絕對是一個刺殺的高手。

方銳意識到這一點時，他的手臂已有傷，傷勢不重，卻證明了自己的確被人暗算，但他更驚異的是，對方明明占了上風，卻見這半裸女子拉起洪峰，穿窗而逃。

這說明對方意不在自己，而是……？

方銳思及此處，渾身冷汗冒出，回首一望，卻哪裡還有紀空手的身影？

那半裸女子正是白板會的會主殳枝梅，她一擊不中，立刻撤退，果然有強者風範。此地乃是入世閣的地盤，多待一刻時間，便多一分危險，所以她帶著洪峰，按照事先計畫好的撤退路線，掠出八鳳樓，來到了烏池巷中。

烏池巷地處城南僻靜地段，是殳枝梅與卓小圓約定的會合地點，等到殳枝梅趕到巷口，便見一輛馬車關窗垂簾，靜靜地停在那裡。

「卓小姐親自出馬，果然是馬到成功，可喜可賀。」殳枝梅上前幾步，笑道。

她與卓小圓同屬問天樓，又同是女子，關係一向親密，此番兩人聯手，擒到樓主欽點的人物，此功可謂不小。她的心情自是大好，雖說自己折損了兩員戰將，但能在方銳手中全身而退，實是有些僥倖。

馬車中卻毫無動靜，殳枝梅心中一凜，情知有變，立即止步。

她手中的劍陡然出手，白光閃起，「啪……」地一聲將車簾一分爲二，下半截簾身已然落地。她放眼一望，只見一人獨坐車廂之中，一動不動，一雙大眼露出著急之色，竟然是卓小圓。

殳枝梅大驚之下，躍上車去，手掌拍處，頓時解開了卓小圓的穴道，驚呼道：「紀空手人呢？怎麼會只有你一個人？」

卓小圓運氣幾周天，這才幽然輕歎道：「我上了這小子的當，此子詭計多端，絕不簡單！」她吩咐洪峰駕車，車輪滾動，這才說起了剛剛發生的一幕，頗顯尷尬。

原來，卓小圓挾起紀空手出了八鳳樓後，直奔烏池巷而來，到了地頭，卓小圓剛要將紀空手扔入車廂，倏覺雙臂一麻，身上四五處大穴同時受制，她大駭之下，卻見紀空手緩緩站起，微微一笑道：「卓姑娘辛苦了，若非是你，我紀空手不熟地形，自然逃不出八鳳樓。」

卓小圓驚問道：「我明明點了你的穴道，何以你不被受制？」

「我曾受過方銳與張盈的點穴之苦，所以這幾日靜心研究，倒讓我誤打誤撞，找到了一個化解別人點穴的竅門，因此卓姑娘的點穴對我毫無用處，只是皮肉生痛罷了。」紀空手揉了揉手臂，有些得意地笑道。

卓小圓哪裡知道紀空手會此絕活？一不小心，制人不成，反受其制，心中不由暗暗叫苦。

「不過我還是真心感謝你們，如果不是你們的精心佈局，捨命相拚，要逃出方銳的掌握還真不容易。」紀空手人在險地，知道自己失蹤之事一經傳出，方銳必會以入世閣的名義，調集手下人手與官府勢力，在九江城中全力搜查，所以不敢久留，放下車簾，逕自去了。

卓小圓又羞又惱，強力運功，企圖解開穴道，孰料紀空手的點穴之法亦是不同尋常，力道不大，但若強行突破，反易走火入魔，她心神一凜間，只能靜靜等待。

幸好這穴道之力滲入未深，稍過片刻，經過殳枝梅外力拍打，自行跳開，可是兩人想到自己費盡心機，到頭來反倒是成全了紀空手，不由神色黯然，都在心中自問道：「此時只怕已是全城戒嚴，紀空手人生地不熟，會在哪裡？」

只見那塊方圓逾丈的大石上，赫然現出了兩個大字，以一道石縫爲界，各現兩端，竟是一個「劉」字，一個「項」字。

韓信奇道：「我在這裡待了不少時日，從來未曾發現這兩個字，難道是有人趁我睡熟後才溜進來寫的麼？」他搔頭不解，再看字時，卻發現這兩個大字竟是活動著的。

韓信大驚之下，眼力驟增數倍，定睛一看，這才啞然失笑，原來這字竟是由千萬隻螞蟻排列組成，密密麻麻，蠕動不停，乍一看去，極富動感，讓這字跡也有了生命一般。

他心中好奇：「這些螞蟻難道是神物異類，怎麼單寫劉、項二字？莫非是秉承上蒼旨意，意欲向我昭示玄機？」他對鬼神一向敬畏，寧可信其有，不可信其無，當下恭恭敬敬地俯伏地上，叩了三個響頭。

再抬頭來，便見那大石上的字已不成形，緩緩移動中，各自排列成隊，縱橫交錯數十行，蟻類雖眾，卻絲毫不現亂跡。

韓信這才看清，在暗淡的光線下，組合成「劉」字的數萬螞蟻全是通體透白；組合成「項」字的螞蟻全是通體赤紅，以中間石縫爲界，雙方列陣以對，似乎正要展開一場蟻類歷史上的大戰。

韓信久等鳳影不至，正感無聊透頂，眼見如此有趣的事情，當下躡足走近，負手躬腰，近觀起來。

大石之上，兩軍對峙，那條三指寬的石縫在蟻類眼中，是一條不可逾越的生死線，兩軍的統帥各是一隻個頭比起同類大了數倍的蟻王，立於軍中最顯眼的位置，齜牙咧嘴，怒鬚橫張，隱然有指揮千軍萬馬的霸者風範。

雖然未戰，卻是殺氣漫天，就連韓信也感受到了雙方一觸即發的凜凜戰意。他初時只因有趣而觀望，人在事外，全當遊戲，看了一會兒，忽覺自己體內的玄陰之氣蠢蠢欲動，似乎暗合這另類戰爭的殺意。

在剎那之間，韓信自然而然鎮住心神，拋開了心中的一切雜念，將精神全部貫注於靈台之間，不存一念，不作一想，在異力所賦予的玄之又玄的感覺中，踏入了一個另類的世界。

他彷彿自己變成了白蟻王身邊的一員戰將，丈長大石，便是他所能見的天地世界。他的人置身於數萬蟻群之中，無比震撼地感觸著這大戰將臨的驚天殺意。

蟻戰終於爆發，卻是由雙方小股兵力作試探性的接觸，數百蟻蟲跨入石縫，紅白蟻怒殺一通，只是在小範圍內展開了激戰，而雙方大軍按兵不動，猶在對峙當中。

殺戮在最短的時間內迅速結束，隨著石縫中蟻蟲屍身的渲染，戰意已達到極限。

白蟻王一聲怒吼，與紅蟻王的長嘯同時升空，在戰場上空悍然相撞，拉開了大戰的帷幕。

韓信人在其中，毫不猶豫地揮師前衝，他只感覺自己已不在地牢之中的這方天地，而是步入了一個無邊無際的廣闊蒼穹，將自己的全部激情化作無比高昂的戰意，爲殺而殺，絕不容情。

在戰爭的初期，紅蟻王的實力強悍，兵力遠勝白蟻一方，數度以強勢突破白蟻軍的防線，完全有一戰勝之的氣勢。但是白蟻王率軍與之周旋，或進或退，以非常靈巧而多變的戰術與之周旋，或分割殲之，或詐降蓄勢，或退守一隅，或千里奔襲，總是能夠在戰事最危險的時刻化險爲夷，保持實力，猶如草原之上的小草，無論風吹雨打，卻能顯示自己頑強不滅的生命力。

隨著戰爭的進一步演繹，白蟻軍完成了以消耗敵人實力，最終達到抗衡的目的，開始了長期持久的相峙戰。白蟻王並不因此竊喜，而是連施巧計，瓦解對方軍心，讓敵君臣相忌，同時不斷壯大自己的實力，以期雙方最後的決戰。

決戰終於開始了，白蟻軍憑著自己長期不懈的努力，占盡天時、地利、人和，以絕對的優勢將紅蟻軍擊得潰不成軍，逼得紅蟻王自刎身亡。

韓信的整個人幾乎分辨不出自己是人在局外，還是人在局中，他的全副精神都貫穿於整個戰爭的主線。喜怒哀樂，全隨戰爭的發展而演變，就如同本就是蟻類的韓信，而不是人類的韓信，或許二者兼而有之吧。

隨著蟻戰的結束，雖是以紅蟻盡數滅亡而告終，但是在白蟻軍中又有戰事開始演化。韓信正看得心神不定時，驟然整個戰場上突降狂風驟雨，瞬間大地盡成水澤天國。

韓信一驚之下，元神自然歸體，他冷不防打了個寒噤，卻見鳳影手端一個盆器，臉上焦慮之情大現，似乎極爲擔心。

「這是怎麼回事？我是在做夢呢，還是真真切切地加入了這場戰爭？」韓信一個人猶自在想，根本辨不出自己這一切的感受是夢是幻，還是確有其事，他只是看到巨石之上留下的萬千死蟻殘體靜默無言地橫軀一地，昭示著這場蟻戰是何等地兇殘暴烈。他只感到自己的心在無助地絞痛，赫然之下，觸目驚心。

水線依然順著柔黑的髮絲流淌在韓信的面頰，令他的神智一點一點地回歸元竅，漸復清明。他將自己的全部感情融入了這場平空而生的蟻戰之中，並且幾乎看到了自己在這場蟻戰中最終的結局。可惜的是，鳳影的這一盆水卻讓他失去了這唯一可以讓自己掌握自己命運的機會。

「一切皆是天意。」韓信的眼神茫然地在鳳影的臉上徘徊，分明看出了少女臉上那種至真至深的癡情，所謂關己則亂，若非鳳影看到了自己的癡迷之相，心生急亂，想必也不會做出如此舉止。

「我怎麼啦？」韓信似乎還沈浸在剛才那場驚心動魄的蟻戰中，癡癡地問道。

「你終於清醒過來了！」鳳影如燕子般雀躍道，絲毫沒有掩飾自己的關切之情：「你不吃不睡，一個人癡坐在這裡，可把我嚇壞了。」

「哦。」韓信沒有想到鳳影言語中竟對自己如此關心，心中極爲感動，道：「難得你如此關心我，我可得好生謝謝你。」

鳳影俏臉一紅道：「謝倒不必了，只要你日後不再用這個樣子嚇人，我就謝天謝地了。你可知道，你這三日三夜可讓人有多麼擔心？」

「什麼？我坐了三天三夜？」韓信心中大驚，在他的記憶中，這場蟻戰也不過是幾個時辰的事情，誰想到不知不覺間竟然進行了三天三夜。難道說自己的元神真的在這幾天中游離了自己的肉體，身臨其境地參與了這場蟻戰？否則的話，自己何以會如此癡迷？鳳影聞言，眼中多了一絲擔心之色，還以爲韓信定是待在地牢的日子久了，頭腦有些呆笨，便柔聲安慰道：「你也用不著這般大驚小怪，我這就去找爹爹說說，總得讓你出了這地牢我才甘心。」

鳳影的腳步聲終於消失了，偌大的地牢中，只留下韓信一人獨坐，神思恍惚，依然在玄境中神遊，望著水漬中留下的蟻體殘骸，千萬個問題霎時湧上心頭。

「這絕對不是偶然發生的自然現象，而是上蒼在冥冥之中向我昭示著什麼，否則我何以會將自己的整個身心投入進去，領略著整個戰爭的進展變化與攻防藝術，感受著期間瞬息變化的喜怒哀樂？」韓信似乎從這團亂麻般的思想中理出了一絲頭緒，卻又不敢相信這一切都是上天安排的。他嘴上吃著鳳影送來的飯菜，心中卻在不停地思索著這些問題的癥結所在。

「何爲劉？何爲項？當世之中，本是大秦王朝與陳勝王的天下之爭，何以這蟻戰演示的卻是劉、項二人逐鹿中原的過程？如果說這劉姓、項姓之人都是大英雄，真豪傑，何以我又怎會一無所知，聞所未聞？」這些問題的確讓韓信感到了頭痛，苦思不得其解，只能在昏沈沈中睡將過去。

在睡夢之中，韓信彷彿又置身於那場殺氣漫天的蟻戰中。

他卻不知，就是這突現於地牢之中的這場蟻戰，不僅改變了他本屬平凡的一生，更令一位從來不知兵法爲何物的無知小子最終成爲一代光耀千古的軍事奇才。

他更不知，就是那一盆充滿了鳳影無限愛意的冷水令他最終結束了他傳奇的一生，若非如此，他本來可以重新掌握自己的命運。

所以，這一切都是天意，不可以人力來逆轉的天意！

◆

其實卓小圓與殳枝梅都絕對沒有想到，紀空手此刻就在她們的身下。

以紀空手的才智，當然不會去不白無故地冒險。入世閣在九江郡中的勢力，他早有耳聞，而方銳在入世閣中又有極高的地位，一旦調集人手，自己是很難憑一人之力突出重圍的。而唯一的辦法，就只有借助殳枝梅與卓小圓逃離九江郡。

事實上，紀空手人在八鳳樓時，就已經看出了殳枝梅與卓小圓聯手設局對付方銳，這一連串精心佈置的妙局只能證明一件事情，那就是她們既然對自己有勢在必得的決心，肯定就有將他送出九江郡的能力，否則就沒有必要費盡心機。當卓小圓按照事先預設的路線毫無阻礙地逃出八鳳樓時，這更加堅定了紀空手對這些人的信心。

所以當他走出不遠時，又悄然潛回車底，雙手雙腳同時運勁，藏身於車廂之下。他的功力雖不能發揮至極限，但是他對補天石異力的悟性奇高，一旦駕馭，便是連殳枝梅與卓小圓這等高手也難以發現他的存在。

他靜心潛聽，人隨著轆轆車輪穿行於大街小巷，七轉八拐，一路上總是能聽到有人接應之聲，馬車好不容易駛進一家偌大的宅院，行至百步之後，在一片暗香襲人的花園碎石路上停住。

車外燈火閃爍，人影湧動，早有十幾條漢子擁將上來，待看到車中只有殳枝梅與卓小圓時，便聽得有一個粗厚雄渾的聲音沈聲問道：「人呢？怎麼會只有你們回來？」

殳枝梅下得車來，顯得對此人頗爲忌憚，語聲囁嚅道：「稟告申長老，枝梅無能，還請責罰！」

在「申長老」的追問之下，殳枝梅方才說出事情原委，卓小圓更是噤若寒蟬，爲自己一時大意致使行動失敗感到忐忑不安。

這申長老名叫申帥，乃問天樓五大長老之一，主管追殺緝捕之事，是問天樓權重一時的人物。他似乎沒有想到自己一手安排的計畫竟然會因紀空手的一著移穴換位而前功盡棄，當下眼芒一閃，吩咐數人出外探聽消息，同時叫上殳枝梅等人離開花園，另行議事去了。

紀空手人在車下，聽得申帥的腳步聲，便知此人的功力遠在自己之上，當下不敢大意，屏住呼吸，直到眾人去遠，他這才緩緩地從車底之下鑽出。

此際已是子夜時分，梅香暗動，靜寂無聲，紀空手站在一座假山下，尋思自己才出狼窩，又入虎口，這一下竟來到了問天樓在九江郡的老巢，不禁多了三分苦笑。

他不由得不對申帥有了三分佩服之心，平心而論，要想在戒備森嚴的九江郡運出一個人去，端的是一樁極難的事情。畢竟入世閣不僅人手眾多，而且有官府協助，縱然逃出城去，亦未必能逃過他們的掌握。而申帥卻反其道而行之，事先在九江郡中尋到一處可供躲藏的隱密去處，一旦事成，便隱匿城中，並不急於出逃，只等風聲過去，到時候便能神不知、鬼不覺地逃出九江郡了。

但是紀空手卻不能在這裡久待下去，無論是入世閣，還是問天樓，這兩股勢力對他來說都是強大的敵人，他在這裡多待一刻，便多一分危險，所以他想定之後，立刻行動，準備尋機逃離。

但紀空手人未走三步，驟然間發現自己的身後有一股陰冷之氣緩緩逼來，似有若無，如果不是他一直提高警覺，只怕難以察覺。

他心中驀驚之下，猛然回頭，便見三丈之外有一條人影立於夜色之中，配上殘梅枯樹的映襯，憑添數分鬼魅陰森之氣。

「申長老？」紀空手腦中閃過一道靈光，令他情不自禁地驚呼出來。

「你認得我？」那人的聲音一出，便證實了紀空手的猜測。事實上以紀空手此時的功力，要想躲過申帥的耳目是一件不太可能的事情，難怪申帥並沒有斥責殳枝梅等人。

「我雖認不得，卻聽得出你的聲音。你們如此費盡心機地尋找我，無非是想尋到玄鐵龜的下落，不過我只能遺憾地告訴你，玄鐵龜名存實亡，再也不存在於這天地之間了。」紀空手看出雙方實力的懸殊，與其如此被人誤會下去，倒不如坦誠相告，或許能博得申帥信任也未爲可知。

但是玄鐵龜之秘流傳江湖數百年之久，引得無數武人覬覦，申帥身爲老江湖，又豈會輕信紀空手所說之實情？當下冷哼一聲道：「你當我是三歲小孩嗎？誰不知道玄鐵龜中隱藏有天下至高武學的奧秘？得者視之珍寶猶恐不及，又怎會將它隨手毀去？你只要乖乖地將它交出，我不僅奉上金銀珠寶以作賠償，還可以讓你安全逃離九江，舒舒服服地過你的下半輩子。」

「這樣說來，申長老還是信不過我了，既是如此，我便無話可說了！」紀空手只有苦笑，昂頭起來，聽之任之了。

申帥眼中偶閃怒意，卻一閃即逝。在他的心中，自是認爲紀空手擁有玄鐵龜之秘，只是不說出罷了。但若是紀空手見面就將玄鐵龜之秘相告，他也不會做這等非份之想，否則方銳早已捷足先登，也用不著他申帥費盡心機了。

「我對你並無惡意，也並非是信不過你，只是此事關係重大，我不過是受人之托，忠人之事，既然找不到玄鐵龜，也只有將你的人留下，也好對人有個交待。」申帥緩緩一笑，心想不能用強，唯有利誘，只要留得紀空手在身邊，他總有辦法讓其口吐實情。

紀空手似看穿了申帥的用心，無非是與方銳計出同轍，並無新意可言。他淡然一笑道：「申長老如此說話，無非是恃強欺弱，以你的身手，我自然是沒有還手之力，所以無論從哪種角度來看，我現在都是申長老砧板上的魚肉。」

申帥聽出紀空手話中似有不服之意，微笑道：「我自認爲自己是一個處事公正的人物，在這件事情上，當然也得公平對待。這樣吧，我們以五招爲限，只要你能在五招之內不被我擊倒，你就可以大搖大擺地離開這裡，絕對沒有人敢出手阻攔！」

「我能相信你嗎？」紀空手語帶嘲諷地笑道。

「你只能相信！」申帥卻斷然答道。

紀空手思路縝密，未戰先謀敗，何況申帥所言也是實情，即使沒有這五招之約，要是申帥強留，他也是無計可施，反而申帥定下五招之約，倒是給了他一線機會，不過他並未驚喜，而是認真地問道：「如果我輸了呢？」

「很簡單，你只要乖乖地留在我身邊，不作非份之想就行了。」申帥淡然一笑道，似乎對這場賭約擁有必勝的信心。

紀空手一邊聽著申帥的說話，一邊已經留意到整個花園中都受申帥手下人控制，其中似乎不乏高手，若是自己強行突圍，且不說申帥在旁，便是其這幫手下就夠自己頭痛了。他自得補天石異力之後，對自己的功力信心大增，面對如斯絕境，他驀然生出了一絲相拚之心。

主意拿定，他的整個人在戰意的鼓動下，仿如一杆挺立的標槍，昂然而立。面對申帥這等強手，竟然不露絲毫怯意，反而微微一笑道：「這種賭約實在是便宜了我，希望你不要出爾反爾，自食其言！」

申帥狂笑一聲道：「申某像是個言而無信的小人嗎？」

他話音一落，便覺空氣有異。一股強大的壓力迎面而來。

壓力的來源當然是紀空手的拳，他遇上申帥這等高手，如果一味防禦，只能是徒勞無益，所謂進攻才是最好的防守，是以在毫無徵兆的情況下，他突然出手了。

拳風出，帶動周遭的氣流，隱然生出呼呼之聲，聲勢駭人，申帥沒有想到紀空手的出手會是如此凌厲，當下不敢大意，怒吼一聲，迎著來拳攻出了他一向自負的勁腿。

申帥的腿法極爲厲害，卻不是他最爲拿手的武功。他最擅長的是劍，以一路劍法躋身於當世一流高手的行列，可惜的是他的對手是紀空手，礙於身分，他唯有出腿。

饒是如此，申帥的勁腿揚起，幻化虛空，依然有摧枯拉朽的兇猛之勢。狂飆的勁風籠罩了數丈空間，根本不容紀空手的拳風擠入半點。

紀空手心驚之下，始知申帥所言絕無半點誇張，對方的確有在五招之內挫敗自己的能力。

這一瞬間，紀空手甚至喪失了他心中好不容易建立起來的一點自信。

自從得到樊噲與劉邦的指點之後，紀空手對武道的領悟的確是進入了一個全新的境界，以他的天賦，加上補天石異力的神奇功效，使得他在短時間內脫胎換骨，幾乎達到了高手的境界。

然而他遇上了鳳五、方銳，現在又面對的是問天樓的申帥，這三人都是當世中極為有數的高手，憑紀空手的能耐，要想在他們手上贏得一招半式，無異是難如登天。

認識到自己此時的處境，紀空手終於明白申帥為何會如此自信，不過他並不甘於就這麼認輸，而是及時撤招，不與申帥的腿法硬抗，同時腳下踏出見空步，連續移位數次，閃出申帥的控制範圍。

這一連串的動作瀟灑自如，更具實效，申帥收腿而立，眼中多了一絲詫異之色。他實在沒想到紀空手竟然如此輕易地脫離了自己腿法的控制，而且那靈動的步法精妙絕倫，便是自己也未必領悟到其中的奧妙所在。

兩人相距一丈，一招出手，尚未交擊，便即分離。雖然未有實質的接觸，但是這一番試探，使得雙方都對這五招之約有了重新的認識。

「這應該算是一招吧？」紀空手突然笑了笑，似乎想鬆弛一下自己在強壓之下緊繃的神經。

「當然，還有四招，不過我想即使只剩下一招，你依然改變不了必敗的結局！」申帥冷冷地一笑，口氣依然非常自負。

紀空手緩緩地深吸了一口氣，望向夜色中的申帥，只覺得此人隨意地一站便自然而然地流露出一股令人心悸的霸殺之氣，更令人心驚的是他就像是一株山崖頂上的孤松，那種高傲的氣質讓人驀生一種高不可攀之感。

紀空手微一皺眉，面對此時的申帥，他有一種似曾相識之感。他突然想到了鳳五，想到了方銳，甚至想到了劉邦，在這些人中，無一不是高手，無一不是擁有高手的氣度。他們最大的共同點，是在每一個敵手面前都能表現出他們無畏的勇氣，從容的氣度。

「也許正是因爲這樣，他們才成爲真正的高手。未戰先怯，面對高手而不敢放手一搏，這似乎正是我不能成爲高手的原因。」紀空手思及此處，陡然間似乎看到了一線生機，整個人精神一振，眼芒射出，直視對手。

申帥感受到了紀空手這一刻間的變化，也第一次感受到了來自紀空手身上的壓力，他弄不明白眼前這位年輕人何以會在一瞬之間前後有別。他只知道，這位少年在與他對峙之時，似乎領悟到了什麼，以至於心境發生了異常的變化。

他不再猶豫，也不再等待下去，他感受到來自紀空手目光中透射而出的威脅，是以，他必須出手。

第十章　初悟天機

鳳影再次回到地牢的時候，已是天近黃昏。

她不再是一個人前來，在她的身後，是枯瘦卻充滿力感的鳳五。他的臉上，依然是那副冷傲之氣，讓人不可揣度其心。

韓信靜靜地背牆而坐，似乎並沒有覺察到二人的到來。直到鳳影柔聲地叫了數聲他的名字，他才輕歎一口氣道：「你本不該帶他來的，沒有玄鐵龜，他又怎會輕易放我出去？」

「你說得不錯，在老夫前來之時，也是這樣認爲的。不過這一刻，老夫卻改變了主意。」鳳五冷哼一聲，口氣似有幾分鬆動。

鳳影大喜道：「韓大哥，你聽到了嗎？我爹要放你出去哩！」

韓信緩緩地回過頭來，看了鳳五一眼，道：「你難道不想得到玄鐵龜？」

鳳五輕輕地撫摸著鳳影一頭烏黑的秀髮，眉間似有說不出的愛憐之意，搖搖頭道：「玄鐵龜固然重要，但我女兒的性命又豈是玄鐵龜所能相比的？你只須答應老夫一件事情，老夫便放你出去。」

韓信一怔之下，看看鳳影，卻見她滿臉羞紅，甚是忸怩，而聽鳳五話中之意，似乎是她以命要挾，才逼得鳳五有放人之舉。不由心生感動，站將起來道：「前輩請講！」

他愛屋及烏，對鳳五也改換了稱謂，博得鳳影莞爾一笑，可是鳳五卻默不作聲，將他打量半晌，方才輕歎道：「冤孽，冤孽，影兒怎就偏偏會看上你？」

「爹，你又胡說八道了。」鳳影嬌嗔道。

韓信聽得此言，整個人都彷彿驚呆了一般，心中的喜悅無以言表。他雖與鳳影相識未久，卻極為投緣，早就將她當作是自己最親近的人，此時見得鳳影含羞撒嬌之態，始知鳳影對自己亦是一片深情。

他再也掩飾不住心中激動的情感，撲到柵欄前，大聲叫喚道：「影妹，這一切都是真的嗎？我好歡喜，我真的好歡喜！」

他自幼孤身一人，雖然有紀空手這個朋友相伴，可是每到夜深人靜的時候，他總是渴望有溫暖的親情出現。隨著自己年歲的增長，他對異性的好感愈發濃烈，這會兒聽到在這個世界中竟然還有一位少女對自己也懷著深深的眷念之情，他孤寂的心靈只覺有一股暖流通過，蔓延全身。那份狂喜幾乎不能以言語來形容，彷彿有一個聲音在他的思維深處吶喊：「從今日起，我不再是一個人孤單地活著，今生今世，還有鳳影與我相伴！」

鳳影看著韓信為己如此癡狂，心中的感動終於使她放下了少女的矜持，伸手過去，兩雙手緊緊地握在一處，柔聲道：「我也和你一樣，心裡真的好歡喜好歡喜。」

韓信只覺鳳影的小手溫暖滑膩，發出喜悅的顫抖，在這一瞬間，他感覺到自己竟成了這個世界上最幸福的人，只願時光永遠停留在這一刻，讓兩人盡情享受這溫情，感受這愛意，體會這真情流露的美好時光。

「咳……」地一聲，驚醒了二人溫馨時刻，兩人驟然分開，這才發現身邊還有鳳五的存在。

鳳五此刻的心情，實是在矛盾至極。他身為問天樓的刑獄長老，一向將問天樓的利益放在首位，從來不計較個人得失。韓信作爲他擒來的要犯，其本意就在於追尋玄鐵龜的下落，誰想到自己讓女兒送飯，竟然送出了一段情來，這的確是他始料未及的。

他早年喪妻，得此一女，一向將她當作掌上明珠看待。在他的眼中，甚至把女兒的一切看得比自己的性命更重要。當女兒向他提出釋放韓信的要求時，他第一次向她搖了搖頭。

他不能答應這個要求，因爲韓信是問天樓樓主欽點的要犯。韓信的存在關係到玄鐵龜的下落，而玄鐵龜的存在又關係到問天樓爭霸天下的成敗與否，但是愛女以死要挾，這讓他感到兩頭爲難。

不過鳳五久歷江湖，閱歷頗廣，權衡再三，倒讓他想到了一個兩全之策，所以他鄭重其事地望向韓信，一字一句地沈聲問道：「你真的是這樣喜歡影兒嗎？」

韓信肅然道：「這是勿庸置疑的，這些日子以來，我始終在想著同一個問題，那就是如果將我的生命與影妹相比，我究竟會選擇哪一個？我想了很久，都沒有找到答案，但是在這一刻，我卻可以明明白白地告訴你，如果上天真的要讓我在兩者之間作個抉擇，我會毫不猶豫地選擇影妹，因爲我終於發現，沒有了她，我的生命也就不再有任何意義。」

鳳影眼中似有熱淚滾動，喃喃道：「我也一樣。」

兩人四目相對，只覺得天上地下，唯有這份相知相惜的真情最爲可貴。

鳳五一擺手道：「既是如此，你又何必吝惜玄鐵龜的下落呢？只要你說出來，你就是我鳳五的乘龍快婿！」

鳳影嗔道：「爹。」眼中隱含幽怨，似乎不滿鳳五竟將自己的感情來作爲交換的禮物。

韓信忙道：「我可以對天發誓，玄鐵龜的確已被毀去，剩下的兩枚石頭，亦被前輩扔到荒野，若是我韓信有半句謊言，讓我天打雷劈，不得好死。」

鳳五的眼芒緩緩地在韓信的臉上劃過，只有在這一刻，他才真正相信玄鐵龜的確是不存在於天地間了，因爲他從韓信的眼中看到了真誠，看到了韓信對鳳影的那種無限愛意，他沒有理由不相信這個少年。

「天意，天意，一切都是天意。」鳳五仰頭長歎，心中頓有失落之感。

韓信生怕鳳五不信，遂將自己的經歷一五一十毫無隱瞞地說出，甚至連自己得到補天石異力之後身體發生的變化也毫無保留地講了出來，只聽得鳳五眼芒發亮，尋思半晌，似乎明白了一些什麼。

「難道說玄鐵龜的奧秘是藏在那兩枚毫不起眼的石頭上？」鳳五喃喃自問：「或者說玄鐵龜中記載的並非是天下無敵的武功，而只是一種修練內力的竅門？」

他從未聽說過世間尙有這等奇事，心中嘖嘖稱奇，想及初次與韓信交手之時，的確是讓他感到了此人的內力十分怪異，倒有了七分相信。

「你把手伸出來。」鳳五帶著命令的口吻道。

韓信看出鳳五對自己並無惡意，當下伸出手來，鳳五就著柵欄伸指搭向韓信手上的「合谷」穴，此處穴位乃是人體真氣出入運行的關鍵所在，由此處搭脈，可以洞察到體內真氣的大致情況。

誰知鳳五的手指尙距韓信的「合谷」穴處三寸距離，驟然感到有一道電波般的反彈之力向自己震射過來，其勢極猛，令他的手指有酸麻之感，他不由「咦」了一聲，甚是驚奇。

以鳳五的功力，當然看出韓信體內的真氣的確長進甚速，掐指算來，兩人未曾見面不過百日，但是韓信在這段時間的變化簡直讓人難以置信。鳳五心中一動，始知韓信所言全是真話，並無半句誑語。

「也許老夫真的錯怪了你。」鳳五拍了拍手，從腰間取出鑰匙，打開玄鐵柵欄道：「從今日起，你自由了。」

韓信大喜，出得柵欄，與鳳影相擁一起。兩人喃喃私語，隨著鳳五出了地牢，韓信這才發現，地牢的出口竟在一座假山下面，一走出來，便聞到一股濃烈的花香，聽得溪水淙淙之聲，他們原來正置身於一個偌大的花園之中。

「好美的景致。」韓信只覺精神一爽，由衷贊道。

「只要你願意，我每天都陪著你來看看。」鳳影小臉通紅，很是興奮地道。

鳳五冷哼一聲道：「這可不行，我『鳳舞山莊』自建莊之日起，還從來不留外人在此，影兒，你難道不懂規矩嗎？」

鳳影拉著鳳五的手，撒嬌道：「影兒當然知道規矩，不過，韓大哥可不是外人呀！」她說到後面一句，聲如蟻鳴，幾不可聞。

韓信聽得鳳影所言，心中一蕩，忙道：「鳳前輩，韓信出身貧寒，一生流浪，苦於尋不到棲身之所，若是前輩不棄，韓信願意爲前輩看門護院，掃地打雜。」

鳳五哼了一聲，道：「你只怕醉翁之意不在酒吧？」

韓信臉上一紅，沈聲答道：「是，韓信此心，只爲影妹，還望鳳前輩成全！」

他答得乾脆，引得鳳影臉上露出一絲會心的笑意，鳳五卻打量了他半晌，方才說道：「你能如此待影兒，我實感欣慰。只是我『鳳舞山莊』隸屬於問天樓管轄，又是刑獄重地，不能因爲你而破壞了這個規矩。」

他的每一句話說出，其實都是欲擒故縱之計，也正是他事先想好的兩全之策。他已看出韓信的功力深厚，只要有高人指點，用心調教，假以時日，此子必非池中之物。既然玄鐵龜已不存在，但要是得到韓信這等強助，對問天樓來說未嘗不是一個補償，他也可以向問天樓主作個交代。

這個機關雖然算盡，但是必須有一個前提，那就是韓信對鳳影的感情乃是出自真心，否則一切都是枉想。

韓信忙跪下磕頭道：「規矩是人定的，還請前輩能想出變通之法，成全了我。」

鳳影見之，心中生痛，小手拉住鳳五的衣袖道：「爹，你若不允，我……我……」急得淚水奪眶而出。

鳳五撫著她的頭道：「影兒莫急，辦法倒是有一個，不過需得他答應我三件事情。」

韓信聽到事有轉機，忙道：「不要說是三件事情，就是千件百件，我也認了。」

「好。」鳳五眼中露出一絲得意的笑意道：「你隨我來。」

三人穿過花園甬道，來到一座精緻小巧的閣樓中，一路上遇到不少巡邏之人，個個身負武功，顯示著鳳舞山莊的確是戒備森嚴，更有幾處暗哨設在不起眼的位置，韓信雖不見人，卻能感覺到他們的氣息。

鳳五推開閣樓之門，拍了拍手，便見有人燃起了燈火，整個閣樓頓時一片通明。韓信抬眼望去，只見正廳上懸掛著一幅巨大圖像，圖像前設了一張長方案板，香爐紅燭，供著幾方玄黑牌位，竟是專爲祭祀所用。

鳳五點燃一炷香，恭恭敬敬地頂禮膜拜，半晌之後方回頭說道：「這是我問天樓所設香堂，內中所供，但是歷代樓主的亡靈牌位，我帶你來，是因爲我要你答應的三件事情，都非易事，你一定要想好了才能答應我，假若日後反悔，你需記著，頭上三尺，自有神明，我不找你，自有天會找你。」

韓信一臉肅然道：「我銘記於心。」

鳳五微微一笑道：「記著就好，你可知道，影兒自小喪母，都是我一手拉扯長大，所以我們父女情深，絕非其他東西可比的。」說到這裡，鳳影已是情動，緊緊偎在鳳五身邊。鳳五輕拍她的肩頭，繼續說道：「所謂女大不中留，女兒大了，終歸是要嫁人的，我現在將她託付給你，希望你能好好待她。」

韓信大喜道：「前輩儘管放心，韓信雖然是個無能之輩，卻也絕對不會讓影妹受半點委屈。」

「你若真是無能之輩，我又怎會放心？」鳳五哼了一聲道：「你此時答應，倒也爽快。你可知道男女情愛若是一朝一夕當然容易，如果讓你這一生一世都喜歡一個人，你才懂得它是何等的艱難。」

韓信輕輕地拉住鳳影的小手，一字一句地緩緩道：「人心難測，世事難料，很多事情的確不是我能左右的，但是我可以保證，我對影妹的情意，全是發自肺腑，發自真心。」

「這就好。」鳳五緩緩地點了點頭，繼續說道：「我要你答應的第二件事，卻是我的一片私心，你可知道，我今年年歲幾何？」

韓信道：「前輩看上去精神矍爍，年輕得很，我可猜不出來。」他得鳳五允婚，心中的喜悅實在是用言語難以形容，口齒也不知不覺地多了幾分伶俐。

「你用不著拍我的馬屁，告訴你吧，我今年已是知天命之年，身爲『冥雪』弟子，迄今未有傳人，我愧對『冥雪』歷代先輩啊！」鳳五長歎一聲，眼睛緊盯韓信，臉上的表情不知是喜是憂，極爲複雜。

韓信乍聞此言，不知所措，倒是鳳影反應過來，推著韓信叫道：「韓大哥，你還不向我爹爹下跪嗎？」

韓信頓時明白過來，跪下連磕了三個響頭，道：「弟子韓信參見師父！」

鳳五雙手一抬，一股無形勁力發出，緩緩將韓信扶起。他隔空使力，內功的確驚人，韓信見之，心中歎服。

鳳五道：「你既行了見師禮，從今以後，你就是冥雪弟子。冥雪一宗存在於武林也有上百年的歷史，傳到你手上，已是第七代了。我們冥雪宗一向不喜張揚，選收弟子亦是慎之又慎，到了為師這一代，門下弟子一共兩人，除了我之外，還有一個，就是那日劫走紀空手的方銳。」

韓信這才想到紀空手，不由擔心起他的安危，鳳五將之看在眼中，沈聲道：「方銳劫走紀空手，其意仍在玄鐵龜，你大可放心，他在未得到玄鐵龜之前，是不敢對紀空手下手的。」

韓信舒了一口長氣，道：「如果事實如此，弟子也就放心了。」

鳳五道：「方銳其人，武功與我在伯仲之間，與我同師學藝，按禮數來說你該叫他師叔才對，只是他心術不正，違背師門祖訓，竟然投靠趙高的入世閣，以求榮華富貴，真是可氣可殺！」

韓信奇道：「入世閣是個什麼玩意？」

鳳五接過鳳影遞上的香茗，飲上一口道：「當世武林，有『樓、閣、亭、榭、齋』一說，指的是當今五大武學聖地。其中知音亭、聽香榭一向低調處事，內中傳人少有在江湖中走動，是以名聲不響，知者不多。倒是問天樓、入世閣、流雲齋三股勢力分霸天下，旗鼓相當，數十年來紛爭不斷，到了近十年來，三方爭霸更是到了白熱化的地步。」

韓信還是首次聽到這些江湖軼聞，心中新奇，不由問道：「這也是他們為何如此看重玄鐵龜的原因吧？」

鳳五點頭道：「傳說玄鐵龜中記載了天下無敵的武功，當然引得眾人覬覦，誰若得之，自然可以登上天下霸主之位。但是在它未出現時，三方勢力相互抗衡，倒也難分伯仲，只是入世閣的領袖趙高棋高一著，費盡心機，竟然博得大秦二世胡亥的青睞，拜爲權相，使得入世閣在這幾年來借助官府之力，漸漸有力壓其他兩門的趨勢。」

韓信驚問道：「難道問天樓與流雲齋便任他爲之嗎？」

鳳五眼神一亮道：「當然不是，不過趙高的做法卻打開了這兩門領袖者的思路。能得天下者，又何嘗不能稱霸武林？所以他們利用大量的人力物力，通過古法卦相、玄天神鏡、摸骨測氣種種手段，終於在茫茫人海中各自選定了一位具有帝王之相者全力輔佐，企圖推翻暴秦，取而代之，從而號令天下。」

韓信疑道：「這世上真有如此神奇之事，竟能未卜先知、通曉未來之事？」

鳳五微微一笑道：「天下之大，無奇不有，雖未可全信，但也不可不信。可就算你身具帝王龍氣，若是不全力以赴，盡心施爲，也是枉然之舉，所以說是否真正具有帝王之相還在其次，關鍵在於事在人爲。」

韓信連連點頭，突然悟到什麼道：「莫非陳勝王就是這流雲齋和問天樓選定的人麼？」

鳳五搖頭道：「陳勝王起事，只是意料之中，也是大勢所趨，可惜他目光短淺，手下又無能人志士輔佐，早已被秦軍所滅。如今天下義軍無數，群雄逐鹿，不過真正能夠最終爭奪天下的，無非一個是劉，一個是項。」

韓信心中猛然吃驚，記起了地牢中的蟻戰之事，想道：「這世上難道真有這麼巧合的事情？如果這一切都是事實，我豈不是已預知這場爭霸天下大戰的一切進程？」

他的心中根本不敢相信世上竟有這等事情，同時憶起劉邦叫他與紀空手回淮陰營救陳勝王，直在心中對著自己說道：「不會的，不會的。」他雖能遇見爭霸天下之事，但劉邦的做法使他心裡不僅不見竊喜，反而多出了一絲恐懼。

鳳五顯然沒有注意到韓信的神色，繼續道：「因為在他們的身後，各有一支當今武林最具實力的組織在支持他們，一個是流雲齋，一個就是我們問天樓。」說完頓了一頓，又接道：「所以我的第三件事情，就是要你全力效忠問天樓！」

◆

申帥的出手，很慢很慢，就像是蝸牛爬行，一點一點地向虛空寸進。紀空手人在一丈之外，卻感到了一股莫大的壓力正從四面八方向自己逼迫而來。

他不再等待，終於出拳。虛空中霎時充斥了無數隻剛猛的鐵拳，甚至連他自己也融入了這強猛的氣勢之中，襲捲向申帥那漫布虛空的手掌。

掌立，在拳出的同時而立，如一道厚實的山梁，橫亙於虛空之中。它沒有絲毫的變化，沒有強猛的罡氣，就這麼簡簡單單的一立，擋住了千百道幻變無窮的拳影。

紀空手心驚之下，右臂一振，幻影瞬間俱滅，千百道拳影變成了一拳，以排山倒海之勢擊向了那靜立虛空的掌心。

「呼啦啦……」掌影卻在這時動了，動得很快，每向前移動一寸，都似乎加強了一分力道，如天網裹向這突來的拳頭。

兩人都沒有退，而是選擇了硬撼。

「砰……」拳勁與掌力轟然相擊，暴生狂猛的氣流，如一道強烈的旋風，向四面八方狂瀉而去。塵土漫空，枯葉狂舞，花園中的沈悶突然被打破，到處都是濃烈逼人的殺氣存在。

紀空手身形微晃，大喝一聲：「又是一招。」回拳一收，整個人和拳一齊擊出。

他這一招，絲毫不依半點拳路，倒似他自己平空想像出來的一式招法，充滿著個性與想像，讓人根本看不清楚他的拳勢與走向。

申帥的眼裡閃過一絲詫異與驚駭，似乎沒有想到紀空手的拳法與步法的配合會如此精妙，事實上他與紀空手相擊一掌時就感受到了這個少年給自己帶來的壓力，一旦讓對手在攻擊中占到上風，自己是很難在三兩招內挽回頹勢的。

所以他只有對攻。當紀空手這無孔不入的拳意正以密網捕魚之勢透過每一寸虛空時，他低嘯一聲，掌從身前掠出，捕捉著對方不可捉摸的拳路。

殳枝梅與卓小圓不知何時已立在數丈開外，靜靜地觀看著紀空手與申帥的交手，看到申帥的表情並不輕鬆，她們都不得不對紀空手的武功有了重新的評價。卓小圓更是在心中暗道：「此子的身手原來如此之好，我栽在他的手上，倒也正常。」

就在卓小圓念頭一轉間，紀空手突然手臂絞動，發出的拳勁竟然呈螺旋形狀向申帥逼殺過去，兩人拳掌接觸，申帥的整個人一陣顫慄，差點被這股異力甩到一邊。

◆

申帥心頭一震，他的確沒有想到紀空手的拳勁尚有變化，這簡直大出他的意料之外。他之所以出現在九江郡，是因為接到鳳五的飛鴿傳書，才率人趕到九江伺機劫走紀空手。他當然也知道鳳五曾經與紀空手有過交手，據鳳五所說，紀空手除了內力驚人之外，其他的根本不值一哂。

但是事實上紀空手遠比鳳五口中形容的更難對付，申帥相信鳳五不會騙他，那麼合理的解釋就是在這段時間內紀空手的武功有了驚人變化。

「這是第四招了。」就在申帥處於震驚之中時，紀空手整個人突然縮成一團，以無比迅速的勢頭向申帥的腰腹處猛撞上去。

申帥再也顧不得高手的面子，退後一步，劍鋒已然從鞘中閃出。他並非不能用空手與紀空手周旋下去，但是要想在兩招之內一決勝負，卻是癡心妄想，所以他唯有拔劍。

劍現虛空，化作一片天上的流雲，靈動中透著飄逸與閒散，充分體現了申帥從容的氣度。

紀空手這才知道手中有劍的申帥與手中無劍的申帥並非是一回事，高手就是高手，一劍漫空，自己唯有以更快的速度向後疾退。

紀空手這麼一退，申帥的臉上便多出了一絲不易察覺的笑意，因為他知道，自己贏定了，他的劍法速度之快，當世少有人及，倘若又讓他占得先機，勝券便穩操在手。直到這時，他才真正明白紀空手武功雖有長進，但欠缺臨陣對敵的經驗。

「呼……」劍鋒在手腕急振中，連抖數十道劍花，在勁力的催逼下，化為了星星點點的雪花，優雅而不失靈動，追隨著紀空手滾動的身軀，根本不容他有任何的喘息之機。

任何人都已看出，紀空手已經沒有反擊的機會。他現在竭盡全力要做的，就是躲閃申帥這神出鬼沒、如影附形的一劍，只要他的速度稍慢，隨時都有受制於人的可能。

紀空手當然清楚自己此時的處境，同時也爲自己的一時大意而懊惱。剛才自己出手的一招在當時的情況下，無疑是非常正確的，只要申帥用掌格擋，雙方至少要在三招之後才能見分曉，也就是說自己可以贏得這場賭約。可是他忘記了一點，那就是申帥腰間的那把劍，賭約中並沒有講明申帥不能用劍，所以申帥拔劍，便令整個局勢徹底扭轉。

紀空手心中在想，手腳卻絲毫不慢，滾出五丈之外，依然沒有改變自己的處境，他看不到劍的存在，卻能感覺到劍鋒帶出的殺氣如一個巨大的黑洞般正向自己吞噬而來，虛空中傳出嗚嗚劍嘯之聲，整個空間盡現一片肅殺。

紀空手再滾數尺，突然感覺到身後有物相阻，他毫不遲疑，人如遊蛇般附在這個物體上，直轉了一百八十度的角度，就在這一瞬之間，申帥的劍已然殺到，擦著紀空手的肩膀刺入了其依附的物體之上。

這個物體是一棵老樹，盤根錯節，樹圍極粗，紀空手正是藉此擋住了申帥這凌厲的一劍。

「唰啦啦……」劍氣擊在樹幹上，枝椏盡碎，枯葉如雨直落。樹身搖晃間，紀空手借力一躍，人從樹後撲出，伸手去拍申帥的手腕。

申帥這一劍用力極猛，劍鋒入樹，插入七寸，他沒有想到這棵老樹竟然替紀空手擋了一劍，更沒有想到紀空手反應如此之快，會從樹後出手奪劍。

這一連串的變故都在瞬息間發生，根本就不容申帥有任何思維的時間，他幾乎是出於本能，棄劍直退。

紀空手再不遲疑，人已騰空躍起，突然沉氣下墜，足尖點在插入樹幹的劍柄上，借這一彈之力，人已掠出了七八丈開外，很快消失於一片暗黑樹影之中。

申帥回過神來，幾乎不敢相信自己的眼睛，那些圍伏四周的好手更是沒有想到紀空手人在弱勢之時還能伺機逃走，無不目瞪口呆。

劍柄兀自「嗡嗡」直響，由疾到緩，漸至無聲。申帥緩緩上前，運力一拍，劍身彈入他的手中。望著手下漸漸圍攏過來，他心中頓起無名怒火，喝道：「看什麼看，還不快追？」

殳枝梅小聲稟道：「申長老，此刻全城已經戒嚴，我們如果這個時候出去，只怕會與入世閣的人發生衝突。」

申帥頓時清醒過來，以他們的這點實力，根本不可能與入世閣在九江城中的勢力相抗衡，當務之急，只能忍聲息氣，等待時機。

他輕歎一聲，揮揮手，讓眾人散去，自己一個人靜立在那棵老樹前，望著那被劍鋒穿過的樹洞，怎麼也想不明白紀空手何以能從自己的手中溜走。

對於這樣的結局，還有一個人是沒有想到的，他，就是紀空手。

面對申帥這種一等一的高手，在未動手之前，就算紀空手放膽想像，也絕對想不到自己不僅接下了申帥的四招，而且還成功脫逃。

紀空手沒有想到補天石異力會如此的神奇，在極短的時間內，已經將他從一個毫無內力根基的少年變成了擁有雄厚實力的高手，加上他對武道精神近乎癡迷的執著與悟性，使得他很快躋身於高手之列。他與申帥一戰中得到的最大好處，不是與高手決戰的經驗，也不是臨場的應變，而是他擁有了高手的自信。

因爲自信，才能無畏；只有無畏，才能最大限度地發揮出補天石異力的功效。在紀空手的身上，積蓄的正是天下最剛猛的玄陽之氣，唯有無畏無懼，傲視一切，玄陽之氣才能通達全身經絡，達到行雲流水之境。

正因爲紀空手擁有的是玄陽之氣，所以遇敵愈強，它的抗擊力就愈發強烈。只有遇上比它更強的壓力，它的力量才會一點一點地達到極致。

紀空手並不知道這些，還以爲這一切都是運氣使然。所以他借力騰空後，絲毫不敢停留，而是腳踏樹枝，幾個縱躍，竄出高牆。

他的身形極快，施展出見空步，當真有乘雲御風之感。踏著長街石板，未及百米遠，忽然看到前方有燈火閃晃，人聲喧嚷，他心中一驚，知道這些人必是爲己而來，當下避無可避，只能縱身上房。

他明白自己此刻的處境，無論是問天樓，還是入世閣，這些人都對自己有勢在必得之心。只是一個在明，一個在暗，但不管是哪路人馬，都不是自己能夠應付得了的，現在除了走一步算一步外，他可真是無計可施了。

他的人貼在屋脊上伏行，爬上一幢高樓，向下俯瞰，只見目力所及的範圍內，無論是大街小巷，還是樓閣花園，都有燈火照耀。人影晃動，更有數十條黑影沿著屋頂攀行搜索，漸漸向自己的藏身之處迫來。

什麼是絕境？紀空手此刻算是明白了，但他絕不會任人宰割，更不會束手就擒，他算計到追兵與自己的距離，決定向北逃竄。

由此向北，全是一片高大建築，逃竄時可掩藏身形，更重要的一點是靠近九江名勝——七島湖，湖闊船多，便於隱身逃走。

主意拿定，紀空手借著簷角背瓦的暗影，悄然無聲地向北縱躍。他的氣息悠長，踩著見空步的步法，極難被人發現。那些上房搜尋的人無疑都是入世閣的高手，但要在遠距離的範圍內聽音辨位，難度不小。

眼見再過幾座高樓，紀空手便能隱入湖濱之畔的密林，就在這時，「蓬……」地一聲，一串煙花竄入天空，整個黑夜在一瞬間亮如白晝。

「在那裡！」有人高呼一聲。

紀空手聽這聲音，極是耳熟，正是方銳！他沒有想到對方還有如此一手，知道行蹤暴露，再不遲疑，全力展開身形，向密林竄去。

這片密林面積極大，古樹遮天，雜草茂盛，的確是易於藏身之處。但是紀空手卻絲毫沒有停留的意思，而是飛身疾走，因爲他深知入世閣的勢力太大，完全有能力包圍這片密林，到時再想逃出，實在是妄想之舉。

所以他直奔湖邊，毫不猶豫地潛入湖水，向湖中深處遊去。湖水雖然徹寒，但是他體內的玄陽之氣自然而然地生出禦寒功效，使得他根本不受寒冷的影響，人在水中，形如飛魚般向湖中夜遊的船隻遊去。

此時的湖上，依然來往穿梭著數十隻遊船，華燈懸掛，笙歌飛揚，紀空手人在水中，認準一艘雙帆重樓的豪華大船，深吸一口氣，潛入水下照直遊去。

他認定方銳等人一旦在岸上搜尋無果，必會乘舟下湖，繼續搜尋。而這豪華大船的主人非富即貴，或許與官府有些淵源，自己正可藉此藏身，也許能逃過此劫。

等到他攀上這艘大船的船舷時，屏住呼吸，四處打量，卻發現這大船佈置豪華，排場極大，但是不聞人聲，靜得可怕，與附近的各色遊船喧嚷一時的熱鬧場面相比，顯得格外靜寂。

他心生好奇，躲入一間暗艙之中，調養心氣。適才與申帥一戰，無疑耗盡了他太多的內力，再經過這一番逃亡，整個人幾近虛脫，他正好趁此閒暇調養，以備急時之需。

補天石異力此刻已完全融入了他的經絡血脈中，再無內外之別。當紀空手暗運內氣，靈台一片空時，補天石異力便隨著血氣運行大小周天，每轉一圈，自身的內力便增強一分，等到半個時辰過去，紀空手只覺整個人精神大振，比之與申帥一戰之前，內力似乎又增進了不少。

他的耳目此刻已是高度靈敏，周圍數丈之內的動靜盡在他的聽力之下，便是船下湖水拍打船舷的聲音，也在他的掌握之中。突然間，他的心神一動，發現在他身後十丈處的一間艙房中，隱隱約約傳來兩人對話的聲音。

「玄鐵龜出現江湖，是這段時間最轟動江湖的消息，怪不得這幾天來九江城中高手雲集，便是入世閣與問天樓也無法抗拒誘惑，加入了這場強取豪奪的紛爭當中。」說話之人的聲音很輕，紀空手用心去聽，亦是不能分出男女。

「小公主所言極是，想那玄鐵龜的傳說流傳於世也有上百年的歷史，看來所言非虛。我們此行雖然意不在此，但是既然碰上了，是否也要蹚這渾水？」這人的聲音粗獷豪邁，語氣卻十分恭敬，顯然對這「小公主」非常敬畏。紀空手心中一怔：「小公主？難道是大秦公主嗎？」當世之中，列國俱滅，唯有大秦一統天下，此人既是公主身分，想來應該與大秦有關。

「我們此次東行，主要是靜觀問天樓與流雲齋的動靜，這玄鐵龜一事尚是其次。我曾經聽爹爹說過玄鐵龜的事情，說到這玄鐵龜是否真的記載了天下無敵的武功時，他老人家心存懷疑，認爲是有人以訛傳訛，故弄玄虛，要不然玄鐵龜存世百年，幾易其主，怎麼不見有人參透其中奧秘？」那被喚作「小公主」的女子輕聲說道。

紀空手心中生奇：「我曾聽方銳分析當今武林大勢時，說到當世武林中，是以『樓、閣、亭、榭、齋』引領群雄，聽這小公主的口氣，莫非她也是這些門派之一麼？」他心中一震，更是留了心思。

那粗豪的聲音又起道：「主公雄才大略，見識非凡，他老人家既是這般說法，想來不差。這麼說來，我們便袖手旁觀，任憑問天樓與入世閣去爭個你死我活吧！」

「此話卻又差矣。」小公主道：「我倒聽說那玄鐵龜與那個叫紀空手的小無賴有關。」

紀空手聽到別人說起自己，心中驚道：「想不到我也成了名人。」他卻不知，近段時間在江湖中人的口中，他與韓信的大名最受人津津樂道，風頭之勁，一時無兩。

那小公主繼續說道：「此人據說在得到玄鐵龜前，從來不識武功爲何物，但是近段時間他的身手竟然變化得極是厲害，大有突飛猛進之勢。據我猜測，想必與玄鐵龜大有關係，反正我們人已來到了九江，不妨靜觀其變，該出手時也插上一腳。」

紀空手聽到這裡，不由憤然思道：「你說得倒輕巧，你這麼插上一腳，卻平空又讓我多了一個強敵。」

他已從這兩人的談話之間聽出了這二人的氣息平和悠長，顯然內功精湛，身手不弱。當下不敢大意，屏住呼吸，準備尋機逃竄。

就在這時，船艙之外忽然放亮，人聲隱隱，舟槳聲聲不斷。紀空手暗叫一聲：「不好，方銳他們追上來了！」當即潛出艙外，上到樓船最頂層處，觀望動靜。

他此時居高臨下，視線極好，可以洞察四周環境，一旦被人發現，隨時可以跳湖逃遁，眼見這艘大船漸被幾艘快船圍上，當頭一船甲板上立有一人，正是入世閣的高手方銳。

◆

韓信對鳳五的前兩件事情都答應得非常乾脆，但是對於效忠問天樓，他感到了一絲猶豫。對於他這樣一個無家可歸的浪子來說，能夠投靠像問天樓這樣有實力的組織，是他的榮幸，何況問天樓相助的一支義軍又是劉姓，居然暗合上天昭示的玄機，這讓他感到大有作爲。不過，「良臣擇主而棲」，這個決定關乎到自己一生的命運，他不得不慎之又慎。

鳳五看出了韓信的心思，微微一笑道：「你有什麼問題，儘管向爲師提出，只要是爲師知道的，定知無不言，言無不盡。」他言下已以恩師自居。

韓信考慮良久，這才恭聲答道：「弟子一生流浪江湖，無依無靠，得蒙師父厚愛，收入門牆，弟子實在歡喜得很。只是弟子從來不知問天樓之名，今日倉促提起，便要盡效忠之心，只怕於情於理都有不合。」

鳳五想想也覺有理，畢竟這是人生大事，讓他在這麼短的時間內做出決定，未免有些草率，不由點頭道：「既是如此，我也不勉強你，三日之後，你再答覆我吧。」

韓信輕舒了一口氣，三人出閣，來到了山莊的會客廳中。鳳影叫來幾名丫環，送上茶點，三人邊吃邊談。鳳五想到晚年收徒，愛女又與之情投意合，心中的喜悅自然流露眉間，對韓信的態度更是親近了幾分。

韓信少年孤苦，哪裡享受過這等親情溫馨的時刻？思及過往之事，真若天上地下，恍如一夢。眼中流露出的愛意，盡灑在鳳影一人身上，心中實在有種說不出的歡喜。

鳳五看在眼中，倒也識趣，尋了個藉口逕自去了，整個廳堂之中便只剩下韓信與鳳影在內，二人你望著我，我望著你，一個情字，鎖定在他們目光之間。

鳳影「噗哧」一笑道：「認識你這麼長的時間，就數你今天的話最少，莫非是多了我這麼一個累贅，感到煩心了嗎？」

韓信捕捉著鳳影那俏皮的目光，臉上情不自禁地流露出一種幸福的笑意，道：「像你這樣的累贅，我情願是多多益善，也只有到了這一刻，我才感到自己是多麼地幸運能認識你。」

「能聽到你這麼說，我也算是知足了。」鳳影淡淡笑道：「你可知道，看到你在牢中失魂落魄的樣子，我多麼擔心你會出事。我總在想，若是你不在這個世上了，我是否還有活下去的勇氣？」

鳳影語出真心，自然而然地表露出一種對韓信的深深依戀，聽得韓信心中微微一蕩，握著鳳影伸來的柔荑，感動地道：「我也是這般想法。」

兩人相互體會著從手上傳來的對方體溫，心中洋溢著無限的甜蜜。鳳影悠然道：「這也許就是書上所說的緣分吧，若非我不是在那一日來地牢中看見你，也不會替你送飯，與你聊天了。你可知道，從你口中說出來的許多事情，聽在我的耳裡，總是那麼新奇有趣。」

韓信心中苦笑道：「在你眼中看上去新奇有趣的事情，在我看來卻無趣得很。像你這樣一個千金小姐，又怎能想像得到我這些年來做人的辛酸？」他的思緒飄渺，感慨萬千，想到今後自己的人生道路，不由輕輕地歎了一口氣。

鳳影奇道：「韓大哥，你在想什麼？莫非爹爹逼你效忠問天樓，讓你感到煩心了麼？」

「那倒沒有。」韓信微微一笑道：「師父叫我效忠問天樓，卻也古怪，難道是問天樓與我們冥雪一派還有瓜葛不成？」

他既然拜入鳳五門下，自然是應該效忠師門才對，可是鳳五卻要他效忠問天樓，若是他一口答應，假若有一天問天樓與冥雪發生衝突，他又應該效忠於誰呢？韓信覺得這是一件值得考慮的事情。

鳳影道：「人家都說師門恩重，但在我爹爹眼中，問天樓顯然要比師門重要得多。記得自我記事之日起，我便聽得爹爹言道：『師門於我，固然重要，但問天樓主是我鳳家世代追奉的主人，在師門與祖訓之間，我唯有選擇這一條路。』」

韓信奇道：「我聽說問天樓創世已有百年，按這麼算來，應該是問天樓於你鳳家曾經有過莫大的恩惠，所以你爹爹才會效忠於問天樓。」

鳳影微微點頭道：「你這麼說，倒也猜了個八九不離十，告訴你吧，你可知道這問天樓是何人所創？」

韓信搖頭道：「我初涉江湖未久，怎會知道？」

鳳影道：「我倒忘了，你連這名字都是聽說未久，又怎知道這些江湖軼聞呢？在一百多年前，當時的衛國遭大秦吞併，衛國王室宗族子弟意圖復國，便以『問天樓』三字建立了一個反秦復國的組織，企圖有朝一日，再創衛國輝煌時期。當時問天樓主便是衛國公子衛如意，他身懷滅國之恨，臥薪嘗膽，辛勞奔波，率領手下四大家臣屢次行刺秦王，雖未成功一次，但他的義舉卻感動了許多武林中人，使得江湖高手紛紛投效，因此『問天樓』便成爲了當時武林『五霸』之一。」

韓信這才知曉問天樓的由來，想到衛如意當時百折不撓、誓死相拚的大丈夫行徑，心中油然生出敬服之意。

鳳影看他一眼，又道：「問天樓由此在武林中創下了偌大的名頭，在衛如意之下，他的四大家臣更是當時享譽武林的絕頂高手，忠心耿耿，一心護主，留下了不少傳奇百世的佳話。在他們的鼎立相助下，使得問天樓屹立江湖之上，歷經百年滄桑，至今不倒。」

韓信心中一動，道：「我明白了，這四大家臣中，其中定有一個是『鳳』姓，那便是你們的祖先了。」

鳳影微一點頭，見得韓信頭腦靈光，心中大悅，繼續說道：「這四大家臣各姓申、鳳、成、寧，一向與武林有著極深的淵源。他們各領一職，分佈四方，支撐起問天樓的整個骨架。」

韓信忽然想到了一件事情，此事關係到他一生前程，是以他不得不問道：「那麼問天樓支持的義軍又是哪一路人馬呢？」

他心中隱隱覺得，如果問天樓選定的人選是劉邦，那麼一切問題都將迎刃而解。因爲他與劉邦亦師亦友，雖然接觸時間不長，卻感受到了來自劉邦身上的王者霸氣，只是此時天下大亂，群雄紛起，姓劉者又何止劉邦一人？是以他不敢確定。

在他的心中，自從在蟻戰中悟到玄機之後，他對自己今後的命運走向有了十分清楚的認識，這也是他不能答應鳳五的原因之一。他總覺得，這是上蒼在冥冥中給自己的昭示，如果逆天而行，必將受到上蒼的懲罰。在這千載難逢的機會面前，他只有珍惜，才能預見和掌握自己未來的命運。

「這個我也不太清楚。」鳳影搖搖頭道：「此乃問天樓的最高機密，除了我爹爹和少數幾個大人物知道外，相信不會再有人可以知道。」

韓信感到了一絲失望，但是在這一瞬間，他突然下定了決心，決定追隨問天樓輔佐這支劉姓義軍。它也許不是劉邦統領的那支義軍，但爲了自己今生的榮譽與前途，有時候犧牲一下自己的朋友，也是無奈之舉。

鳳影從韓信堅定的表情中看出了他心中作出了抉擇，不由擔心地問道：「你是否想告訴我你已經有了自己的選擇？」

「是的。」韓信微微一笑道：「是一個絕對不會讓你失望的選擇。」

鳳影聞言一震，隨即整個人投入韓信的懷中，眼中流露出無盡的喜悅。因爲她知道，從此刻起，再沒有什麼可以成爲他們之間的障礙，他們注定是一對情人走完這今生一世。

◆

方銳沒有想到問天樓會在自己的眼皮底下劫走紀空手，惱羞成怒之下，他出動了入世閣的眾多高手及官府的力量，在九江城內展開了地毯式的搜查。所幸的是，經過不懈的努力，他終於又重新看到了紀空手的蹤影。

但不幸的是，紀空手的身影恍若驚鴻一現，便隱沒在七島湖暗黑的水域之中。面對如此廣闊的湖面，要想在這其中搜尋一個人，這是一件非常困難的事情，但是方銳並不死心，還是出動了數十艘快船搜查過來。因爲他知道，若是讓趙高知曉了他得而復失的消息，他必定會吃不了兜著走。

就在這種忐忑不安的心情之下，他終於注意到了眼前的這艘豪華大船。這並非是他有超人的第六感官，而是這艘大船實在是太特別了，無燈無聲，與湖面上穿梭往來的畫舫相比，簡直格格不入。

他是久歷江湖之人，雖然心急如焚，卻不冒失。他看出了能乘這種豪華大船之人絕非是等閒之輩，所以指揮快船圍上之後，並未下令上船搜人，而是將自己的船隻停靠在與大船兩丈處的水面上。

「在下入世閣方銳，有要事相擾，還請主人出來一見。」他人立船頭，拱手行禮，聲音中隱挾內勁，遙遙傳出，便是百丈之外亦可聽清。

但是大船靜寂無聲，沒有一絲反應，就像空無一人般。連紀空手也不由在心中納悶：「聽那兩人的對話，顯然是武林中人，此刻竟然連方銳也不放在眼中，這可有些奇了。」

方銳連呼三聲，都未有人應，心中不免有氣，放高嗓門叫道：「主人既不相見，請恕方銳無禮了！」他大手一揮，正要下令手下跳船而上，卻聽得大船上有人沈聲喝道：「你算什麼東西，也想見我家主人！」

話音一落，驀見大船之上燈火燃起，人影簇動，竟有數十人之多，每人手中各持火把，照得大船亮如白晝，聲勢懾人。

紀空手心中驚道：「原來這大船上藏有這麼多人，可不要讓他們發現了我的行蹤。」身子不由自主地又往裡縮了幾寸。

但見這群人一分為二，各列兩行，站立甲板之上。一個年近五旬的青衣老者緩緩踱步而出，步履雖慢，卻極有韻律，每一步踏出，都給人一種無形的壓力。方銳見得此人，臉上立時色變，心中驚道：「這不是知音亭的吹笛翁嗎？素聞知音亭不問武林之事，門下少有人涉足江湖，此時此刻，他卻現身九江，難道也想意圖不軌？」

他深吸一口氣，壓下自己心中的驚懼，雙手抱拳道：「原來是吹笛翁在此，這可叫方銳失了禮數。此刻在下有要事在身，乞求一見你家主公，不知船中是五音先生，還是小公主？」

他口中說的五音先生，正是知音亭首腦人物，相傳此人武功之高，已經排名天下前十之列。論身分地位，便是與一代權臣、入世閣主趙高相比也不遑多讓，方銳當然不敢托大。而那位小公主，則是五音先生的愛女紅顏，據說其相貌音律俱是一流，更對武道素有心得，方銳久仰芳名，也是迄今不曾見得芳容。

吹笛翁見方銳言語恭謹，神色稍緩。他對方銳之名也有所聞，知道其人乃入世閣八大高手之一，自然不敢小覷，執回手禮道：「我家小公主一向不見生客，方先生雖然身分尊崇，只怕也要失望而歸了。」

方銳聽之，心中暗怒，他身爲入世閣高手，行走江湖，原是驕傲橫蠻慣了，若非對方是趙高一心籠絡之人，他又豈會如此禮數周到，謙恭順從？當下輕哼一聲道：「換在平日，方銳自當退避三舍，不敢打擾小公主的清思，只是此刻方銳追緝入世閣要犯，還望吹笛翁通融一二。」

他言下之意，大有一言不合強行搜船之舉，雙方屬下更是持刀在手，怒目橫對，空氣中洋溢出一觸即發之勢。

吹笛翁看在眼中，冷冷一笑，雙手背負，竟似不將方銳放在眼裡。他與方銳都是齊名的高手，素有聞名，只是不曾交手，倒想藉此機會一較高下。

紀空手人在遠處，亦感受到了這兩大高手瀉溢空中的殺氣。他早知這二人的身手遠勝江天、毛禹之流，但他的心中卻不似先前那種高山仰止、不可逾越的感覺，反而覺得這二人的功力雖高，但他們形成的氣機磁場並非不可捉摸。

雖然方銳與吹笛翁相隔數丈，人立船頭，紋絲不動，但是紀空手卻看到了兩人都企圖利用自己強大的內力控制雙方相峙的空間，那湧動的氣流宛如黑雲壓城，在擠壓碰撞中爆閃出大戰在即的戰意。

就在方銳眉心一跳，伸手按劍之時，他驀然聽到了一個淡如雲煙、飄渺於廣闊天地之間的簫音。

簫音幽咽，和著悠悠的湖水蕩漾開來，宛如情人的哀訴，又似來自雲天之外的一片流雲，使得聞者俱都沈浸在這悠然纏綿的意境之中。方才還是漫天彌漫的殺氣，便在這醉人的簫音中如絲般一點點地化入空中，直至無形。

一曲既終，餘韻猶存，紀空手仿如夢中初醒，靈智一清，已經辨明簫音的來處正是這艘大船的客艙中，想來吹簫之人必是這些人口中所說的「小公主」了。

他心中一蕩，尋思道：「能吹奏得如此絕妙好曲之人，想來必是國色天香一流的人物，我若有幸一見，也算此行不虛了。」他一心只想佳人真面，一時之間，竟然忘了自己此時正處於危局之中。

方銳拱手道：「久聞小公主對音律的領悟已臻化境，今日所聞，果然名不虛傳。既然小公主不願相見方銳這等俗物，那方銳只有告辭了。」

他和吹笛翁雖未過招，卻在相峙中掂量到了其人功力，當然不敢貿然動手。而更令他感到恐懼的是，小公主的簫音看似溫婉平和，卻似有一種內勁貫入簫聲之中，對自己的戰意有著不可抗拒的抑制作用。他認清形勢，明白自己倘若用強，定然討不了好，倒不如忍一時之氣。更何況他也拿不定紀空手是否藏匿於船中，若是因此與知音亭發生衝突，未免得不償失。

方銳拿定主意，揮手讓眾屬下撤離，只一時半刻，小公主所居的豪華大船附近數十丈內，再也不見半點船隻。

吹笛翁拍一拍手，屬下手中的燈火俱滅，整個船上又恢復到了死寂般的狀態。

紀空手輕舒一口氣，知道自己暫時躲過了一劫，正要重新潛回艙中歇息，突然間他感到了自己身後有異，急忙回頭，只見一個婀娜多姿的身影在暗黑的夜色中似隱似現，有一種說不出的詭異，更有一種說不出的飄逸。

紀空手心中一沈，忖道：「此人接近我一丈範圍內才被我發覺，可見功力之高，絕非我所能比。幸好她並無惡意，否則吾命休矣。」他的耳目已是極爲靈光，自然認得來者是個少女，心中不由暗叫：「莫非她就是小公主？」

面對來人，紀空手明知反抗無用，心中也不驚懼，微微一笑道：「在下被人追殺，慌不擇路，借貴船暫避一時，不想打擾了主人，得罪莫怪。」

這少女眼神中露出一絲詫異之色，顯然沒有料到紀空手在這種情況下還能如此鎮定，不由冷冷地問了一句：「你就是紀空手？」

「紀空手只是淮陰城中的一個小無賴，又非名人，誰會冒名頂替？不錯，紀空手正是區區在下。」紀空手明知抵賴不了，便一口應承，倒想看看知音亭這幫人又會怎樣對付自己。

他從小生活在市井之中，殘酷的生存環境造就了他堅忍不拔的性格，舉手投足間，更有一種對待萬事萬物都是毫不在乎的味道，大有「我是流氓我怕誰」的勢頭。

紅顏只覺眼前一亮，似乎還是第一次碰到有人這樣與她說話。她身爲五音先生的掌上明珠，自幼受寵，又得他人的擁戴，仿若眾星捧月，在知音亭的地位極受尊崇。平時便是有人大聲對她說話亦不得見，偏偏紀空手這副無所畏懼的痞子形象讓她心生興趣。

「你很坦白，不過你可知道你現在的處境？」紅顏的眼中射出柔和的光線，語氣卻依舊冰冷。

「我現在是眾人眼中的香餑餑，誰見了都想咬上一口，你難道不是這樣嗎？」紀空手嘻嘻一笑道。

「放肆！」從紅顏的身後傳來一個聲音，正是吹笛翁，他顯然不想讓紀空手胡說八道，得罪紅顏。

紅顏小臉一紅，一擺手道：「讓他說吧，他的粗理不粗，至少他沒有說錯，我的確是對玄鐵龜很有興趣。」

紅顏的直言不諱讓紀空手怔了一怔，他不由得重新打量起眼前的這位佳人來，雖然夜色之下看不真切，但他分明感到了這張俏臉上的那一份羞澀。

「我並沒有亂說一氣，事實如此嘛！先是問天樓的鳳五，接著又是入世閣的方銳，還有卓小圓、殳枝梅帶來的申長老，哪個不是對我心存勢在必得？」紀空手看了看紅顏驚訝的臉色，忍不住又附上一句：「便是連你們也想插上一腳，我難道還不是人人欲搶的香餑餑嗎？」

紅顏雖然料到武林中人對玄鐵龜的覬覦之心，卻沒有想到就在這麼短的時間內，問天樓與入世閣之間竟然為了紀空手已經明爭暗鬥起來，而更讓她吃驚的是，聽紀空手所言，他已經偷聽到了自己與吹笛翁的對話，以她二人的功力尚不能察覺，可見此人確有異於常人之處。

「紀公子所言極是，但紅顏對你，並無惡意，只是想就玄鐵龜一事，向紀公子討教幾個問題。」紅顏擺明自己的立場，繼續說道：「此處風大，又有入世閣的人在旁監視，如果紀公子不介意的話，不妨移駕艙內，你我細談如何？」

她的言語極為有禮，自有一股讓人不可抗拒的力量，紀空手難得聽到有人叫聲「紀公子」，心中高興，便隨在她的身後，進了一間客艙。

這間客艙不大，卻焚香置琴，極爲雅致，兩人剛一坐定，吹笛翁已吩咐下人燃燈上茶。

燭火在艙房中燃起，驅散了黑暗，紀空手借著光亮望去，突然「呀……」地一聲，幾乎不敢相信自己的眼睛。

這位知音亭的小公主至多也不會超過十六七歲，卻絲毫不帶一絲稚氣，她的整個人長得非常貴氣，清秀典雅，宛如溫室長成的牡丹，高不可攀。她的骨肉勻稱，姿態優雅，文靜大方中不失少女應有的矜持。兩人相視一眼，目光交觸下，紅顏在心中驚道：「這是個什麼樣的男人呀！」竟然開啓了少女心扉的一道縫隙。

她所見到的紀空手，無疑是一個貨真價實的紀空手，他的大膽，他的智慧，他那毫不在乎的神態，他那略帶幾分憂鬱的眼神，無不構成一個具有獨特性格的男人形象。他的年紀不大，臉上卻有著飽經世事的滄桑；他的身材並不魁梧，卻有著充滿力感之美的剽悍。在紅顏的眼中，她彷彿看到的並不是紀空手，而是一頭夜行於大漠黃沙之中的蒼狼。

相對的一望只是一瞬，但在彼此之間似乎都留下了對方美好的印象。當紅顏發現紀空手眼中閃爍著發光且令人心動的東西時，俏臉一紅，低垂螓首，沒有絲毫的不悅之色，反而在心中多了一絲暗暗的歡喜。一股少女特有的處子幽香，更是蓋過了房中淡淡的檀香，令紀空手有聞之欲醉的感覺。

吹笛翁見得紀空手的目光如此大膽放肆，眉間怒氣頓生，輕咳一聲，紅顏這才知曉自己有些失態，不由微微一笑道：「紀公子請用茶。」

紀空手道：「剛才聽得姑娘吹簫一曲，我便在心裡暗想，能夠吹得如此妙曲者，必是國色天香之佳人，否則斷然不能領悟到音律中至美的意境。此時見得姑娘，才證明我所想不虛。」他答非所問，卻語出真情，紅顏聽在心中，並不怪他無禮，反是樂滋滋的。

「原來紀公子懂得音律？」紅顏有些奇道。

「懂得倒未必，不過跟著丁老爺子的時候，聽他說過一二。」丁衡雖是神盜，但是所學頗雜，對琴棋書畫、吹拉彈唱這些雅事固然偏好，對那些雞鳴狗盜、賭騙坑拐之類的下三濫東西亦是精通不凡，紀空手耳染目濡，加上天生聰慧，自然一學即會，一會即精，這時候權當急用，倒也應景切題。

第十一章　冥雪劍宗

紅顏眼中一亮道：「丁老爺子莫非就是神盜丁衡？」

「是呀，我得到的玄鐵龜正是取自於他的身上，可惜呀可惜，想不到他老爺子一世英名，到頭來卻栽在莫干這種小人手上。」紀空手提及此事，不免心中酸楚，想到自己與丁衡雖無師徒之名，卻有師徒之實，兩年的光景，讓他這個孤苦伶仃的流浪兒第一次享受到了溫馨的親情。

「倘若丁老爺子在天有靈，得知你從玄鐵龜中學得武功，想必亦可放心了，你又何必傷心呢？」紅顏見他眼中透出傷感之情，不由勸慰道。

紀空手正色道：「不管姑娘信與不信，在下的確未從玄鐵龜中學得半點武功。玄鐵龜在我的手中不到一日，便遭爐火化爲廢鐵渣了，只留下兩枚普通之極的圓石，這是千真萬確的事情。」他此前一連串的遭遇全係玄鐵龜之故，是以陰差陽錯，無從辯起。此刻遇上紅顏，他的心中有一種說不出的親近，急切想說明自己遭受的不白之冤。

「我相信你。」紅顏望著紀空手焦灼的眼神，看到了裡面所涵含的真誠，不由柔聲說道。她之所以能夠對紀空手的這番解釋表示認同，一是因爲她父親的分析決定了她對玄鐵龜的判斷；二是因爲她喜歡紀空手，相信他不會在自己的面前說謊。

紀空手頓時充滿了感激之色，大有把紅顏當成知己的感覺。在這段時間中，他幾乎是有口莫辯，每一個人都將他的話當成了敷衍之詞，令他哭笑不得，卻也只能沈默以對。難得今夜有佳人如此，實在讓他心中歡喜。

「不過除了我之外，只怕這個世上能夠相信你這種說法的人並不多見，因為事情太過巧合，在時間上也極度吻合，正好是在你得到玄鐵龜的同時，你才從一個不懂武功之人成為了一代高手，這是一個不爭的事實，難怪有人會不相信。」紅顏一語道破了癥結所在，其實在她的心中，也想解開這個謎底。

於是紀空手一五一十地將自己的遭遇全部吐露出來，唯恐還有疏漏，還不時補上幾句。不知是出於什麼原因，當他看到紅顏那明亮而不沾一絲纖塵的大眼睛時，便有一種坦誠相待的衝動，恨不得將自己所發生的事情全部毫無保留地向她傾訴出來。

紅顏在聽著紀空手講述的同時，以一種極度詫異的眼神不斷地與站在一旁的吹笛翁交流著什麼，她沒法不相信紀空手所說的一切，因為任何一個人要想臨時編造出這麼一段豐富而生動的故事都是不可能的，這令她漸漸有了一個驚人的結論：那就是坐在她面前的這位少年，不僅機緣巧合地獲得了神奇的補天石異力，更是一位百年不遇的練武奇才。他對武道的一切似乎都有著一種先天的本能，對一些武學的至理更有一種令人難以置信的領悟與理解。

紅顏認識到了這一點，吹笛翁顯然也認識到了這一點，在這位知音亭高手的眼中，他更是看到了這對少年男女眼中的無盡仰慕之意。

「光陰如流水，昨日尚在咿呀學語的小公主，今日卻成了待嫁之身的黃花閨女，只是他們一個是地位尊崇的豪門小姐，一個卻是流浪市井的浪人遊子，真不知這是一段良緣，還是情孽。」吹笛翁心中憑生感慨，更清楚這麼一件事情，如果知音亭得到玄鐵龜這等異寶，假以時日，也許這位少年會讓知音亭力壓「閣、樓、齋、榭」，重新譜寫武林歷史。

紅顏那盈盈的秋波中，透出了一絲挽留之意，無論是爲了知音亭，還是爲了自己，她似乎都應該留下紀空手。雖然她雍容華貴，大度自然，然而要讓她一個少女開口相留，又叫她怎不心生羞意？

不過幸好還有吹笛翁，如果他連這點都看不出來，他就不是一閱歷無數的老江湖了。

◆

三月的北國，還是乍暖還寒的季節。

河東郡問天樓刑獄重地——鳳舞山莊內，鳳五人坐亭中，看著韓信一招一式演練著自己雪冥一脈的鎮派奇技——流星劍式，臉上情不自禁地露出欣慰之色。

不可否認，這位有著補天石異力的少年正是鳳五可遇而不可求的絕佳傳人。流星劍式的七招劍路詭異，變化多端，需要有極爲深厚的玄陰之氣輔之，才能將這套劍法的精妙處演繹得淋漓盡致，而韓信與流星劍式，無疑是一對上天安排的天作之合。

能得到韓信這樣的人才，對鳳五來說，未嘗不是對問天樓的一種補償。在得到了問天樓主衛三公子的首肯之後，鳳五加快了鍛造韓信成才的進程，因爲此時正是用人之際，問天樓需要韓信這種忠心而且身分未露的高手去完成一些特殊事情。

鳳五輕啜了一口香茗，看著韓信將最後一招劍式近乎完美地結束，不由心生感慨地暗道：「只有在這個時候，我才真的感覺到自己已經老了。」

「爹，我把東西取來了。」鳳影歡快的聲音伴隨著急促的腳步從碎石道上傳來，聲調暢美，顯示著戀愛中的少女特有的甜美心態。

看著鳳影手中捧著的那一方彩繒裝飾的銅匣，鳳五的眼中綻射出一股深深的眷念之情。因爲在那個銅匣的裡面，不僅記錄了冥雪宗歷代宗師創就的輝煌，更是他昔日遊俠江湖的真實寫照。

隨著鳳影的手輕輕放下，那一方銅匣靜靜地躺在亭中的石几上，彷彿在期盼著自己的主人將自己從這銅匣中釋放出來。當韓信揩拭著汗水來到古亭之中時，看到鳳影銜著自己眨了一下眼睛，他似乎意識到鳳五將要宣佈一件重要的事情。

「流星劍式的精髓，在於快中有靜，仿如寒夜蒼穹中的流星，在淒寒中給人以想像的空間，最終構成一種極致的美感。」鳳五微微一笑道：「你能在這麼短的時間內學到形似，已是難能可貴了。但是你要緊記，形似不是目的，只有做到神似，你才可能成爲冥雪宗的高手。」

韓信感到了鳳五對自己的期望，面對諄諄教導，他的心中流過一片暖意，點著頭道：「師父所言極是，弟子也覺得練劍之時，身上的玄陰之氣並未完全融入到劍意之中，這可能與弟子的悟性及資質有關吧？」

「冥雪宗中，無一不是大智大慧之人，否則我也不會收你爲徒。對於這一點，你應該要有相當的自信。記得在我初學這套劍法時，足足耗去了我三年時間，才達到形似之境，而你的悟性極佳，體內又有雄渾的玄陰之氣，日後的成就定會在爲師之上。」鳳五拍了拍他的肩膀，極是賞識這位晚年收下的弟子，心中的那股得意勁兒自是無以言表。對他來說，有了韓信，不僅冥雪宗後繼有人，便是問天樓亦多了一個強手，真所謂一舉兩得。

他看到亭外一段枯枝上冒出一點新芽，心有所感，半晌才道：「紅粉贈佳人，寶劍送英雄，你之所以每每練劍之時都感到有意猶未盡的缺憾，形到而意不到，這與你手上的劍大有關係，其實真正要將流星劍式做到完美的極致，必須要有一枝梅相配！」

「一枝梅？」韓信大惑不解，他怎麼也想不到劍法和梅花會扯上關係。

鳳影抿嘴一笑，努了努嘴，指向那石几之上的銅匣，韓信這才注意到了那一方足有三尺五寸長的東西。

「是的，是一枝梅，卻不是亭外的那些欺霜傲雪之梅，而是一把寶劍的名稱，它是我冥雪宗的鎮派之寶，若非正宗傳人，絕不可得！」鳳五臉上一片肅然，緩緩走到石几前，輕撫銅匣，眼顯慈愛，就像是面對搖籃中的孩子一般。

「莫非就是它麼？」韓信明白了，卻不理解鳳五此舉的用意。

鳳五點了點頭，眼芒漫向虛空，彷彿又回到了自己的少年時代。他記起了自己仗劍誅凶的義舉，也想到了自己憑這一枝梅力敵流雲齋三大高手時的輝煌一刻。對於一枝梅，他有著太深的感情，就如同對鳳影一樣，心中始終有著難以割捨的情懷。但是到了今天，他卻不得不將它相贈於人，因爲他知道，只有將寶劍交給它真正的主人，它的生命才能得到最好的延續，直至昇華通靈。

「你能否答應我，劍在人在，劍亡人亡，將這把劍視作自己的生命？」鳳五逼視著韓信，希望他能做出肯定的回答。

「這是師父的愛劍，我豈能占爲己有？」韓信不免惶惶地說道。

「只要你答應我，從此刻起，你就是它的主人，同時也是冥雪宗這一代的唯一傳人！」鳳五肅然道。

「這……這……」韓信猶豫了片刻，終於擋不住銅匣的誘惑，點了點頭道：「韓信謹遵師父教誨，從今以後，劍在人在，劍亡人亡！」

這是一個承諾，是一個劍客對自己的劍的承諾，一個不敢作出如此承諾的劍客，他又怎能成爲傲視天下的劍客呢？

鳳五明白這一點，所以他笑了。

韓信站到了石几邊，顫抖著雙手，按上了這銅匣的機關。「啪……」地一聲，銅匣蓋開，便聽得匣中驀然發出了一道龍吟，細長而悠遠，彷彿來自於九天之外的空際。

「果然是靈劍識主。」鳳五喃喃道，絲毫不覺驚奇，他記得當他第一次看到一枝梅時，它也曾發出過相同的聲音。

韓信只覺得心頭一震，有一道觸及自己靈魂深處的電流在蠢蠢欲動。當他看到這把劍靜靜地躺在劍匣之中時，彷彿感到自己是那麼地冷靜，那麼地平和，絲毫不覺有孤苦淒寒之感。

劍長三尺有二，鋒刃雪亮，劍身盡白，而劍身中段處綻放一朵如血紅梅，故名一枝梅。

就在韓信手觸劍柄的剎那間，他只覺得自己的心脈一動，從劍中傳來一股柔和之力，沿著自己的經脈貫注於全身，經大小周天運行一圈之後，重新又回到了劍身之中。

在這個並不漫長的過程中，韓信的整個人彷彿都進入了一個虛無之境，肉身盡滅，只有自己的靈魂飄渺期間，感悟著這股靈異之力在運行中的每一寸空間裡與自己的血肉相融交流。在一剎那間，他忽然感到不知是自己賦予了一枝梅新的生命，還是一枝梅對他的生命作出了重塑的定義，總而言之，當他漸復清明時，發現自己已經與一枝梅融成了一個整體，再沒有任何東西可以將他們分離。

他緩緩地提劍在手，劍身出匣，整個古亭頓生凜凜寒意，劍光耀眼，便連亭中的空氣也在這一刻間停止了流動一般。

「好劍！好劍！果然是絕世神劍！」韓信忍不住讚了一句，手腕一振，劍引龍吟之聲，驀然劍影一閃，漫向虛空的深處。

他所舞的正是流星七式，每一式劃出，竟然比之先前快了一倍，而且劍出意出，劍意合一，劍氣駕馭幾乎達到隨心所欲之境。古亭中只見道道劍影，宛如流星劃過夜空的軌跡，靈動飄忽，來去難覓其蹤，卻誰也不會懷疑它的存在。

等到他舞完這七式劍法時，劍身又起龍吟之聲，似乎盡興時的歡歌。韓信還劍入匣，臉上竟露出一絲不可掩飾的傲然之氣。

「可喜可賀，你擁有了此劍，整個人便多了一份王者霸氣，這也正是高手必須具備的自信。」鳳五拍案叫妙，心中大喜。

「這都是師父成全弟子！」韓信恢復常態，極爲謙恭地道。

「以你現在的身手，爲師是無物可教了。雖然你所學的只有流星七式，但流星七式卻是博大精深，玄奧無窮，足夠你用一生一世去領悟與學習。真正的高手，從來就不是教出來的，只有在不斷地實戰中去磨練，才能最終邁向武學的巔峰，所以從今往後，一切都唯有靠你自己了。」鳳五語重心長，所言的全是自己畢生的經驗之談，由此可見，他對韓信不僅厚愛有加，更在其身上寄託了太多的期望。

「我能行嗎？」韓信依然有些懷疑自己的能力，似乎不敢相信自己竟從一個無知無識的常人變成了一個江湖高手，如此大的身分反差，令他有種恍如一夢的感覺。

「你應該有這個自信。」鳳五淡淡一笑道：「因爲你若沒有這個自信，你就很難完成一項非常艱鉅的任務。」

韓信望向鳳五，似乎對他的說話感到不解，當他看到鳳五眉間閃出一絲憂慮之色時，忽然有一種預感，認識到鳳五接下來要說的事情也許會改變他一生的命運。

「弟子能不能不去？」韓信望了一眼鳳影，眼中拋割不下自己心愛的女人。他似乎明白，鳳五向他指引的，或許是一條充滿荆棘的不歸路，凶吉未卜，誰能預料未來將是一種什麼樣的境況？

「不能！因爲你是冥雪宗唯一的傳人，更是問天樓的問天戰士！」鳳五斷然答道，他的目光落在鳳影的身上，充滿慈愛地接道：「一個深愛著自己女人的男人，就應該去開創屬於自己的輝煌，只有這樣，你才能最終獲得女人的芳心。小夥子，記住這一點吧，鳳家的女子，是絕對不會喜歡一個懦夫的！」

韓信的目光鎖定在鳳影的大眼上，看著那美麗的眼中綻放出堅毅卻充滿無限愛意的眼神，心中頓有一股豪情衝天而起，同時有著強大的自信，只覺任何艱難的挑戰都不在話下，爲了自己心愛的人兒，他不惜付出一切代價。

「我可以去，但是你一定要答應我，當我回來的時候，就是我與影妹的成婚之日！」韓信緩緩說道。

鳳影眼中多了一絲不可名狀的愁意，絲毫不能掩飾自己對韓信的牽掛與擔心。但在這一刻間，她的生命中兩個深愛著她的男人彷彿都忽略了她的存在，無論是鳳五，還是韓信，他們的心中已被未知的命運深深吸引，根本不能分出心來。

「我答應你。」兩人的眼芒在虛空中悍然交觸，碰撞出激情的火花。鳳五沈思半晌，這才說道：

「你此行的目的地，將是大秦的都城咸陽，你的任務，則是不惜一切找到登龍圖，並將它完整無缺地帶回鳳舞山莊。」

「登龍圖？」韓信有些莫名其妙。

鳳五點了點頭道：「你可知道，這半年來江湖上最能引起轟動的兩件事情是什麼？」

韓信搖了搖頭，自他進入鳳舞山莊的那一天起，除了鳳五與鳳影及幾個無關輕重的下人外，沒有見過任何陌生人，所以江湖對他來說，恍如隔世，自然不明白江湖上發生的一切。

鳳五道：「這兩件大事幾乎是在同一時間發生，一件關乎到武林的未來走向；一件關乎到今後的天下大勢，所以消息一傳出，頓時引起了世人的轟動。」

韓信似有所悟道：「關乎到武林的未來走向，似乎就只有玄鐵龜了，而另一件事情難道就是你所說的登龍圖？」

鳳五臉帶贊許道：「不錯！登龍圖，顧名思義，能得此圖者，必將得天下。是以它的現世，有誰不怦然心動？相傳大秦始皇建國之初，曾經盡收民間收藏的兵器，集中咸陽，然後建高爐融之，得十二金人。但是我們得到的消息，卻是另一種說法，說到始皇確實下旨收沒民間兵器，也的確將這上百萬件兵器集中，可是集中地點並不在咸陽，而是將它們與一批金銀珠寶藏匿在一個秘密的地點，無人知曉這個地點的所在，只能憑著登龍圖才能堪破其中奧秘。因爲大秦始皇無疑是一個大智大勇的開天帝王，雖說他有將大秦基業傳至萬世萬代之心，但他十分清楚這只能是一個美好的願望，爲了將來的後人有復國建功的本錢，是以他想出了這麼一個宏偉的構思，並且付諸實現。」

上百萬件的兵器，成千上萬的金銀珠寶，誰不覬覦？誰不想占爲己有？它就像一座沈默已久的火山，一經爆發，當然驚天動地，便是韓信聽之，也是咋舌不已，更爲大秦始皇如此龐大的手筆而驀然心動，悠然神往。

「藏寶之地既然不在咸陽，你何以要我趕往咸陽？莫非你已經有了登龍圖確切的下落？」韓信靈光一現，驀然發問道。

「是的。在你到達咸陽之前，我們問天樓在咸陽城中已經密布眼線，靜觀其變，他們的任務就是盡可能提供你關於登龍圖的一切消息，並在必要的時候給你幫助，但在盜取登龍圖的時候，你只能獨立完成，任何人都不可能給你哪怕是微不足道的掩護。」鳳五語重心長、一字一句地講述著自己的計畫，他之所以如此小心翼翼，是因爲他深知此事太過兇險，稍有不慎，便會全盤皆輸，不僅危及韓信的生命，更會影響問天樓稱霸武林、問鼎天下的大計。

「爲什麼？」韓信心中有一絲不安的預感，以鳳五這等屈傲不馴的江湖豪傑對此事尙且鄭重其事，這只能說明登龍圖所藏處必是如龍潭虎穴般的艱險之地。

「不爲什麼，只因爲登龍圖是織在大秦二世胡亥的龍袍之上。」鳳五此話一出，韓信與鳳影俱都臉上變色，亭中氣氛一時緊張。任何人都清楚，要想在戒備森嚴的大秦皇宮中盜取帝王所穿的一件龍袍，這其中的兇險無異於與虎謀皮，純同自殺。

鳳影眉間閃現一絲愁苦之色，淒然叫道：「這豈不是讓韓大哥去送死嗎？」她的小手情不自禁地緊握韓信的手，冷汗涔涔，牽掛之情溢於言表。

鳳五冷然道：「但凡是頂天立地的英雄，誰又是一帆風順？誰又可不勞而獲？不經歷九死一生的兇險，不經歷百折千挫的苦難，要想名垂青史，遭受世人敬仰，這只能是一個妄想、一句空談。盛名之下豈有僥倖，難道不是這麼一個淺顯的道理嗎？」

他的話中充滿激情，如火炬般燃燒於黑夜，頓時激起了韓信胸中的衝天豪氣，拍手叫道：「是的，沒有苦哪有甜？沒有千辛萬苦又怎會有一時的輝煌？大丈夫生於世間，當不畏艱難，明知兇險，亦要全力以赴！」

鳳五眼睛一亮，明顯感到了一股來自韓信身上的熊熊戰意，如一團燃燒的烈焰，感染著他，感染著這古亭周圍的氣氛。他的眼眶漸漸濕潤，視物已有些模糊，一滴鹹濕的淚水緩緩劃過臉際，為韓信這一刻間表現出來的英雄氣概心動不已。

「你決定了？」鳳五不得不問上一句。

「我已經決定了，英雄方能配佳人，我絕不會使所愛的人失望的。」韓信的眼中噴發出一股不可抑制的愛意，毫無保留地投向鳳影俏麗的臉上。他愛她，為了她，也為了自己，他需要一個英雄之名，英雄配佳人，才是天經地義的事情。

鳳五深深地吸了一口氣，使自己的心靈在躁動中漸漸冷靜，因為他必須一字一句地斟酌，將一個完美無缺的計畫通過準確無誤地表達，讓韓信通透地理解每一個行動的細節。當他將這個計畫完全展露在韓信的思維之中時，即使是心理早有準備的韓信，也忍不住倒抽了一口涼氣。

因為他絕對沒有想到為了登龍圖，問天樓會花費如此巨大的人力物力來實施這麼一個宏大的計畫。他更沒有想到，這個計畫已經實施了多年，千百人蟄伏咸陽，只是為了他的出場作為鋪墊。他——韓信，一個流浪市井的無賴浪子，只因機緣巧合，卻成了問天樓這個計畫中最重要的執行者。

「我們之所以選中你，是因為除了我與鳳影，以及衛三公子之外，天下間再沒有第四個人能夠知道你是問天樓的人。你有了這個沒有身分的身分，可以在咸陽中不受人注意，因爲據我們確切的消息得知，不僅有我們問天樓、流雲齋企圖盜取登龍圖，就是入世閣的趙高，也已經加快了謀奪的步伐。可以說在咸陽城中，爲了登龍圖展開的一系列紛爭，已經遠比沙場之上的戰爭更爲激烈。」鳳五不無擔心地分析著咸陽城中的形勢，顯然爲日趨嚴峻的局勢感到憂心忡忡。

「如果沒有人知道我的底細，我又該怎樣才能與問天樓蟄伏咸陽的人進行聯絡呢？」韓信此話一出，讓鳳五緊鎖的眉頭豁然展開，這足以證明韓信已經進入了問天樓賦予他的角色中，將自己的整個身心投入到了這項宏大的計畫當中。

鳳五小心翼翼地從懷中取出半塊只有兩寸見方的綠玉墜，鄭重其事地交到韓信手中，道：「這原來是一塊精美的玉墜，現在卻一分爲二，一半在你這裡，另一半在別人的手中。爲了你的安全起見，只有這個持有另一半玉墜的人知道你的身分。若非情不得已，儘量不用，但是只要對方交出的玉墜能夠與你手中的玉墜合二爲一，無論他的身分如何出乎你的意料，你都一定要完全相信他。」

「我能不能問上一句？」韓信將玉墜藏入懷中，突然向鳳五問道。

「不能，因爲除了衛三公子外，這個人究竟是誰，我也無法知道。」鳳五顯然明白了韓信問話的用意，淡淡一笑道。

韓信這才知道問天樓的組織嚴密，的確是有其過人之處。那支不知是否是劉邦擁有的劉姓義軍背後有問天樓的支援，在群雄並起、諸侯分立的亂世當中異軍突起，想來只是遲早的事情。

鳳五站將起來，凝視韓信良久方道：「你肩上的責任重大，希望你能忍辱負重，完成這項艱鉅的使命。你可知道，如今的義軍戰士手裡，大多還是用木棒竹竿作武器，只憑一腔熱血，猶在與擁有鋒刀利刃的大秦士兵一爭生死，所以只要你得到了登龍圖，也許整個大秦的歷史就會因你而改變。」

韓信只覺全身熱血沸騰，恨不得立馬奔赴咸陽。當他一切準備就緒時，向鳳五提出了最後一個要求：「你能不能閉上你的眼睛？」

鳳五雖然詫異，卻還是照辦了。

當他睜開眼睛的時候，發現鳳影的小臉通紅，正癡癡地望向韓信沒入夕陽之中的背影。他不知道，就在他閉眼的剎那，韓信已將他那富有陽剛之氣的深情一吻深深地留在了鳳影的紅唇上，留在了鳳影的心裡。

◆

吹笛翁就是吹笛翁，他一眼就看穿了紅顏的心事。

「在下吹笛翁，在此見過紀公子。」吹笛翁從紅顏身邊走來，彬彬有禮地向紀空手拱手言道。

紀空手見過吹笛翁與方銳相峙時的氣勢，知道此人功力絕高，不敢小視，當即起身還禮道：「原來是吹笛先生，在下冒昧登船躲避，得罪之處，還請海涵。」

他失禮在先，不免惶惶，按理說吹笛翁原該生氣才是，不過看紀空手補足禮數，而自家小姐對其又有另一層意思，他自然不去追究，反而微微一笑道：「你能在我與小公主的面前逃過我們的耳目，身手可好得很哪，怪不得連入世閣八大高手之一的方銳也奈何你不得，真是後生可畏呀！」

「不敢，在下這一切都是僥倖所致，運氣使然，怎可當得起吹笛先生的這番讚譽？」紀空手忙道，

紅顏瞟了他一眼，見他少年心性，卻不浮躁，爲人謙恭有禮，殊屬難得之舉，心中不免又多了幾分歡喜。

「你所言雖是過謙之詞，不過想來也有幾分道理，以方銳的見識，當然不會輕易放過你，你可想過以後有什麼打算？」吹笛翁漸入正題，言詞委婉，不著痕跡。

「唉……」紀空手隔窗而望，便見湖上暗夜沈沈，不見一絲光明，恰如自己的未來一般，不由輕歎一聲，勾得紅顏一顆芳心頓時懸空，好生心疼。

「在下本乃一介無賴浪子，涉足江湖，乃是一時偶然，又怎會有更長遠的打算？若非是爲了一個人，在下恨不得順水而下，直奔大海，尋一孤荒野島了卻殘生，再不想這江湖中的爾虞我詐。」紀空手想到韓信生死未卜，不由黯然，思及劉邦、樊噲，更是爲他們憑添一份擔心。畢竟亂世之中，憑他們的那點人馬要想在諸侯群起中占得一席之地，實在艱難，若非有大智大慧者，是很難改變被強敵消滅或者吞併的可能的。

紅顏「呀……」地一聲，看到紀空手眉間的那點愁思，不禁問道：「倒不知紀公子所言之人是否便是你的意中人？」

她心有所思，自然想到了這一層，情急之下，未免有些失態。

所幸紀空手思及朋友安危，沒有注意到紅顏的這番關切，只是苦笑一聲道：「在下孤家寡人一個，又豈會有什麼意中人？」他偶爾也會想到小桃紅，卻只覺得她與自己雖然投緣，僅限於姐弟之情，情誼固然深厚，殊非男歡女愛。

「如此最好。」紅顏小聲嘀咕了一句，輕舒一口氣，才發現自己失儀之處，頓時小臉紅若朝霞，神態忸怩，盡顯女兒羞態。

「你說什麼？」紀空手沒有聽清，反問一句。

吹笛翁趕緊打圓場道：「這麼說來，紀公子乃是爲朋友擔心，如此高義，實在是讓人佩服。不過你想過沒有，江湖之大，人海茫茫，要從中尋找一個人是多麼艱難，我倒有一個主意，或許能夠幫助你尋到這位朋友。」

「是嗎？那敢情好，還請吹笛先生示教！」紀空手不由大喜道。

吹笛翁胸有成竹地道：「你如果找不到一個人，通常最好的辦法，就是讓他來找你，只要你的名氣夠大，受人矚目，你的朋友便能很容易地得到你的消息。」

紀空手一拍腦門道：「對呀！我怎麼就沒有想到這一點呢？」他尋思片刻，復又搖頭道：「不對呀，我此刻名氣倒是不小，卻猶如一隻獵物，一旦露面，朋友沒找到，只怕獵人來了一大堆。」

紅顏聽他說得有趣，「噗哧」一笑道：「你呀，說得雖然有理，卻是歪理，吹笛先生既如此說，當然有他的手段，你且聽他說完不遲！」

紀空手抬眼看來，猛見紅顏燦爛嬌豔的笑臉，心中怦然心動，他不好意思地急轉過頭道：「那就請吹笛先生賜教。」

吹笛翁難得一見紅顏會對陌生男子如此親近，心中暗笑，聽得紀空手說起，微微一笑又道：「玄鐵龜之謎現世江湖，引得紀公子一夜之間成爲江湖上萬人矚目的人物，這似乎正如紀公子所言，使得紀公子受名之累，仿如獵人追捕的獵物。但是以我家主人的顏面，倘若親自爲紀公子闢謠，相信江湖中人自會平息謠言，還紀公子一個自由之身。」

紀空手聽到這裡，想到方銳曾經對自己談到武林五霸時，講到過五音先生的種種事跡，當時給自己留下深刻印象的，就是五音先生武功高絕，通曉音律，所謂音從心生，是以五音先生一生之中從來都是以真言示人，從未說過半句假話，江湖中人送他一個別號，叫做「一言千金」，可見其人格魅力之所在。

他心中一動：「若是有五音先生出面，自己的確可以從這玄鐵龜造就的漩渦中脫身而出，可是他老人家隱居於世外桃源，人如神龍見首不見尾，自己何時才能見他一面？況且自己與他素無交情，縱是見面，他又怎會爲我這等小人物說話？」

他神情躊躇之間，盡被吹笛翁看在眼中，吹笛翁與紅顏相視一眼，這才笑道：「我家主人雖然難求，但他平生之中卻有一至愛，那便是我家小姐，只要我家小姐替你親口相求，那麼此事多半能成。」

紀空手不由望向紅顏，眼中雖然企盼，卻終究開不了口。他出身市井，自幼受人欺侮，幼時也曾求人，終究是失望居多，到了大些的時候，人便多了一份傲骨，深諳求人不如求己的道理。他此刻人在絕境之中，明知開口相求即可脫離這無休無止的煩惱，但他與紅顏相識未久，怎麼也開不了這口。

「罷了，在下命中注定有這煩惱，又何必讓小公主爲難呢？」紀空手長歎一聲，意興蕭索，站將起來道：「該來的終究會來，躲得過便算不了是禍，在下相擾已久，不便之處，還望小公主與吹笛先生見諒一二，在下這便告辭！」

他揖手爲禮後，扭頭就走，忽聽得耳邊有異聲響起，香風過處，一道俏然纖秀的身影已擋在自己面前，若非他收腳極快，只怕兩人便要撞個滿懷。

「你可知道，只要你踏出此船，就是入世閣人的囊中之物？」紅顏輕咬紅唇，眼顯幽怨地道。

「我知道。但是我能躲得了一時，終究躲不過一世，反正我是光棍一條，大不了搭上這條命罷了。」紀空手昂然而立道，心中傲意頓生，絲毫不見半分膽怯之意。

「若是我要你留下，你又怎的？」紅顏說完這句話，明亮的眼睛霍然抬起，雖有三分羞態，卻以咄咄逼人之勢與紀空手的目光相對。

紀空手何時見過這等陣仗？整個人頓時慌了手腳，沈默無言，卻聽得吹笛翁悠然笑道：「你這條命雖然你自己不憐惜，但卻有人替你憐惜，所謂當局者迷……」

紅顏瞪他一眼，吹笛翁不敢再說，臉上卻似笑非笑，神情怪異，紀空手見得如此情景，這才恍然醒悟，明白了佳人的心思。

他初時見得紅顏，雖覺佳人亮麗，卻不敢有非分之想，畢竟二者身分地位懸殊，絕非良緣佳配。兩人相處久了，又覺得這女子氣質絕佳，爲人大方得體，自己的心中極有好感，卻只有尊敬而無親近之心。唯有到了此時，看到紅顏嬌羞含嗔的女兒姿態，他的情絲豁然生成，心中又驚又喜，直疑自己置身夢中，竟然不信幸福會是如此降臨到自己的頭上。

他囁嚅連聲，半天吐不出一句話來，那副窘迫之態，引得紅顏嫣然一笑。

紀空手心中一蕩，收攝心神道：「在下被人追捕，留下恐有不利，小公主雖然心生憐憫，還望三思才是。」

紅顏輕輕一笑道：「你肯留下便行，其他的事情倒不用你來操心。」

紀空手深深地作了一個長揖道：「既是如此，紀空手便多謝小公主的厚意了。」

「你叫我什麼？小公主也是你叫的嗎？」紅顏冷哼一聲，臉上大有著惱之意。

紀空手不知紅顏因何而怒，心中惶惶，卻聽得紅顏嫣然一笑道：「你記好了，我叫紅顏。」

◆

就在韓信步出鳳舞山莊的同時，天下形勢又生劇變。秦二世二年，陳勝王的張楚政權在秦將章邯率四十萬大軍的圍剿下，堅持了短短數月，早已如曇花一現，不存於世。

但陳勝王留下的抗秦思想，卻如星星之火遍灑大秦土地，漸成燎原之勢。其中聲勢最大者，便是流雲齋主項梁統領的一支義軍，在他的苦心經營下，以他在武林中至高無上的聲望廣納群雄義士，成爲繼陳勝王之後最重要的一支抗秦力量。

當韓信在行程途中得到這個消息之後，他心中的狂喜幾乎到了不可抑制的地步：「項梁者，以項爲姓氏也，這豈非正好印證了自己堪破的上蒼玄機？」這更堅定了他對問天樓的效忠之心。他一路向西而行，所選路線遠離戰火，但仍然從流離失所的百姓當中聽到了關於各處義軍的種種傳聞，其中也有關於劉邦的消息。

自劉邦起事之後，曾率部攻克淮陰、泗水、豐邑諸地，聲勢漸大，卻遭到秦將司馬夷的軍隊圍而剿之，差點全軍覆滅，但是數天之後，劉邦又率蕭何、曹參、樊噲等人，屯集留縣，收集散兵遊勇，共五六千人，聲勢比先前更大。在攻克下邑之後，劉邦用戰略的眼光審視全局，終於發現了自己的義軍身處絕境，既要面臨強悍的大秦軍隊的圍剿，又要防止別的義軍隨時都有可能發生的吞併，在這雙重危機夾擊之下，他選擇了附從項梁。

讓韓信感到疑惑的是，在聽來的傳聞中，還有許多關於劉邦個人的一些瑣事。都是說他如何貪酒好色，貪圖享樂，在百姓的口中，劉邦仿如一個胸無大志的莽夫愚漢，實在不像一個有遠大志向的英雄。

「我所知道的劉邦，絕非是這一類人，但是聽人眾口一詞，似乎又非刻意杜撰中傷，難道他真的不是我要尋找的那位劉姓英雄嗎？」韓信隱隱覺得，劉邦的所作所爲，必然有其道理。

這一日他穿越函谷關，來到了華山腳下的寧秦城。按照鳳五的計畫，他將在這裡成爲寧秦城最大的照月馬場的少主人，從小離家學藝，直到今天才回歸故土。

照月馬場當然是問天樓苦心經營的產業，十年磨一劍，就爲了給韓信一個合法的身分，韓信心中嘘嗟之餘，人已來到了寧秦城的城門口邊。

此時已至黃昏，由於局勢紊亂，寧秦城中加強了戒備，入城者不僅要繳納入城關稅，而且還要檢查戶籍身分。以韓信此刻的功力，若是趁天黑之際橫越這三丈高的城牆，未嘗不可，但是他別有用心，向守城的官兵報出了照月馬場老闆時農的大名。

守兵立時肅然起敬，更有人從城樓上請來一個豪富人家管事模樣的人來，韓信一見此人，四十來歲的年紀，身材略胖，眉宇之間顯得極是幹練。按照鳳五事先的交代，韓信故作驚訝地道：「昌大叔，是你麼？十年不見，我是時信啊！」

那被喚作「昌大叔」的人名叫昌吉，正是照月馬場的大管家。他奉時農之命前來恭迎少主，早已等候多時，這會兒聽到韓信叫他，打量了幾眼後，隨即滿臉堆笑道：「果真是少主人，十年不見，老奴差點都認不出來了。」

兩人寒暄幾句，在守城官兵的目送下，昌吉與韓信登上了一輛豪華大車，向城中馳去。

昌吉的目光緊緊盯著韓信的臉，似乎想從韓信一無表情的臉上看出些什麼。他記得昨夜當時農將一幅畫像遞到自己的眼前時，他看到那畫中之人，與眼前的人的確是從一個模子裡印出來的。

「他是我的兒子，十年前當我遷到寧秦發展照月馬場時，他離開了我，在北域的天地尋求他對武道的癡迷。我心知自己的大壽之限將近，所以將之召回，從今往後，他便是照月馬場的主人。」時農的臉上不知是多了一絲倦意，還是多了一層疲累，額上的皺紋處寫滿滄桑，給人一種暮氣沈沈的感覺。

昌吉的心中頓時湧出一股悲哀，作爲時農最忠心的朋友與屬下，他幾乎見證了時農這十年來在寧秦城的奮鬥與打拚，使得照月馬場從無到有，最終成爲關中地區最負盛名的馬場之一。在寧秦城中，只要提到「時農」的名字，無人不知這是權勢與財富的象徵，然而就在他要登上生命中最輝煌的頂峰時，卻要遠離人世而去，這怎不叫昌吉傷心？

昌吉緩緩地靠近時農臥躺的那張充滿藥味的床榻，語帶哽咽地道：「場主大可放心，昌吉雖然無能，但是忠心猶在，只要還有一口氣在，一定鞠躬盡瘁，全力輔佐少主。」

「這我就放心了。」時農臉帶欣慰地閉著眼睛，歇息片刻道：「我有一個預感，明日他也許就會趕到寧秦，你記著他的模樣，只要他開口叫你『昌大叔』，與你的對話中有句『十年不見』，那麼就可確認無誤。你要以最快的速度將他送來，因爲我要在臨終之際見他最後一面。」

時農的話猶在耳邊，昌吉絲毫不敢怠慢，命令車夫長鞭急揚，快馬穿行於街市之中。兩人對答幾句，說到時農病危，昌吉的整個人倍顯落寞，神情蕭索，而韓信適時表現了自己的悲痛之情，他的表演非常到位，讓昌吉心生「父子情深」的感慨。

當馬車馳過幾條街區之後，終於踏入了照月馬場在城中的宅第。看著車窗外高大宏偉的亭台樓宇，聽著耳邊傳來的成群奴僕的喧囂，韓信不由對時農心生佩服。

想到這位即將見面的老人，韓信的心情的確有一種說不出的感覺。爲了登龍圖而策動的計畫順利進行，問天樓在十年前便選派了一批忠心可嘉的精英，奔赴關中，爲計畫的最終執行者作好準備。這些人無疑都是大智大勇之人，爲了自己心中的理想，不惜隱姓埋名，捨棄過去的輝煌，來到陌生的環境重新開闢一片天地。然而這些艱難尚且不論，最殘酷的是，他們所做的一切都是為人作嫁衣裳，無論他們多麼努力，其命運都注定是無名英雄，注定是陪襯紅花的綠葉，而時農正好是其中的一位。

馬車停在一處獨立的閣樓邊，在昌吉的引領下，韓信來到了時農的病榻前。當時農睜眼看到韓信的第一眼時，仿如迴光返照般強撐起身體，喘著粗氣道：「好！好！你終於來了……」竟然就此死去。

一切祭奠的安排都在一片哀傷悲痛中進行，在昌吉的指揮下，靈堂的搭設也在最短的時間內完成。韓信木然呆坐於時農的棺木前，不言不語，欲哭無淚，無人見了不心生同情，私下都說：「少主人離家十年，想不到只是見得主人最後一面，難怪他的精神有所失常。」

韓信這一坐便是數個時辰，眼見天色黑盡，這才向昌吉說了第一句話：「按照我們家鄉的風俗，今晚子夜時分，應是孝子召靈，靈堂五十米內，不許有任何人走動。」

昌吉遵命而去。

暗黑的夜色籠罩在時府的每一棟建築裡，除了靈堂中滲透出慘白的光亮外，再沒有任何地方還有光線滲出，那種悲痛的氣息流動於空氣之中，陰風慘慘，充斥了時府的每一個角落。

偌大的靈堂中，香燭繚繞，陰幡隨風舞動，黝黑的棺木邊坐著一身孝服孝帽的韓信，黑白相映出一種極為莫名的詭異。

「噹……」一道悠遠的鐘聲敲響，從城中的一處不知名的鼓樓中傳來，在寂黑的夜裡顯得異常清晰。

韓信的眉間一跳，人緩緩站起，當他確定靈堂的附近再無一人時，他的手輕輕地在棺蓋上輕敲了三下。

但是就在韓信敲了三下之後，一件更爲詭異的事情發生了。

「砰砰砰……」手叩棺木發出的空靈之音竟然是從棺木中傳出。

韓信絲毫不顯詫異，而是眉間帶喜，輕輕打開棺蓋，「騰」地一聲，從棺木中跳出一個人來，竟是才死未久的時農。

「屬下參見韓帥！」時農跪拜於地，低聲呼道。

韓信一怔之間，這才明白問天樓已將他作爲整個計畫實施的統帥，有指揮大權，以利他見機行事，當下扶起時農道：「時爺不必多禮，你對問天樓的忠心與高義，我是早有所聞的。時間不多，我們還是快談正事要緊。」

時農點點頭道：「當年屬下奉樓主之命，帶一萬錢入關中創業，迄今爲止，不僅有三千匹戰馬，更有積蓄十萬，在寧秦城中，屬下對官府勢力盡心結納，與入世閣中人也有往來，韓帥以我之名，可以順利進入咸陽上流社會。」

韓信聞言不由大喜，始知問天樓的這個計畫實在是妙不可言，一旦自己能混入大秦王朝的高層人士之中，對登龍圖便自然多了三分把握，不由贊道：「你果真是一個罕見的人才，怪不得樓主會安排你這項重任。」

時農道：「這是屬下的榮幸，也是屬下應盡之責，想我衛國滅朝已有百年，而我等臣子期盼復國之期，豈敢不盡心盡力？」

韓信這才知道時農也是衛國的故朝亡民，同時想到了昌吉，不由問道：「這昌吉莫非也是我問天樓中人？」

「他是屬下最好的朋友，雖非樓中之人，但是忠心耿耿，足以信賴。」時農答道。

兩人相坐而談，時農交代了不少事情，使得韓信對照月馬場的一切有了大概了解。當時農說出了幾樁馬場要務之後，不知怎地，他的眼中竟然多出了兩行淚水。

「時爺為何這樣？」韓信驚問道。

「屬下見得韓帥如此幹練，登龍圖必是囊中之物，可惜的是，屬下卻見不到這一天了。」時農眉間鎖愁，淡淡地道。

「時爺此話可令我摸不著頭腦了，你此去回到問天樓，只管聽我的好消息便是，又非生離死別，又何苦說出這等傷心話來？」韓信奇道。

「與韓帥見面之期，便是屬下歸天之日。」時農道：「當日樓主制定計畫之時，就曾考慮過今日屬下的去向問題，屬下是唯一知道韓帥真實身分的人，為了預防萬一，所以必須死去。」

韓信大驚，沒有想到時農的結局竟會如此，急忙說道：「其實大可不必這樣。」

時農淡淡笑道：「登龍圖的歸宿，不僅關係到問天樓的利益，也關係到我們衛國的復國大計。此事關係重大，不容有半點閃失，少一個人知道韓帥的身分，便多一分成功的機會。是以這雖是樓主的命令，但也是我時農心甘情願之事，何況我的死訊已經傳出，一旦有人發現了棺木中另有其人，或是一副空棺，那豈不是功虧一簣？」

面對如此殘酷的一個事實，韓信真的是難以置信。直到這時，他才真正感覺到了自己肩上的擔子是何等的沉重，看著時農平靜安詳的笑臉，他已知道，任何勸說都不可能阻擋時農必死的決心。因為，為了復國大計，他早已將生死置之度外。

韓信默默地注視著眼前這位老人，看著他那蒼白的雙鬢，額上如蚯蚓般張揚的皺紋，心中的感受如刀割般絞痛，面對這位讓人心生敬意的老人，他已無話可說。

「我希望我的努力不會白費！」這是時農說的最後一句話，然後他就回到了棺木中，靜靜地躺下，當韓信俯身來看時，他已經沒有了氣息。

韓信的心中徒增一種失落，他知道，這一次，時農是再也活不過來了。

他緩緩地蓋上棺蓋，整個人只覺得透心發涼。也許在這之前他並未有全力以赴的決心，事在人爲，若實在不能盜取登龍圖也就罷了，但是時農的以身殉職告訴了他一個血淋淋的事實：那就是只許成功，不能失敗！即使是破釜沈舟，還是不擇手段，他都必須將登龍圖帶歸問天樓，否則，他將愧對時農的在天之靈。

這還只是一個開始，已經是如此的殘酷，未來又將是什麼樣子？韓信幾乎不敢想像下去。

他深深地吸了一口氣，強自壓制住自己心中的悲情，透過一格窗櫺，望向那暗黑的蒼穹深處，他感到自己是那麼地孤苦與無助，在淒寒的心境中，他想到了鳳影，想到了紀空手……

夜是如此的寂靜，靜得讓人心悸，就在心悸的一刻，韓信的眉心一跳，感到了窗外不遠處有一股淡淡的殺氣與一絲不易察覺的呼吸。

他的心驀然一緊，冷汗如豆般滲滿全身。無論此人是敵是友，無論此人是有意還是無心，韓信都絕對不會放過他，否則時農的死，以及問天樓這十年來的苦心經營，都將變得毫無意義。

他的人彷佛並未發現什麼異常一般，凝立不動，毫無表情，但他的思維卻在高速運轉著，判斷和分析著來敵：

——昌吉的忠心自不待言，這就說明在靈堂五十米外的戒備極度森嚴，一般的人絕對不可能在守衛毫無察覺的情況下靠近靈堂；若是自己人更不會不尊號令，如此來者必是敵人。

——此人既然能夠靠近靈堂，而且連自己也未能及時察覺，這就說明來者定是高手，而且其功力之高，自己未必能與之比肩。

——從位置來看，兩人相距至少三丈有餘，無論自己攻擊還是追擊，都很難在短時間內近身，一旦來人發力奔逃，自己根本就沒有辦法阻截。

韓信迅速得出了結論：自己若要成功地將敵人阻截，只能智取，不可力拚！匆忙之中，他心中一動，不由自語道：「想不到爲了主公，你這般努力，居然把玄鐵龜也弄到手了，我一定將它交給主公！」同時，他玄陰真氣提到極限，清楚地掌握窗外之人的一舉一動，他只願對方能靠近幾步。

窗外之人聽到了韓信自語，真氣竟一陣波動，顯是對玄鐵龜三個字動了心。韓信心中暗笑，背對窗子，臨窗而立，又道：「時農啊時農，他現在把他交給我，我也不能及時交給主公，看來還是先將它藏妥，待我大事一成再轉交主公吧。」

窗外的人影終於擋不住的誘惑，猶豫半晌，開始向窗前靠近，顯然是想看清玄鐵龜的收藏地點，可他卻沒想到這竟是一個陷阱。

韓信提聚真氣，他僅從空氣的些微異常的流動中就能感覺到來人的方位。

「一步、兩步、三步……」當韓信數到第七步的那一瞬間，他動了，動得很快，如撕裂烏雲的一道閃電！

第十二章　照月馬場

大船駛出七島湖，沿著浩浩大江逆流而上，直奔故楚大地。

紀空手很快就發現了緊隨船尾而來的幾艘快船，這些船隻雖然裝扮成普通的商船，但是他卻知道入世閣的人絕對不會善罷甘休，只要自己一旦離開這艘豪華大船，必將走向永無止境的逃亡之路。

他沒有想到知音亭的名聲之大，便是入世閣人亦有所忌憚，不過經過數天的接觸，他對紅顏不再有先前那般的拘束，兩人相對成趣，或觀江景，或聽簫音，在他的心中，竟然生出了不捨離去的感覺。

紅顏一行的目的地將是巴蜀大地的蜀郡，那裡也正是知音亭的大本營。知音亭之所以偏處西南，旨在向世人昭示自己絕無爭霸之心，是以為了一個紀空手，入世閣自然不會與之正面衝突，以免引起不必要的麻煩。

這一日船至衡山郡城，並未停留，而是趁著夜色繼續西進。紀空手沐浴更衣，一人獨上艙樓之頂，坐觀蒼穹之上的繁星皓月，不由思念起韓信、劉邦一眾故交來。

「不知道韓兄是否安然無恙？此時此刻，他是否還記得我這個朋友？」紀空手默然想著，憶起昔日往事，嘴角處溢出一絲淡淡的笑意。

他相信紅顏，也相信吹笛翁，相信他們對自己的愛護皆出自一片真心。同時他也知道以五音先生的名望，一旦出面斡謠，自然可以讓他從玄鐵龜的漩渦中脫身而出，但是想到將來終有一日要與紅顏分離，他的心中自然而然又多出了一分惆悵與失落。

夜色下的蒼穹，無邊無際，壯美廣闊，皓月高掛，有一種高處不勝寒的寂寥。紀空手此時的心境，與此相似，不知不覺間拋下了心中的柔情，融入到星月的意境中。

隨著自己的靈覺不斷地向思維深處延伸，紀空手的整個人都進入了一個意想的空間中，使得體內的玄陽之氣開始按照天上的星辰排序迴圈運行。他從來沒有感受到令人如此暢美之事，只覺得自己的心是皓月，而身體的每一個細胞都如那滿天的繁星，打亂原有的秩序，按照星月運行的軌跡重新排列。

玄陽之氣來自於補天石，而補天石來自於天地之間的精靈之氣。紀空手根本沒有想到，就在這無心的一瞬間，他體內的玄陽之氣通過他靈覺的擴張，與天地精氣相合，從而從根本上改變了他的體質。

也不知過了多久，當天上劃出一顆燦爛的流星時，紀空手緩緩回過神來，慢慢地睜開了雙眼。

他立時大吃一驚，只見在他的周圍，站立著數十名知音亭的人眾，當先一人，正是俏然而立的紅顏。

紅顏的臉上不僅多了一分詫異，更且多了一分喜悅之情。她似乎明白紀空手在這一刻間的頓悟是多麼地重要，而最令她心儀的，是她從紀空手身上感到的一種男人立於天地之間的王者霸氣。

她的眼中綻放著讓人不可抗拒的火熱愛意，她已不想掩飾。當她看到紀空手自然流露出來的「拈花式」微笑時，她只有一個衝動，就是不顧一切地衝將過去，投入到那堅實與溫暖的臂彎中。

吹笛翁笑了，悄然退去，在這艙樓之頂，很快就只剩下紀空手與紅顏兩人相對。

「今晚的月色多麼美好啊。」紅顏俏臉一紅，抬頭看天，聞著紀空手身上濃濃的汗香，心裡怦怦直跳。

紀空手不敢細看，仰臉觀星，輕歎一聲道：「是啊，只有在天空中，你才能享受那自由的空間，哪像這人間有如此多的無奈。」

紅顏轉臉相看，覺得紀空手的言語中有著一種感傷，不由驚問道：「莫非你心中有事，否則何以會如此多愁善感？」

紀空手搖了搖頭，淡淡一笑道：「多愁善感，只有多情者才配擁有。像我一介浪子，又怎會有這等雅趣？倒是紅顏姑娘出身世家名門，想必良緣早訂，名花有主了吧？」

紅顏的臉上似喜似嗔，神情忸怩道：「你問這些幹什麼？難道你還不懂紅顏此心嗎？」

紀空手心中一蕩，真想將她擁入懷中，但是想到自己的出身，只得長歎道：「姑娘待我，的確是無話可說，可是我出身貧寒，又豈敢高攀？雖說五音先生乃是當世的英雄豪傑，但是面對自己兒女的婚嫁之事，只怕也不能脫俗吧？」

紅顏嬌嗔道：「你這些天來老是躲著我，難道就是爲了這個原因？」她滿含幽怨，頗有幾分委屈，看得紀空手憐意頓生，但想到長痛不如短痛，他只得硬著心腸道：「事實如此，空手只有認命。」

紅顏「噗哧」一笑道：「我只問你，你是否喜歡上我了？」她的目光變得出奇地膽大，逼視而來，竟令紀空手無法躲避。

「想姑娘這等才藝雙全、情深意重的女子，誰見了不心生愛慕？只恨空手有緣無份，唯有抱憾終身。」紀空手語帶真誠地道。

「你既然喜歡我，又怎能說是有緣無份呢？一個人的出身是否貧富，誰也改變不了，但是一個人的成敗卻不是貧富的出身就能決定的。俗話說得好，英雄莫問出處，真正的大英雄大豪傑從來就不是靠世襲傳承就能獲得的，沒有自身不懈的努力與奮鬥，誰又能出人頭地？誰又能高人一等？」紅顏笑嘻嘻地說了一大串，情郎有意於己，她的心情自然大好，口齒頓時變得伶俐起來。

紀空手只覺得紅顏的每一句話都極有道理，句句說在自己的心坎上，使得自己的心結豁然而開，瞬間徹悟，不由驚喜道：「對呀！王侯將相，寧有種乎？婚姻情感，又何必拘泥於家庭出身？只要兩人真心相悅，管它人言亦好，世俗亦好，怕它作甚？」

紅顏見他如此興奮，知道其心障已去，不由緩緩地向他偎依過去。當紀空手將她摟在懷中時，她才懂得戀愛中的女人，原來是這般美好。

「若非你有這等見解，只怕我紀空手唯有抱憾一生了。因爲誰錯失了你這樣的女人，他都不可能原諒自己。」紀空手聞著佳人幽香，由感而發道。

「你若要感謝的話，不妨見到我爹爹時再謝不遲，因爲這些話正是我爹爹常對我說的，所以我相信爹爹一定不會反對我們的！」紅顏俏皮地一笑，輕輕地在紀空手的耳邊吹了一口氣。

只有到了此時，兩人才真正地拋棄了人世間強加在他們身上的一切束縛，自由自在地享受著兩情相悅的情趣。在溫柔的月色下，悄悄地說出只有他們自己才能聽到的情話：

「紀大哥，你信不信這世上真的有『緣分』這個東西？否則爲什麼我第一眼看到你時，就覺得我們相識了好久好久！」

「我相信，當我第一次聽到你的簫聲時，我就在想：這簫音怎麼這樣熟悉？莫非是我前世遇到，還是夢中聽到？也許這吹簫之人，注定將與我結下一世情緣。」

「你可知道，看到你對我若即若離的樣子，我好生傷心，總覺得你要離我而去。每到夢中的時候，我總不願醒，生怕一覺醒來，再也夢不到你。」

「我也在夢中與你相會，卻從來不曾夢到與你如此相依相偎。」

「爲什麼呢？」

「只爲用情太深，多情反被多情誤，一覺醒來，佳人不在，豈非更添傷心？」

兩人牽手而坐，臨風觀月，夜漸深了，卻絲毫不見睡意。

此刻船楫破浪，江水嘩嘩，兩岸原野山巒如黑獸臥伏，形成青黛之色。突然間紀空手微一皺眉，奇道：「這麼晚了，怎麼還有人趕夜路？」

紅顏四顧張望，不見絲毫動靜，以爲紀空手在說笑，但是轉臉看他一臉肅然，始知他的確是聽到了一些什麼，不由暗道：「紀大哥初上船時，其功力最多與我相當，何以才過了十數日，他就有了這等長進？莫非他剛才望月觀星，又領悟到了武學至玄之境？」

她心中竊喜，很爲愛郎高興，過得片刻，她耳朵一動，果然從大江南岸傳來陣陣馬蹄之聲，蹄聲得得，由遠及近，半晌功夫，其聲隆隆作響，仿如地動山搖，乍眼看去，足有千騎之數，竟是衝著這艘大船而來。

艙下一聲呼哨，便聽得吹笛翁呼道：「有敵來犯，大夥兒小心了！」一時刀聲鏘鏘，船上數十人已是蓄勢待發。

紅顏奇道：「這些人是哪一路人馬？難道不知這是我知音亭的坐船嗎？」當世武林，敢與知音亭叫勁的人畢竟不多，是以紅顏有此一問。

紀空手納悶道：「這一路人看上去並非是入世閣的人馬，但是聲勢之大，無所顧忌，顯然亦不是盜匪山賊。此地已入楚境，莫非是流雲齋的人馬？」

此時流雲齋主項梁統領的義軍已經佔據了楚地數郡與江淮平原，並立國爲楚，奉楚國子嗣爲楚懷王，而他自稱爲武信君。其聲勢之壯，一時無兩，若問當世誰敢與知音亭作對，除了他的流雲齋外，只怕別無他人。

紅顏聽了紀空手的分析，點點頭道：「紀大哥所言不差，怪不得今晨時吹笛翁來報，說是方銳等人的船隻已經消失不見，原來是怕了流雲齋，哼！別人怕它，我可不怕！」她最後一句話終於露出了她知音亭小公主的威風，所謂將門虎女，頗有其父風範。

她的話音未落，便聽得岸邊一片馬嘶聲響起，上千匹健馬立定身形，肅然列隊，沿岸而站。當先一騎躍出，一個身穿綿甲的壯年將軍拱手叫道：「流雲齋少主項羽門下郭岳拜會知音亭小公主。」

他的聲音宏亮，隱挾內力，傳及數十丈江面，依然蓋過了江浪嘩嘩之聲。紀空手心中暗道：「此人內力了得，絕非易與之輩。」

誰知紅顏聽了來人說話，鼻中哼了一聲，悄然道：「此人既是項羽門下，想來沒安什麼好心，惹得本姑娘生氣，偏不去理會他。」

紀空手一怔之間，頓時明白了紅顏生氣的原因。想來這項羽仰慕紅顏已久，一味糾纏，可惜是落花有意，流水無情，此刻聽到紅顏到了楚境，便派人前來相迎，孰料紅顏偏不領情，竟會愛上自己這個無賴浪子。

「她放著流雲齋的少主不加理會，卻對我這般情深意重，可見她是真心對我。」紀空手心存感激，不由握緊了紅顏的小手。

紅顏知其意，皺皺鼻子，會心一笑。

卻聽得吹笛翁道：「項少主一番好意，老夫代小公主領下了，只是此刻已然夜深，小公主早已歇息，郭將軍有事請明早再說吧。」

郭岳道：「相煩吹笛先生轉告小公主一聲，我家少主三日後將在樊陰城中恭候，專門設宴爲她接風洗塵，以表地主之誼，到時懇請小公主蒞臨！」

吹笛翁道：「有勞郭將軍了，老夫一定轉告。」

郭岳拱手道：「多謝吹笛先生。」他辦事幹練爽快，話音剛落，大手一揮，上千人馬宛如一陣狂風般又沿原路而去。

紀空手見得對方這等聲勢，心中暗驚：「想不到流雲齋軍紀如此嚴明，其戰鬥力想必也不可小視，若是劉大哥的人馬與之一戰，只怕多半難勝。」不由得爲劉邦擔起心來。

兩人下到艙中，燭火燃起，吹笛翁早已等候在那裡，嘻嘻笑道：「一家有女百家求，這話可真是不錯。你看這項羽忒也多情，就爲了兩年前的一次見面，竟然癡纏至今。」

紅顏嗔了他一眼，頗爲緊張地關注著紀空手的表情，生怕他另有想法。紀空手此刻明白了紅顏對自己的一片癡情，並不在意，反是淡淡一笑道：「其實這也怪不得他，試問哪個男人見到紅顏後，還能清心寡慾？我也不能例外呀。」

紅顏心中一甜，嬌嗔道：「你嘴上抹了蜜似的，總是逗人開心，初見你時眼中的那股憂鬱跑到哪裡去了？」

紀空手微笑道：「此一時彼一時也，能承你的垂青，我高興都來不及呢，又哪來的時間憂鬱？」

兩人相視而笑，吹笛翁看在眼中，難得見小公主如此開心，不由笑道：「如此看來，小公主是不準備赴項羽設下的宴席了？」

紅顏道：「我才懶得去應付他哩，你就說我身體抱恙，回絕了他。」

吹笛翁道：「項羽此人，一向自負，行事作風猶爲霸道，我們既然到了他的地界，若是不去赴宴，只怕於情於禮都有不合。何況流雲齋與知音亭一向相安無事，若是因此而生芥蒂，反倒不美。」

紅顏想想也覺有理，看了一眼紀空手，默然無語。

紀空手知她所做一切全爲自己，心中大是感動道：「我久仰項羽的英名，正想見見此人，你若不想去，倒讓我失去這個難得的機會了。」

紅顏哪會不明白他的心思？頓時嗔道：「你是真的想去，還是不想讓我爲難？」

紀空手尷尬笑道：「就算兩者兼而有之吧。」他想到一路來的所見所聞，肅然道：「我聽人說，項羽此人確非平庸之輩，不僅武功超凡，指揮作戰更是一絕，起事至今，身經百戰，從未有過敗績，像這等英雄，怎不讓我心生仰慕，渴求一見呢？」

紅顏道：「他們項氏一族世代爲楚將，因封於項地，所以姓項。在他們項氏歷代祖先中，曾有一位大智大勇之士，創出流雲齋一脈武功，開始立足江湖。據說，『流雲齋』三字正是取自於項府藏珍隱寶的地點之名，經過百年經營，遂成武林五霸之一。正因爲他們有超然的江湖地位，又有卓越的軍事指揮才能，所以登高一呼，群雄回應，不過數月時間，已是勢力最大的義軍之一。我聽說上月項梁又立楚國子嗣爲懷王，收買人心，順應民意，其聲勢之大，只怕大秦王朝已是無力壓制了。」

她的大船雖在江上行走，但知音亭的消息一向靈通，自有秘法可以從不同渠道得悉天下諸事，所以她人在船上，對近來江湖大事卻瞭若指掌。

紀空手聽她對江湖之事如數家珍，心繫劉邦、樊噲，不由問道：「你可知沛縣劉邦其人？」

紅顏微一愕然，臉上多出一分鄙夷之色，道：「你問他幹嘛？」

紀空手試探道：「他與我亦師亦友，是空手難得的知己之一。」

紅顏看了他一眼，道：「你這個知己不要也罷。」瞟到紀空手臉現不悅，忙道：「你可知道，此人心胸狹窄，陳勝王被滅，他接收了其部下的義軍，卻又不思整頓，足見其胸無大志，只圖享樂，絕非是成大事之人。據說他攻掠一地，必是搜刮財寶美人，像這等酒色之徒，豈能做得你的師友？」

紀空手驚慌失色，連連搖頭道：「不會的，不會的，這不是真的。」

紅顏眼中現出一絲憐惜之色，道：「你若不信，三日後你自可在樊陰見到他，我聽說他與秦軍交戰失利，已經率部投歸項梁。」

紀空手彷佛置身冰窖之中，身心淒寒。他想到以往與劉邦相處的日子，劉邦的精明能幹、深謀遠慮都給他留下了深刻的印象，在他的心中，已經將劉邦當作了自己少年的偶像，但是紅顏與他素不相識，絕對不會去惡意中傷，這使他相信了方銳所說劉邦利用他之事。

◆

沒有人可以形容韓信在這一瞬間的起動速度，絕對沒有！

韓信的這一動不僅爆發了他全部的玄陰之氣，更是達到了他體能的最高極限。此時的他，心中唯有一個念頭，就是無論如何都必須截住來敵，否則後果難以想像！

他將對方的一切反應都算計了一遍，採取了一種最有效的截擊方式。他的整個人如電芒般標前，破窗、翻身、回頭……一連串動作一氣呵成，不過眨眼功夫，他已經如一座山嶽般橫擋在來人面前。

夜色靜寂，燭火搖曳，兩人默然相對，就如一潭死水般不起半點波瀾，甚至不聞殺氣。

「你是誰？」韓信緩緩問道，他感到奇怪，憑來人的身手，完全可以在自己起動的剎那作出本能的反應，但是來人卻沒有動，甚至連動的意思也沒有，這讓韓信感到震驚。

「我姓岑名天。」來人的眼芒一閃，似乎爲自己的姓名感到驕傲。

韓信更是大吃一驚，在他走出鳳舞山莊之前，就已經掌握了入世閣中的大量資料，其中就有關於岑天的評語：

「用劍，冷酷無情，精於算計，入世閣的高手之一。」

雖只寥寥十六字，但已經足夠震懾人心。

韓信深深地吸了一口氣，明白自己面臨的挑戰將是何等地艱難，他需要時間來了解這個對手，所以他開口了：「我還是第一次聽說這個名字，並不覺得它有什麼特別之處，但是你非法進入民宅，卻給了我殺人的理由！」

岑天一笑，接道：「你知道我爲什麼會在這個時候出現此地嗎？」

這也正是韓信想知道的事情。

岑天面有得色地道：「老夫受相爺之命，監視各處富豪的動靜，但其中時農的所作所爲引起了老夫的懷疑，所以我懷疑他是問天樓的奸細，爲此我跟蹤他足有一年的時間，終於在今晚證明了我的直覺是對的。」

韓信這才知道自己暴露的原因，同時也認識到了對手的可怕。一個人爲了心中的疑團花費一年的時間，這的確是需要毅力與耐力，這令韓信不得不更加小心自己出手的時機。

「你為什麼會懷疑到他？」在沒有把握之前，韓信不想貿然出擊，所以他猶豫了一下，選擇了一個對方樂意回答的話題。

「這其實並不困難。」岑天果然願意談一談自以為得意的事情：「一個像時農這樣的外來戶能夠單槍匹馬地在寧秦城中建立起這麼龐大的事業，這本身就讓人生疑，不過你還可以把它當作是一個奇蹟。但，像他這樣的富豪卻沒有妻妾，沒有兒女，這就讓人值得懷疑了。一個人放著巨大的財富不知道享用，如此清心寡慾，那就證明了他的心中必然會有比財富美色更吸引人的東西。」

韓信不得不承認時農百密一疏，是以，他沒再猶豫，陡地出劍，劍鋒倒掠，如一道山梁般截斷了來拳的進攻路線。

「流星七式！」岑天驚呼一聲，一開始就小看了韓信，他做夢也沒有想到這一劍會如此快捷，根本不容自己有任何變招的餘地。

岑天只有退，而且不得不退！他心裡清楚，兩強相遇勇者勝，高手相爭，氣勢為先。只要自己一退，就很難挽回頹勢，但面對韓信這如雲天之外飛來的神乎之劍，他無法做到不退。

只有這時，岑天才真正感到了後悔，也認識到韓信的可怕。如果他不輕敵，他或許還有機會，可惜的是，如果只能是如果，它不可能變為現實。

他低嘯一聲，三步退盡，飛腿而出，攻向了韓信的下盤。他並不指望這一腿能夠傷敵，只希望它能阻得韓信來勢的片刻時間，只有這樣，他才有機會拔劍。

「呼……」韓信的腳步一拐一滑，正好讓過了岑天踢出的腿，同時他的劍如行雲流水般直進虛空，手腕振出，幻出千萬道光影，如流星雨般向岑天當頭罩落。

這一劍的風情，已無法用言語形容，整個靈堂陡然一暗，只因韓信的一枝梅出手，劍芒大熾，無光可與之爭輝，只有一道流彩自萬千劍影的中心湧出，映紅了整個虛空。

這是連韓信自己也不曾想像的一劍，更大出他對劍道固有的領悟範圍。這似乎是他無心插柳柳成蔭的一招，卻充滿了他體能的極限與必殺的信念，無論如何，他絕對不能放過岑天。

正是有了這種不可抑制的無窮戰意，使得他在這一刻間，感到了體內有一種不可名狀的東西在復活，在宣泄，同時給他的這一劍注入了生命的激情。

這是從來都不曾有過的事情，也許正是岑天這種高手，才激發出了他對劍道的癡狂與激情。劍出虛空，他的心與靈魂似乎也隨劍而去。

「轟……」韓信的劍鋒劃出，正好與岑天倉皇中格擋的劍鞘相撞一處，如怒潮般的勁氣在劍鋒上爆裂，其勢之猛，令他幾乎無法把持手中的一枝梅，等他站立身形時，他的人已距岑天二丈距離。

最吃驚的人是岑天，他急中生智的格擋雖然擋住了韓信這凌厲的必殺之招，但透過劍鋒，他依然感到了一股奇寒之氣侵體而入，震得他的心脈氣血紊亂不堪，幾乎麻木。他正想強運一口真氣，硬行拔劍，孰知喉頭一熱，「哇……」地一聲，一口血箭噴灑虛空。

他遭受了重創，在內力相拚中遭受了一記令人沮喪的重創，這幾乎讓他失去了所有的自信。他雖然未及拔劍，但並不慌亂，總覺得韓信劍術雖精，內力卻不及自己，只要自己耐心與之周旋，終有勝機出現。但是當韓信的玄陰之氣發揮出如斯威力時，他只剩下一個念頭，那就是逃，逃得愈快愈好。

韓信也並不好受，但是他強提真氣，壓下了翻湧的氣血，冷冷地道：「你可以拔劍，讓我見識一下你這飲血的劍法！」

他之所以改變了自己的主意，是因爲他看到了「流星七式」的威力。作爲武者，他當然想從高手的身上應驗一下這套劍法的精妙，而岑天無疑是恰當的人選。

岑天幾乎不敢相信自己的耳朵，深深地吸了一口氣道：「你不要後悔！」

「絕不！」韓信向前迫進一步，殺氣狂瀉之下，靈堂中的壓力劇增數倍，連燭光也黯淡了不少。

「好。」岑天大喝一聲，全身的勁力驀然爆發，便聽得「鏘……」地一聲，長劍自行彈出，像是被一雙無形之手操縱，幻射出劍影無數，鋪天蓋地而來。

這一劍無疑凝聚了岑天一生的心血，也是他畢生所學的精華所在，雖然內力受損限制了它的發揮，但劍勢一出，依然有驚天地、泣鬼神的殺氣存在。

韓信不動，凝立如山，眼芒標出精光，捕捉著這一劍在虛空中幻生的千變萬化。

他是如此地冷靜，以至於岑天幾乎也失去了自信，認爲韓信絲毫不懼這一劍的氣勢。就在劍鋒衝進對方三尺距離時，他突然看到了一朵帶血的梅花印在了自己的眼瞳上。

他沒有驚，也沒有懼，他相信這只是高速運動中一時的幻覺，所以不管不理，拚盡全力殺進。他好不容易占得了先機，又豈會輕易將它喪失？

可是這一次他失算了，他所見到的，絕對不是幻覺，而是真正的一枝梅的鋒芒！韓信在瞬息之間看出了他這一劍中唯一的破綻，又在瞬息之間刺出了常人不可想像的驚電般的一劍，然後停在了岑天眉心的三寸處。

一枝梅的劍鋒便靜立虛空，如情人相約時的等待，而岑天的眉心隨著劍勢向前，快得已剎不住身形，剎那之間，這動靜的對比，構成了一個絕美而詭異的畫面。

「噗……」一聲輕細的聲響，發出了鋒刮眉骨的喀喀聲，血水流出，順劍身而下，正好染紅了劍背上的那朵無情的梅花。

「你錯在不該對玄鐵龜動心！所以只好成爲我使用一枝梅的第一位死者。」韓信緩緩地收劍回鞘，整個人終於鬆了一口氣，坐倒在地。

「梆、梆、梆……」更聲從遠方傳來，透過這漆黑的夜色，傳入韓信的耳際。韓信心中一凜道：「今天只是一個開始，到了明天，我將面對的又會是誰？」

他雖然未知前途凶吉，但是經過了與岑天一戰，他的心中充滿了挑戰未來的自信。

◆

船逆流而行，距樊陰最多十里，故楚大地，春光分外妖嬈。

紀空手的心很沈很沈，因爲他想見劉邦，又怕見劉邦，如果這一切關於劉邦的傳聞都是事實，那麼他被出賣也成爲事實，那他真不知該如何面對自己。

「要來的終歸會來，只能勇於面對，才是大丈夫的行徑。」紅顏在他的耳邊輕輕地說了一句話，頓時讓他心情豁然開朗。

他輕輕地吻了她的香額，看著少女笑靨中泛出的一份嬌羞，悄然道：「我絕不會讓你失望。」

說完這句話，他的整個人輕鬆了許多，又回復到了他無畏無懼、滿不在乎的樣子，只覺得劉邦是好是壞，已不重要，自己只要盡了心，問心無愧就行了，又何必活得如此心累？

伴著佳人，相擁窗前，看朝霞升起東方，聽一曲悠悠簫音，人生如此，夫復何求？

他是如此想的，也是如此做的，直到吹笛翁進得艙來，他才從這片柔情中跳將出來。

「稟小公主，前面江上出現幾艘戰艦，看旗號，打的正是項羽的旗幟。」吹笛翁如實稟報道。

「看來項羽的排場還真不小，出城十里相迎，誠心可嘉，若非我心有紀郎，只怕也擋不住他這一番盛情。」紅顏淡淡一笑，拉著紀空手出艙來看，只見上游順水飄來數艘戰艦，沿江面一字排開，當先船頭之上，豎立一面大旗，旗上所寫，正是「項」字。

但見這些戰艦之上，各列百名將士，持戟披甲，肅然而立，軍容整齊劃一，端的是一支無敵之師，便是吹笛翁這等頗有見識的老江湖，也情不自禁地由衷贊道：「項氏帶兵，的確不同凡響，敢與大秦爭天下者，非此子莫屬。」

「吹笛先生所說，也正是我心中所想，大丈夫便當如項羽行事，方才不枉此生啊！」紀空手輕歎一聲，也爲這等懾人的軍威喝彩。

紅顏聽出他言中有憾，不由輕拉他的手道：「項羽固然是英雄，但在紅顏眼中，他又怎及得上紀郎？終有一日，你的成就必定會在他之上，你信不信？」

紀空手知她是害怕自己心生怯意，妄自菲薄，故而出言安慰，當下拍拍她的柔荑道：「做英雄也好，做狗熊亦罷，人生在世，只要把握現在，無愧於心，也就是了，誰又知將來如何？我只是一介凡夫俗子，今生能有你相伴左右，便已知足，才不管這天下紛爭的煩惱呢。」

他說得瀟灑，心中的確有一種滿足感，對他來說，富貴功名，只是過眼煙雲，也許他曾經有過追名逐利的念頭，但自從相遇紅顏之後，他才真正懂得了人世間可以珍惜的，唯有真情。

紅顏知他心意，所以著實歡喜，事實上正是紀空手這種凡事滿不在乎的另類氣質打動了她的芳心，否則以項羽的家世才幹，何以仍然討不到她的歡心？

兩人相視一笑，眉目傳情，不過半晌功夫，戰艦相距大船十丈處緩緩停住，一個將軍模樣的人站在甲板之上，拱手揖禮道：「流雲齋項少主門下尹縱恭迎小公主玉駕。」

紅顏嘴角含笑，悄聲對紀空手道：「此人與郭岳同爲項府十三家將，算得上是流雲齋有數的高手，想不到如此一個人物，卻跑來做了我的護駕使者。」她言中毫無得意之色，反替尹縱有幾分惋惜，眼芒一掃，示意吹笛翁出言打發。

「尹將軍不必多禮，相煩前面引路，我們隨後便來。」吹笛翁還禮道。

尹縱大手一揮，戰艦轉頭而返，一行船隊未及數里，樊陰城已遙遙在望。

此時的樊陰正處於抗秦陣線的最前沿，形勢異常緊張，戰雲密布，宛如黑石壓城。隔江相望，便是秦將章邯的大軍行營，兩軍相持，大有一觸即發之勢。項羽卻在這種緊要的時刻爲了一個女子大肆鋪張，造足聲勢，這固然表達了他對紅顏的愛慕之情，同時也是向世人昭示，面對強勢，他談笑應對，縱然對手是大秦第一勇將章邯，他也絕對不會將之放在心上。

這種藐視一切的王者氣度，的確讓紀空手心折不已。當他站立舟面，遙看樊陰城下刀戟並立、戰馬蕭蕭的場面時，心中驀然一動，隱隱覺得在不遠的將來，自己將會與項羽爆發一場驚天動地的衝突。

他不知道自己爲何會有這種預感，這是一種可怕的預感，也是一種讓人怦然心跳的預感。一旦他的心靈觸及到這種感覺，他的整個人都彷彿充滿著無窮的戰意，盡情地流溢在眉宇之間。

紅顏隱隱擔憂地看了他一眼，似乎已感覺到了紀空手這不經意間的變化。

紀空手正想說些什麼，驀見碼頭之上的大軍一分爲二，向兩邊迅速退去，中間湧出一隊旌旗獵獵的馬隊，當先一人，策馬而來，行至江濱處，一拉繮繩，他座下的戰馬前蹄揚空，後蹄幾乎直立，一聲長嘶，戛然而止。

數萬將士眼見這等威勢，同時發出一聲吶喊，更使馬上之人平添無數霸氣。

紀空手放眼望去，只見此人不過二十七八年紀，身高馬大，體健臂長，人坐馬上，猶如一尊凜凜戰神俯瞰大地，給人一種不敢仰視的懾人氣勢。他的膚色黑中透紅，五官周正，眉宇間隱露桀驁不馴的氣質，眼芒掃視，更有一種君臨天下的王者氣度，任何人一見之下，無不生出臣服之心。

「他就是項羽！」紀空手心中頓生直覺，卻毫不畏懼，迎著項羽咄咄逼人的眼芒撞擊而去，兩人相距足有數十丈之遙，但眼芒交錯的剎那，無不感到了一股針鋒相對的戰意。

項羽在這一刻間不由遲疑了一下，因爲他根本沒有想到，站在紅顏身邊的這位年輕人，竟然在他的霸氣面前還能保持著一種無懼無畏的勇氣。

「他是誰？」項羽暗問了一聲，第一次仔細地打量起這個站在佳人身邊的少年。

這是一個臉上帶著玩世不恭的微笑的少年，給任何人的第一感覺，都會將他歸於市井浪子一類，但這絕對只是一種表面的東西，當你仔細審視那雙深邃的眼眸時，你才會發現在這玩世不恭的表面下隱藏的是一種年輕人對這個世界的無畏與對人性深刻的領悟。

他看似平常、普通得一如俗人，但項羽卻從對方的眉宇間看到了其獨具一格的人格魅力，他們應該是屬於同一類人，因爲他們的意識與思維都超前於這個時代，正是淩駕於這個時代潮流之上的另類。

而最令項羽感到吃驚的，不僅僅是紀空手不同常人的另類氣質，更在於他在平平淡淡中自然流露出來的一股王者之氣，雖然很淡很淡，淡得幾乎讓人不能發覺，但是卻逃不過項羽那犀利的目光。

因爲他們是同一類人，是不甘寂寞、不甘於平淡，敢於與自己的命運抗爭的另類青年。當他們的眼芒在虛空中悍然交觸的那一剎間，他們都從對方的身上依稀看到了自己的影子。

這也許就叫惺惺相惜吧。

不過這種欣賞的心態並沒有在項羽的心中維持多久，緊隨而來的是一種莫名的嫉妒如毒蛇般噬咬著他的神經。他的目光轉移到紅顏的身上，卻發現紅顏那盈盈秋波中綻射出一道閃亮的東西，毫不掩飾地盡灑在那位年輕人的臉上。

這是項羽所不願意看到的一幕，他作爲男人所擁有的自尊也不允許他所鍾意的女人去愛上另外一個男人。自從兩年前他隨著叔父項梁入蜀拜會五音先生時，當他第一眼看到美麗清純的紅顏時，就在心中暗暗對自己發誓：「我一定要成爲她的男人！」

這是一個英雄對自己的承諾，所以在這兩年中，他不辭辛勞，費盡心血，憑著不懈的努力和無比堅強的毅力，逐漸登向了一個男人所期盼的事業頂峰。當他帶著成功的光環走向這個女人時，他卻發現，佳人的心已漸漸離他而去。

他的心感到了一股強力的絞痛，怒火暴漲，幾乎要衝體而出。他是當世的強者，當然不容悲劇發生在自己的頭上，他相信自己有改變一切的能力，包括這個少女的芳心。

思及此處，他的臉上情不自禁地流露出不可一世的自信。當大船停靠碼頭時，他一躍下馬，大步迎了過去。

「一別兩年，世妹愈發漂亮了許多，若是在街上相遇，只怕爲兄不敢相認了。」項羽站定在紅顏面前，就如一座高山般偉岸，話語豪邁，卻透出一絲說不盡的憐惜。

「難得項兄如此盛情，實在讓紅顏汗顏了。欣聞項兄自起兵以來，從來未敗，這等功績，果真是大英雄的行徑，只是大敵當前，卻為了紅顏一介小女子這般鋪張浪費，大造聲勢，未必值得吧！」紅顏看出項羽眼中流露對紀空手的敵意，不由心中一凜。她本是出身世家名門，禮儀應酬熟諳於心，所以舉止有度，顯得雍容華貴，言語中雖然不喜項羽的作為，但溫婉隱約，並不露骨。

項羽如此大張旗鼓，本就是想在佳人面前擺足自己的威風，以便進一步贏得佳人的青睞，聽得紅顏似有不悅，倒也沒有放在心上，哈哈笑道：「值得，值得，世妹出身名門，絕非尋常女子可比，唯有以不同尋常的禮儀敬之，方才顯得為兄這一番誠意。」

兩人寒暄幾句，紅顏微微一笑道：「這位是淮陰紀公子，你們多親近親近。」

事實上項羽雙目的餘光一直注意著紀空手，身為流雲齋的第一高手，他對自己周身的氣場非常敏感，當他走近紀空手時，自然而然便感到了一股壓力無形地向自己迫來，雖然並無惡意，但他仍然感到很不舒服，心中暗道：「此人的身體內湧動著一股莫名的氣流，雄渾正大，似乎不在我之下，我怎的不知當世江湖中又崛起了這樣一號人物？」

流雲齋在起事之初，為了搜羅人才，曾經遍行天下，張榜納賢，齋內高手如雲，但像紀空手這等功力之人，倒也少有，是以項羽心生詫異，不過他城府極深，聞言笑道：「項某正有此意。」

他側頭望向紀空手，正與紀空手的眼芒相對。紀空手的臉上依舊是一股淡淡的笑意，面對項羽這等當世最有權勢的英雄人物，不卑不亢，從容笑對，那種滿不在乎的另類氣質，便是項羽也心生妒意。

他一向自大慣了，受人擁戴，宛如眾星捧月，可這一刻間見紀空手毫無巴結之意，心中暗怒：「你如此托大，那就休怪我無情！」

他緩緩地將手一抬，看似拱手行禮，其實全身的內力在片刻間凝集，隨著手勢一點一點地滲透虛空，向紀空手迫去。

紀空手道：「在下淮陰紀空手，見過項大將軍。」他拱手之間，毫無防備，猛然間感到空中有氣流湧動，只得提上一口真氣，強行相抗。

他們相距不過七尺，內氣溢出，頓時交接一處。紀空手只感到有一股強大無匹的氣勁如排山倒海般逼壓過來，其勢之猛，令人窒息，他唯有退後一步，並借這一退之勢，陡然發力，兩人頓成相持之局。

項羽臉上含笑，心中卻極為詫異：「看不出此子的功力竟然如此深厚，竟擋得住我七成流雲道真氣，難道玄鐵龜之說所傳非虛？」

他心中一凜，不敢大意。玄鐵龜現世江湖，固然轟動一時，但是他與其叔項梁都認為這是無稽之談，從不輕信，也從來沒有派人加入到這場紛爭之中。但是這一刻間紀空手展現出的內勁正大雄渾，絕非是以他這個年紀的人可以修練得來，唯一的解釋，只有是紀空手在玄鐵龜中有過驚人的得益。

項羽對流雲道真氣的修練，幾達爐火純青之境，在控制運用方面，亦是隨心所欲，收放自如，是以他與紀空手之間的內力比拚，雖然激烈如火，但在別人的眼中，卻絲毫不見異樣。

面對項羽如斯霸烈的勁力，紀空手全力抗衡，猶有難以承受之感。他彷彿面對的是一座將傾的山嶽，無論他如何抗爭，依然是不能逃過失敗的命運，這種苦澀而無奈的滋味，令他意識到了自己面臨的確實是一個可怕的強敵。

在如斯的巨力強壓下，紀空手漸漸感覺到自己進入了一個無可借力的黑洞，整個人彷彿失重一般，隨著壓力的牽引正一點一點地步入萬劫不復的深淵。他不想屈從這失敗的結局，也不想屈從項羽這不可一世的威壓，憑著心中僅存的一點意志，他的整個思維突然跳出了固定的框架，進入了他曾經領略的月色中的蒼穹。

還是那孤寒的月色，還是那淒苦的星光，蒼穹中的一切，盡是那不可名狀的深邃與廣寒。當紀空手的心境進入到這奇異的意想空間時，他的玄陽之氣隨著意念的昇華而滲透虛空，以前所未有的廣闊包容伸展向天地的每一個角落，盡情地詮釋著天人合一的武道至理……

項羽心中一凜，已經感到了紀空手在這一瞬間的變化，同時也感受到了紀空手驀然爆發的勃勃生機。他雖然迄今爲止尚未全力以赴，但是卻從紀空手的潛力中看到了一種危機，一種兩敗俱傷的危機，是以他毫不猶豫地收力回勁，淡淡笑道：「想不到紀公子也是武道中人，失敬失敬！」

他神色如常，雖在剎那之間輸出不少真力，但並不顯半分吃力，反而舉止從容，比起紀空手的冷汗淋漓自然勝出一籌。

「項大將軍不愧爲當世高手，紀某甘拜下風。」紀空手穩住心神，方才緩緩說道。

紅顏聽了此話，這才明白兩人一拱手間，竟是比較了一番內力。看到紀空手額上泛出的豆大汗珠，又看到項羽渾如沒事人一般，已知勝負之分，不由惱道：「項世兄是什麼意思？你莫非是欺我船上無人，故意炫耀嗎？」她心疼情郎，言語中已是失了分寸。

項羽明知自己無禮在先，當然不想惹得紅顏生氣，微笑道：「世妹多心了，爲兄只是見紀公子乃武道中人，一時技癢，切磋而已，豈有怠慢之心？」

紀空手不想因己而使雙方發生衝突，淡淡一笑道：「項大將軍所言極是，能得高人指點，紀某感謝還來不及，又怎會怪人無禮？」說完略一運力，只覺自己的氣息運行似緩似急，似有受傷跡象，不由駭然，始知項羽身爲流雲齋第一高手，絕非偶然。

紅顏見他如此說話，瞪了他一眼。隨即在項羽相請之下，便要下船，而紀空手卻謝絕項羽的隨口相邀道：「紀某乃閒雲野鶴，難登大雅之堂，不去也罷。」

他再三堅持留在船上，這倒不是他已看到項羽毫無誠意的相請，而是在一瞬間，他驀然看到了碼頭上的一個人，向他豎起了三根手指，同時朝他搖了搖頭。

這個人當然是劉邦，其意是：「不要赴宴，今晚三更再見。」紀空手是何等聰明之人，豈有不明之理？而且他看出劉邦在眾人面前作出這等手勢，想來有情急之事，否則以劉邦縝密的心思，也不會冒此風險。

「他找我究竟有何要事？」看著紅顏不情願地隨著項羽離去的背影，紀空手心中泛疑，想及關於劉邦的種種傳聞，渾身頓時不自在起來。

◆

「少主，寧秦城守格瓦將軍拜會。」昌吉站在韓信的身後，恭聲稟道。

韓信心中一凜：「此人莫非是爲了岑天失蹤的事情而來？」他素知入世閣與官府之間的關係，是以會如此揣度。

昌吉不明白韓信的眉間怎會出現一絲憂慮，還以爲他是爲了與官府打交道而煩心，忙解釋道：「格瓦將軍一向是老爺的故交好友，若是沒有他罩著照月馬場，我們也不可能在寧秦城中有如此驚人的發展，所以少主無論如何，都應與他見上一面才是。」

韓信點頭道：「既然如此，你就安排一下見面禮，我馬上出門相迎。」

格瓦將軍身材高大健實，據說體內有突厥血統，所以勇猛善戰，屢立戰功，是當世大秦中少有的幾個憑戰功提升的將軍。當他第一眼看到韓信時，眼中一亮：「時農得子如此，倒不枉他這一世的操勞了。」心中暗有欣賞之意。

他一向與時農有著權錢交易的關係，爲了不使自己斷絕了財路，是以在政務繁忙之中依然前來一敘，企圖延續他們之間良好的合作關係。兩人入廳寒暄幾句，格瓦說了一些「人壽有終，節哀順變」之類的客套話，隨即話鋒一轉，點入正題：「時少主年紀輕輕，已經成爲照月馬場的主人，可謂年輕有爲，時爺在天有靈，想必亦可安息了，只不知時少主對今後馬場的發展有何打算？」

韓信知道時農爲自己鋪下的路子正應在格瓦身上，當下也不猶豫，拍拍手道：「家父在世之時，屢次提及格瓦將軍對照月馬場的提攜之恩，時信感激不盡，如今家父仙逝，唯留晚輩一人獨當一面，恐有能力未及之處，還望將軍看在家父的面子上，不時提點才是。」

他的話音一落，昌吉率領四名靚麗美女捧盒而入，香風撲鼻，各有姿態地列隊站在格瓦面前。這些女子美貌如花，清新典雅，眉開眼笑間盈盈春情蕩漾，的確是可以讓男人動心的尤物，頓時把格瓦看得眼花繚亂。

「這幾名女子乃是家父昔日在吳越收羅的美女，養在家中充作歌舞姬，至今尙保持處子之身，時信初識將軍，無以爲敬，唯有將她們奉上，略表心意，還請將軍笑納。」韓信已知格瓦喜好女色，適時獻出美人，果然博得格瓦喜笑顏開，連聲贊道：「如此盛情，何以敢當？時少主出手大方，倒讓我受之有愧了。」

韓信微微一笑，轉向昌吉道：「昌大叔，你馬上備轎，送四姝到將軍府。」待昌吉應命欲去時，他似忽然間想到了什麼，趕忙叫道：「記著在每頂轎中置下金錠五只，算作陪嫁。」

格瓦沒有想到韓信不僅出手大方，而且做人做得如此漂亮，心中感動之下，忙道：「時少主待人真是沒得話說，格瓦雖是一介粗人，但對『義氣』二字最是看重，日後但有所遣，招呼一聲便是。」

韓信笑道：「將軍與家父素來交好，豈能因晚輩而使這段交情從此斷絕？我如此做，亦是遵從先父之命罷了。」

格瓦盛情之下，無以為報，驀然想到一事，趕忙說道：「你若不提，我倒差點忘了。當日令尊曾經與我提起，說到你們時家雖然豪富，卻終是平民出身，引為憾事。他老人家之所以讓你自幼離家，拜師學藝，原是為了讓你憑軍功晉升，以期光宗耀祖，飛黃騰達，不知是也不是？」

韓信心中暗道：「總算讓你說到正題了。」當下肅然正色道：「這是先父最大的遺憾，晚輩不才，不能完成先父之心願，實在是有愧於時家的列祖列宗啊！」他言語真摯，感情自然流露，想到問天樓花費偌大的心血，將一切成敗繫於他一人身上，因而不敢稍有鬆懈，唯有全力以赴。

格瓦卻不知他心中另有所想，自以為可以報答一下時家對己的盛情，得意一笑道：「賢侄不必擔心，自從令尊與我說起此事之後，我就一直銘記於心，時刻留意，所謂皇天不負有心人，現今眼下，正好就有一個大好的機會在等著賢侄，功名唾手可得。」

「竟有這等好事？」韓信故作詫異道。

「說來也巧，今年七月初二，乃趙相爺五十壽辰，據說他老人家已昭告天下郡縣官員，到時候必要好好熱鬧一番。」格瓦笑嘻嘻地道。

「這與我又有何關係？」韓信臉上表現出一片茫然，心中卻知這是他唯一可以接近趙高的機會，唯有受到趙高的重用，他才能最終自由出入皇宮，得以完成計畫。

「賢侄這就言之差矣！」格瓦老於世故，頗有指點一二的派頭：「當今天下，乃大秦之天下，而大秦的江山，卻在一人管轄之下，此人既非二世胡亥，亦非皇親貴族，乃是當朝相爺趙高。只要你能獲得他的賞識，又何愁不能功名到手，光宗耀祖呢？」

「趙相爺豈有這等權勢？若是一手遮天，二世胡亥又怎能容他？」韓信這一次倒是真有些糊塗了，他在市井中曾經道聽途說過不少關於趙高的軼聞，什麼指鹿爲馬，什麼談笑殺人，當時只覺得做人做到了這個份上，的確是風光無限，卻一直不明白何以一個人怎會最終超越皇上的許可權，卻又不因此而生誅族之禍？

格瓦神秘一笑，壓低嗓門道：「趙相爺能夠位極人臣，掌管權勢，當然是有所依恃的，你可知道相爺未涉政治之前，他真正的身分是什麼嗎？」

「這個晚輩倒是有所耳聞，聽家師講，趙相爺本是武林五霸之一的入世閣主。」韓信答道。

「那麼你可知道，無論始皇還是二世，若非趙相爺鼎力相助，他們未必是當世天下之主？」格瓦顯然熟諳這段歷史，是以說來頭頭是道。

「願聞其詳。」韓信頓時來了興趣。

「先朝始皇時期，當時大王乃幼年登基，朝中大權俱在呂相呂不韋一人把持之中，到了大王親理朝政之時，呂相恐失權勢，遂有謀反篡位之心。」說著格瓦又坐近了幾分，悄悄對韓信說起了這段未經流傳的軼聞秘史。

「那麼始皇豈不危矣？」韓信驚道。

「誰說不是呢？當時軍政大權全在呂相一人之手，只要他一動手，大秦天下頃刻間必然易主。也正是在這緊要關頭中，趙相奉旨秘密入京，親率數千入世閣子弟，拚死一戰，終於將呂相生擒軟禁，從而為始皇重掌大權贏得了時間。」韓信始知趙高原來是因此事而發跡，怪不得始皇對他信任有加，便是巡遊天下亦是讓他不離左右。

格瓦又道：「始皇駕崩於平源津時，曾經寫有詔書，立公子扶蘇為太子，繼承王位。但趙相一向不喜扶蘇，因他曾經教過胡亥學習文字和刑獄法律，兩人私交極好，是以便有心立胡亥為太子，廢除扶蘇太子之位。所以當車隊返還咸陽之後，趙高與丞相李斯密謀，篡改詔書，終於讓胡亥成為大秦二世。有了這兩件莫大的功勞，你想想看，趙相能夠登上今日之位，又豈是運氣使然？」

韓信聽得目瞪口呆，始知趙高此人謀算精密，處事果斷。與之為敵，的確是一件毫無把握的事情，但是他心存疑竇，不由問道：「像這等涉及王命機密之事，將軍何以知道得如此清楚？」

「這不過是一時巧合罷了，家兄格里，乃突厥『暗殺團』的首領，追隨趙相已有多年，深得趙相寵信，他正巧都參與了這兩件大事，是以我才能洞察詳情，不過此事只能流傳至此，切記不可向人透露，以防有殺身之禍。」格瓦有三分得意之色，並且表示自己並未將韓信當作外人，以示自己的誠意。

韓信不由感激道：「多謝將軍提醒，時信一定銘記於心！」

格瓦一笑道：「我當然信得過賢侄，所以才實言相告，相信你聽了之後，心中不應該再對趙相還有懷疑吧？」

韓信點頭道：「趙相權高位重，晚輩見他一面已是難如登天，又怎能接近於他，求得一世功名呢？」

「這就是我說的機會來了，換在平時，你要見趙相一面，的確是難如登天，但在趙相壽辰之日，你只要捨得本錢，博得他老人家的一笑，這功名也就唾手可得了。」格瓦說出了他的想法，繼而又道：「如果你還想深得寵信，也未必不能，但這卻要憑真功夫、硬本事，你若沒有，也是枉然。」

韓信心中暗道：「我此來的目的無非便是爲此，否則區區一個功名，有個屁用。」當下裝作饒有興趣地道：「晚輩既然有心仕途，當然希望能蒙趙相另眼相看，就不知將軍所說的真功夫、硬本事是指何物？」

格瓦看了他一眼，道：「其實就是武功，趙相出身武林，講究以武爲本。據家兄所言，今年乃趙相五十壽辰，他老人家有意將壽宴辦作一場『龍虎會』，旨在招納天下精英，並將入世閣發揚光大，使它成爲天下第一門派！賢侄雖然學習功夫，然而『龍虎會』上高手如雲，風險極大，倘若涉險，難保不失手於人，還是不去也罷。」

韓信淡淡一笑，語氣卻陡生傲意道：「我學藝十年，總算略有小成，自信對劍術有所心得，若是不去參加這萬人矚目的龍虎會，此心實在不甘，還請將軍替我張羅一番，一切費用，如數奉上，只求七月初二能在龍虎會上一展身手，揚名天下。」

格瓦聽得自己口袋又有進賬，不免歡喜，心中暗道：「我已盡心相勸，你卻不知死活，倘若真有個萬一，你可怨不得我。」當下大包大攬，一口應承。

兩人又閒聊了一會，格瓦便離開了。不一會兒，昌吉進得門來，兩人商量爲趙高採辦壽禮一事，費了不少腦筋，最終總算決定下來，只等格瓦安排妥當，便啓程入京。

此時距七月初二尚有兩月餘，時間充足，韓信不僅利用這段時間搜羅咸陽的消息，更是勤練劍法，領悟武道玄理，希望能在龍虎會上一鳴驚人，從而贏得趙高的寵信。

但是他和鳳五卻忘記了一件生死攸關的大事，那就是當韓信以一枝梅使出「流星七式」時，也許能瞞得過趙高的眼睛，卻絕對瞞不過另一個人的眼睛，此人就是同爲「冥雪」一脈的方銳。

這絕對是韓信此行最大的破綻，何以憑鳳五的心機，會毫無察覺呢？

《滅秦①》完

請續看《滅秦②》

滅秦 1【珍藏限量版】

作　者：龍人
發行人：陳曉林
出版所：風雲時代出版股份有限公司
地址：10576台北市民生東路五段178號7樓之3
電話：(02) 2756-0949
傳真：(02) 2765-3799
執行主編：劉宇青
美術設計：許惠芳
業務總監：張瑋鳳
出版日期：2024年6月
版權授權：蔡雷平
ISBN ：978-626-7369-89-0
風雲書網：http://www.eastbooks.com.tw
官方部落格：http://eastbooks.pixnet.net/blog
Facebook：http://www.facebook.com/h7560949
E-mail：h7560949@ms15.hinet.net
劃撥帳號：12043291
戶名：風雲時代出版股份有限公司

風雲發行所：33373桃園市龜山區公西村2鄰復興街304巷96號
電話：(03) 318-1378　　　傳真：(03) 318-1378
法律顧問：永然法律事務所 李永然律師
　　　　　北辰著作權事務所 蕭雄淋律師

行政院新聞局局版台業字第3595號 營利事業統一編號22759935
© 2024 by Storm & Stress Publishing Co.Printed in Taiwan
◎如有缺頁或裝訂錯誤，請退回本社更換

定價：340元　　**版權所有　翻印必究**

國家圖書館出版品預行編目資料

滅秦／龍人 著. -- 二版 -- 臺北市：風雲時代出版股份有限公司, 2024.05 冊； 公分.
ISBN : 978-626-7369-89-0（第1冊：平裝）

857.7　　　　113002954

有華人的地方就有

龍人的作品